REDRUM

Purple End – Der Tod hat eine Farbe
1. Auflage
(Deutsche Erstausgabe)

Verleger: Michael Merhi
Lektorat: Susi Swazyena
Korrektorat: Stefanie Brandt / Nicole Schumann
Umschlaggestaltung und Konzeption:
MIMO GRAPHICS unter Verwendung einer
Illustration von Shutterstock

ISBN: 978-3-95957-403-7

E-Mail: merhi@redrum.de
www.redrum.de

YouTube: Redrum Entertainment
Facebook-Seite: REDRUM BOOKS
Facebook-Gruppe:
REDRUM BOOKS - Nichts für Pussys!

Andi Maas

Purple End

Der Tod hat eine Farbe

Zum Buch:

Die ehemalige Bundeswehrsoldatin Smilla verdankt der lokalen Gaunergröße Konrad ihr Leben. Als dieser sie bittet, einen engen Freund aus einer psychiatrischen Klinik an der niederländischen Grenze zu befreien, sagt sie sofort zu.

Doch in diesem Krankenhaus geht Seltsames vor. Schwer bewaffnete Gestalten in weißen Overalls patrouillieren rund um das riesige Gelände der Anstalt.

Durch die Kanalisation verschafft Smilla sich Zugang. Schnell wird ihr klar, dass sie in einem grausamen Albtraum gelandet ist. Eine Seuche grassiert in der Klinik, die Menschen zu blutrünstigen Monstern mutieren lässt.

Zum Autor:

1968 erblickte Andi Maas zum ersten Mal den strahlend hellen Himmel von Gelsenkirchen. Dreißig Jahre verbrachte er sein Leben in den Kreisen des ehrwürdigen Schalker Hochadels, bis ihn die Liebe in die ebenso blaue Nachbarstadt Bochum zog. Dort begann er seine schriftstellerische Tätigkeit, die sich zunächst auf Kurzgeschichten beschränkte.

2010 schrieb er seinen ersten Roman mit dem Titel *Eurofighter*, den er als Selfpublisher auf den Markt brachte.

Mit dem Krimithriller *Oktoberblut* folgte der Auftakt der Pott-Mortem-Reihe, die mittlerweile auf vier Teile angewachsen ist und im Redrum Books Verlag veröffentlicht wurde. Bochum bildet dabei die Kulisse für die Jagd auf diverse brutale Serienmörder. Der fünfte Teil der Reihe ist bereits in Arbeit und wird voraussichtlich Ende 2023 erscheinen.

Außerdem hat Andi Maas die Satire *Gott ist kein DJ* und den Kurzthriller *Beerenhunger* als Selfpublisher veröffentlicht.

Andi Maas

Purple End

Der Tod hat eine Farbe

Horror-Dytopie

Wir kommen nicht in die Hölle.
Die Hölle kommt zu uns.
(Ulrich Erckenbrecht aka Hans Ritz)

Kapitel 1 - Kurt Cobain

Jeder Schritt war eine Qual. Ein Meer aus Schmerzen strömte durch ihre Füße. Wenige Meter musste Smilla noch gehen, dann könnte sie sich ausruhen, wenigstens für ein paar Minuten. Die Sonne brannte ihr auf den Kopf, auf dem die Haare so kurz geschoren waren, dass ihre Kopfhaut blass durch die Stoppeln schimmerte. Schweiß perlte über ihre Stirn, ihren Rücken und an ihren Beinen hinab. Wahrscheinlich würde sie nach diesem Tag nie wieder richtig laufen können, dachte sie zerknirscht. Mit zaghaften Schritten näherte sie sich einer Laterne, an die sie sich klammerte, als sie sie erreicht hatte. Daneben befand sich ein Betonkübel, in dem statt blühender Blumen Hunderte Zigarettenkippen in der vertrockneten Erde steckten.

Seufzend ließ sie sich auf den Rand des Kübels nieder. Smilla streckte ihre Füße aus, was ihr ein tiefes Stöhnen entlockte. Wie dumm sie nur gewesen war. Sie hätte es besser wissen müssen. Die Folgen ihres Leichtsinns musste sie jetzt ausbaden. Niemals zog man neue Dr. Martens an, wenn man auf dem Weg zu einem Job war. Sie wusste doch aus Erfahrung, dass man die verfluchten Stiefel geduldig einlaufen musste, sonst würden sie die Blasen an den Füßen noch Wochen quälen. Jetzt war es zu spät. Mehr als Schadensbegrenzung war nicht mehr drin.

Smilla schaute auf ihre Armbanduhr, eine topaktuelle Smartwatch. Sie liebte diese Kinkerlitzchen. 19:10 Uhr erfuhr sie von ihrem Spielzeug. Außerdem teilte ihr das Teil mit, dass sie an diesem Tag 20.000 Schritte gelaufen war und ihr Puls bei sechzig Schlägen pro Minute lag. Ein paar geschundene Füße brachten sie nicht aus der Ruhe. Allerdings musste sie sich beeilen, wenn sie den Typen am Bahnhof noch antreffen wollte.

Konrad hatte sie beauftragt, dem Kerl ein bisschen Druck zu machen, denn er schuldete ihm noch eine Stange Kohle. Es sollte nur eine Warnung sein, ein kleiner Akt der Machtdemonstration und ein Ausblick auf die Folgen für den schmierigen Dealer, wenn er seine Schulden nicht bald bezahlte. Aber wie sollte sie ihren Job machen, wenn sie wie ein Zombie durch die Gegend humpelte? Angst konnte sie in ihrem Zustand garantiert nicht verbreiten.

Smilla schaute sich um. Sie befand sich auf einem kleinen Platz, einen Steinwurf vom Hauptbahnhof entfernt. Das Zentrum bildete eine verrostete Installation, ein Kunstwerk, das nicht auf Anhieb als ein solches zu erkennen war. Ihr gefiel das knapp zehn Meter hohe Metallteil. Der Stahl und der Rost passten wie die berühmte Faust aufs Auge zu der heruntergekommenen Stadt, in der sie seit ein paar Jahren wohnte. Trotzdem blieb sie hier, liebte und hasste die Stadt gleichermaßen. Kinderkreischen erregte ihre Aufmerksamkeit. In der Mitte des Platzes befand sich ein künstlich angelegtes Rinnsal. An einigen Stellen stiegen kleine Fontänen in die Höhe. An einer spielten zwei Kinder in Unterwäsche mit dem Wasser – eine ideale Abkühlung bei der Hitze der letzten Wochen.

Einen Moment beobachtete Smilla wie das Nass aus der Öffnung im Boden stieg, sah sich die Kinder an, die mit den Füßen in dem Rinnsal planschten. Plötzlich hatte sie eine Idee, wie sie ihre Qualen ein wenig lindern könnte. Smilla stand auf und ging zu einer Fontäne, an der ein ausgemergelter Hund gierig trank.

»Na, Kleiner, ist hier noch Platz?« Der Mischling schaute sie aus entzündeten Augen an, rückte ein Stück zur Seite und widmete sich dann wieder dem Wasser. »Danke!«, sagte Smilla und streichelte ihm über das zottelige Fell. Nun setzte sie sich auf ein trockenes Stück Boden und zog ihre neuen Dr. Martens aus. Die Stiefel waren steif wie gefrorene Schweinshaxen. Einen Moment massierte sie mit einem erleichterten Seufzen ihre Füße, dann zog sie die dicken Sportsocken aus und tränkte sie im Strahl der Fontäne.

Unter den umgekrempelten Enden ihrer Jeans lugte die Narbe hervor, die genau zwei Zentimeter oberhalb ihres rechten Knöchels begann und sich wie ein Wurm bis knapp unterhalb ihres Knies schlängelte. Ein Andenken an ihre Zeit in Afghanistan. Ein wunderschönes Land, das sie um ein Haar in einem Leichensack der Bundeswehr verlassen hätte.

Sie wandte den Blick von ihren Beinen ab und wrang die Socken aus. Nur etwas, damit sie nicht zu trocken wurden. Anschließend zog sie sie wieder an und zwang sich in die Dr. Martens. Schon besser! Ihre Füße schmerzten zwar immer noch, als würden sie in Schraubstöcken stecken, aber es reichte, um sich wieder halbwegs normal zu bewegen.

»Machs gut, Junge!«, rief sie dem Mischling zu, dann machte sie sich auf den Weg Richtung Hauptbahnhof. Ihr Ziel befand sich wahrscheinlich am südlichen Zugang zum Bahnhof.

Die Leute nannten ihn Kurt, weil er mit seinen blonden

schulterlangen Haaren wie der legendäre Musiker Kurt Cobain aussah. Meistens stand er in der Nähe des U-Bahn-Eingangs. Dort bot er den Leuten seine Drogen an. Gras, Koks, Benzos, Tilidin und auch Heroin gehörten zu seinem Portfolio. Den Dreck bekam er von Konrad, der den Großteil der Verkaufserlöse einsackte. Da Kurt seit geraumer Zeit nicht zahlte, musste er jetzt mit Konsequenzen rechnen. Sie kannte den Kerl nur flüchtig, das machte ihre Aufgabe einfacher. Ihrer Meinung nach war es keine gute Idee, sich mit dem Boss der Stadt anzulegen.

Smilla gehörte nicht zu Konrads Truppe, nur ab und an erledigte sie Aufträge für ihn. Die beiden hatten eine gemeinsame Vergangenheit, wobei sie einmal mehr an die Narbe an ihrem Bein erinnert wurde. Ihr war nicht klar, ob sie Konrad mochte, auch wenn sie ihm ihr Leben zu verdanken hatte.

Er war ein Verbrecher, knallhart und skrupellos, auch wenn sein Äußeres eine andere Sprache sprach. Aber war sie anders? Für Geld schlug sie Leute zusammen, brach ihnen Finger und machte ihnen das Leben zur Hölle. Auch wenn es sich um Dealer, Spielsüchtige und anderes Gesocks handelte, machte es die Sache nicht besser. Gesocks? Sie musste grinsen und an ihre Oma denken. *Gleich und Gleich gesellt sich gern*, hatte sie etliche Male zu ihr gesagt. Wie recht sie doch hatte.

Vielleicht war das der Grund, warum Konrad sie immer wieder um einen Gefallen bat und ihr ständig anbot, ein fester Bestandteil seiner Organisation zu werden. Lieber würde sie den Rest ihres Lebens neue Stiefel einlaufen, bevor sie sich in die Krakententakel von Konrad begeben würde.

Als sich Smilla dem Südeingang des Bahnhofs näherte, waren ihre Fußschmerzen zur Nebensache abgeklungen. Ab sofort fokussierte sie ihre Gedanken auf den bevorstehenden Auftrag. Auch wenn die Aufgabe nicht besonders anspruchsvoll schien, musste sie sich konzentrieren, um auf unliebsame Überraschungen vorbereitet zu sein. Dieser Kurt war zwar ein Hänfling, den sie mit einer Hand in den Griff kriegen könnte, trotzdem musste sie vorsichtig agieren. Eine Ratte wie dieser Dealer konnte jederzeit ein Messer ziehen und zustechen.

Trotz der Hitze trug sie einen Hoodie. Um ihr Gesicht zu verstecken, zog sie die Kapuze über den Kopf. Vor dem Bahnhofseingang tummelten sich wie immer eine Handvoll Obdachlose, die dort Discounter-Bier und Billigfusel in sich hineinkippten. Etwas abseits lehnte sich Smilla an einen Parkscheinautomaten und sondierte die Gegend unter dem Rand der Kapuze hervor. Die Obdachlosen waren nicht die Einzigen, die den Vorplatz als Treffpunkt nutzten. Die wenigsten davon waren Reisende. Smilla erkannte Junkies, Dealer und Nutten. Dazu kamen Cliquen von Jugendlichen, die Rapmusik hörten und kifften. Im Grunde ging es zu, wie an jedem anderen Bahnhof in der Welt. Von Kurt keine Spur.

Ein paar Minuten später wollte sie weiterziehen, doch plötzlich flanierte der Dealer direkt an ihr vorbei auf den Bahnhofseingang zu. Smilla folgte ihm in einem unauffälligen Abstand. Der Drogenhändler spazierte direkt in den Bahnhof, durchquerte die Haupthalle und bog dann hinter einem Schreibwarengeschäft in Richtung Schließfächer ab. Er passierte diese und nahm die Treppe ins Untergeschoß. In der Regel war das Treppenhaus kaum belebt, deswegen plante Smilla, sich Kurt dort zur Brust zu nehmen. Doch ihr Vorhaben wurde durch ein Pärchen gestoppt, das Händchen haltend die Treppen hochkam. Zeugen konnte sie nicht gebrauchen, deshalb verfolgte sie den Dealer zunächst weiter.

Im Untergeschoß angekommen huschte er durch einen Seitenausgang ins Freie. Smilla wusste, dass sich hinter der Tür ein kleiner Parkplatz befand, der ebenfalls als Treffpunkt für diverse zwielichtige Gestalten diente. Nicht selten konnte man dort in den parkenden Autos beobachten, wie drogensüchtige Teenager die Schwänze von dickbäuchigen Schlipsträgern lutschten, um sich den nächsten Schuss zu verdienen. Die Polizei ließ sich nur selten blicken. Hier war man Freiwild, der ideale Ort, um jemandem auf die Füße zu treten.

Smilla folgte dem Dealer durch den Ausgang. Der Gestank ließ sie wie immer zurückweichen. Reflexartig atmete sie flach. Obwohl die Stadt vor ein paar Monaten am Rand des Parkplatzes ein Pissoir errichtet hatte, roch es derart streng nach Pisse, Scheiße und saurem Erbrochenen, dass man anfing zu würgen, wenn einen der ekelhafte Geruch unvorbereitet erwischte. Smilla verzog sich so weit wie möglich unter ihre Kapuze und ging vor einem Betonpfeiler in die Hocke. Sie holte eine Packung Kaugummis aus der Tasche, steckte sich einen davon in den Mund. Während sie den Geschmack von Minze genoss, beobachtete sie aus den Augenwinkeln das Ziel ihres Auftrags. Kurt unterhielt sich kurz mit einem anderen Typen, dann steuerte er direkt auf das Urinal zu, das sich in einer Nische des Bahnhofsgebäudes befand. Die perfekte Gelegenheit, ihn in die Enge zu treiben.

Langsam erhob sie sich. Mit ihrem Hoodie und den Dr. Martens fiel sie nicht auf. In der Nische war eh niemand zu sehen. Das Pissoir war nur für einen Pinkler geeignet, deswegen konnte sie sicher sein, dass ihr Opfer allein in dem Klo war, das von zwei mannshohen Sichtschutzwänden verdeckt wurde. Smilla hatte sich das Teil vor einiger Zeit angesehen. Jetzt erinnerte sie sich an das eine Pissbecken, das sich hinter den Kunststoffwänden befand. Für Frauen gab es natürlich keine Möglichkeit zur Blasenentleerung, was für den Entwicklungsstand der verantwortlichen Stadtgremien sprach. Die fehlende Gleichberechtigung spielte ihr im Moment in die Karten. Ein Stück von Kurts Hinterkopf ragte über den Sichtschutz hinaus. Vorsichtig schlich sich Smilla an den Toilettenverschlag heran. Beim Näherkommen vernahm sie das Plätschern von Kurts Urin. Der Kerl hatte offenbar einen Strahl wie ein Pferd. Bei der Entleerung pfiff er eine Melodie, die Smilla nicht kannte. Auf jeden Fall handelte es sich dabei um keinen Song von Nirvana.

Vor dem Eingang zur Kabine hielt Smilla inne und zählte innerlich bis drei. Dann ging sie hinein und trat dem Dealer ohne Vorwarnung von hinten in die rechte Kniekehle. Mit einem Ächzen sank er in die Knie, dabei nässte er sich mit seinem eigenen Urin ein. Smilla schlang ihren rechten Arm um Kurts Hals und presste ihre Armbeuge gegen seinen Kehlkopf. Mit der linken Hand griff sie ihre rechte und drückte zu. Der Dealer röchelte und schlug mit seinen Fäusten auf ihre Oberschenkel. Hätte

Smilla fester zugedrückt, hätte der Kerl innerhalb von Sekunden das Bewusstsein verloren.

»Hör genau zu!«, zischte sie ihm ins Ohr. »Konrad ist ein gnädiger Mensch. Er schickt zuerst mich, um seine Kohle wiederzubekommen. Und ich bin auch gnädig, drücke dir die Luft nur ein bisschen ab und mache vielleicht noch ein paar andere Kleinigkeiten. Aber das ist nichts gegen das, was passiert, wenn du nicht innerhalb einer Woche deine Schulden bezahlst. Dann kommt jemand, der weitaus schlimmer ist als ich.«

Der Typ versuchte, etwas zu sagen, mehr als ein Röcheln brachte er aber nicht zustande. Nachdem Smilla den Griff ein wenig lockerte, rang er keuchend nach Luft.

»Hast du verstanden?«, hakte sie nach. Ihr Blick fiel auf die Urinlache am Boden, die sich bedrohlich in Richtung ihrer Dr. Martens ausbreitete. Wenigstens hatte der Dealer vor Schreck aufgehört zu pinkeln. Sein Ding hing schlaff aus der Hose. Um der Pisse auszuweichen, machte sie einen Schritt zurück. Dabei war sie einen Moment nicht aufmerksam, was Kurt auf die Idee brachte, mit seinem Ellenbogen nach Smilla zu schlagen. Sein Arm kam nicht einmal in die Nähe ihres Gesichts. Blitzschnell wich sie aus, löste den Würgegriff und packte den Dealer wie ein Katzenjunges im Nacken. Mit voller Kraft drückte sie seine Halsmuskeln zusammen, zwang Kurt so zu einer Verbeugung, die im vollgelaufenen Urinal endete. Sein Gesicht versank in der gelben Brühe. Smilla presste ihn so weit runter, dass seine Lippen gegen die versifften Klosteine stießen. Innerlich zählte sie bis dreißig, dann zog sie ihr Opfer aus der stinkenden Kloake. Mit dem Handballen verpasste sie ihm eine Kopfnuss und drehte sein

Gesicht in ihre Richtung.

»Willst du mich jetzt noch mal angreifen?«, fragte sie ihr Gegenüber, dem die Pisse aus dem blonden Schopf tropfte. Der Kerl schüttelte den Kopf, dabei verteilte er Fäkalsuppe in der Gegend. Einen Tropfen spürte Smilla auf ihrer linken Wange aufklatschen. Es machte ihr nichts aus, sie hatte schon widerlichere Dinge mitgemacht. »Also, sorge dafür, dass Konrad die Scheißkohle kriegt. Glaube mir, wenn der Nächste kommt, dann sehnst du dich nach dem Pissbecken zurück. Hast du verstanden?«

»Ja«, murmelte der Dealer kleinlaut.

»Bist du Rechtshänder?« Kurt sah sie verdattert an. »O Mann, mit welcher Hand holst du dir einen runter?« Es dauerte einen Moment, bis der Kerl seine rechte Hand ein Stück anhob. Smilla fackelte nicht lange, packte sich die linke Hand des Drogenverkäufers und überstreckte den kleinen Finger, bis er mit einem dumpfen Knacken brach.

»*Smells like Teen Spirit*«, murmelte Smilla, während Kurt so laut brüllte, dass die dünnen Wände des Klos vibrierten. Ihr Job war beendet, deshalb suchte Smilla eilig das Weite. Draußen stand ein Obdachloser, der sie blöd angriente.

»Iss jetzt frei?«, fragte der Penner.

»Kannst reingehen. Aber pass auf, da liegt noch ein Stück Scheiße am Boden«, antwortete Smilla.

Kapitel 2 - Boom

Am nächsten Morgen hockte sie mit einer Flasche Bier in der Hand vor Harrys Kiosk. Sie hatte gerade einen ordentlichen Schluck aus der Pulle genommen, als ein schwarzer SUV vor ihr am Straßenrand hielt. Konrads Vasallen! Die Seitenscheibe fuhr herunter und Smilla erwartete schon das Gesicht von Yut zu sehen. Yut war Konrads rechte Hand und der Kerl fürs Grobe. In der Regel war er es, der Kontakt mit ihr aufnahm, wenn Konrad was von ihr wollte. Umso erstaunter war sie, dass sie ein ihr fremdes Gesicht aus dem Seitenfenster anstarrte.

»Hey, bist du Smilla?«, fragte sie der Kerl. Der Typ hatte ein Gesicht zum Reinschlagen. Die schwarzen Haare schmierig nach hinten gegelt, irgendein Schriftzug als Halstattoo, sein Gesicht sonnenbankgebräunt und von einer langen Narbe auf der linken Wange entstellt.

»Wer will das wissen?«, erwiderte Smilla und setzte die Flasche an den Mund.

»Konrad will dich sehen!«

»Ach ja? Und ich will meine Ruhe haben.« Sie konzentrierte sich wieder auf ihr Bier. Als sie die Flasche erneut ansetzte, sah sie, dass der Kerl aus dem Wagen ausstieg. Sein Körper passte zum Gesicht. Der Typ war spindeldürr, trug ein Ed-Hardy-Muscleshirt und eine kurze Hose mit Tarnmuster, die seine dünnen Beine zur Geltung brachten.

»Komm mit!«

»Leck mich!«

Der Typ seufzte, dann grapschte er nach Smillas Schultern, doch sie war schnell und versetzte ihm einen Aufwärtshaken zwischen die Beine. Das folgende Ächzen glich dem eines angeschossenen Elefanten. Smilla war ruckzuck auf den Beinen und packte erneut in die Hoden von Konrads Laufburschen.

»Wie heißt du?«, fragte sie ihn.

»Lukas!«, hauchte dieser mit gequälter Stimme und passendem Gesichtsausdruck.

»Okay, Lukas, kennst du das Wort *Bitte*?« Ein zaghaftes Nicken. »Also, fangen wir noch mal von vorn an.«

Der Kerl brauchte einen Moment, bis er verstand, was er tun sollte. Als es endlich Klick machte, sagte er: »Könntest du bitte mitkommen? Konrad würde dich gern sprechen.« Smilla grinste, dann nahm sie ihre Hand von Lukas Eiern und wischte sie an der feuchten Bierflasche ab.

»Warum nicht gleich so?«

Smilla trank noch einen Schluck, dann stand sie auf und spazierte auf den SUV zu. Sie schien locker, doch in Wirklichkeit war sie hoch konzentriert, denn es war nicht ausgeschlossen, dass dieser Lukas versuchen würde, sie hinterrücks anzugreifen. Doch zu seinem Glück tat er das nicht. Kleinlaut ging er an ihr vorbei und hielt ihr die Tür zum Wagen auf.

»Danke!«, sagte sie lächelnd und stieg ein.

Es war nicht überraschend, dass im Auto eisiges Schweigen herrschte. Knapp fünf Minuten dauerte die Fahrt bis zu Konrads Domizil. Bei seinem Vermögen und vor allen Dingen aufgrund seines Hangs zur Individualität erwartete man, dass sein Zuhause sein Wesen widerspiegelte.

Aber statt einer pompösen Villa oder einer luxuriösen Penthouse-Wohnung, verbrachte Konrad die meiste Zeit im ausgebauten Kellergeschoß eines seiner Clubs. Das *Boom* befand sich mitten im Rotlichtviertel der Stadt und war eingebettet zwischen verschiedenen Kneipen, Etablissements und Bars, die allesamt Konrad gehörten. Lukas führte sie durch den Hauptraum des Clubs, der aus kleinen chilligen Inseln aus blauem Leder bestand. In der Mitte gab es eine Plattform mit einer Stange, an der eine halb nackte Blondine für ihren abendlichen Auftritt trainierte. Hinter der mächtigen Mahagonitheke polierte ein volltätowierter Barkeeper Gläser. Den Weg über die versteckte Treppe ins Untergeschoß war sie schon etliche Male gegangen. Nach der letzten Stufe folgte eine massive Stahltür. An der Wand hing ein Tastaturfeld, in das Lukas einen Code eintippte. Smilla konnte erkennen, dass er 140717 eingab. Sie musste schlucken, denn es handelte sich um das Datum, an dem Konrad und sie fast gestorben wären. Schnell verdrängte sie den Gedanken an die albtraumhaften Geschehnisse in ihrer Kaserne nahe Kandahar.

Mit einem Klacken entriegelte sich die Metalltür und sprang auf. Dahinter begann Konrads Wohnbereich, der besser zu dem introvertierten Gauner passte. Ein schmaler Korridor mit dunklen Bodenfliesen und schwarzen Ornamenttapeten führte zu einer kunstvoll verzierten Holztür, die wie der Eingang zur Hölle aussah. Versteckte Strahler spendeten ein schummriges Licht auf dem Weg zu der Tür, auf der Köpfe von monströsen Gestalten, zähnefletschenden Bestien und gruseligen Untoten abgebildet waren. Ihre Blicke wirkten tief und aggressiv und erweckten den Eindruck, dass sie jeden Moment auf einen zuspringen würden.

»Geile Tür, wa?«, murmelte Lukas.

Smilla mochte die Tür genauso wenig wie den gesamten unterirdischen Trakt. Ihre Wohnung war hell und sonnendurchflutet. Hier in den Katakomben erwartete man in jeder Ecke eine verstümmelte Leiche.

An der Horrortür gab es kein elektronisches Türschloss, dafür kontrollierte eine Kamera, deren Linse im Auge eines Zyklopen eingelassen war, was im Korridor vor sich ging. Ein Summen erklang. Lukas zog die Tür auf.

»Bitte schön«, sagte er spitz.

Smilla grinste ihn an. Die Tür fiel hinter ihr ins Schloss. Sie befand sich in einer Art Schleuse von der Größe einer Garage. Auch hier war alles in Schwarz gehalten. Irgendwo hing auch hier eine Kamera, durch die Konrad sie beobachtete. Gleich würde die Tür wie von Geisterhand ein Stück aufgehen und den Weg in Konrads Bathöhle freigeben. Kaum hatte sie diesen Gedanken gefasst, da passierte es auch schon.

Einen Moment später betrat sie das Wohnzimmer des Verbrechers und blieb vor Erstaunen starr stehen. Sie wusste, dass Konrad einen Hang zu ständiger Umgestaltung hatte, doch seit ihrem letzten Besuch wirkte der loftartige Raum wie aus einer anderen, vergangenen Welt. Statt dem schwarz-weißen Steril-Look dominierte nun eine altenglische Oxford-Einrichtung das riesige Zimmer. Sie kam sich vor, als wäre sie am Set einer Sherlock-Holmes-Verfilmung. Dunkle Holzpaneele verkleideten die

Decke und Wände. Am Boden lag perfekt verlegtes Parkett, das so edel aussah, als wäre es in einer Nacht- und Nebelaktion aus dem Schlafzimmer des britischen Königs herausgerissen worden. Ein gigantisches Bücherregal füllte eine komplette Seite des Raumes aus, darin standen dicht gedrängt alt aussehende Bücher. Der Blickfang war allerdings ein Schreibtisch von der Größe eines Kleinwagens, daneben thronte ein antiker Standglobus, dahinter ein ausladender Ledersessel, von dem man nur die Rückseite sehen konnte. Das einzig Moderne hing an der Wand hinter dem Schreibtisch. Es handelte sich um den größten Flachbildfernseher, den Smilla je gesehen hatte. Auf dem Bildschirm loderte ein digitales Kaminfeuer.

»Hallo, Fräulein Smilla!«

»Hallo, Konny!«, erwiderte sie.

Es war ein altes Ritual zwischen den beiden. Sie hasste es, als Fräulein Smilla angesprochen zu werden. Ihre Mutter war verrückt gewesen nach dem Roman *Fräulein Smillas Gespür für Schnee* von Peter Hoeg. Der kühlen dänischen Protagonistin des Buches hatte sie ihren Vornamen zu verdanken. Aber sie war weder ein Fräulein noch eine Dänin. Gott sei Dank gab es nur wenige Menschen, die Fräulein Smilla kannten. Wenn überhaupt, dann aus der gleichnamigen Verfilmung mit Julia Ormond in der Hauptrolle. Auch Konrad hasste die Verniedlichung seines Vornamens. Niemand außer ihr wagte es, ihn so zu nennen.

Der Chefsessel drehte sich automatisch wie der Kopf eines Roboters. Konrad saß mit überkreuzten Beinen darin. Bei seinem Anblick schwankte Smilla zwischen Amüsement und Schrecken. Der amüsierte Teil ihrer Empfindung wurde durch die Kleidung des Clanchefs ausgelöst. Er trug einen karierten Tweed-Anzug, der zu der englischen Einrichtung passte, im Kontrast dazu stand sein Gesicht, das Smilla kaum wiedererkannte.

»Eigentlich wollte ich einen echten Kamin, aber das ist hier unten etwas umständlich.« Konrad machte eine Pause, beobachtete Smillas erstaunten Ausdruck. »Was ist? Habe ich was im Gesicht?«, fragte er mit dem Hauch von einem Lächeln.

Smilla war sich nicht sicher, ob mit der Spannung in seinem Gesicht überhaupt ein Lachen möglich war. Vielleicht würde seine Haut einfach reißen, wenn er mehr als seine Mundwinkel hob. Sie kannte Konrads zwanghaften Wahn, sich Schönheitsoperationen zu unterziehen. Doch seit dem letzten Treffen, das jetzt schon mehr als sieben Monate zurücklag, hatte sein Aussehen nahezu unmenschliche Züge angenommen. Sie musste an die sogenannten Bogdanoff-Zwillinge denken, zwei Szene-Brüder, die sich durch etliche Operationen verändert hatten und mit ihren länglichen, starren Gesichtern wie Aliens aussahen. Vor allen Dingen Konrads Wangenknochen wirkten, als wären sie mit Semmelknödeln unterfüttert worden. Dazu kam die exzentrische Schminke, die ihn zu einem Harald-Glöckler-Double machte. Allerdings verkaufte er Drogen und Frauen statt Tapeten und Parfüm. Auf seinen schwarz gefärbten Haaren – einer Perücke, wie Smilla vermutete – musste eine Wochenration Haarspray für Steife sorgen. Manchmal konnte sie kaum glauben, was aus dem kleinen Bundeswehrsoldaten mit Halbglatze und Tränensäcken unter den Augen geworden war.

»Was ist? Hast du Angst vor mir?«

»Nein, du siehst gut aus, abgesehen von der Schminke, die ist nicht so mein Ding.«

Konrad lachte kehlig.

»Wie gehts dir, Smilla?«, fragte er mit sanfter Stimme. Jetzt war sie es, die mit den Mundwinkeln zuckte.

»Wie immer.«

»Also schlecht.« Darauf antwortete sie nicht. »Habe gehört, du hast dem kleinen Penner ordentlich auf die Füße getreten.«

»Der wird zahlen.«

»Scheiß auf das Geld, ich lass mich nur nicht gern an der Nase rumführen.«

»Und?«, fragte Smilla.

»Und was?«

»Du hast mich doch nicht gerufen, damit ich für dich Dr. Watson spielen soll.«

»Wieso? Gefallen dir mein neues Wohnzimmer und mein Anzug nicht?« Smilla zuckte mit den Schultern. »Hmm, Dr. Watson. Eigentlich hast du damit genau ins Schwarze getroffen.«

»Ach ja?«

»Du kannst dich doch bestimmt an Rumba erinnern?« Smilla nickte. Rumba war der Spitzname für Manuel Rumbart, Privatsekretär und Finanzbuchhalter von Konrad. Der Mittzwanziger verwaltete die Finanzen der Organisation, war außerdem Computerexperte und Konrads Butler.

»Klar, ist ein hübscher Bursche! Was ist mit ihm?«

Konrad seufzte, dann stand er auf und kam auf Smilla zu. Bei seinem Anblick war es schwer, ernst zu bleiben.

Konrad blieb vor ihr stehen und musterte sie.

»Rumba ist vor zwei Wochen verschwunden«, sagte er nach einigen Augenblicken.

»Verschwunden? Wie meinst du das?«

»So wie ich es gesagt habe. An einem Tag war er noch da, am nächsten war er wie vom Erdboden verschluckt. Sein Handy war tot und WhatsApp-Nachrichten konnten nicht zugestellt werden.«

»Also hast du keine Ahnung, wo er ist.«

»Doch, mittlerweile schon.«

»Okay, und was habe ich …«

Konrad hob seinen rechten Zeigefinger. Wie immer trug er Handschuhe, dieses Mal hellbraune Wildlederhandschuhe, die zu seinem Anzug passten. An die Brandnarben an seinen Händen ließ er keinen Chirurgen.

»Wir haben natürlich alles auf den Kopf gestellt und jeden Stein umgedreht. Zuerst dachten wir, dass die Albaner oder die Rocker ihn gekidnappt haben, um mich unter Druck zu setzen. Aber die waren es nicht.«

»Okay«, kam es erneut von Smilla. Noch wartete sie darauf, was sie mit der Sache zu tun hatte. »Wo isser denn nu?«

»Während unserer Recherchen haben wir auch sämtliche Krankenhäuser in der Gegend abgecheckt. Wir dachten an einen Unfall oder so. In letzter Zeit wirkte Rumba nämlich nicht besonders fit. Allerdings haben wir nichts rausbekommen. Schließlich haben wir gecheckt, wo sich sein Handy zuletzt eingeloggt hatte.«

»Wie habt ihr das denn hingekriegt?«

»Ach, Smilla, du solltest doch wissen, dass ich Hinz und Kunz kenne.« Er versuchte zu grinsen, was ihm aber nur ansatzweise gelang.

»Und wo ist Rumba jetzt?«

»Offenbar ging es ihm schlechter, als ich dachte. Er befindet sich in einer psychiatrischen Anstalt nicht weit von der holländischen Grenze. Es ist zwar schwer, Infos zu bekommen, Scheißdatenschutz, aber es gibt nichts, was man nicht mit ein paar Scheinchen regeln könnte.«

»Ein Pfleger hat uns erzählt, dass sich Rumba selbst eingewiesen hat. Schwere Depressionen, Kokainsucht und Suizidgedanken.«

»Der Arme! Wahrscheinlich ist er nicht der geborene Verbrecher.«

Dieses Mal grinste Konrad nicht. Er schaute Smilla mit ernstem Blick an, sagte aber nichts zu ihrem Kommentar. Sie ahnte, woran er gerade dachte. Es war dasselbe, worüber sie gerade sinnierte. In ihrem Kopf sah sie die Bilder von ihrem eigenen Aufenthalt in einer Psychiatrie. Damals war sie leer wie eine Patronenhülse, ein Wrack als Folge eines posttraumatischen Syndroms, ohne Lebenswillen und mit selbstzerstörerischen Tendenzen. Damals sah sie es als einzigen Ausweg, sich einweisen zu lassen. Der größte Fehler, den sie jemals begangen hatte. Sie hatte kaum die Türen der Klinik durchschritten, als man sie von morgens bis abends mit Medikamenten vollstopfte. Vier Monate später kam sie wieder raus, abhängig von Benzodiazepinen, fünfzehn Kilo schwerer und noch ausgebrannter als vor dem Klinikbesuch. An dem Tag ihrer Entlassung schwor sie sich, nie wieder eine Psychiatrie zu betreten.

»Machen wir uns nichts vor, Rumba ist weich wie ein

Milchbrötchen. Er ist kein Verbrecher, auf jeden Fall keiner fürs Grobe. Aber er hat einen unglaublichen Riecher für die richtigen Investitionen, ist loyal und besitzt mein volles Vertrauen. Du weißt genau, dass es nur wenige Menschen gibt, denen ich bedingungslos vertraue. Genau genommen gibt es da nur zwei: Rumba und dich!«

»Danke, aber ich habe keine Ahnung, was du von mir willst.«

»Ich will, dass du ihn rausholst.«

Smilla verzog das Gesicht, als hätte Konrad ihr einen Schlag mit der Faust verpasst. Der Gedanke, einen Fuß in eine Psychiatrie zu setzen, stieß ihr sauer auf. Außerdem verstand sie nicht, warum sie das machen sollte. Konrad hatte eine Armee von Leuten, die das für ihn erledigen könnten.

»Warum ich? Schick doch irgendeinen von deinen Jungs oder Mädels rein. Dafür braucht man kein Elitesoldat zu sein.«

»Vielleicht doch«, erwiderte Konrad.

»Wie meinst du das?«, fragte sie mit Falten auf der Stirn.

»Gestern habe ich Yut zu Rumba geschickt. Die Klinik ist riesig. Eine Anlage, die wie ein Park frei zugänglich ist. Yut sollte sich dort ein wenig umsehen und nach Rumba Ausschau halten. Vielleicht hält er sich doch nicht freiwillig dort auf. Er sollte sich melden, sobald er in der Klinik ist.«

»Und … hat er was rausbekommen?«

Konrad zuckte mit den Schultern. »Keine Ahnung, er hat sich nicht mehr gemeldet. Ans Handy geht er nicht ran und WhatsApp-Nachrichten laufen ins Leere. Da stimmt was nicht. Man kann von Yut halten, was man will, aber zuverlässig ist er.«

»Konrad, das kann tausend Grü…«

»Warte!«, unterbrach sie der Unterweltboss. »Gestern Abend habe ich einfach in der Klinik angerufen. Nichts!«

»Wie? Nichts?«

»Da geht niemand ran, egal, welche Nummer ich anrufe.«

»Wo geht heutzutage schon jemand ans Telefon?«, versuchte sie zu relativieren.

»Ich habe noch jemanden hingeschickt.«

»Und der meldet sich auch nicht mehr, oder was?«

»Doch, Jackie hat sich gemeldet. Er hat ein Video von der Klinik gemacht und es mir gestern geschickt. Warte, ich habs vorbereitet!«

Konrad drehte sich um und ging zu seinem Schreibtisch. Seine braunen Lederschuhe quietschten bei jedem Schritt wie ein Heimchen. Er griff sich fast behäbig eine Fernbedienung vom antiquierten Schreibtisch und ließ den lodernden Kamin auf dem Flachbildfernseher mit einem Tastendruck verschwinden. Stattdessen erschien das besagte Video.

»Das ist der Haupteingang«, hörte man eine Stimme. Das Bild war nicht besonders deutlich, offenbar aus einiger Entfernung aufgenommen. Man konnte ein Schild erkennen, darauf stand in geschwungenen Lettern *Kaiserklinik Exern.* Vom Eingang des Krankenhauses war nicht viel zu erkennen, denn der gesamte Bereich war mit weißen Fahrzeugen zugestellt. Sie standen im Halbkreis wie eine Wagenburg und versperrten den Blick auf das dahinterliegende Klinikgelände.

»Überall sind die. Das gesamte Gelände ist mit Fahrzeugen umstellt. Keine Ahnung, was hier los ist. Guck mal da.«

Zwischen zwei Wagen konnte man eine Person sehen, die in einen weißen Overall gekleidet war. Sie trug eine Gasmaske über dem Gesicht.

»Ich mache jetzt lieber Schluss. Will nicht entdeckt werden.«

Kurz danach stoppte das Video. Konrad wechselte per Fernbedienung wieder zum Kaminfeuer.

Smilla schnalzte mit der Zunge.

»Hmm, komisch«, murmelte sie.

»In der Tat«, pflichtete ihr Konrad bei.

»Vielleicht ’ne Geiselnahme?«

»Kommen dann Leute mit Gasmasken?«

»Ein Terroranschlag?«

»Möglich, kann ich mir aber nicht vorstellen.«

»Warum nicht?«

»Nachdem mir mein Mitarbeiter das Video geschickt hatte, brach der Kontakt zu ihm ab. Vielleicht hat man ihn dort entdeckt. Seit Stunden mache ich nichts anderes, als das Netz zu durchforsten, um irgendwelche Infos zu finden, was da vor sich geht. Aber seltsamerweise gibt es absolut keine Nachricht zu einem Vorfall in der Kaiserklinik Exern. Bei einem möglichen Terroranschlag wäre längst eine Info durchgesickert und die Nachrichtensender würden heiß laufen. Da läuft irgendwas Schräges.«

»Tja, das ist wirklich eine seltsame Angelegenheit. Glaubst du, dass die Sache was mit Rumba zu tun hat?«

»Wie auch immer, ich will den Jungen wieder hier haben.«

»Und ich soll da eben mal rein, ohne dass die Typen in ihren weißen Anzügen mich erwischen, Rumba rausholen und am besten auch Yut mitbringen.«

»Ungefähr so habe ich mir das vorgestellt.«

Einen Moment lang sagte Smilla nichts. Sie kannte Konrad genau. Er hatte zwei Gesichter. Auf der einen Seite war er durchaus ein gefühlvoller Mensch, der sich für andere interessierte und ihnen half, wenn sie es in seinen Augen wert waren. Andererseits schlummerte in ihm auch ein brutaler und bösartiger Krimineller, der dir von einer Sekunde auf die andere eine Kugel in den Kopf ballern konnte. Dass er Rumba nur aus sentimentalen Gefühlen heraus wiederhaben wollte, hielt sie zwar für möglich, doch war sie sich ziemlich sicher, dass noch mehr hinter seiner Sehnsucht nach dem jungen Mann steckte.

»Du kriegst alles, was du brauchst. Und ich gebe dir 250.000 Euro als Honorar.«

Smilla reagierte nicht, sie schaute ziellos in die Ferne. Ihr Herz pochte schnell bei dem Gedanken an das Geld. Ihrem Traum von einem Häuschen in der Toskana kam sie damit verlockend nahe.

»Willst du mehr Geld?«, fragte Konrad. »500.000! Was sagst du dazu?«

Ihr Blick klärte sich. Ruhig blickte sie ihren ehemaligen Bundeswehrkameraden an. Sie hätte einfach absagen können, denn sie ahnte, dass die Angelegenheit nicht so einfach werden würde. Doch das Geld ließ sie weich werden. Trotzdem wollte sie nicht einfach so zusagen. Zuerst musste sie wissen, worum es Konrad wirklich ging.

»Du weißt, dass ich dir auf ewig verpflichtet bin. Deshalb würde ich dein Angebot ungern ablehnen. Aber ich werde es tun, falls du mir nicht die Wahrheit sagst. Wir kennen uns schon ewig, Konrad. In deinem Herzen sitzen Engel und Teufel dicht beieinander. Wenn du meine Hilfe willst, dann sage mir sofort die Wahrheit. Warum liegt dir so viel an Rumba?«

Konrads Augen hatten sich während ihrer Forderung immer weiter verengt. Nun waren es nur noch Schlitze, die seiner Erscheinung einen dämonischen Touch verliehen. Es vergingen Minuten, zumindest kam es Smilla so lange vor, bis der Gangsterboss anfing zu sprechen.

»Smilla«, sagte er leise. »Du glaubst, ich bin ein Monster.«

Sie entgegnete nichts.

»In meinem Geschäft muss man hart sein, zumindest nach außen. Rumba war vor zwei Jahren noch ein Penner, wie dieser Typ, dem du für mich gestern die Leviten gelesen hast. Als ich Manuel zum ersten Mal sah, habe ich mich … sofort in ihn verguckt. Ich habe ihn in die Organisation geholt, ein Auge auf ihn geworfen und er hat es mir zurückgezahlt. Ich rede nicht von seinem Händchen für Finanzen und Computer, sondern von seinem Händchen für mich. Mit der Zeit sind wir uns nähergekommen, wenn du weißt, was ich meine. Ich will den Jungen zurückhaben, denn er ist das Beste, was mir in der letzten Zeit passiert ist. Bitte, Smilla, tu mir den Gefallen. Mit dem Geld kannst du machen, was du willst … neu anfangen, deinen Traum von einem Haus in der Toskana verwirklichen. Bitte!«

Seine Ansprache traf mitten in Smillas Herz. Der kleine Konrad war verknallt und bangte um seinen Liebsten. Seine Geschichte hörte sich wie der Plot von einem

Chick-Lit-Roman an. Ein Mann, der in der Lage war, ohne mit der Wimper zu zucken, Menschen zu exekutieren, bangte um seinen süßen Freund, der in einer Psychiatrie verschwunden war. So etwas war zu verrückt, um erfunden zu sein.

»Okay«, sagte sie. »Ich versuche, ihn da rauszuholen.«

»Danke, Smilla!«, murmelte er, beugte sich vor und küsste sie auf die Stirn. »Warte noch einen Moment«, ergänzte er.

Smilla glaubte zu erkennen, dass seine Augen glasig waren. Vielleicht irrte sie sich aber auch. Konrad drehte sich um und ging zu seinem Schreibtisch. Er hob einen Aktenkoffer hoch und stellte ihn auf der Tischplatte ab.

»Sei mir nicht böse, aber ich musste versuchen zu handeln«, sagte er mit einem belustigten Unterton. »In dem Koffer sind 500.000 Euro und eine Waffe, die du eventuell gebrauchen kannst. Außerdem ein Handy, über das du mich bitte auf dem Laufenden hältst. Meine Nummer ist einprogrammiert. Es befindet sich auch ein USB-Stick in dem Koffer. Darauf findest du alle Infos, die ich über die Klinik bis jetzt herausgefunden habe. Die Lage dort ist ziemlich seltsam und sieht übel aus, also pass auf dich auf!«

Smilla ging die wenigen Schritte bis zum Schreibtisch. Langsam streckte sie die Hand nach dem Koffer aus. Noch gab es ein Zurück. Vielleicht sollte sie auf ihr Bauchgefühl hören, das ihr mitteilte, die Finger von der Sache zu lassen. Auf der anderen Seite hatte sie nichts zu verlieren. Entweder holte sie Rumba raus und hatte ausgesorgt oder sie verreckte in dieser abgesperrten Psychoklinik. Beide Szenarien boten ihr eine Perspektive, die eine sogar eine endgültige. Sie griff nach dem Koffer. Mit einem Nicken verabschiedete sie sich von Konrad, drehte sich um und ging. Kurz bevor sie die Tür erreicht hatte, veranlasste sie Konrads Stimme zum Stehenbleiben.

»Danach sind wir quitt.« Smilla drehte sich nicht um.

»Konrad, wir werden niemals quitt sein.«

Kapitel 3 - Daryl

Sein Chef, der fette Sack, hatte sich krankgemeldet. Besser konnte ein Arbeitstag nicht anfangen. Trips nahm sich den Becher mit dem Schriftzug *Babo* aus dem Schrank.

»Scheiße!«, fluchte er genervt. Er hatte vergessen, das Teil am Vortag zu spülen. Jetzt begutachtete er den bräunlichen Belag am Boden des Bechers und entschied sich, dass er keinen Bock hatte, bis zur Küche in der ersten Etage zu schlurfen. Der Kaffee hier schmeckte sowieso fürchterlich. Immer diese *ALDI*-Plörre, die sein Chef Martinek bevorzugte. Der Billigkaffee beleidigte Trips' Gaumen. Martinek war ein Geizhals, er rannte sogar vor der Arbeit jeden Morgen eine Viertelstunde bis zum nächsten Discounter, damit er nicht die teuren Brötchen beim Bäcker nebenan kaufen musste. Drauf geschissen! Der Idiot war heute nicht da, vielleicht blieb er sogar länger weg, und in einem Monat würde er diesem Scheißladen sowieso den Rücken kehren. Zwei Jahre als Hausmeister in einer psychiatrischen Klinik, was in diesem Laden neudeutsch *Facility Manager* hieß, reichten vollkommen. Der Wahnsinn hatte hier Methode und die Leute, die das Sagen hatten, waren verrückter als die Patienten, die hier nach Hilfe suchten. Hilfe? Hier gab es keine Hilfe für die kranken Leute. Aus kranken Leuten wurden lebende Leichen fabriziert, vollgedröhnt bis unter den Haaransatz. Die einzige Therapie bestand aus der Verabreichung von Medikamentencocktails. Aber schon bald war das nicht mehr sein Problem. In Zukunft würde er sich um seine Karriere kümmern. Er spürte, dass in ihm das Talent eines großen Rap-Stars schlummerte. Und wenn alle nur noch von ihm … Rapper Trips … schwärmten, dann würde er sich eine Rolex kaufen, Gucci tragen und das Gaspedal seines Lambos durchtreten. Bald würde dieses Scheißleben ein Ende haben und er wäre der Star, den alle anhimmelten.

Trips schüttete seinen Becher randvoll mit Kaffee. Langsam schlürfte er die heiße Brühe, darauf bedacht, sich die Zunge nicht zu verbrennen. Er stellte die Tasse auf den Resopaltisch und schaute sich um. Hier unten im Aufenthaltsraum im Keller des Verwaltungsgebäudes ließ es sich aushalten. Die dicken Mauern hielten die brütende Sommerhitze ab. Es war zwar erst 9:00 Uhr morgens, aber draußen war es schon so heiß wie sonst erst um die Mittagszeit. Gott sei Dank musste er sich von Martinek heute nicht rumscheuchen lassen.

Sein Blick fiel auf den Plan mit den anstehenden Aufgaben an der Wand. Es gab nicht viel zu tun. Im Horney-Haus musste im ersten Stock eine defekte Glühbirne ausgewechselt werden. Im Ebbinghaus-Komplex hatten die Idioten einen Fenstergriff geschrottet und die Papierkörbe auf dem gesamten Gelände quillten über. War er bei der Müllabfuhr, oder was? Aber was sollte er machen, er hatte keinen Bock auf Ärger. Warum spannte man nicht ein paar von den Trotteln hier ein, die den ganzen Tag wie Geister durch die Klinik wanderten? Vielleicht wäre es gar nicht so schlecht, wenn die sich mal nützlich machen würden. Aber erst einmal würde er chillen. Später war noch genug Zeit, um den Mist zu erledigen.

Er stopfte sich seine AirPods in die Ohren, nahm seinen Kaffee und hockte sich auf den Bürostuhl. Mit voll aufgedrehter Lautstärke hörte er sich das neue Kollegah-

Album an. Der Typ hatte es echt drauf, aber bald würden alle nur noch von Trips reden. Vielleicht fragte Kollegah ihn irgendwann, ob sie mal was zusammen aufnehmen könnten.

Während die stampfenden Beats durch seine Gehörgänge donnerten, blickte er sich in dem Kellerraum um. Dieser Martinek hatte echt einen an der Waffel. Der Aufenthaltsraum war ein Heiligtum für seinen Chef. Am liebsten hätte der Vogel niemanden reingelassen. Manchmal kam es ihm vor, als bereite sich Martinek auf einen Atomkrieg vor. Neben den Werkzeugen, die sie für die Arbeit benötigten, standen hier Schwerlastregale, die vollgestopft mit Lebensmitteln waren. Jede Menge Konserven, Nudeln, Reis, eine Palette, auf der etliche Sechserpacks Mineralwasser gestapelt waren und Toilettenpapier in rauen Mengen.

Er hatte mal gelesen, dass man solche Vögel *Prepper* nannte. Typen, die fest davon überzeugt waren, dass das Ende der Welt kurz bevorstand und ihre Keller mit Lebensmitteln und anderem Zeugs vollstopften. Und was konnte wichtiger sein als Klopapier, wenn die Apokalypse nahte? Dann trat man wenigstens mit einem sauberen Arsch ab. Aber die Fressalien und das Scheißhauspapier waren nicht das Einzige, was Martinek in diesem Keller hortete. Der verschlossene Koffer in einem der Schwerlastregale war kein Geheimnis. Ein Geheimnis war jedoch dessen Inhalt und der Code für das Zahlenschloss – zumindest dachte das der Vollpfosten Martinek.

Trips stand vom Drehstuhl auf. Während Kollegah ihm seine Reime in die Ohren ballerte, schlurfte er zu dem hintersten Regal. Auf dem untersten Boden stand der uralte Samsonite. Nach einer Woche kannte Trips den Code für den Koffer. Offenbar litt Martinek an notorischer Vergesslichkeit, denn als Trips an seinem ersten Tag morgens zur Arbeit kam, lag sein Notizbuch neben der Kaffeemaschine. Sofort nutzte Trips die Gelegenheit, notierte sämtliche privaten Passwörter seines Chefs, darunter auch den Zahlencode für den Koffer. Ein paarmal hatte er schon die beeindruckende Sammlung darin bewundert. Heute wollte er nachsehen, ob etwas Neues dazugekommen war. Doch bevor er sich um den Samsonite kümmern konnte, hielt Trips inne. Zwischen der Rapmusik glaubte er, etwas gehört zu haben. Irgendein Geräusch, das von außen an seine Ohren drang. Sein Blick fiel auf die dicke Stahltür, die in einen Kellergang führte. Da drang kein Mucks durch.

Mit dem Zeigefinger patschte er auf einen der AirPods und stoppte Kollegah. Trips schaute auf das vergitterte Kellerfenster. Jetzt war nichts mehr zu hören. Der Rapper durfte weitersprechen. Trips drehte die Lautstärke ein wenig runter und kniete sich vor dem Schwerlastregal hin. 1889 war der Code, ein Hinweis auf Martineks jämmerliche Gesinnung. Trips öffnete den Koffer und schaute hinein. Tatsächlich hatte der Prepper sein Arsenal erweitert. Neben dem Rambo-Messer, einer Machete und einer Schleuder mit einem Beutel Metallkugeln, lag jetzt auch eine Armbrust in dem Koffer, auf die Martinek in einer kindlichen Handschrift *Daryl* geschrieben hatte. Der Depp war also *The Walking Dead*-Fan und hatte die Waffe nach dem Armbrust tragenden Charakter *Daryl Dixon* benannt.

Trips hätte fast einen Lachanfall gekriegt, wäre nicht in

dem Moment wieder das Geräusch erklungen. Dieses Mal erkannte er es. Er hörte Schreie. Es kam oft vor, dass Patienten schrien, auf dem Gelände rumbrüllten und aggressiv wurden. Doch diese Schreie waren anders. Sie klangen, als würden Menschen um ihr Leben bangen.

Einen Moment lang überlegte er sich, eine der Waffen aus Martineks Koffer zu nehmen, doch das erschien ihm etwas übertrieben. Trotzdem wollte er nicht einfach so draußen nachschauen. Wenn einer der Irren Amok lief, dann konnte es gefährlich werden.

Früher gab es laut Martinek einen Sicherheitsdienst, aber den hatte man aus Kostengründen abgeschafft. Er klappte den Koffer zu und stand aus der Hocke auf. Um nicht ganz unbewaffnet rauszugehen, nahm er seinen Werkzeuggürtel und legte ihn um die Hüfte. Auf dem Tisch lag noch sein Namensschild. Er ließ es dort liegen, sein Name war Trips und nicht Paul Klein. Ohne einen letzten Schluck Kaffee ging er nicht nach draußen.

Mit dem bitteren Geschmack der *ALDI*-Plörre im Mund öffnete er die Stahltür und warf einen vorsichtigen Blick auf den Kellergang. Hier unten war alles ruhig. Selbst im Hochsommer roch es nach Schimmel und Feuchtigkeit.

Die meisten Gebäude der Klinik wurden Ende des neunzehnten Jahrhunderts erbaut und immer wieder notdürftig renoviert. Damals waren noch die meisten Fenster vergittert. Heute gab es keine geschlossenen Abteilungen mehr, damit rühmte sich der Direktor, dieser arrogante Professor Georg Göppert. In Wirklichkeit brauchte man sie schlicht nicht, weil die Patienten bis zum Abwinken mit Medikamenten vollgestopft waren. Die meisten waren so benebelt, dass sie nicht einmal den Ausgang der Anlage gefunden hätten. Wenn sein Einsatz in dieser Klinik etwas Gutes hatte, dann die Erkenntnis, dass er sich niemals freiwillig in eine Psychiatrie einweisen lassen würde.

Aber das juckte ihn nicht. Jetzt interessierte ihn, woher die Schreie kamen. Nervös ging er den Kellergang entlang, dann die Treppe zum Erdgeschoß hinauf. Er öffnete die Tür, die zum Foyer der Verwaltung führte. Als er den Vorraum betrat, wurde das Gekreische lauter. Mit einem mulmigen Gefühl stellte er fest, dass es nicht von draußen kam, sondern vom Trakt der Verwaltungsangestellten.

Die Büros befanden sich in der ersten Etage des Gebäudes. Dort saßen die Sachbearbeiter und auch die Chefärzte der verschiedenen Abteilungen mit ihren Sekretariaten. Entweder nahm man den Fahrstuhl oder die Treppe, um dorthin zu gelangen. Er entschied sich für die Treppe, denn der Fahrstuhl könnte zur Falle werden, wenn ein amoklaufender Patient ihm dort begegnete.

Trips schaute zum Haupteingang des Gebäudes und stellte überrascht fest, dass die Glastür demoliert war. Völlig verbogen hing sie im Rahmen. Sie sah aus, als wäre ein Elefant dagegen gelaufen. Was war hier passiert? Wieder gellten Schreie durch das Haus. Hier stimmte irgendetwas nicht! Am Klügsten würde es sein, sich zu verpissen … das hatte Trips auch vor. Er schaffte ein paar Schritte Richtung Tür, als er hinter sich ein Schlurfen vernahm, das von einem rasselnden Keuchen begleitet wurde. Dieses Mal kam es nicht aus dem ersten Stock, sondern die Quelle befand sich nur wenige Meter von ihm entfernt.

Mit zitternden Knien drehte sich Trips langsam um. Nichts! Im Foyer war niemand zu sehen. Automatisch ließ er seinen Blick kreisen. Dann sah er sie auf den Stufen der geschwungenen Treppe ins Obergeschoß. Es war die Kleine aus der Personalabteilung, auf die er schon seit seinem ersten Tag scharf war. Lisa war ihr Name, die kleine, süße … Er stockte. Süß? Irgendetwas stimmte mit ihr nicht. Er konnte sie nur von hinten sehen, da sie schon fast unten angekommen war.

Ihr wallendes schwarzes Haar war unverkennbar. Sie war eine zierliche Erscheinung, die sonst wie eine Grazie durch die Gegend schwebte. Doch jetzt stampfte sie die Treppe hinunter, als hätte ihr jemand Kanonenkugeln an die Beine gekettet. Dabei atmete sie ungewöhnlich schwer, als hätte sie eine Bronchitis oder Corona.

Trips wollte gerade ihren Namen rufen, als sie stehen blieb und ihren Kopf zur Seite drehte. Fast hätte er geschrien, als er sie von vorn sah. Ihre leuchtend blauen Augen hatten sich in schwarze Murmeln verwandelt. Ihr niedliches Gesicht war von violetten Streifen durchzogen und aus ihrer rechten Wange war ein Stück Fleisch herausgerissen. Dunkles Blut tropfte aus der Wunde über das Geländer der Treppe auf den Boden des Foyers.

Scheiße, Scheiße, fluchte er in sich hinein. Was sollte er tun? Natürlich verschwinden. Er hatte keine Ahnung, was hier los war, aber offenbar hatte er es hier nicht nur mit einem durchgedrehten Patienten zu tun.

Wie versteinert stand er da, blickte auf Lisa aus der Personalabteilung, die ihrerseits nur dastand und ihren Kopf ruckartig hin- und herbewegte. Ihn hatte sie bis jetzt nicht entdeckt, allerdings hatte sie ihn auch vor ihrer Metamorphose nicht beachtet.

Ganz langsam machte Trips einen Schritt nach hinten. Er wollte raus aus diesem Gebäude, um schnellstens das Weite suchen zu können. Mehr als fünf Meter konnte er nicht von der demolierten Eingangstür entfernt sein.

Gerade als er weiter rückwärts gehen wollte, hörte er auch hinter sich ein gedämpftes Knurren, wie von einem wilden Tier. Sein Mund war auf einmal furztrocken, sein Herz schlug bebend wie einer von Kollegahs beißenden Beats und am liebsten wäre er schreiend losgerannt. Doch instinktiv blieb er ruhig, drehte sich in Zeitlupentempo um und blickte durch die Glastür nach draußen.

»Fuck!«, zischte er ganz leise.

Ein paar Meter vom Eingang entfernt flanierte noch so eine Horrorfigur in seine Richtung. Das Gesicht des Typen war blutverschmiert und sein FC Barcelona-Trikot hing in Fetzen herunter.

Verdammt, was für ein Albtraum. Jetzt blieb ihm nur noch eine Möglichkeit zur Flucht: zurück in den Aufenthaltsraum im Keller. Hinter der dicken Stahltür wäre er in Sicherheit. Der Zugang zum Keller war nur ein paar Schritte von seiner Position entfernt. Es schien, als hatte ihn Lisa noch nicht wahrgenommen. Wie auch mit diesen Kohleaugen? Wenn er keinen Lärm machte, dann könnte er unbemerkt in den Keller verschwinden.

Capital Bra funkte ihm dazwischen, denn der grölte plötzlich sein *Rolli Glitzer* als Klingelton aus Trips Handy.

Scheiß Bra, dachte Trips und blickte mit Entsetzen auf Lisa. Fauchend hatte sie ihren Kopf gedreht, starrte in seine Richtung und rannte los. Sie sprang förmlich die letzten Stufen hinunter, stürzte, stand wieder auf und sprintete auf Trips zu.

Er hatte viel zu lange gewartet, um noch im Keller zu verschwinden. Entgeistert schaute er auf die heranstürmende Frau. Ihre Bluse stand offen und eine ihrer Brüste hing heraus. Sie quiekte in einem hohen Ton, während sie sich wie ein wildes Tier auf ihn stürzte. Nur noch wenige Sekunden und sie würde ihn anfallen und zu Boden rammen.

Reflexartig griff er an seinen Werkzeuggürtel und zog den langen Schraubendreher heraus. Er musste sich wehren, sein Schwarm hatte nichts Menschliches mehr an sich. Hinter sich hörte er den anderen Wahnsinnigen, der an der Glastür des Haupteingangs rüttelte. Lisa rannte auf ihn zu, es waren nur noch wenige Meter. Er sah ihr entstelltes Gesicht, den verzogenen Mund, die blutigen Zähne, die violetten Verästelungen unter ihrer Haut, die pechschwarzen Augen.

»Kacke!«, schrie er, hob den Schraubendreher und streckte den Arm aus. Mit einem Flutschen versank die Stahlspitze in der freigelegten Brust der Verwaltungsangestellten. Doch anstatt vor Schmerz zu stöhnen, grunzte sie nur einmal tief und versuchte unbeirrt, Trips zu beißen und mit ihren blutverkrusteten Händen nach ihm zu greifen.

Der Schraubendreher drang durch den Druck ihres Körpers immer tiefer in die Brust der jungen Frau ein, doch das schien ihr nichts auszumachen.

Trips wusste, dass er etwas unternehmen musste. Lisa

war völlig durchgedreht, ihr schmächtiger Körper entwickelte unmögliche Kräfte. Sie würde ihn töten, wenn er nicht von ihr wegkam oder sie endgültig erledigte. Und der Barcelona-Typ hinter ihm würde auch nicht mehr lange brauchen, um reinzukommen.

Trips zog den Schraubendreher aus dem Oberkörper der Frau. Gleichzeitig verpasste er ihr einen Tritt in die Leistengegend, der sie ein paar Meter nach hinten schleuderte. Allerdings fiel sie nicht hin, sondern stürzte sich sofort wieder auf ihn. Mit voller Wucht stach Trips den Schraubendreher bis zum Griff ins Herz von Lisa. Dieses Mal zeigte sein Angriff Wirkung. Die junge Frau erstarrte in der Bewegung, riss die schwarzen Augen weit auf und verzog den Mund wie nach einem Schlaganfall. Noch einmal holte sie tief Luft, was eine Art Blubbern in ihrer Kehle erzeugte, dann sackte ihr Kopf auf die Brust und ihr Körper erschlaffte.

Trips ließ den Schraubendreher los und beobachtete entsetzt, wie sein Ex-Schwarm zur Seite kippte und regungslos liegen blieb.

»O Gott«, murmelte Trips. In Schockstarre ruhte sein Blick auf der Leiche der Frau.

Rolli Glitzer dröhnte erneut aus seinem Handy. Die Stimme des Berliner Rappers holte ihn zurück aus der Lethargie. Er fummelte sein Mobiltelefon aus der aufgesetzten Hosentasche und lehnte den eingehenden Anruf ab.

Der Barcelona-Kerl rüttelte immer noch an der Tür, die sich offenbar verklemmt hatte. Ein Glück für Trips, sonst wäre der Typ schon längst im Foyer gewesen und hätte ihn von hinten angefallen. Jetzt musste Trips so schnell wie möglich zurück in den Keller. Dort unten hatte er einen sicheren Unterschlupf. Wenn man die Geräusche in den oberen Stockwerken hörte, dann mussten sich hier noch jede Menge von den Durchgeknallten aufhalten.

Im Laufschritt rannte Trips zurück in den Aufenthaltsraum im Keller. Die Stahltür verbarrikadierte er von innen mit einem Schreibtisch. Dann ließ er sich japsend auf den Bürostuhl plumpsen. Sein Blick fiel auf das Kellerfenster. Der Lichtschacht führte ins Freie. Da kam niemand durch, außer ein Zwerg. Die Schreie von draußen wurden immer lauter.

Was ist hier nur passiert, dachte Trips. *Irgendeine ansteckende Krankheit?* Zwangsläufig erschienen Szenen aus etlichen Zombiefilmen und Serien vor seinem geistigen Auge. Diese Lisa war keine Untote. Sie atmete und der Stich ins Herz hatte sie auf der Stelle umgebracht. Zombies oder nicht … er saß auf jeden Fall tief in der Scheiße.

Kapitel 4 - Metalthing

In ihrer Dachgeschosswohnung war es heiß wie in einer Sauna. Smilla saß nur im Slip und ihrem Motörhead-Top auf dem verschlissenen Sessel und starrte in den Koffer mit den 500.000 Euro. Doch es waren nicht die vielen Geldbündel, die ihr Gedanken machten … es war ihr Auftrag, der ihr Kopfzerbrechen bereitete. Sie grübelte über den Grund für die Abriegelung der Klinik. So etwas hatte sie bisher nur in Filmen gesehen, wenn man versuchte, ein tödliches Virus zu bekämpfen oder ein atomar verseuchtes Gebiet abzusperren.

Konrad hatte einen terroristischen Anschlag ins Spiel gebracht. Aber warum gab es dann nichts in der Presse zu lesen? Und warum sollten Islamisten oder andere Extremisten eine Klinik an der niederländischen Grenze angreifen? Es sei denn, jemand Prominentes, eventuell ein wichtiger Politiker, befand sich in diesem Krankenhaus. Ihr kam diese Erklärung unwahrscheinlich vor.

Ein Politiker würde sich in einer Privatklinik irgendwo in der Schweiz oder den USA behandeln lassen. Ihr war bereits klar, dass sie erst vor Ort herausbekommen würde, warum das Gelände bewacht wurde und wer überhaupt diese Typen in Weiß waren. Zunächst musste Smilla einen Weg finden, sich dem Gelände zu nähern.

Aber es gab noch etwas anderes, das ihr keine Ruhe ließ und das hatte dann doch mit dem Haufen Geld vor ihr zu tun. Sie kannte Konrad und sie wusste genau, dass er für keinen Menschen der Welt eine solche Summe ausgeben würde. Seine Liebesbekundungen für Rumba mögen ehrlich gewesen sein, aber da war noch was anderes … etwas, das Konrad veranlasste, eine halbe Million Euro auszugeben. Auch das würde sie erst erfahren, wenn sie in dieser Klinik war und Rumba fand. Die dringlichste Aufgabe war es also, einen Weg in das Gebäude zu finden.

Sie schob den Koffer beiseite und zog ihr geöffnetes Laptop heran. Im Netz suchte sie nach der Kaiserklinik Exern und fand einen Wikipedia-Eintrag. Smilla überflog den Artikel, las, dass das Gelände mehr als sechzig Hektar umfasste, aus fünfundzwanzig Gebäuden bestand, die nach Persönlichkeiten der Psychiatrie und Psychologie benannt worden waren. Es gab mehrere geschlossene Stationen, etliche offene, dazu zwei Tageskliniken, eine Kinder- und Jugendpsychiatrie sowie betreute Wohngruppen, eine Kirche, eine Sporthalle, ein Schwimmbad und zwei öffentliche Restaurants. Sogar eine Kindertagesstätte gehörte zu den Einrichtungen der Klinik. Ein Absatz des Artikels befasste sich mit Gräueltaten, die in der Klinik während der Nazizeit passiert waren. Es ging um Zwangssterilisationen und Deportationen von behinderten Kindern, Frauen und Männern.

Übelkeit stieg in Smilla auf. In diesem Moment signalisierte ihr Laptop eine neue Mail. Sie öffnete die Nachricht und nahm zufrieden zur Kenntnis, dass sie von Metalthing stammte. Metalthing war ein Hacker, den sie schon vor etlichen Jahren in einer World-of-Warcraft-Gilde kennengelernt hatte. Sie hatte keine Ahnung, ob es sich um einen Mann oder eine Frau handelte, aber das spielte für sie auch keine Rolle. Seit Jahren erledigte Metalthing für sie Dinge, die man nur im Internet erledigen konnte.

Dazu gehörte auch ein Waffenkauf im Darknet.

Damals hatte sie die Idee, sich eine Pistole zuzulegen, um im Ernstfall bei ihren Aufträgen gewappnet zu sein. Aber sie hatte das Teil nie mitgenommen. Jetzt lag die Waffe unter ihrem Bett. Dieses Mal würde sie die Pistole einstecken, auch wenn Konrad ihr eine spendiert hatte.

Vor weniger als einer Stunde hatte Smilla Metalthing angeschrieben, die Situation erklärt und um Hilfe gebeten.

»Hey, Tusgo«, schrieb der wortkarge Hacker sie mit ihrem alten WoW-Namen an. »Solltest du nicht in der Zwischenzeit Fliegen gelernt haben, nutze den einzigen möglichen Zugang. Siehe Markierungen im Anhang. Pass auf dich auf!«

Smilla öffnete die angehängte PDF-Datei. Mit Erstaunen sah sie, wie sich eine Karte des gesamten Klinikgeländes auf ihrem Notebook öffnete.

»Fuck!«, murmelte sie und konnte sich nicht vorstellen, wie Metalthing das vollbracht hatte. Wenn sie den Auftrag erledigt hatte, würde sie ihm einen ordentlichen Batzen von ihrer Kohle zukommen lassen.

Es dauerte ein paar Sekunden, bis sie die erwähnte Markierung auf der Karte entdeckte. Sie befand sich im südwestlichen Teil des Komplexes, kurz hinter einem eingezeichneten Zaun. Hinter dem Zaun musste sich ein Waldstück befinden, denn auf der Karte waren Piktogramme von Bäumen zu sehen. Noch ein Stück weiter befand sich eine Straße, die an eine freie Fläche, möglicherweise ein Feld, grenzte. Genau zwischen Straße und Freifläche befand sich die zweite Markierung in Form eines Kreuzes. Smilla vergrößerte das Bild mit der Zoomfunktion, schaute genau hin und stöhnte genervt. Bei dem einzigen möglichen Zugang in die Klinik handelte es sich um die Kanalisation. *Scheiße!* Im wahrsten Sinne des Wortes. Sie überlegte einen Moment, dann nickte sie gedankenversunken.

Möglicherweise hatten diese Gestalten in den weißen Anzügen das Gelände nur an den Stellen abgesperrt, an denen keine natürlichen Barrieren wie das Waldstück vorhanden waren. Es konnte natürlich auch sein, dass die Typen sich hinter den Bäumen aufgebaut hatten, dann würde es schwierig sein, den Zugang zur Kanalisation zu erreichen. Wenn Metalthing der Meinung war, dass dies der einzig mögliche Zugang sei, dann glaubte sie ihm.

Sie blickte auf die Uhr: 19:30 Uhr. In anderthalb Stunden machte der Baumarkt zu. Sie brauchte noch ein paar Sachen, vor allen Dingen einen weißen Maler-Overall. Das Ding würde auf Dauer nicht viel nützen, aber zumindest konnte sie sich kurzzeitig damit tarnen. Fünf Minuten später saß Smilla auf ihrem Motorrad, besorgte sich die benötigten Utensilien aus dem Baumarkt und machte sich dann auf den Weg Richtung Exern. Sie wollte die Dunkelheit der Nacht nutzen, um durch die Kanalisation in die Klinik einzudringen.

Kapitel 5 - Der Junge

Yut nickte dem Pförtner zu, der kurz aufblickte und sich sofort und grußlos wieder seiner Sportzeitschrift widmete, auf der das Gesicht irgendeines Bayern-Spielers prangte. Niemand interessierte sich dafür, dass er das Gelände betrat. Nach ein paar Metern blieb er stehen und schaute sich um. *Das ist kein Krankenhaus, sondern ein verdammter Stadtteil*, dachte er. Er hatte mit einer kleinen Klinik gerechnet, aber hier zogen sich Straßen gesäumt von Fußwegen durch das Areal. Überall gab es Gebäude, ältere, die wie Kasernenunterkünfte aussahen, neuere, die mit ihrer Verglasung und Architektur auch in einen Neubaukomplex gepasst hätten. Patienten und Angestellte bevölkerten das Areal wie einen Stadtpark.

Man konnte sie leicht unterscheiden: Die Angestellten rannten hektisch von einem Gebäude ins andere, die Patienten schlurften meist allein und mit gesenktem Kopf durch die Gegend. In der Ferne schrien Leute wie am Spieß, ein Hund bellte aufgeregt. Wahrscheinlich flippten irgendwo ein paar der Irren aus, was hier offenbar normal war, denn niemand tangierte dieses Gebrüll.

Wie sollte er hier Rumba finden, diesen knabenhaften Jüngling, den Konrad so gern mochte? Sein Chef machte sich echte Sorgen um den Schwanzlutscher. Er hatte jeden Stein umgedreht und etliche Beziehungen spielen lassen, um den Computer-Nerd ausfindig zu machen.

Konrad war überzeugt, dass es Rumbas Seele war, die ihn in diese Klinik getrieben hatte. Sein Chef wollte seinen Lover wiederhaben. Natürlich ging es bei der Sache um mehr als um Konrads Arsch-Wohlbefinden. Der kleine Wichser Rumba hatte sich bei Konrad eingeschleimt, um sämtliche Finanzen gekümmert, das gesamte System digitalisiert und sich so unersetzlich gemacht. Konrad wollte nicht nur seinen Bettgenossen zurück, sondern auch sämtliche Passwörter für sein Imperium. Ihm war nicht klar, ob Rumba alles über Konrads Geschäfte wusste. Wenn ja, dann könnte dies der Grund für seinen Abflug sein.

Yut überlegte, wie er vorgehen sollte. Wahrscheinlich war es am besten, in der Verwaltung anzufangen. Er würde versuchen, den besorgten Angehörigen zu spielen, der auf der Suche nach seinem Bruder war. Vielleicht hatte er Glück und bekam heraus, wo sich Rumba in dieser riesigen Irrenanstalt aufhielt.

Ein paar Meter entfernt stand eine Tafel mit einer Übersicht der Klinik. Yut schaute sich die Karte an und suchte nach dem Gebäude, in dem sich die Verwaltung befand.

Der Tag war brütend heiß, die Sonne knallte erbarmungslos auf seinen kahl geschorenen Kopf. Hoffentlich dauerte es nicht lange. Mit dem Zeigefinger tippte er neben jede Zeile der Kartenlegende und las sie. Da! Die Verwaltung befand sich in einem eigenen Gebäude nicht weit von seinem Standort entfernt. Er musste nur der Straße folgen, die sich um das gesamte Gelände schlängelte, und an der übernächsten Kreuzung nach links abbiegen.

»Kann ich dir helfen?«, sprach ihn jemand an. Yut schaute zur Seite. Neben ihm stand ein Junge, nicht älter als zwölf oder dreizehn Jahre. Er trug einen Jogginganzug, der bei dieser Hitze viel zu warm war. Er ignorierte ihn und konzentrierte sich wieder auf die Karte. »Mein Name ist Jesper! Wie heißt du?«

»Hau ab!«, raunzte Yut ihn an. Der Junge grinste breit, als hätte er gerade ein Lob eingeheimst.

»Soll ich dir ein Geheimnis verraten?«

»Nein!«

»Warum nicht?« Yut wollte ihm gerade einen Spruch reindrücken, als er sich eines Besseren besann – zumindest vorerst.

»Kennst du Rumba?«

Der Junge machte einen ernsten Gesichtsausdruck, dann nickte er. Yut konnte es kaum glauben. Sollte er seinen Job schneller erledigen können als erwartet?

»Wo ist er?«

Der Junge schien zu überlegen, dann sagte er: »Okay, ich zeige es dir. Komm mit!« Jesper ging in Richtung einer Reihe Backsteinhäuser. Einen Moment wartete Yut, dann folgte er dem Jungen. Er könnte es immer noch in der Verwaltung probieren, wenn dieser Jesper eine Sackgasse wäre. Schnell holte er den Jungen ein.

»Bist du hier Patient?«, fragte Yut.

»Patient? Nö, ich wohne hier nur.«

»Du wohnst hier? Wo?«

»Ach, in so 'nem Haus. Mit anderen Jungs.« *Also doch ein Patient*, dachte Yut und beließ es dabei.

Schweigend gingen die beiden nebeneinander. Sie ließen die Häuserreihe hinter sich und gingen über eine Wiese auf eine breite Buschfront zu.

»Wo gehen wir hin?«, fragte er den Jungen. »Da ist doch nichts. Willst du mich verarschen?«

Jesper zeigte mit dem ausgestreckten Arm auf die Büsche und sagte: »Hinter den Sträuchern! Da ist es! Komm mit!« Er grapschte nach Yuts Hand, fasste seine Finger, doch dieser zog seinen Arm weg und wischte sich mit einem angewiderten Blick die Hand am Hosenbein ab.

»Pack mich nicht noch mal an! Verstanden?«

»Komm mit, komm mit!«, kam es wieder von Jesper, dann lief er auf das Grün der Büsche zu. Mit einem Seufzen setzte sich Yut in Bewegung. Das Balg ging ihm gehörig auf die Nerven. Wenn er hinter den Büschen Rumba nicht fände, dann würde er der Kröte ordentlich in den Arsch treten. Wahrscheinlich war er selbst auch nur zu blauäugig. Immerhin befand er sich in einer Psychiatrie und da liefen nun mal Bekloppte ohne Ende rum. Egal, jetzt war er dem Trottel bis hierher gefolgt, dann konnte er sich auch anschauen, wohin er ihn geführt hatte. Mit gemütlichen Schritten ging er über die gepflegte Rasenfläche. Jesper erreichte bereits die Sträucher. Er blieb stehen und schaute zu Yut, dessen T-Shirt bereits bis auf die Haut durchgeschwitzt war. Wenigstens hatte er kurze Hosen angezogen. Hinter dem Gürtel des Bundes steckte sein Revolver.

»Komm mit, komm mit!«, wiederholte Jesper erneut, als Yut näher kam. Dabei bewegte er seinen Zeigefinger wie eine böse Märchenhexe vor und zurück. Der Junge hatte einen an der Klatsche, das stand für Yut endgültig fest. Er war froh, dass er keine Kinder hatte. Gesund waren sie schon eine Plage.

Erst aus der Nähe konnte man den Trampelpfad erkennen, der zwischen den Büschen hindurchführte.

»Komm mit!«, kam es wieder von dem Jungen.

»Jetzt halt das Maul!«, brüllte Yut ihn an, doch Jesper ließ sich nicht beirren, drehte sich lachend um und lief über den Weg durch die Büsche.

Obwohl er mittlerweile sicher war, dass der Bengel keine Ahnung hatte, wo Rumba war, folgte er ihm. Fluchend wich er herausragenden Zweigen und Brennnesseln aus. Zum Glück endete der Weg bereits nach wenigen Metern. Jesper wartete bereits auf ihn und zeigte aufgeregt auf eine Baugrube. Am Rand stand ein Kran, dahinter führte eine Straße in einem weitläufigen Bogen um das restliche Klinikgelände. *Warum hat mich der Depp durch das Gebüsch geführt?*, fragte sich Yut.

Die Baustelle sah verlassen aus. Er spekulierte, dass hier ein neuer Bau der Klinik entstand. Rumba würde sich hier bestimmt nicht aufhalten.

Yuts Handy vibrierte in der Hosentasche. Wahrscheinlich rief ihn Konrad an, um sich nach dem Stand der Dinge zu erkundigen. Aber er hatte jetzt keine Lust, mit seinem Boss zu reden. Es gab nichts zu berichten.

Er warf noch einen Blick auf Jesper, der am Rand der Grube stand und hineinschaute. Yut wollte sich gerade abwenden und Richtung Straße gehen, als er ein leises Knurren hörte. Sein Blick richtete sich auf die Büsche, in denen er einen Köter vermutete. Doch als der tierische Laut erneut und mehrstimmig ertönte, stellte Yut fest, dass er aus der entgegengesetzten Richtung kam … und dort befand sich nur das Baustellenloch.

Wahrscheinlich war irgendein Tier hineingefallen und das bekloppte Kind war fasziniert davon. Na ja, ein wenig neugierig war Yut auch, deshalb ging er hinüber zu Jesper und blickte in die Baugrube. Er brauchte einen Moment, bis er realisierte, was er sah. Am Boden des Lochs befanden sich eine Frau und ein Mann, die wie Wilde hin- und herrannten. Im Sekundentakt stießen sie gegen die Grubenwände, prallten wie Flipperkugeln ab und plumpsten auf ihre Hinterteile. Sofort standen sie wieder auf und das Schauspiel ging von vorn los.

»Was zum Teufel geht denn hier ab?«, murmelte Yut mit großen Augen.

Diese Anstalt war noch verrückter als erwartet. Es konnte doch nicht normal sein, dass zwei der Patienten in einer Baugrube Amok liefen. Aber waren das wirklich Patienten? Der Mann trug eine orangefarbene Warnweste und einen Baustellenhelm auf dem Kopf. Die Frau … nein, das Mädchen passte schon eher in das Bild der anderen Bewohner. Sie trug eine pinkfarbene Hose und ein weißes Shirt, das vom Schmutz fast schwarz war. Oder war das etwa … Blut?

»Was ist mit denen?«, fragte Yut in Richtung Jesper. Der Junge lachte breit und sang: »Mein Geheimnis, mein Geheimnis!« Yut schüttelte den Kopf.

»Hey, ihr da unten, was ist los mit euch?«, rief Yut den beiden Irren in der Grube zu. Als hätte er mit seiner Frage einen Schalter umgelegt, stoppten die beiden und blickten nach oben. Ihr Knurren verwandelte sich in ein Schreien. Jetzt konnte Yut ihre Gesichter erkennen und zum ersten Mal in seinem Leben wäre vor Schreck fast sein Herz stehen geblieben. Schwarze Augen fixierten ihn wie eine Beute, ihre Gesichter waren von violetten Verästelungen durchzogen. Die Nase des Bauarbeiters war nur noch ein blutiges Loch, aus dem das Blut wie ein dunkler Streifen Erdbeermarmelade über sein Kinn auf die Brust tropfte.

Er hechelte wie ein räudiger Hund und scharrte mit den Schuhsohlen auf dem Lehmboden. Das Mädchen tat es ihm gleich.

Als Yut sie näher betrachtete, konnte er seinen Blick nicht mehr von der Wunde an der linken Wange abwenden. Er glaubte, blutige Bissspuren zu erkennen. Auch an ihrem Hals entdeckte er eine ähnliche Verletzung, aus der noch immer Blut auf ihr T-Shirt lief. Wie eine ausgehungerte Hündin gierte sie ihn an, dabei biss sie sich so heftig mit den Schneidezähnen auf die Unterlippe, dass diese platzte.

Trotz der Hitze fröstelte es Yut. So einen Anblick gab es sonst nur in Horrorfilmen. Irgendetwas stimmte hier nicht. Die da unten waren nicht nur einfach Irre, die man mit Medikamenten vollgepumpt hatte. Pillen verwandelten einen nicht in schwarzäugige Amokläufer mit Krampfadern im Gesicht. Vielleicht sollte er die beiden einfach abknallen und das Weite suchen.

»Ey, Kleiner, was ist mit denen?« Jesper starrte fasziniert in die Baugrube. Nach Yuts Frage drehte er sich zu ihm, seine Augen leuchteten vor Begeisterung.

»Mein Geheimnis, mein Geheimnis!«, brabbelte er, dabei spuckte er kleine Speicheltropfen auf Yuts Hals.

»Bist du bescheuert, du Wichser!«, brüllte er den Jungen an und wischte sich mit der Handfläche den Hals sauber. Dann packte er Jesper an seinem Pullover und zog ihn an sich heran. Wutentbrannt blickte er dem erschrockenen Jungen in die Augen, dann zog er die Handfläche durch seine Haare. In dem Moment kam Yut eine Idee. Er schaute hinunter in die Grube mit den monströsen Gestalten, dann wieder in das Gesicht des Jungen.

»Ent… Entschuldigung«, stammelte Jesper verängstigt.

»Kein Problem!«, erwiderte Yut mit einem breiten Grinsen, dann schubste er den Jungen über den Rand der Grube in die Tiefe. Mit einem erstickten Schrei fiel Jesper in das Loch und schlug auf den harten Boden auf. Yut schätzte die Höhe auf zweieinhalb bis drei Meter. Mehr als ein paar Brüche würde sich der Bengel nicht zuziehen. Hoffentlich blieb er bei Bewusstsein, Yut wollte nämlich sehen, wie die Horrorgestalten reagierten. Interessiert beobachtete er den Jungen, der regungslos auf dem Boden lag. Die beiden Monster hatten das Interesse an Yut verloren und nahmen nun das Kind ins Visier. In dem Augenblick, als sich Jesper jammernd bewegte, stürzten sich die beiden wie Kampfhunde auf ihn.

»Leck mich, Arsch«, kam es von Yut, als er sah, wie die beiden sich in den Hals und den Oberkörper des Kindes verbissen. Sie rissen Fleischstücke aus dem Körper des Jungen, schlugen mit den Fäusten auf ihn ein und zogen wild an seinen Gliedmaßen. Doch plötzlich stellten sie ihre Angriffe ein und zogen sich von Jesper zurück. Von einer Sekunde auf die andere geriet das Kind aus dem Fokus ihres Interesses. Stattdessen begannen sie wieder gegen die Grubenwände zu rennen. Yut glaubte schon, dass der Bengel tot war, doch auf einmal bewegte er sich zuckend. Er stand mühsam auf und starrte nach oben, direkt in Yuts Gesicht.

»Waru… hast … getan«, stammelte er. Seine Augen sahen dunkel aus, meinte Yut von oben zu erkennen. Waren da nicht auch lilafarbene Streifen an seinem Hals? Ein gutturales Röcheln kam aus seinem Mund, dabei bewegte er seinen Kopf nach vorn, hinten und zu den Seiten.

»Bitte … hilf …« Das waren die letzten Worte, die Jesper sprach. Danach brachte er nur noch Gurren, Röcheln und zum Schluss eine Art Fauchen über die Lippen. Nur Sekunden später begann er genau wie der Bauarbeiter und die Frau, wie irre gegen die Wände der Baugrube zu rennen. Yut stand noch eine Weile da, starrte fassungslos in die Tiefe und überlegte, was er nun tun konnte. Gerade noch dachte er, dass die Suche nach Rumba ein Routineauftrag wäre, nun steckte er in einem realen Albtraum fest, den er sich nicht erklären konnte.

Unten in der Grube wuselten drei Menschen herum, die sich in Kreaturen verwandelt hatten, die man sonst nur aus Horrorstorys kannte. Eine Seuche oder irgendein ansteckendes Virus geisterten ihm durch den Kopf. Aber warum ausgerechnet hier in dieser Klinik? Er hatte keine Ahnung und es war ihm auch scheißegal.

Yut entschied sich, so schnell wie möglich zu verschwinden. Am besten über den Weg, der von der Baustelle zurück auf das Klinikgelände führte. Er hoffte, dass ihm nicht noch mehr solcher Bestien begegneten. Er warf einen letzten Blick auf den Jungen in der Grube. Gerade raste er von der gegenüberliegenden Seite durch das Loch. Seine Augen waren mittlerweile pechschwarz und die violetten Adern breiteten sich über sein Gesicht aus.

Vorsichtshalber zog Yut seine Pistole aus dem Hosenbund. Dem nächsten Verwandelten verpasste er einfach eine Kugel. Am besten in den Kopf, das war die beste Methode, zumindest in Zombiefilmen.

Kopfschüttelnd machte er sich auf den Weg. Doch nach ein paar Metern blieb er stehen. Wieder hörte er Schreie aus der Entfernung. Ein Chor aus Brüllen und

Stöhnen. Irgendetwas ging in dieser verdammten Klinik vor. Etwas, das ihm einen Schauer durch den Körper jagte. Scheiß auf Rumba, scheiß auf Konrad! Bloß weg hier!

Bevor er ging, schnappte er sich noch eine Eisenstange von der Baustelle. *Sicher ist sicher*, dachte Yut, denn seine Pistole hatte nur zwölf Schuss.

Kapitel 6 - Unten

4:45 Uhr. In einer guten halben Stunde würde die Sonne aufgehen. Bisher war alles glatt gelaufen. Ohne gesehen zu werden, war Smilla in der Kanalisation verschwunden. Nun kroch sie auf allen vieren durch einen niedrigen Abflusskanal. Der weiße Overall, den sie sich im Baumarkt besorgt hatte, war an den Beinen durchnässt. Bräunliche Flecken breiteten sich auf dem dünnen Stoff aus. Der scharfe Geruch von Fäkalien machte ihr nichts aus. Sie hatte schon Schlimmeres in ihrem Leben gerochen. Wer einmal den Geruch von verbranntem Menschenfleisch in der Nase hatte, der empfand den Duft nach Scheiße und Pisse wie ein Parfüm.

Der Kanal verlief ziemlich gerade, was es ihr einfach machte, die Entfernung bis zum Zaun der Klinik abzuschätzen. Mehr als eine Stunde hatte sie den Bereich aus sicherer Entfernung mit dem Fernglas beobachtet. Wie erwartet war das Gelände an dieser Stelle nicht von den weißen Typen und ihren Fahrzeugen umzingelt. Aber ab und zu konnte sie das Weiß der Overalls zwischen den Bäumen erkennen. Offenbar patrouillierten diese seltsamen Einsatzkräfte rund um die Klinik. Noch immer konnte sie sich nicht erklären, wer diese Leute waren. Auf jeden Fall musste innerhalb der Klinik etwas passiert sein, was sie auf den Plan gerufen hatte.

Smilla schätzte, dass sie sich mittlerweile unterhalb des schmalen Waldstreifens befand. Sie hatte nur eine leichte Ausrüstung dabei. In ihrem Rucksack befanden sich die beiden Pistolen, eine Ersatztaschenlampe, etwas Proviant und zwei Outdoor-Handys mit Prepaidkarten. Außerdem ihr Survivalmesser, das ihr schon einige Male gute Dienste geleistet hatte. Sie hatte ein untrügliches Gefühl, dass sie da drinnen die Waffen gut gebrauchen würde. Doch zunächst musste sie erst einmal auf das Gelände der Psychiatrie gelangen.

Langsam bewegte sich Smilla durch die Kanalisation. Es war glitschig dort unten und sie musste vorsichtig sein. Wenigstens war sie so schlau gewesen, ihre alten Dr. Martens anzuziehen. Nach kurzer Zeit erreichte sie einen senkrechten Schacht. Eine Leiter führte nach oben und endete an einem Gullydeckel. Sie war sich sicher, dass sie sich unter dem Gelände der Klinik befand. Sie zog den Overall aus und ließ ihn liegen. Jetzt war sie wieder komplett in Schwarz gekleidet.

Smilla kramte noch ihren Metallica-Beanie aus dem Rucksack und setzte ihn auf. Dann kletterte sie so leise wie möglich die Leiter hoch. Durch die Ritzen des Gullydeckels konnte sie den Mond am nächtlichen Himmel sehen. Aus der Entfernung hörte sie ein seltsames Geräusch. Tief und rasselnd, wie ein Schnarchen. Es bereitete ihr keine Probleme, den Gullydeckel mit der Schulter aufzuhebeln. Mehr Sorgen machte ihr der Lärm, den sie dabei verursachte. Doch nachdem sie aus dem Loch im Boden gekrochen war, sondierte sie die direkte Umgebung und stellte erleichtert fest, dass sie niemand bemerkt hatte. Das eintönige Geräusch war mittlerweile noch lauter, kam aber nicht aus ihrem direkten Einzugsbereich. Hinter ihr entdeckte sie den Zaun zum Wald. An die drei Meter ragte er in die Höhe, ziemlich hoch für ein Krankenhaus. Smilla leuchtete mit ihrer Taschenlampe die

Umgebung ab. Sie stand auf einer Art Hinterhof, der offenbar als Mülllagerplatz genutzt wurde und etwa zehn Meter im Quadrat maß. Ein schmaler Durchgang, den sie zuerst nicht gesehen hatte, führte hinaus. Ansonsten standen etliche Mülltonnen mit Lebensmittelverpackungen, Eimern und blauen Müllsäcken herum. Wahrscheinlich war sie hinter dem Kantinengebäude an die Oberfläche gekommen. Etwas huschte durch ihren Lichtkegel … eine Ratte oder eine Katze – nichts, was einen beunruhigen müsste.

Das war bei dem komischen Geräusch schon anders. In dieser Klinik schien Seltsames vorzugehen. Etwas, das die Weißoveralls dazu veranlasste, Atemschutzmasken zu tragen. Smillas Gesicht war blank, was ihr Kopfschmerzen bereitete und sie flach atmen ließ. Sie hielt es für angebracht, eine Pistole aus dem Rucksack zu holen. Sie stellte die Taschenlampe aus und verstaute sie in ihrer Hosentasche. Der Mond spendete genug Licht, um sich zu orientieren. Vorsichtshalber entsicherte Smilla die Waffe. Anschließend holte sie tief Luft und machte sich auf den Weg. An der Hauswand entlang bewegte sie sich vorsichtig auf das Klinikgelände zu. Statt des sommerlichen Zirpens der Grillen hörte sie nur das rasselnde Geräusch, das stetig lauter wurde.

Am Ende des Weges trat Smilla auf eine Kopfsteinpflasterstraße, die im Kreis um einen begrünten Platz führte. Im ersten Moment konnte sie nicht erkennen, wobei es sich bei den dunklen Flecken auf der Wiese handelte, doch nach einigen Augenblicken wurde ihr klar, dass dort Menschen unbeweglich auf dem Gras lagen – und nicht nur dort! So weit sie blicken konnte sah sie

Frauen und Männer auf der Straße, auf Bänken und unter Bäumen liegen. Sie schliefen, dabei vereinigten sich ihre Atemgeräusche zu einer Kakofonie des Schnarchens.

Smilla stand wie versteinert da und starrte mit großen Augen auf das Szenario. Sie konnte sich nicht erklären, was hier los war. Die Menschen lagen einfach draußen, in ihren Alltagssachen und schliefen. Ihr flauer Magen verwandelte sich in einen Medizinball. Spätestens jetzt war klar, dass in dieser Klinik Ungewöhnliches vor sich ging. *Ob einer von diesen Schläfern Rumba ist?,* ging es Smilla durch den Kopf.

Abgelenkt durch den unglaublichen Anblick bemerkte sie erst jetzt den Mief, der wie eine Glocke über den schlafenden Gestalten hing. Smilla roch kalten Schweiß und den Gestank von menschlichen Exkrementen. Dazu mischte sich der Geruch nach Fäulnis, der sie an verdorbenes Obst und Gemüse erinnerte. Sie setzte sich so langsam und leise wie möglich in Bewegung. Nach ein paar Schritten blieb sie stehen, denn nur drei oder vier Meter von ihr entfernt stand eine Parkbank, auf der drei Menschen sitzend schlummerten. Ihre Köpfe waren gesenkt, deshalb waren ihre Gesichter nicht zu erkennen.

Smilla ging ein paar Schritte auf das unheimliche Trio zu, blieb aber in sicherer Entfernung stehen. Die drei waren sommerlich gekleidet, ihre Arme und Beine waren mit Wunden, Rissen und einem Geflecht aus violetten Adern übersät. Das weiße T-Shirt eines Mannes war blutdurchtränkt. Offenbar waren die drei Personen Opfer eines Angriffs geworden.

Und warum schliefen sie genau wie die anderen und suchten nicht nach medizinischer Versorgung? Das

Schnarchkonzert hatte aufgehört, bemerkte sie. Auch die drei Gestalten auf der Bank atmeten nun leiser, lediglich ein leises Rasseln war noch zu vernehmen.

Etwas platschte auf Smillas Handrücken – ein Regentropfen. Sie schaute auf, nahm den anbrechenden Morgen zur Kenntnis. Für einen Moment genoss sie den stärker werdenden Regen auf ihrem Gesicht, doch ein tiefes Knurren ließ sie abrupt wieder in Richtung der Parkbank blicken. Einer von den dreien hatte den Kopf gehoben und starrte sie aus pechschwarzen Augen an. Sein Gesicht war fast vollständig von wulstigen violetten Adern durchzogen. An seinem Hals erkannte Smilla eine tiefe Wunde, deren Ränder von verkrustetem Blut überzogen waren.

»Alles klar?«, fragte sie vorsichtig, gleichzeitig machte sie kleine Rückwärtsschritte. Unauffällig zog sie ihre Pistole aus dem Hosenbund, denn der Kerl schaute ziemlich unfreundlich. In der nächsten Sekunde sprang der Mann von der Bank auf und rannte auf sie zu. Smilla hob die Waffe.

»Stehen bleiben!«, befahl sie dem Kerl, der aber nicht reagierte. Kreischend kam er immer näher. Er war vielleicht noch vier Meter von ihr entfernt, sie musste eine Entscheidung treffen.

Es blieb keine Zeit für eine weitere Warnung, deshalb drückte Smilla ab und schoss dem Kerl in die Schulter. Der Mann wurde zurückgeworfen, blieb stehen und brüllte wie ein angeschossenes Tier. Blut quoll aus der Wunde oberhalb seines Schlüsselbeins. Seine schwarzen Augen rollten in den Höhlen und seine Oberlippe zuckte wie elektrisiert.

Aus den Augenwinkeln glaubte Smilla, Bewegungen zu

erkennen. Auf der Parkbank regten sich die beiden anderen seltsamen Gestalten. Sofort drehte sie sich um und begann zu rennen. Ein kurzer Blick auf die Wiese ließ sie erschaudern. Aus der Masse der Schlafenden reckten sich immer mehr Leiber nach oben. Als Smilla nach vorn schaute, wäre sie fast mit einer der seltsamen Gestalten zusammengestoßen. Geschickt wich sie der Frau aus, die nur mit einem blutigen Nachthemd bekleidet und barfuß auf sie zulief. Ein fetter Typ in einer blutgetränkten Kochuniform stürmte aus dem Eingang eines Gebäudes auf sie zu. In seinem Bauch steckte ein Frühstücksmesser und eine Fettfalte schwabbelte lila unter dem Kinn. Er grunzte wie ein Schwein, während er Smilla hinterherhechelte. Ihr war klar, dass sie schnellstens einen Unterschlupf suchen musste. Offenbar wimmelte es auf dem ganzen Klinikgelände von diesen durchgedrehten Menschen. Früher oder später würde sie einer von denen packen und sie hatte kein Interesse daran, mit einem dieser Violetten in Kontakt zu kommen.

Während sie rannte und immer wieder den auf sie zukommenden Gestalten auswich, hielt sie Ausschau nach einem Fluchtweg. Die Straßen auf dem Klinikgelände bestanden aus Kopfsteinpflaster, deshalb musste sie höllisch aufpassen, nicht zu stolpern. Wenn sie zu Boden ging, würden diese Gestalten sich auf sie stürzen und sie zermalmen.

In ihrer Glock 17 waren noch sechzehn Patronen, damit würde sie nicht weit kommen. Mittlerweile waren das Brüllen und Knurren ihrer Verfolger zu einem ohrenbetäubenden Krach angeschwollen.

Ein Schatten sprang hinter einem Baumstamm hervor,

schrammte an ihrem linken Bein vorbei und klatschte auf das Kopfsteinpflaster. Für einen Moment konnte sie das Gesicht eines Mädchens erkennen, dessen Haare wirr zu Berge standen.

»Scheiße!«, fluchte sie entsetzt und sprintete weiter. Etwa zwanzig Meter von ihr entfernt entdeckte sie einen Bereich, der von einem knapp zwei Meter hohen Zaun umgeben war. Es handelte sich um den Garten eines Hauses. Sie überlegte, ob sie es schaffen würde, über den Zaun zu klettern. Es blieb ihr nichts anderes übrig, als es zu versuchen.

Smilla mobilisierte ihre letzten Kräfte und lief noch schneller auf den Zaun aus Gitterstahlmatten zu. Bevor sie die Umzäunung erreichte, warf sie ihre Waffe hinüber. Dann sprang sie ab und krallte sich in die Maschen des Zaunes.

Kapitel 7 - Kindergarten

Wie Krallen hakte sie ihre Finger ein, gleichzeitig drückte sie die Spitzen ihrer Dr. Martens auf der Suche nach Halt gegen das stählerne Gitter. Smilla rutschte ab, wäre fast vom Zaun gefallen, was sie zum Opfer der herannahenden Meute gemacht hätte.

Die unmenschlichen Laute schwollen immer weiter an, jeden Moment könnten die Gestalten ihre Beine packen. Mit letzter Kraft zog sie sich am Zaun hoch, presste ihre Füße an das Gitter und gerade, als sie glaubte, dass sie es geschafft hatte, spürte sie einen Zug an ihrem Fuß. Erschrocken schaute sie nach unten und blickte in das verzerrte Gesicht des Kindes, das sie vor wenigen Minuten fast umgerannt hätte.

Die Kleine biss knurrend in die Sohle ihres rechten Stiefels. Noch war der Rest der Meute nicht da, aber sie sah die wilde Masse nur noch wenige Meter von ihr entfernt. Smilla zog ihren Fuß zurück und trat dem Mädchen kräftig auf das Jochbein. Mit einem Kreischen ließ sie von dem Stiefel ab, was Smilla den entscheidenden Moment bescherte, um sich am Zaun hochzuziehen. Es gelang ihr. Ächzend kraxelte sie Zentimeter für Zentimeter an den Maschen der Umzäunung nach oben. An der Spitze ratschte sie sich ihre Oberschenkel auf. Sie fühlte den scharfen Schmerz, ignorierte ihn, denn mittlerweile rüttelte ein Pulk von Wahnsinnigen am Zaun, der wie bei einem Erdbeben hin und her schaukelte.

Smilla zögerte nicht lange, sprang in den Innenraum und suchte umgehend Distanz zu den Horrorgestalten. Sofort griff sie nach ihrer Pistole, dann schnellte ihr Blick in alle Richtungen, um sicherzugehen, dass sie keine Lücke im Stahlgeflecht übersehen hatte.

Am Rande notierte sie eine Schaukel, eine kleine Hüpfburg und ein Schwimmbassin aus Gummi. Den einzigen Schwachpunkt stellte der Zugang zum Haus dar. Eine kleine Terrasse bildete den Übergang zu einem breiten Fenster und einer Tür, die glücklicherweise geschlossen waren. Ein paar Gartenstühle standen um einen Grill herum. Erst in diesem Moment registrierte Smilla, dass der Regen stärker geworden und sie bis auf die Haut durchnässt war.

Sie trat an das Fenster heran, schaute in den Raum hinein, in dem sie einen bunten Spielteppich sah, voll mit Puppen und anderen Spielzeugen. Dann drehte sie sich wieder um, denn das animalische Gebrüll war noch lauter geworden. Rund um den Zaun standen die Violetten dicht an dicht nebeneinander und hintereinander, rüttelten wie Sträflinge an dem Metallzaun und gierten mit verzerrten Gesichtern nach Smilla. Von hinten strömten immer mehr in ihre Richtung.

Der Zaun wirkte stabil, aber dass das so blieb, bezweifelte sie. Was sollte sie tun? Trotz der drohenden Gefahr ließ sie sich auf einem der Gartenstühle nieder. Sie brauchte etwas Zeit, um klar denken zu können.

Aus ihrem Rucksack holte sie eine Flasche Wasser, trank einen Schluck, blickte dabei ununterbrochen auf die Meute am Zaun. Offenbar war in der Klinik eine Seuche ausgebrochen. Das war die einzige Idee, die sie auf Anhieb hatte. Ein Virus oder was auch immer, das die Menschen in diese Monster verwandelte. Das wäre auch eine

Erklärung für die weiß gekleidete Truppe, die schwer bewaffnet das Gelände abgesperrt hatte. Wahrscheinlich war das eine Spezialeinheit, die für den Fall einer Seuche gebildet wurde. Würde sie nach der Coronapandemie der vergangenen Jahre nicht wundern. Wie auch immer … ihre aktuelle Situation warf dringlichere Fragen auf.

Nach kurzem Überlegen entschied sich Smilla, einen Weg ins Haus zu suchen, auch wenn die Gefahr bestand, dass da drinnen weitere Bestien lauerten. Hier draußen konnte sie nicht ewig bleiben. Zuerst nahm sie ihr Handy aus dem Rucksack und rief Konrad an, doch sie bekam keine Verbindung. Smilla versuchte erfolglos, ein paar andere Nummern anzurufen. Sie packte Mobiltelefon und Wasserflasche wieder in den Rucksack, dafür holte sie ihr Survivalmesser heraus. Anschließend schwang sie das Backpack auf den Rücken. Nur im Notfall wollte sie schießen, denn anscheinend reagierten die Kreaturen auf Geräusche. Mit ihrem Messer konnte sie lautlos töten.

Mittlerweile war die Sonne aufgegangen. *Schade, dass ich es nicht mit Vampiren zu tun habe*, dachte Smilla, *dann würde es jetzt ein riesiges Barbecue geben.*

Mit dem Messer in der Hand stand sie auf, ging ein paar Schritte in Richtung der Spielgeräte, was die Violetten mit einem ansteigenden Gekreische begleiteten. Smilla warf einen Blick auf die Frauen, Männer und Kinder, die wie Gestalten aus einem Albtraum aussahen. Sie fletschten ihre Zähne, grapschten mit den Fingern durch die Maschen des Stahlgeflechts und machten Geräusche, die man sonst nur im Zoo hörte. Ihr Blick fiel auf eine zierliche Frau in einem Kittel, der einst mal weiß gewesen sein musste, jetzt aber mit Blut und Schmutz besudelt war. Das Gesicht der Frau war so dicht mit den purpurnen Adern durchzogen, dass man kaum noch etwas von ihrer natürlichen Hautfarbe erkennen konnte. Ihre Augen sahen aus, als wären sie in Altöl getränkt, trotzdem schien sie Smilla damit zu fixieren. Immer wieder stieß sie mit der Stirn gegen den Zaun, wodurch einige der Adern aufplatzten und sich eine tiefviolette Flüssigkeit über ihren Nasenrücken ergoss. Der Fäulnisgestank hing penetrant in der Luft. Einen Moment starrte Smilla noch die Frau und ihre Artgenossen an, dann konzentrierte sie sich wieder auf das Wesentliche.

Sie wollte in das Haus hinein, in der Hoffnung, dass es da drin sicher war und die wild gewordene Meute das Weite suchte. Smilla schaute die verklinkerte Hauswand hinauf, an der sich mehrere Fenster befanden, die allesamt verschlossen und mit Rollläden verdunkelt waren. Es war unmöglich, die Fassade hinaufzuklettern. Außerdem müsste sie die Scheiben einschlagen und sie würde lieber keine weiteren Violetten anlocken.

Blieb nur noch die Terrassentür oder sie musste um das Haus herum, um die anderen Seiten zu inspizieren.

Der Zaun führte an dem Gebäude vorbei und schloss an den vordersten Ecken mit der Fassade ab. Zwischen Hauswänden und Zaun zog sich ein Streifen Rasen. Smilla ging an die rechte Seite und legte ihren Kopf in den Nacken. Auf der anderen Seite wurde sie dann fündig. Sie konnte einen kleinen Balkon erkennen, der mit einer verwitterten Markise überdacht war. Etwa einen Meter daneben befand sich ein kleines Fenster mit Milchglasscheibe, das wahrscheinlich in ein Bad führte und nur angelehnt war. Anders als auf der anderen Hausseite war diese mit dichtem Efeu bewachsen. Die Pflanzen wuchsen allerdings nicht an der Hauswand empor, sondern an einem speziellen Rankengerüst.

Während die Violetten fauchten und brüllten, begutachtete Smilla das Geflecht seelenruhig. Sie war sich nicht sicher, ob es ihren knapp fünfundsechzig Kilo standhalten würde. Wenn sie an diesem Ding die Wand hochklettern und herunterfallen würde, dann würde sie direkt in den Horrorgestalten landen. Die Bestien würden über sie herfallen, und wenn ihre Vermutung mit der Seuche stimmte, könnte sie zu einer von ihnen werden und sabbernd über das Klinikgelände marodieren.

Dennoch blieb ihr nichts anderes übrig, als die Klettertour zu wagen. Auf diesem eingezäunten Spielplatz war sie auf Dauer nicht sicher. Dabei dachte sie nicht nur an die wild gewordenen Männer und Frauen, die wie Irre am Zaun rüttelten. Was war mit den Typen in den Overalls, die sich rund um das Gelände postiert hatten? Die waren nicht von *Ärzte ohne Grenzen* oder dem *Roten Kreuz*.

Smilla war sich sicher, dass diese Typen ganz genau wussten, was hier im Gange war. Früher oder später würden sie hier mit ihren Sturmgewehren einfallen und dem Horror ein Ende bereiten. Und sie würde es nicht wundern, wenn sicherheitshalber alles plattgemacht werden würde, ob violett oder blass, das war dann zweitrangig.

Plötzlich war sie in ihren Gedanken wieder in Afghanistan, bei den Terrorangriffen der Taliban, denen es auch egal war, wen sie mit ihren Bomben trafen. Mit Sorge blickte Smilla auf die geifernde Menge hinter dem

Zaun. Das waren alles einmal normale Menschen gewesen. Pflegerinnen und Pfleger, Patientinnen und Patienten, Ärztinnen und Ärzte, Freunde, Bekannte, Familie, die hier zu einem kurzen Besuch im Krankenhaus waren. Auch Kinder waren unter den Violetten, was ihr besonders schwer im Magen lag. Doch jetzt waren aus den Menschen Bestien geworden, die wie lebende Tote auf die Möglichkeit gierten, sie zu überfallen und zu … Ja, was eigentlich? Was würden die mit ihr machen? Fressen? Beißen? Sie hatte keine Ahnung. Vielleicht war sie längst infiziert mit irgendeinem Virus. Was war das für eine Krankheit, die sich so rasant verbreitete?

Noch vor einigen Tagen, das hatte sie recherchiert, gab es in dieser Klinik keine Anzeichen für eine bevorstehende Horror-Epidemie. Es gab Updates auf der Webseite und noch vor einer Woche fand hier eine Art Ärztekongress statt.

Gestern hatte Konrad Yut hierhergeschickt. Da muss diese Seuche bereits ausgebrochen gewesen sein. In der Zeit zwischen dem Kongress und Yuts Auftauchen müssen sich die Massen hier infiziert und verwandelt haben.

Smilla schluckte einen dicken Kloß herunter. Dann schaute sie sich ihre Hände an und erwartete bereits, violette Adern zu sehen, doch ihre Hautfarbe sah aus wie immer. Erneut blickte sie die Kranken an, die immer mehr wurden und immer heftiger gegen den Zaun drückten. Sie ahnte, dass ihr nur noch wenig Zeit blieb. Trotzdem wandte sie sich nicht von den verunstalteten Menschen ab. Sie scheute den Begriff Zombie, denn die Leute waren nicht tot. Ihre Brustkörbe hoben sich beim Atmen, sie bluteten, spuckten und obwohl ihre Augen schwarz waren, sah man ein gewisses Maß an Leben in ihnen.

Smilla bemerkte, dass alle von ihnen zahlreiche Wunden im Gesicht oder am Körper aufwiesen. Anscheinend wurden sie selbst von Violetten angegriffen und verletzt. Aber sie wurden nicht getötet, das würde dafür sprechen, dass sie sich nach einem Angriff innerhalb weniger Momente ebenfalls verwandelten. Wenn das stimmte, dann könnte es sich um ein extrem schnell und hoch ansteckendes Virus handeln.

Sie überlegte, was sie im Internet über die Klinik gelesen hatte. Mehr als 600 Patienten konnten gleichzeitig stationär behandelt werden, dazu kamen etliche Pfleger, Ärzte, Pförtner, Hausmeister, Köche, Besucher und so weiter. Auf diesem Gelände befanden sich mindestens 700 Menschen. Mit Schrecken erkannte Smilla, dass möglicherweise Hunderte von den Kranken auf der Suche nach weiteren Opfern durch die Klinik streiften. Gegen die Seuche war Corona ein Pickel am Arsch.

Ein Quietschen holte sie aus ihrer Lethargie. Es kam von hinten. Sie drehte sich blitzschnell um, die Waffe im Anschlag. An einer Stelle hatte sich die Verbindung zwischen zwei Zaunelementen gelöst. Es war ein Spalt entstanden, durch den sich bereits Arme von Violetten durchstreckten. Der Rest der Masse drückte von hinten nach und es würde nur noch wenige Minuten dauern, bis der Zaun komplett nachgeben würde.

Schnell rannte Smilla an die gebrochene Stelle und drückte mit ihrem rechten Dr. Marten gegen das gelöste Stück Drahtgeflecht. Die Violetten kreischten auf, als ihre Arme zerquetscht wurden. Abgetrennte Finger fielen ins Gras. Blut spritzte aus den abgetrennten Gliedmaßen.

Trotz der offensichtlichen Schmerzen ließen die Kranken nicht vom Zaun ab. Sie wollten Smilla … und wenn sie hier nicht in den nächsten Sekunden verschwinden würde, dann würden sie sie auch kriegen. Die Lücke im Zaun war mittlerweile breit genug, dass der erste Violette seinen Kopf hindurchschieben konnte.

Smilla zögerte nicht mehr, drehte sich um und rannte zur Hausecke. Hier wirkte der Zaun noch stabil, was sich aber jeden Moment ändern konnte. Mit dem Rücken zur Hauswand bewegte sie sich in Richtung des Rankengitters, das sich etwa zwei Meter von der Ecke an dem Gebäude emporhob. Smilla war nur wenige Zentimeter vom Zaun entfernt, die fordernden Fingerspitzen der Violetten waren so nah, dass sie Dreck und vertrocknetes Blut unter deren Fingernägeln erkennen konnte. Der Gestank nach Fäule zog in ihre Schleimhäute. Mit größter Mühe unterdrückte sie den Brechreiz. Immer wieder landeten Speicheltropfen der geifernden Männer und Frauen in ihrem Gesicht und sie betete zu Gott, dass die Ausscheidungen der Violetten die Seuche nicht in ihren Körper trugen. Was sie vor sich sah, war keine normale Epidemie. Von dem Scheiß wurde man nicht wieder geheilt.

Endlich hatte sie das Efeugitter erreicht. Sie streckte sich kerzengerade, drehte sich langsam um. Trotzdem spürte sie die eine oder andere Fingerspitze über ihre Kleidung streifen. Das Gitter bestand aus etlichen handtellergroßen Kunststoff-Waben. Der Efeu sah braun und von der Hitze ausgetrocknet aus. Smilla griff in eine Wabe hinein, fand einen überraschend guten Halt und rüttelte vorsichtig an dem Konstrukt. Die Stabilität war nicht gerade überzeugend, aber sie konnte nicht auf eine TÜV-

Prüfung warten. Ihr Messer verstaute sie in der Seitentasche des Rucksacks, dann setzte sie einen Fuß in eine der unteren Waben und zog sich ein Stück an dem Gebilde hinauf, das trotz Smillas geringem Gewicht beunruhigend vibrierte. Einen Moment hielt sie in der Erwartung inne, dass sich das Teil von der Wand löste. Doch es hielt, zumindest zunächst. Bedächtig setzte sie einen Fuß nach dem anderen in eine der Waben, zog sich Zentimeter für Zentimeter dem geöffneten Fenster entgegen.

Mittlerweile war es taghell und man konnte bereits spüren, dass es wieder ein heißer Tag werden würde. Schweiß perlte über ihre Stirn ins Gesicht. Smilla roch den sauren Geruch, der von ihr ausging, der aber im Vergleich zu dem fauligen Gestank der Kranken ein Genuss war. Kurz bevor sie den Fenstersims erreicht hatte, warf sie einen Blick über ihre Schulter. Fast ein fataler Fehler, denn vor Schreck wäre sie beinah von einer der Waben abgerutscht. Als sie ihren Stand stabilisiert hatte, wiederholte sie ihren Ausblick auf einen Teil des Geländes. Erst jetzt bekam sie einen Eindruck vom Ausmaß des Horrors, der sich auf dem Klinikgelände abspielte. An vielen Stellen hatten sich Horden der Violetten gebildet, die auf der Suche nach Opfern umherstreiften. Sie blickte die Straße hinunter, die sich schnurgerade bis zum anderen Ende der Psychiatrie zog. Vor einem Haus entdeckte Smilla ein Rudel von Violetten. Sie scharrten sich vor einer Art Wintergarten, der U-förmig und vollverglast aus dem Gebäude herausragte. Waren dort noch gesunde Menschen? Smilla nahm sich vor, der Sache nachzugehen, aber zuerst musste sie an dieses Fenster kommen. Sie konzentrierte sich wieder auf ihre Kletterpartie. Ein paar Zentimeter noch, dann würde sie die steinerne Außenfensterbank erreichen und sich daran hochziehen können. Smilla konnte schon fast ihre Fingerspitzen an die Kante legen. Zum letzten Mal suchte sie mit ihrem Fuß eine höher liegende Wabe, fand sie und trat hinein. Ächzend zog sie sich hoch und krallte ihre Finger um die Kante der Fensterbank.

Als sie sich gerade darauf hieven wollte, erschien das brüllende Gesicht einer Kranken im Fenster. Smilla konnte noch die bunten Haare der Frau erkennen, dann rutschte ihre rechte Hand von der Kante ab. Mit der linken hielt sie sich krampfhaft an der Fensterbank fest. Doch schon wenige Sekunden später spürte sie, wie die Violette sie an der Hand packte. Das verfärbte Gesicht der Infizierten erschien über ihr und Smilla befürchtete, dass die Frau ihr von oben in den Kopf beißen würde.

Hektisch blickte sie nach rechts, dann nach links. Da war der Balkon, vielleicht eineinhalb Meter entfernt. Ihr blieb keine Zeit, um nachzudenken. Smilla schrie laut auf, zog ihre linke Hand unter der der Kranken weg. Im Fallen versuchte sie, in eine der Waben zu greifen. Sie schaffte es zuzugreifen. Hektisch suchte sie mit den Füßen einen Halt, fand ihn und brachte es fertig, sich etwa einen Meter unterhalb des Fensters an das Rankengitter zu klammern.

Die kranke Frau glotzte von oben auf sie herab, sabberte eine Mischung aus Blut und Spucke auf Smillas Kopf, dabei kreischte sie wie ein wild gewordener Affe. Von unten stimmten die anderen Violetten ein. Sie waren mittlerweile durch den Zaun durchgebrochen, standen mit aufwärts gereckten Armen an der Hauswand und warteten begierig darauf, dass ihre Beute vom Himmel fiel.

Durch das Gebrüll der Kranken hörte sie das Knacken des Rankengitters, das der Belastung unter ihrem Gewicht allmählich nachgab. Es gab für sie nur eine Chance, das Geländer des Balkons zu erreichen. Sie musste sich mit den Füßen von dem Efeugitter abstoßen und mit einem Hechtsprung ihr Ziel erreichen.

Für eine Sekunde schloss Smilla die Augen, holte tief Luft, dann stieß sie sich mit einem Kampfschrei von dem Wabenkonstrukt ab und flog mit ausgestreckten Armen Richtung Balkonbalustrade. Die nächsten Momente vergingen wie in Zeitlupe. Während der Balkon quälend langsam näher kam, sank sie wie ein Ball in die Tiefe. Ihre Fingerspitzen streiften den Edelstahlhandlauf und rutschten an den Streben des Geländers ab. Panisch ruderte Smilla mit den Armen und schaffte es im letzten Moment, die Kante des Balkonbodens zu greifen. Dabei knallte sie mit dem Gesicht gegen die Gitterstreben und hätte fast wieder losgelassen. Sie brauchte zwei Sekunden, dann war sie wieder klar genug, um sich so weit hochzuziehen, dass sie sich an dem Gitter festhalten konnte. Der Rest war ein Kinderspiel. Es dauerte nur ein paar Augenblicke, dann stand sie auf dem Balkon des Hauses.

Sie war außer Atem, spürte jetzt den Schmerz in ihrem linken Oberschenkel. Aus einem Riss in ihrer Hose sickerte ein wenig Blut. Die Verletzung war nicht mehr als ein Kratzer, falls sie nicht von einem der Violetten stammte.

Smilla sondierte den Balkon, was schnell erledigt war, da er bis auf ein Sechserpack mit Mineralwasser leer war. Sofort wandte sie sich dem großen Fenster zu, doch es war nichts zu sehen, denn der Rollladen war heruntergelassen. Bei der Balkontür sah es anders aus. Ein bunter Streifenvorhang verdeckte die Scheibe, durch den man erkennen konnte, dass hier der Rollladen nur bis zur Hälfte des Fensters reichte. Das laute Brüllen der Violetten am Fenster lenkte sie ab. Die kranke Frau fixierte Smilla mit ihren schwarzen Augen, die Arme ausgestreckt, mit einem langen, blutigen Speichelfaden, der an ihrem Mundwinkel hin- und herpendelte. Smilla setzte ihren Rucksack ab und holte ihr Survivalmesser hervor. Sie zog das Messer aus der Scheide, steckte diese zurück in ihr Backpack und setzte es wieder auf den Rücken. Mit der langen, gezackten Klinge näherte sie sich dem Vorhang und schob damit die Streifen auseinander. Sie ging in die Knie, um unter dem Rollladen hindurchzusehen, rechnete damit, dass sich das kranke Gesicht eines Violetten von innen gegen die Scheibe drückte. Doch nichts passierte. Smilla atmete durch, denn sie bemerkte sofort, dass die Balkontür nur angelehnt war. Sofort blickte sie wieder in Richtung Badezimmerfenster.

»Fuck!«, fluchte sie, als sie sah, dass die Violette nicht mehr zu sehen war. Durch den ohrenbetäubenden Krach der anderen Kranken war nicht zu hören, ob sie sich noch im Raum befand. Hinter der Tür herrschte Stille. *Womöglich ist die Violette im Badezimmer eingesperrt*, überlegte Smilla. Das würde allerdings auch bedeuten, dass sich noch mehr Personen oder Mutierte in dem Haus aufhielten. Ihr blieb nichts anderes übrig, als nachzusehen.

Mit der Messerspitze versuchte Smilla, die Balkontür aufzuschieben, doch nach wenigen Zentimetern wurde sie durch etwas blockiert. Wohl oder übel musste sie mit der Hand unter den Rand der Tür fassen. Sie ertastete etwas Längliches, zog ein wenig daran und befreite die Tür von dem Hindernis. Als sie kurz darauf in das Zimmer schlich, erkannte sie, dass es sich um einen Schuh, genauer gesagt um einen Kindersneaker handelte. Der anschließende Blick durch das Zimmer bestätigte ihre Vermutung, dass es sich bei diesem Haus um eine Art Kinderhort handelte.

Hier standen Kisten mit Legosteinen, Plüschtieren und Holzspielzeugen herum. Der Teppichboden war kindgerecht mit einem Gewirr aus Straßen und Fahrzeugen bedruckt, Matchbox-Autos und andere Spielzeugfahrzeuge standen darauf herum. In der hintersten Ecke des Raums stand ein Indianer-Tipi, dessen Spitze fast bis zur Decke des Raums reichte.

Auf dem weichen Teppichboden wurden die Geräusche ihrer Schritte verschluckt. In dem Zimmer war es nahezu still, lediglich das Ticken eines bunten Weckers auf einer Wickelkommode war zu hören.

Smilla wunderte sich darüber, dass von der Violetten nichts mehr zu hören war. Immerhin musste sie sich im Nebenraum aufhalten. Vielleicht wurden diese Kranken ruhig, wenn ihnen der Trigger eines gesunden Menschen fehlte. Langsam schritt Smilla durch das Spielzimmer, immer darauf bedacht, auf keines der Spielzeuge zu treten.

Die Tür stand offen und der Blick auf einen Korridor war frei. Sie wollte das Zimmer gerade verlassen, als ihr Blick auf die Wand neben dem Türrahmen fiel. Dort hing ein Bilderrahmen mit Fotos. Offenbar handelte es sich um die Betreuer dieser Einrichtung für Kinder. Smilla ging die Fotos durch und entdeckte die Frau mit den bunten Haaren. Eine herzlich grinsende Erzieherin, höchstens fünfundzwanzig Jahre alt, mit dem Namen Melanie. Jetzt war sie ein Monstrum mit violetter Gesichtsfarbe, das sich bei Gelegenheit sofort auf sie stürzen würde.

Smilla musste schlucken. Sie kämpfte mit dem Gedanken, in das Nebenzimmer zu gehen und die junge Frau von dem Leiden zu erlösen. Sie löste ihren Blick von dem Foto, dabei verdrängte sie die Frage, was aus den anderen Erziehern und vor allen Dingen aus den Kindern geworden war. Smilla griff unter die Träger ihres Rucksacks und zog ihn mit einem raschelnden Geräusch weiter auf die Schultern. Aber das war nicht das Einzige, was sie hörte. Ein leises Seufzen drang an ihre Ohren … gedämmt, aber in direkter Nähe. Erstarrt hielt sie inne, spitzte die Ohren und wartete darauf, ob sie den Laut erneut hörte. Innerlich zählte sie bis zehn, doch das Geräusch wiederholte sich nicht. Trotzdem schaute sich Smilla in dem Spielzimmer um, bereit, von einer Sekunde auf die andere einen Angriff abzuwehren. Doch da war nichts. Die Spielzeuge lagen noch immer am Boden, unverändert, genau wie die Wickelkommode und das … Indianerzelt. Ihr Blick fixierte das Kinder-Tipi, das in der Ecke des Zimmers stand und mit den bunten Indianermotiven ungefährlich wirkte. Aber es könnte jemand darin sein, unter Umständen ein mutiertes Kind. Ihre Hand klammerte sich um den Griff ihres Messers. Würde sie zögern, einen kranken Jungen oder ein mutiertes Mädchen mit der martialischen Klinge abzuwehren?

Ihr Hals war auf einmal so trocken, als hätte sie Staub

in der Gurgel. Krampfhaft sammelte sie ein wenig Speichel im Mund. Beim Schlucken hatte sie das Gefühl zu ersticken. Ihr Versuch, lautlos in die Knie zu gehen, wurde von ihren knackenden Knochen torpediert. Wieder verharrte sie bewegungslos, konzentrierte sich auf den Eingang des Tipis und hörte ein leises, leicht rasselndes Atemgeräusch. Irgendjemand war da drin, wahrscheinlich eines der Kinder, das Gesicht violett angelaufen, die Haut von dunklen Adern durchzogen. Vielleicht schlief es noch.

Sie hatte gesehen, wie die Violetten auf der Wiese und überall auf dem Gelände schlummernd rumgelegen hatten. Möglicherweise hatte das Mädchen oder der Junge in dem Zelt noch nicht mitbekommen, dass die Sonne aufgegangen war. Wie auch immer, sie musste dafür sorgen, dass ihr das kranke Kind in dem Zelt nicht in den Rücken fiel, wenn sie das Haus inspizierte. Mit pochendem Herz streckte sie ihre linke Hand in Richtung des Zeltes, auf die Mitte des Eingangs zu, der von einer braunen Wolldecke verdeckt wurde. In der rechten Hand hielt sie das Messer zum Einsatz bereit. *Eins, zwei, drei*, zählte sie in Gedanken, dann packte Smilla den Rand der Decke und zog sie weg. Mit offenem Mund starrte sie in das Zelt, denn das, was sie sah, hatte sie nicht erwartet.

Kapitel 8 - Das Mädchen

Wie lange er bereits in dem Kellerraum ausharrte, konnte er nicht mit Sicherheit sagen. Eine Nacht war zumindest vergangen. Draußen war es hell. Durch das vergitterte Kellerfenster erhaschte sein Blick einen winzigen Ausschnitt des Himmels. Trips hatte keine Ahnung, wie spät es war. Sein Handyakku war längst leer und er trug keine Armbanduhr. Der Strom war irgendwann ausgefallen.

In Martineks Arsenal hatte er eine Tüte randvoll mit Teelichtern und Streichhölzern gefunden. Im Keller flackerten die Flammen, als würde er sich auf einen romantischen Heiratsantrag vorbereiten. In den ersten Stunden hatte er zitternd auf dem Bürostuhl gesessen, den Blick auf die Stahltür gerichtet, darauf wartend, dass die kranken Gestalten versuchen würden einzudringen. Doch es war ruhig geblieben, trotzdem wagte Trips sich nicht aus dem Raum. Seine Hoffnung auf Rettung sank mit jeder Stunde und mit jedem Anschwellen des Gebrülls und Gejaules, das durch das Kellerfenster in seine Zuflucht drang.

Ihm war klar, dass er sich mitten in der Apokalypse befand. Vielleicht war er einer der letzten Menschen, die sich nicht in eins dieser lila Monster verwandelt hatten. Vielleicht war das ein bisschen übertrieben, immerhin grassierte die Seuche – oder was immer hier vorging – erst seit dem Vortag. Vorgestern war noch alles in Ordnung gewesen, deshalb waren sicher noch ein paar normale Menschen übrig, aber die hatten offenbar was anderes zu tun, als ihn aus diesem Kellerloch zu befreien.

Zumindest gab es hier unten genug Lebensmittel, um

die nächsten Monate problemlos überleben zu können. Sein Chef schien den Scheiß vorhergesehen zu haben. Wo er jetzt wohl war? Egal … Hauptsache, das Sackgesicht war nicht hier unten bei ihm, obwohl ein bisschen Gesellschaft gar nicht schlecht gewesen wäre.

Trips nahm einen Schluck Kaffee, den er sich auf einem Campingkocher aus Martineks Sammlung gekocht hatte. Dafür hatte er die Kaffeemaschine auseinandergenommen und den Filtereinsatz als Durchlauf benutzt. *Wie zu Großmutters Zeiten*, dachte er amüsiert. Wasser und Kaffee waren glücklicherweise reichlich vorhanden. Außerdem gab es jede Menge Zwieback, Konserven und eingelegtes Obst.

Na ja, ganz so perfekt war es hier unten doch nicht, denn es gab kein Scheißhaus. Seine Blase leerte er in eine Plastikflasche und kippte sie dann in den Lichtschacht des Fensters, das er mit einer Holzplatte verrammelt hatte, um die Geräusche der Bestien draußen zu dämmen. In eine Plastikflasche zu scheißen, war hingegen nicht so einfach, zumindest dann nicht, wenn man keinen Durchfall hatte. Deshalb hatte er sich in der hintersten Ecke des Raumes ein behelfsmäßiges Klo gebastelt.

Martinek nutzte den Raum nicht nur als Prepperlager, sondern auch für die Einlagerung seiner Winterreifen. Trips hatte drei davon aufeinandergestapelt und benutzte den entstandenen Thron als Toilette. Nachdem er seinen Darm entleert hatte, legte er ein Stück Karton darüber. Der Gestank war natürlich trotzdem bestialisch, aber das war ihm lieber, als auf dem Weg zum Klo im Erdgeschoß von einem dieser Monster angefallen zu werden. Trips war sich darüber im Klaren, dass er nicht ewig in diesem

Kellerloch bleiben konnte.

Er hatte keine Ahnung, ob dieser Vorfall sich nur auf das Klinikgelände begrenzte oder ob es sich tatsächlich um die Apokalypse handelte. Bei ersterem würde früher oder später jemand kommen und diese Monster beseitigen. Sollte es sich jedoch um ein Virus handeln, dann wären die Chancen auf einen begrenzten Ausbruch wahrscheinlich gering.

Mittlerweile hatte er genug Zeit gehabt, um die Mutierten zu beobachten. Als sein Handy noch funktionierte, hatte er es mit Kabelbindern an einen Besenstil montiert und durch den Lichtkanal ins Freie gehoben. Mit der Videofunktion hatte Trips die durchgedrehten Leute gefilmt. Zuerst war er erschrocken gewesen, denn schon wenige Stunden nachdem er sich in dem Kellerraum eingeschlossen hatte, irrten Hunderte von diesen lilafarbenen Gestalten vor dem Gebäude herum. Dazu lagen überall Leichen, die von den Monstern aber nicht beachtet wurden. Wahrscheinlich waren die bei den Angriffen gestorben, bevor sie sich verwandeln konnten.

Wenigstens fraßen die Bestien keine Toten, sonst wäre die Assoziation zu Zombies zwangsläufig gewesen. Immerhin streiften sie auf seinen Videos ziellos und lethargisch durch die Gegend. Gegen die wild gewordene Kleine aus der Personalabteilung waren die Verfärbten da draußen zahm wie Schoßhunde. Wahrscheinlich tickten die nur aus, wenn ihnen ein Normaler in die Quere kam. Dazu kam der mysteriöse Umstand, dass die Infizierten in der Nacht schliefen. Dicht an dicht legten sie sich einfach hin und schlummerten bis zum Sonnenaufgang. So etwas hatte er bei Zombies, also in Filmen oder Serien, noch nie gesehen.

Tot waren die da draußen nicht, da war er sich sicher. Man konnte sie umbringen, genau wie Lisa aus der Personalabteilung. Wenn er hier raus wollte, dann nachts. Er hatte die Daryl-Armbrust, zwanzig Pfeile und eine Machete. Leider hatte er keinen Stacheldraht, sonst hätte er den Baseballschläger, den Martinek hinter einer Palette mit Ravioli versteckt hatte, in seine persönliche *Lucille* verwandelt. Aber gerade erst war die Sonne aufgegangen und die Verfärbten waren in ihrem Element.

Gedämmt drangen das Gegröle und Gestöhne durch die Holzplatte, mit der er das Kellerfenster abgedeckt hatte. Viele Dinge hatten sich in kürzester Zeit in blanken Horror verwandelt, auf seinen Stuhlgang konnte sich Trips aber verlassen – immerhin. Eine Lawine deutete sich an, deshalb bewegte er sich Richtung Reifenklo. Seine Arbeitshose hing schon auf Kniehöhe, als ein lautes Ächzen, gefolgt von einem spitzen Schrei und einem wilden Gestöhne seinen Toilettengang unterbrach. Erschrocken blickte Trips auf die Stahltür, die sein Versteck vor Eindringlingen bewahrte, doch das Geräusch kam nicht aus dem Kellergang dahinter. Blieb nur eine andere Stelle übrig – das Fenster.

Sofort zog er seine Hose wieder hoch, der Darmdruck hatte sich nach dem Schreck im wahrsten Sinne des Wortes in Luft aufgelöst. Er schnappte sich die Machete und näherte sich zaghaft der Holzplatte vor dem rechteckigen Loch in der Wand. Dahinter rumpelte es und man konnte eine Art Röcheln hören, als hätte jemand einen dicken Frosch im Hals.

Panik stieg in Trips auf, denn er befürchtete, dass die

Verfärbten nun über das Fenster eindringen wollten. Hatten sie ihn gehört? Aber er war still gewesen, nicht einmal die Videos von draußen hatte er mit Ton geschaut. Er zog die grotesk lange Machete aus der Lederscheide. Jeder Bestie, die ihm an die Gurgel wollte, würde er den Kopf abschlagen.

Jedem lila Zombieschwein hau ich in die Fresse rein. Ich lass mich nicht verwandeln, ey. Alter, du musst handeln.

Hey, die Line müsste er sich merken. Die könnte er prima rappen, falls er hier lebend rauskommen würde.

Wie ein Buschkämpfer ohne Busch pirschte er sich bedächtig an das Fenster an. Die Holzplatte war nur angelehnt. Oben und an den Seiten quetschte sich ein Hauch von Tageslicht in den Kellerraum hinein. Begleitet wurde es von einem beängstigenden Rasseln und einem tiefen Brummen, das Trips an ein verletztes Tier erinnerte. Hinter der Holzplatte im Lichtschacht befand sich wahrscheinlich ein verwandelter Mensch, der animalische Züge angenommen hatte. Was sollte er jetzt machen? Ignorieren konnte er das Ding im Lichtschacht nicht. Wahrscheinlich steckte es darin fest, zumindest war es unmöglich, falls man nicht gerade ein Schlangenmensch war, sich aus dem Lichtschacht heraus in den Keller zu winden.

Je näher Trips der Abdeckung kam, desto lauter wurde das tierische Stöhnen des Verfärbten. Dazu kam der immer intensiver werdende Gestank nach faulem Obst, den er auch schon bemerkt hatte, als er Lisa gekillt hatte. Trips zitterten die Knie und am liebsten hätte er sich in die hinterste Ecke des Kellers verzogen. Doch das nervige Gestöhne, das allmählich in ein hochfrequentes Kreischen überging, war nicht lange auszuhalten.

Trips holte ein paarmal tief Luft, machte die letzten beiden Schritte, bis er auf Griffweite an der Holzplatte stand.

»Scheiß drauf!«, murmelte er, dann packte er sich die Platte und stellte sie auf dem Boden ab. Anschließend machte er einen Schritt zurück, die Machete hob er wie ein Schwertkämpfer an. Durch den vergitterten Einbruchsschutz konnte er nicht mehr als eine schwarze Wand sehen, die sich nach näherer Betrachtung als langer Haarschopf einer Frau entpuppte. Es dauerte einen Moment, bis Trips begriff, dass die Verfärbte kopfüber in den Lichtschacht gefallen war. Ihr Kopf bewegte sich hin und her, schlug an die Fensterscheibe, was die Verfärbte jedes Mal mit einem Kreischen quittierte. Wild zappelnd versuchte sich die Frau zu befreien, was allerdings unmöglich war. Allmählich wich Trips Angststarre und er ging an das Fenster heran. Durch das Fenstergitter betrachtete er die eingeklemmte Person. Die Frau hatte eine besonders dünne Figur. Ihr Kopf berührte fast den Boden. Für Trips bestand keine Gefahr, in Kontakt mit ihr zu geraten. Wahrscheinlich wurde man durch direkten Körperkontakt infiziert, vermutete er. Durch die Luft konnte die Krankheit hoffentlich nicht übertragen werden.

Bei seiner Konfrontation mit der Süßen aus der Personalabteilung hatte er sich zumindest nicht angesteckt.

Und wenn er an die schnell anwachsende Masse an Verfärbten auf den Handyvideos dachte, musste die Inkubationszeit verdammt kurz sein.

Nein, es bestand keine Gefahr für ihn, wenn er das Fenster öffnete und sich die Besucherin etwas genauer anschaute. Im Zeitlupentempo streckte er seine Hand in Richtung des Hebels aus, mit dem man das Fenster öffnen konnte. Sein Blick fixierte den Haarschopf hinter der Glasscheibe und dem Gitter.

Der Hebel quietschte nervtötend, als Trips ihn blitzschnell anhob. Sofort ließ er ihn wieder los, denn die Verfärbte fing plötzlich an, wild zu schreien und ihr Kopf donnerte hart gegen das Fenster, das sich durch den Druck öffnete. Der faulige Gestank wehte in Trips Nase. Angewidert verflachte er seinen Atem, dabei senkte er den Kopf ein Stück. Das Geschreie von draußen war so durchdringend, dass sich Trips sicher war, dass gleich jede Menge Verfärbte am Rand des Lichtschachts stehen würden, um seine Witterung oder was auch immer sie an normalen Menschen anzog, aufzunehmen.

»Halt die Fresse!«, maulte er das Wesen an. Mit der Klinge der Machete schob er das Fenster bis zum Anschlag auf, dann betrachtete er den schwarzen Schopf der Frau und überlegte, was er tun könne.

Am besten wäre es, wenn er sie zum Schweigen brächte. Aber das funktionierte nur, wenn er sie tötete. Genau wie Lisa. Bei ihr war es eine Notwehrsituation. Ihm war gar nichts anderes übrig geblieben, als ihr den Schraubendreher in die Brust zu rammen. Aber jetzt war die Situation eine andere. Er müsste gezielt töten. Auch wenn sich die Frau im Lichtschacht in ein Monster verwandelt hatte, blieb es immer noch ein Mensch, den er umbringen müsste.

Ein dicker Kloß verstopfte seinen Hals, als er daran dachte, dass die Frau vor ihm noch vor Kurzem ein normales Leben geführt hatte. Eine Mutter, eine Tochter, eine Frau, die alltägliche Sorgen hatte. Der Gedanke sich in ein zombieartiges Wesen zu verwandeln, war ihr genauso fern gewesen wie die Landung von Außerirdischen.

Trips leckte sich die vertrockneten Lippen. Die Machete in seiner Hand wog plötzlich so schwer wie ein Vorschlaghammer. Zitternd ließ er die Spitze der Waffe auf den Haarschopf zusteuern. Doch statt zuzustechen, ließ er die Klinge vorsichtig durch die Haare der Frau gleiten und lichtete das Dickicht, bis er ihr verfärbtes Gesicht sehen konnte. Sofort hob sich ihr Kopf. Ihr Blick heftete sich dämonisch an Trips und sie versuchte, ihn mit offenem Mund zuckend zu erreichen. Ihre Zähne waren von getrocknetem Blut bedeckt, ihre Nase war offenbar gebrochen und hing schief in ihrem von purpurnen Adern durchzogenen Gesicht. Die Augen hatte sie weit aufgerissen, sodass die schwarzen Augäpfel wie Obsidiane hervorquollen. Sie zischte Trips an, wandte sich vor Gier, ihn zu attackieren.

»Bist du geil auf mich?«, fragte er die Verfärbte mit einem gequälten Grinsen. »Willst mich beißen, was?« Seine Worte schienen sie noch aggressiver zu machen, denn ihr gesamter Körper spannte sich unter der Kontraktion ihrer Muskeln an. Sie rutschte ein paar Zentimeter weiter in den Schacht. Ihr Kopf touchierte den Boden des Lichtschachts, was der Frau ein tiefes Ächzen entlockte, das aber sofort wieder in ein irres Kreischen und Fauchen überging. Ganz bedächtig näherte er sich dem entstellten Gesicht der Frau. Dabei musste er die ganze Zeit die Haare der Frau mit der Machete wie ein Vorhang auseinanderteilen. Doch er kam nicht nahe genug ran, um sie zu studieren. Trips ließ die Machete fallen. Stattdessen zog er einen Kugelschreiber aus seiner Hosentasche, um damit das Gesicht der Verfärbten freizulegen. Schließlich trennten ihre Nasenspitzen nur ein Fingerbreit.

Zum ersten Mal konnte Trips ganz genau sehen, was es mit den purpurnen Adern auf sich hatte. Das, was er sah, war zum Fürchten. Die Haut der Frau war zerfurcht wie eine Salzwüste. Aus winzigen Rissen quollen die purpurnen Adern hervor. Sie sonderten eine durchsichtige Flüssigkeit ab und wenn man ganz genau hinsah, dann konnte man erkennen, dass sie pulsierten. Die Flüssigkeit war die Quelle des fauligen Gestanks. Der Geruch war so intensiv, dass er Würgereiz in seinem Rachen erzeugte.

Selbst wenn die Krankheit heilbar wäre, würden die Menschen für immer entstellt bleiben. Allerdings glaubte er nicht an eine Heilung, denn in dem Gesicht und in den Augen der Frau war nicht einmal mehr eine Spur von Menschlichkeit vorhanden. Ihm war klar, dass er die Arme erlösen musste. Nicht nur, um zu verhindern, dass andere Verfärbte auf ihn aufmerksam wurden, sondern weil es menschlich war, die Frau nicht länger leiden zu lassen. Sein Blick ruhte immer noch auf dem furchterregenden Gesicht. Wieder versuchte die Infizierte, sich mit wilden Zuckungen zu befreien, als eine Kette mit einem Anhänger aus ihrem Ausschnitt fiel. Es war ein Löwe, offensichtlich das Sternzeichen der Frau. Trips zog den Kugelschreiber aus den Haaren und benutzte ihn, um das Amulett an sich heranzuziehen. Ein Datum war unterhalb des Löwen eingraviert. *25.07.2005*.

»Scheiße!«, murmelte Trips, als er realisierte, dass er ein junges Mädchen vor sich hatte, die am Vortag achtzehn Jahre alt geworden war. *Was für ein Geburtstag*, dachte er und ließ den Anhänger los. Kopfschüttelnd überlegte er, wie er die junge Frau erlösen könnte. Wie tötete man ein Ungeheuer, von dem man wusste, dass es noch vor wenigen Tagen ein Mädchen war, das sich auf ihren achtzehnten Geburtstag freute? Der Schrecken saß tief in seiner Seele, so tief, dass er spürte, wie Tränen über seine Wangen liefen. Er heulte wie ein kleiner Junge, dabei wollte er doch der harte Gangster-Rapper sein. Der reimende Babo, der mit seinen Gucci-Klamotten den Ton angab. Flennend ließ er sich auf den kalten Betonboden des Kellers plumpsen.

Es dauerte Minuten, bis er wieder klar denken konnte. Empathie und Härte schlossen einander nicht aus. Er war nicht weich, nur weil das Mitleid ihn wie Messerstiche piesackte. Härte hieß nicht Emotionslosigkeit. Als er wenige Augenblicke später aufstand und zu der Kiste mit Martineks Waffen ging, geisterte ihm eine Rapline von Bushido durch den Kopf: *Wenn du gerade nicht dran denkst, holt das Schicksal dich ein.*

Mit einem bitteren Grinsen nahm Trips die Armbrust aus der Kiste. Er spannte die Sehne, legte einen Pfeil ein und betrachtete die Waffe namens Daryl.

Aus dem Grinsen wurde Bitterkeit, als er sich zwang, zurück zum Fenster zu gehen. Die Last der Aufgabe ließ seine Beine schwer werden. In ihm brodelte es und er spürte, wie sich die Haare an seinem Körper aufstellten, um der Gänsehaut Platz zu machen, die in Sekundenschnelle jede Stelle seiner Haut überspannte.

Plötzlich war es im Keller so kalt, als würde draußen tiefster Winter herrschen. Zwei Schritte vor dem Fenster blieb er stehen, den Blick auf den Boden gerichtet, die Armbrust geladen, in Hüfthöhe baumelnd. Das Stöhnen und Fauchen der jungen Frau, die wie Spiderman kopfüber im Lichtschacht hing, steigerte seine Angst. Es war die Angst vor dem Unausweichlichen, nicht vor dem Schrecken, der seine Welt erobert hatte. Er war nicht Daryl, nicht Rick, Carol oder Neegan. Er war nur ein kleiner Hausmeister, der von der großen Rap-Karriere träumte. Niemand hatte ihn darauf vorbereitet, verseuchte Menschen zu töten.

Trips blickte auf den Schopf der Frau, der wieder ihr Gesicht verdeckte. Er dankte Gott für lange Haare, hob die Armbrust und schoss den Pfeil mitten in das glänzende Schwarz. Ein lang gezogener Schrei, der plötzlich überhaupt nichts Animalisches mehr hatte, hallte aus dem Lichtschacht. Es folgte ein dumpfes Ächzen, dann hörte er das Zappeln der Frau. Doch Fauchen und Brummen tönten weiter in Trips Ohren.

Wie er vermutete, hatten sich weitere Verfärbte am Rande des Schachts versammelt. Minutenlang stand Trips schweigend auf der Stelle, den Blick auf die tote Frau gerichtet. Blut tropfte aus ihren Haaren auf den Boden und bildete einen roten See. Es dauerte nicht lange, bis die Verfärbten oberhalb des Fensters das Interesse verloren.

Ihre Laute wurden leiser, sie verzogen sich vom Lichtschacht. Trotzdem stand Trips weiter wortlos auf der Stelle. Irgendwann erwachte er aus seiner Lethargie. Er legte die Armbrust auf den Boden und hievte die Holzplatte wieder vor das Fenster. Dann machte er sich einen Kaffee und wartete darauf, dass der Tag verging. In der kommenden Nacht würde er den Keller verlassen.

Kapitel 9 - Der Eismann

Wie versteinert starrte Yut auf den Bereich rund um den Haupteingang. Wo vor nicht einmal einer halben Stunde nur eine Handvoll Patienten, Besucher und Krankenhauspersonal flanierte, befanden sich jetzt Dutzende von den Verrückten. Er versteckte sich hinter dem Stamm einer mächtigen Eiche und beobachtete die Horde, die wie unter Drogen über den Platz vor dem Haupteingang durcheinander schlich. Sie stapften an leblosen Körpern vorbei, die ihre Angriffe offenbar nicht überlebt hatten. Ihm war klar, dass er da nicht ungesehen durchkommen würde. Und diese Biester waren schnell, das hatte er in der Baugrube beobachtet. Dazu kam, dass Yut zwar trainiert und fit war, aber der Schnellste war er noch nie. Um diesen Monstern zu entkommen, musste man wie der Teufel sprinten. Seine Finger krallten sich um die Eisenstange, die er auf der Baustelle stibitzt hatte. Mit seiner Pistole würde er diese Irren nicht überwältigen können. Er musste versuchen hier wegzukommen, ohne in Kontakt mit diesen zombieartigen Wesen zu geraten.

Yut ärgerte sich, dass er vor Antritt seines Auftrags nur einen kurzen Blick auf die Karte des Klinikgeländes geworfen hatte. Rund um die gesamte Anstalt befand sich ein Zaun, den nur ein Stabhochspringer überwinden könnte. So ein großes Areal musste über mehrere Zugänge verfügen. Es blieb ihm nichts anderes übrig, als vorsichtig über den Komplex zu schleichen, um einen anderen Ausgang zu finden. Irgendwo musste es eine Möglichkeit geben, aus dieser Ballerburg abzuhauen.

Plötzlich versetzte ihn ein Geräusch in seinem Rücken

in Habachtstellung. Blitzschnell drehte er sich um. Seine Reflexe waren von der jahrelangen Arbeit als Bodyguard und Kampfsportler gedrillt, deshalb brauchte er nur eine Sekunde, um in die Kampfstellung zu wechseln.

Der verdammte Pförtner kam in knapp zehn Metern Entfernung angerauscht. Der adipöse Kerl, der vorhin noch gelangweilt in der Sportzeitung geblättert hatte, donnerte wie eine Dampfwalze auf ihn zu. Sein speckiges Gesicht war von purpurnen Adern durchzogen, genau wie die Speckschürze, die unter seinem zu kurzen T-Shirt herausschwappte. Der Kerl wollte Yut platt walzen und ihn dann mit diesem Dreck infizieren, der ihn selbst in ein lilafarbenes Monstrum verwandelt hatte. Aber das würde Yut nicht zulassen.

Der Fettsack kam immer näher, dabei schob er eine Aromawolke aus Schweiß und Fäulnis vor sich her. Yut fackelte nicht lange, hob die Eisenstange und machte einen Schritt nach vorn. Als der laufende Fettklops in Reichweite war, zimmerte er ihm die Eisenstange über den verschwitzten Schädel. Ein dumpfes Knacken signalisierte Yut, dass er einen Volltreffer gelandet hatte. Der Sturmlauf des Dicken wurde jäh gestoppt. Sofort schnellten seine Hände auf den Kopf, aus dem dunkles Blut hervorschoss. Dabei brüllte er in einem tiefen Ton, der Yut einen kalten Schauer über den Rücken laufen ließ. Der Pförtner taumelte einen Schritt auf ihn zu, was Yut veranlasste, ihm die Stange in den Bauch zu rammen. Jetzt riss der Dicke die schwarzen Augen auf, gurgelte schaumiges Blut aus seinem Mund und sackte leblos tiefer in die Stange hinein. Dabei kam er Yut so nahe, dass er ihm mit seinem letzten Atemzug einen Schwall Blut ins Gesicht spuckte. Angewidert ließ Yut die Stange los, trat einen Schritt zurück und wischte sich mit den Handflächen durch das Gesicht.

»Fuck, Fuck, Fuck!«, murmelte er, zog sein T-Shirt aus und rubbelte sich so sauber wie möglich.

Hatte er sich angesteckt? Die Frage erfasste ihn mit Panik. Doch er hatte keine Zeit, sich darüber Gedanken zu machen. Der Pförtner war tot, die Eisenstange hatte sich beim Sturz durch seinen Körper gebohrt und war am Rücken wieder ausgetreten. Auf einmal fiel ihm die Horde vor dem Haupteingang ein. Gleichzeitig nahm er grunzende Laute wahr.

Yut drehte sich um und ihm lag ein Schrei auf den Lippen. Die Meute der Verwandelten trottete nicht mehr lethargisch umher, sondern hetzte im vollen Tempo auf ihn zu. Einige stolperten über die herumliegenden Leichen und wurden selbst überrannt. Die ersten waren vielleicht noch fünfzig Meter entfernt und Yut wurde klar, dass er sofort verschwinden musste. Mit der Eisenstange würde er nicht weit kommen, außerdem steckte sie fest im Körper des toten Pförtners. Er zog seine Pistole und ballerte einem der Kranken in den Kopf. Der Typ ging zu Boden und wurde von den anderen zertrampelt. Sofort stellte Yut das Schießen ein, drehte sich um und begann zu rennen. Zunächst hetzte er ziellos über das Klinikgelände.

In seinem Kopf und seinem Körper herrschte pure Panik. Es dauerte nur wenige Sekunden, bis seine Brust brannte. Am liebsten wäre er stehen geblieben und hätte in die Büsche gekotzt. Doch das wäre sein Ende gewesen, denn hinter seinem Rücken hörte er die Horde der Bestien, die ihn brüllend und heulend verfolgte. Wie die wollte er nicht werden. Auf keinen Fall! Wenn nichts mehr ging, dann würde er sich selbst eine Kugel verpassen.

Die Häuserreihen! An denen war er vorhin schon vorbeigekommen. Eines der Gebäude war eingerüstet, was ihm die Möglichkeit bot, daran hochzuklettern. Ob die Viecher wohl klettern konnten? Gleich würde er es wissen. Mit letzten Kräften schmiss er sich an das Gerüst an der Hausfassade, welches darauf bedenklich wackelte. Er wähnte sich schon begraben unter dem Stahlkoloss – doch es blieb stehen. Aber in dem Augenblick, als er sich hochziehen wollte, packte ihn jemand am Knöchel. Yut blickte nach unten und sah zu seinem Entsetzen, wie ein Verwandelter seinen Fuß im Griff hatte. Der Typ, ein hochgewachsener Kerl in einem weißen Kittel, näherte sich mit seinem blutigen Mund seinem Fußgelenk. Verzweifelt versuchte Yut, sein Bein hochzuziehen, doch er schaffte es nicht, sich aus den Klauen des Mannes zu befreien. Er musste irgendetwas tun, sonst würde ihm der Verfärbte ins Bein beißen. Spätestens dann wäre er infiziert, wenn er es nicht schon war. Außerdem wäre der Rest der Meute in wenigen Sekunden da. Wenn das passierte, dann wäre er endgültig verloren.

Im Moment sah er nur eine Lösung, um sich zu befreien. Mit den Armen zog er sich in einer Art Klimmzug hoch, so war er in der Lage, sein anderes Bein von der Strebe des Gerüsts zu nehmen und dem Pfleger ins Gesicht zu treten. Er traf ihn mitten auf die Nase, was sofort Wirkung zeigte. Der Kerl brüllte auf, zuckte zusammen und rutschte mit seinen glitschigen Fingern von seinem Knöchel ab. Stattdessen griff er seinen Fuß.

Für Yut war es ein Segen, dass er sich am Morgen für die Slipper entschieden hatte. Es war ein Leichtes, mit seinem Fuß herauszurutschen. Sofort zog er seine Beine an, suchte Halt auf einer der Streben und kletterte in einem Affentempo das Gerüst so weit hinauf, bis er außer Reichweite der Verfärbten war, die mittlerweile an dem Stahlgerüst rüttelten.

Mit Mühe schaffte er es, sich auf eine der Gehplanken des Gerüsts zu hieven. Dort blieb er japsend liegen. Sein Herz raste vor Erschöpfung und Aufregung.

Nach ein paar Sekunden richtete sich Yut auf und blickte nach unten. Mindestens fünfzig von den Bestien standen in einem Pulk vor dem Metallgerippe. Erleichtert stellte er fest, dass keiner von ihnen Anstalten machte, zu ihm hinaufzuklettern. Ihre Raserei war ziellos, denn sie hatten nichts Menschliches mehr an sich. Die Gier zu töten bestimmte offenbar ihr Bewusstsein.

Yut zog seine Pistole und zielte auf den Typen im Pfleger-Kittel. Er hatte nur noch neun Patronen, aber die eine würde er jetzt opfern, um seinen Zorn zu lindern. Mit Freude ballerte er dem Monstrum eine Kugel direkt ins linke Auge, das samt Augenhöhle zerfetzt wurde.

»Hurensohn!«, murmelte Yut und spuckte auf die Meute der Durchgedrehten. Anschließend steckte er die Waffe weg, zog seinen zweiten Slipper aus und bewegte sich auf der Gerüstplanke an der Hausfassade entlang.

Er schaute durch die Fenster und stellte fest, dass das Gebäude gerade renoviert wurde. Die Räume waren leer, es standen Werkzeuge und Leitern herum. Er hoffte, ein offenes Fenster oder eine andere Möglichkeit zum Einstieg zu finden. Auf der anderen Kopfseite des Hauses wurde er fündig. Dort fehlten die meisten Fenster. Erst wenige waren erneuert worden.

Noch immer röhrten die Verwandelten, wenn auch etwas weniger, weil sie ihn offenbar nicht mehr im Blick hatten. Rasch kletterte er durch eines der Vierecke in der Hauswand, setzte sich auf den Boden des leer stehenden Raumes und inspizierte hektisch seinen Fuß. Dieser Horrorpfleger hatte ihn berührt, er hatte die feuchten Finger auf seiner Haut gespürt. Reichte das für eine Übertragung?

Yut musste schlucken, entdeckte aber an seinem Fuß zumindest keine Kratzer oder andere offene Wunden. Wie lange würde es wohl dauern, bis man sich in so ein lila Monster verwandelte? Minuten oder Stunden? Es würde wohl eher schnell gehen, wenn man bedachte, dass bei seinem Eintreffen in der Klinik noch nichts auf diese Freakshow hindeutete.

Yut saß einfach nur da, starrte seinen Fuß an und wartete. Spürte er nicht einen Druck im Kopf? Klopfte sein Herz nicht ungewöhnlich schnell? Und war da nicht eine dunkle Stelle an seinem Knöchel? Eine Viertelstunde verging, dann eine halbe. Nichts! Alles nur Einbildung. Bis jetzt war mit ihm nichts passiert. Er würde sich nicht von diesen Scheusalen anstecken lassen. Er würde hier rauskommen und wenn er dabei Hunderte von den Biestern totprügeln musste.

Endlich hatte er die Muße, sich in dem Raum näher umzusehen, indem er Zuflucht gefunden hatte. Es handelte sich um ein kleines Zimmer, nicht größer als drei mal drei Meter, wahrscheinlich ein Büro. Die Wände waren kahl und der Boden bestand aus blankem Beton. Ein paar Zementsäcke lagen gestapelt in einer Ecke, sonst war hier nichts von Interesse. Mühsam stand Yut auf. Jetzt war ihm tatsächlich etwas schwindelig – bei der Hitze kein Wunder. Seit Stunden hatte er nichts getrunken, dazu kam der Stress, der hinter ihm lag. Einer Horde wahnsinniger Bestien zu entfliehen, gehörte nicht zu seinem Alltag.

Barfuß schlurfte er durch den Raum auf den Türrahmen ohne Tür zu. Fast wäre er auf einen dicken Brocken Putz getreten. Er musste vorsichtig sein, wenn er in irgendeinen Nagel oder eine Scherbe trat, dann würde ihm niemand helfen.

Plötzlich blieb er abrupt stehen. Sein Handy! Er hatte überhaupt nicht daran gedacht. Er musste Konrad anrufen, er würde ihm helfen. Zur Not könnte er auch die Bullen kontaktieren, Hauptsache jemand holte ihn aus diesem Irrsinn raus. Aufgeregt griff er in seine Hosentasche, aber da war sein Handy nicht. Er suchte auf der anderen Seite, doch da war auch nichts. Mit der flachen Hand klatschte Yut gegen seine Stirn, dann boxte er mit seiner Hand gegen eine herumstehende Rigipsplatte. Was war er für ein Vollpfosten? Bei der Flucht vor der Meute hatte er sein Handy verloren.

»Scheiße!«, brüllte er. Sofort hielt er sich die Hand vor den Mund, als könnte er die Worte im letzten Moment aufhalten. Doch seine Stimme hallte durch den ausgehöhlten Bau. Er erwartete, das Brüllen der Zombietypen jeden Moment zu hören. Doch es blieb still.

Yut biss sich auf die Unterlippe, schluckte seine Wut

auf sich selbst herunter und überlegte, wie er nun vorgehen sollte. Eine Zeit lang konnte er hierbleiben, aber früher oder später musste er einen Weg vom Klinikgelände finden. Die Anzahl der Verwandelten würde mit Sicherheit nicht abnehmen, wahrscheinlich gab es noch viel mehr von ihnen auf dem Areal. Er machte sich nichts vor, es würde schwierig werden, heil hier rauszukommen. Aber er würde einen Weg finden.

Vielleicht hatten sich noch andere Gesunde in den etlichen Gebäuden des Krankenhauses versteckt. Außerdem musste jemand von außen aufmerksam werden, dass hier drinnen etwas nicht stimmte.

Wie auch immer, jetzt musste er erst mal das Gebäude durchsuchen. Vielleicht fand er etwas Nützliches, das ihm weiterhalf. Die nächsten Minuten streunte er durch die Räume des Hauses. Da fand er eine halbe Flasche Wasser, dort ein paar abgestellte Arbeitsschuhe und eine Axt. Sein Hauptgewinn war ein Rucksack, der von einem der Bauarbeiter stammen musste. Darin entdeckte er einen Blaumann, ein Sweatshirt und eine Familienpackung Schokoriegel, außerdem eine Rolle Panzerklebeband. Normalerweise rührte er Schokolade nicht an, aber in seiner Situation konnte er nicht wählerisch sein. Hastig stopfte er sich einen Schokoriegel in den Mund. Ein Blick auf seine Uhr verriet ihm, dass es kurz vor drei war.

Eine Stunde war vergangen, seit er den Pförtner in seiner Sportzeitung hatte blättern sehen. Mittlerweile lag der Kerl aufgespießt auf dem Rasen. Draußen lungerten lilafarbene Bestien herum, die ihn um ein Haar mit dem verkackten Virus oder was immer hier grassierte, angesteckt hätten.

Yut setzte sich auf den Boden mit dem Rücken an die Wand. Mit einem Ekelgefühl quetschte er seine bloßen Füße in die gefundenen Arbeitsschuhe. Er versuchte, den Gedanken an die verschwitzten Bauarbeitersocken zu verdrängen. Wenigstens passten die verdreckten Dinger halbwegs. Vorher hatte er sich schon den Arbeitsoverall angezogen. In dem Teil schwitzte er sofort. Am liebsten hätte er die Hosenbeine bis zu den Knien hochgekrempelt. Doch es war besser, dass er wenigstens etwas Stoff auf der Haut trug, falls ihm wieder eine dieser Kreaturen zu nahe kam. Yut dachte an den mutierten Pförtner, der ihm Blut ins Gesicht gespuckt hatte. Offenbar reichte der Kontakt mit Körperflüssigkeiten der Kranken nicht für eine Infektion. Bei einem Biss sähe die Sache wahrscheinlich anders aus. Mit den Schuhen und der Hose sah er aus wie ein Bauarbeiter, den man nach Feierabend auf der Baustelle vergessen hatte.

Grinsend begutachtete er sein neues Outfit. Er griff sich die Wasserflasche, in der noch etwa ein halber Liter drin war. Nachdem er die Flaschenöffnung mit den Fingern so gut wie möglich gereinigt hatte, nahm er einen winzigen Schluck Wasser. Es war pisswarm und in ein paar Stunden würde er wahrscheinlich die Lippen voll mit Herpesbläschen haben, aber trotzdem schmeckte es herrlich. Yut musste sich das Wasser einteilen, denn es stand in den Sternen, wie lange er damit auskommen musste.

Jetzt war aber erst mal ein paar Minuten Augenschonung angesagt. Doch seine Lider waren gerade einmal halb geschlossen, als er sie vor Schreck wieder aufriss. Laute Musik ließ ihn auf die Beine springen. Sie kam von draußen. Eine schrecklich elektronische Melodie, die sich anhörte, wie ein Handyklingelton Anfang der 2000er-Jahre. Sofort rannte er zum Fenster, doch von dort konnte er die Quelle des Krachs nicht ermitteln. Dafür bemerkte er einen Pulk der Verfärbten, der wie aufgedreht in eine Richtung rannte. Vermutlich auf den Ursprung der lauten Musik zu, die für sie wie ein Trigger zu wirken schien. Er musste herausbekommen, woher dieses Gedudel kam.

Von den Verfärbten rannte bestimmt keiner mit einem Ghettoblaster durch die Gegend. Eilig suchte er das nächste Fenster auf. Von dort aus konnte er sehen, woher die Musik kam. Auf einer der Straßen stand ein Eiswagen. Er war gegen einen Laternenpfahl gekracht, aber der Motor lief und das Gedudel beschallte die Umgebung.

Mindestens zehn der Violetten belagerten den Wagen, aber sie erreichten den Mann nicht, der auf dem Dach des Autos hockte. Aus allen Richtungen kamen weitere Bestien zum Fahrzeug gerannt. Sie rüttelten wütend an dem Eiswagen, der bereits bedenklich wackelte. Grübelnd betrachtete Yut die Szenerie.

Der Kerl auf dem Dach war ihm scheißegal, bald würde sich die Farbe Lila zu seiner weißen Eisverkäufer-Montur gesellen, denn es sah nicht so aus, als würde er sich noch lange in seiner Position halten können.

Was Yut interessierte, war der Wagen. Die Karre könnte sein Weg aus dieser Horrorklinik sein. Der Crash hatte scheinbar keinen großen Schaden angerichtet, lediglich ein paar Beulen. Der Motor lief, das hörte er.

Wenn die Meute sich den Eis-Heini geschnappt, zerfetzt oder verwandelt hatte, dann würden sie wahrscheinlich den Eiswagen links liegen lassen.

Wenn er ins Erdgeschoß ging und dort aus dem Fenster springen würde, könnte er mit einem Sprint in wenigen Sekunden am Fahrzeug sein. Mit der Karre könnte er durch die Schranke am Haupteingang donnern und wenn ihn die Verwandelten aufhalten wollten, dann würde er wie mit einem Panzer durch sie hindurchpflügen. Mit einem zufriedenen Lachen beobachtete er, wie der Eismann vom Dach des Wagens geschleudert wurde. Die Meute fiel über ihn her. Ob der überhaupt die Chance zur Verwandlung bekam, konnte sich Yut nicht vorstellen.

Als die Kranken endlich von ihm abließen, war die weiße Uniform mit Blut durchtränkt. Ein Arm war dem Kerlchen ausgerissen worden, sein rechtes Bein sah seltsam verdreht aus … aber er lebte noch. Schwerfällig stand er auf, zappelte ein paarmal und setzte sich dann staksend in Bewegung.

Yut konnte sehen, dass sein Gesicht bereits die purpurne Färbung angenommen hatte. *Einer mehr*, dachte er zerknirscht, wandte sich ab und nahm sich noch einen Schokoriegel.

Kapitel 10 - Indianerehrenwort

Fasziniert starrte Smilla in das Innere des Zeltes. Was sie erblickte, war so friedlich, dass es angesichts der Situation fast schon skurril wirkte. Ein Junge, vielleicht acht oder neun Jahre alt, lag schlummernd auf einer Isomatte. Sein Gesicht war rosig und bei jedem Atemzug vibrierten seine zarten Lippen.

Eine Weile beobachtete Smilla das schlafende Kind, dann zog sie sich langsam zurück und schloss den Vorhang des Zeltes. Nachdenklich blieb sie vor dem Tipi sitzen. Was war in diesem Haus passiert? Wo waren die anderen Kinder, die hier offenbar gewohnt oder zumindest den Tag verbracht haben? Die verwandelte Erzieherin im Nebenraum. Wer hatte sie dort eingesperrt? Wohl kaum der kleine Junge im Zelt. Oder doch? Was sollte sie tun? Sie konnte das Kind selbstverständlich nicht zurücklassen. Aus dem Zelt drangen plötzlich andere Laute als das Schnarchen. Der Junge hüstelte, schniefte und dann hörte man ein leises Weinen.

»Hallo?«, fragte das Kind mit ängstlicher Stimme. Smilla musste schlucken, dann erwiderte sie in sanftestem Ton, den sie zustande brachte: »Du brauchst keine Angst haben.« Schnell versteckte sie das Messer hinter ihrem Rücken. Langsam ging sie in die Knie, dann zog sie den Vorhang des Tipis erneut zur Seite.

Mit angezogenen Beinen saß der Junge ganz hinten im Zelt. Aus weit aufgerissenen Augen starrte er Smilla an. In seinem Blick spiegelten sich Angst und Schrecken. Eine Weile schauten die beiden sich schweigend an, dann war es der Kleine, der als Erster wieder sprach.

»Willst du mich lila machen?«

»Mach dir keine Sorgen, bei mir bist du sicher. Mein Name ist Smilla und ich werde dich hier rausholen.«

»Und die anderen? Sind sie …« Der Junge schluckte, dann senkte er den Kopf und schaute auf den Boden. »… im Schlafschloss?« Plötzlich rumorte die mutierte Erzieherin nebenan. Das Kind zuckte zusammen, erstarrte und fragte flüsternd: »Ist Melanie noch böse?«

Smilla brauchte einen Moment, dann rutschte sie auf Knien in das Zelt hinein und streckte dem Jungen ihren Arm entgegen.

»Komm zu mir, ich beschütze dich«, sagte sie. Seine Augen erforschten Smilla. Kurz wägte er offenbar ab, ob er ihr vertrauen konnte, dann schmiss er sich an ihre Brust und wimmerte leise, während Melanie im Nachbarzimmer langsam wieder ruhiger wurde.

Nachdem Smilla ihn eine Weile an ihre Brust gedrückt hatte, schob sie ihn sanft ein Stück zurück, schaute ihn an und wischte mit dem Daumen Tränen von seiner Wange.

»Kleiner, alles wird gut.«

»Ich bin nicht klein«, erwiderte der Junge mit Trotz in der Stimme. Mit einem warmen Lächeln reagierte Smilla darauf.

»Nein, du bist wirklich nicht klein. Wie heißt du?«

»Berdan.« Sie streichelte dem Kind über die schwarzen Haare.

In ihren Gedanken war sie auf einmal zurück in Afghanistan. Sie dachte an den kleinen Jungen, der nicht älter war als Berdan. Idris war das Camp-Maskottchen in Afghanistan. Er war immer fröhlich, wuselte zwischen den Baracken hin und her, erledigte Botengänge und träumte davon, eines Tages Profifußballer zu werden. Niemand wusste, wo er wohnte, wer seine Eltern waren und mit wem er außerhalb des Camps verkehrte. Er war einfach nur der kleine, afghanische Junge, den jeder mochte und dem jeder Schokolade oder Kaugummis zusteckte. Man wusste wenig von Idris und das rächte sich an diesem verhängnisvollen Tag, als es in Masar-e Scharif wie aus Kübeln regnete. An viel konnte sich Smilla nicht mehr erinnern, doch es gab ein Bild, das sich in ihr Gedächtnis eingebrannt hatte. Sie stand am Fenster ihrer Baracke und schaute nach draußen. Der Himmel war rattengrau, es regnete so heftig, dass sie Idris zwischen den Regenfäden nur verschwommen erkennen konnte. Es sah aus, als würde sie einen Stream mit niedriger Auflösung schauen.

Trotzdem erkannte sie sofort die verweinten Augen des Jungen, der mit seinem Lachen sonst dunkle Wolken vertreiben konnte. Irgendetwas stimmte nicht mit ihm. Als Smilla bemerkte, dass er viel dicker unter seiner Kurta wirkte als üblich, war es schon zu spät. Die Sprengweste, die man dem kleinen Idris angelegt hatte, explodierte und der Junge zerstob in einer roten Wolke. Nur einen Augenblick später wurde Smilla von der Druckwelle erfasst und mitgerissen.

Als sie wieder zu Bewusstsein kam und in das Gesicht von Konrad blickte, der ihr schwer verletztes Bein versorgte, konnte sie nur an den Jungen denken, der noch am Tag zuvor grinsend Kaugummi gekaut hatte. Gerade jetzt hörte sie wieder seine Stimme, die »Smilla« rief.

Erst als Berdan ihr Bein tätschelte, begriff sie, dass es der Junge im Zelt war, der leise ihren Namen flüsterte. Augenblicklich war sie zurück in der Gegenwart, die kaum besser war als das Grauen, das sie in Afghanistan erlebt hatte. Aber dieses Mal blickte sie nicht auf die zerfetzten Überreste eines Jungen. Sie hatte die Chance, Berdan aus dieser Hölle herauszuholen. Bei dem Gedanken wurde ihr mulmig zumute, denn sie ahnte, dass sich in der Klinik immer mehr Menschen in diese lilafarbenen Monster verwandelten. Es würde schwer werden, den Jungen heil nach draußen zu schaffen.

Draußen? Sie dachte an die Gestalten in den weißen Overalls, die das Gelände wie einen Hochsicherheitsknast bewachten. Woher kamen sie? Und wie würden sie vorgehen, um die Krankheit nicht nach draußen dringen zu lassen? Wenn nur einer von den Verfärbten fliehen könnte, dann wäre eine weitreichende Katastrophe nicht aufzuhalten.

Ein Geräusch ließ Smilla aufhorchen. Es war ein Scheppern und die Quelle war nicht Melanie im Nebenraum. Es kam aus dem unteren Bereich des Hauses. Mit dem Zeigefinger auf den Lippen deutete Smilla dem Jungen an, leise zu sein. Berdan nickte. Sie holte das Survivalmesser hinter dem Rücken hervor, das er mit großen Augen musterte.

»Warte hier!«, flüsterte sie dem Jungen zu. Wieder nickte er, dabei haftete sein Blick an der Klinge des Messers. Smilla wollte sich gerade abwenden, als Berdan sie am Ärmel zupfte.

Von unten war wieder das Scheppern zu hören. Wenn die Violetten in das Haus hineinkämen, dann wären der Junge und sie verloren. Mit dem Kind durchs Fenster zu fliehen, war keine Option. Sie musste nach unten und nachsehen. Wieder zupfte der Junge an ihrem Shirt.

»Was ist?«, fragte Smilla so leise wie möglich.

»Wirst du Mirko erstechen?«, flüsterte Berdan.

»Wer ist Mirko?«, wollte sie mit erstaunter Miene wissen.

»Mein bester Freund!«

»Und wo ist er?«

»Schlafen.«

»Schlafen? Wie meinst du das?«, hakte Smilla nach, obwohl sie schon ahnte, was der Junge meinte.

»Er schläft mit den anderen unten im Keller, im Schlafschloss.« Passend zu seiner Aussage rumorte es erneut aus dem unteren Gebäudeteil. Nun war sich Smilla ziemlich sicher, dass die Geräusche aus dem Keller kamen, in dem sich offenbar eine Art Ruheraum für die Kinder dieser Einrichtung befand.

Smilla lief es eiskalt den Rücken herunter. Was war da unten passiert? Was war mit den Kindern geschehen? Hatten sie sich infiziert? Der Gedanke daran, was Berdan miterlebt haben musste, ließ sie erschaudern. Aber warum war er hier oben und Melanie als Violette im Nebenzimmer?

»Ich glaube, Mirko und die anderen sind auch böse geworden. Genau wie Melanie.« Smilla wusste nicht, was sie erwidern sollte. In ihrem Hals steckte ein dicker Kloß, der ihr die Luft abschnürte. Langsam sackte er in ihrem Magen, schwer und sperrig wie eine Bowlingkugel. Ihre Hand bewegte sich mechanisch über die Haare des Jungen. Die Berührung schien Berdan nicht zu gefallen, denn er zog seinen Kopf zurück. Smilla nahm ihre Hand weg.

Was für eine bizarre Situation! Mit der einen Hand

wollte sie dem Jungen durch die Haare fahren, in der anderen hielt sie das Messer bereit, um sich gegen die Violetten zu wehren. Smilla wollte etwas sagen, doch ihre Stimme war zunächst nur ein Krächzen.

Sie räusperte sich ein paarmal, dann sagte sie: »Soll ich mal nachschauen?« Es dauerte einen Moment, dann nickte Berdan zaghaft. Eine Bewegung voller Misstrauen, Angst und Schrecken. Der Junge hatte offenbar Grauenhaftes gesehen. »Warum bist du hier und nicht im Schlafschloss?«, fragte sie ihn.

»Hab mich hier versteckt.«

»Versteckt? Wovor?«

»Vor dem Mann mit dem blauen Gesicht.«

Fuck!, zischte es durch Smillas Bewusstsein. Auch wenn sie bereits geahnt hatte, was hier geschehen war, crashte die Erkenntnis ihre Gefühle. Offenbar war einer von den Violetten ins Haus gekommen. Aber was genau war passiert? Und wo war der Typ, vor dem sich Berdan versteckt hatte? Smilla glaubte nicht, dass der Junge in der Lage war zu berichten. Doch sie irrte sich, denn plötzlich begann er, ganz leise zu erzählen.

»Ich war noch kurz auf dem Klo, bevor wir schlafen sollten. Auf einmal hörte ich so ein Geschrei. Durch den Türspalt im Klo konnte ich den Mann mit dem blauen Gesicht sehen.«

»Wann war das?«

»Gestern Abend, nachdem SpongeBob zu Ende war. Der Mann hat Melanie in den Arm gebissen und dann hat Melanie ihn …« Berdan stockte, sein Blick richtete sich auf das Messer in Smillas Hand. »Sie hat ihn mit einem Messer gestochen«, wisperte das Kind schüchtern.

»Und was ist mit deinen Freunden?« Berdan zuckte mit den Schultern.

»Ich weiß nicht. Ich bin aus dem Badezimmer nach oben gerannt und habe mich im Tipi versteckt. Dann hörte ich, wie … Melanie nach oben kam. Ich kam wieder aus dem Zelt, guckte nach draußen auf den Flur und sah, wie sie auf dem Klo verschwand.«

»Hast du sie eingeschlossen?« Berdan nickte, dann griff er in die Hosentasche und gab ihr den Schlüssel.

Smilla konnte es nicht fassen. Der Junge hatte unfassbaren Mut bewiesen. Offenbar hatte die Erzieherin den Violetten umgebracht, nachdem sie von ihm gebissen worden war. Danach war sie hochgerannt, vermutlich weil sie Geräusche gehört hatte. Auf dem Weg musste ihre Verwandlung begonnen haben. Als der Junge das bemerkte, hatte er sie geistesgegenwärtig eingesperrt, als sie ins Badezimmer gerannt war. Anschließend hatte er die ganze Nacht in diesem Zelt ausgeharrt. Smilla schauderte bei dem Gedanken, wie viel Angst er gehabt haben musste.

»Ist Mirko tot?«

»Weißt du, Berdan, es ist eine schreckliche Krankheit ausgebrochen.«

»Eine Krankheit?«

»Ja, leider. Ich weiß nicht genau, was das für eine Krankheit ist, aber sie ist …«

»Wird mein Gesicht auch blau?«, unterbrach der Junge Smilla. Die Frage blockierte ihr Sprachzentrum. Die Art, wie Berdan sprach, klang eher interessiert als verängstigt. Offenbar schreckte sie der Gedanke an eine Infektion mehr als den Jungen. Einen Moment suchte sie nach den richtigen Worten, wenn es sie in einer solchen Situation überhaupt gab.

»Ich werde alles dafür tun, dass dir nichts passiert. Bei mir bist du sicher.«

»Das hat Melanie auch gesagt, als man von draußen das Gebrüll hörte.«

Passend dazu meldete sich die violette Erzieherin aus dem Nachbarraum mit einem tiefen Knurren und einer heftigen Schlagkaskade gegen die Wand.

»Melanie hat bestimmt alles getan, um euch zu schützen. Aber jetzt bin ich da und werde dich in Sicherheit bringen. Ich schwöre, dass dir nichts passieren wird.«

Eine Weile sagte Berdan nichts, schaute nur starr in ihr Gesicht. Seine Haut war blass mit einem gelblichen Touch, der davon zeugte, dass der Junge die letzten Stunden unter emotionaler Hochspannung stand.

Es würde nicht leicht werden, ihn aus dieser Hölle herauszuschaffen, doch sie würde alles dafür tun. Zuerst musste sie nachsehen, was aus dem Mann mit dem blauen Gesicht und den anderen Kindern geworden war.

»Berdan, ich muss kurz was erledigen. Du bleibst so lange hier im Zelt und wartest, bis ich zurückkomme. Okay?«

Einen Moment schien es so, als würde der Junge Smillas Worte nicht verstehen. Er saß im Schneidersitz auf dem Zeltboden und starrte sie schweigend an. Als Smilla schon glaubte, dass etwas nicht mit ihm stimmte, fragte er: »Kommst du auch wirklich zurück?«

»Ich schwöre!« Sie hob die rechte Hand, streckte ihren Daumen, den Mittel- und Ringfinger und sagte: »Indianehrenwort!«

Kapitel 11 - Das Erdgeschoss

Vorsichtig öffnete sie die Tür einen Spalt, gerade weit genug, dass sie in den Flur lugen konnte. Im schmalen Gang war alles ruhig, wenn man von dem Gepolter absah, das Melanie veranstaltete.

Nachdem Smilla auf den Flur hinausgetreten war, blieb sie stehen und schaute sich nochmals nach allen Seiten um. Der Korridor war höchstens zehn Meter lang, endete auf der einen Seite an der Tür, hinter der Melanie randalierte, auf der anderen Seite an der Treppe, die runter ins Erdgeschoss führte. Der Boden war mit einem bunten Spielteppich ausgelegt, auf dem Straßen, Verkehrsschilder und Häuser aufgedruckt waren. An den knallgelb gestrichenen Wänden hingen etliche Zeichnungen mit kindlichen Motiven, die mit Charlotte, Roman, Emilia und Mirko signiert waren. Berdans Freundinnen und Freunde, die sich hoffentlich unversehrt im Schlafraum im Keller befanden. Ihr Gefühl vermittelte ihr allerdings etwas anderes.

Sie wollte sich gerade Richtung Treppe bewegen, als Melanie heftig gegen die Tür bollerte. Smilla hielt inne, den Blick auf das Ende des Ganges gerichtet.

Berdan hatte die Verwandelte eingesperrt, aber es war nicht auszuschließen, dass die Frau in ihrer Raserei mit Gewalt durch die Tür brach. Smilla war bereits aufgefallen, dass die Violetten nicht besonders helle waren und offenbar nur von ihrem Blutdurst getrieben wurden. Trotzdem war es nicht auszuschließen, dass Melanie die Tür aufbrechen und herausstürmen könnte. Dann wäre Berdan allein mit diesem Monstrum. Es blieb ihr nichts anderes übrig, als dafür zu sorgen, dass die Erzieherin nicht zur Gefahr für den Jungen werden konnte.

Smilla schloss ihre Finger fest um den Griff ihres Messers, dann ging sie mit vorsichtigen Schritten auf die Geräusche zu. Hinter der Tür rumorte es, Fingernägel kratzten über das Holz, leise hörte sie das Knurren der jungen Frau.

Eine Armlänge vor dem Zugang zum Bad blieb sie stehen, holte den Schlüssel aus der Hosentasche und steckte ihn vorsichtig in das Schlüsselloch. Wenn sie die Klinke runterdrückte, dann musste sie blitzschnell handeln. Sie könnte die Pistole benutzen, aber der laute Schuss könnte die Violetten vor dem Haus auf sie aufmerksam machen. Mit dem Messer konnte sie lautlos … töten. Darauf lief es hinaus.

Sie hatte keine Ahnung, wie man sich mit der Seuche ansteckte, aber Körperkontakt wollte sie zu den Verfärbten auf jeden Fall vermeiden. Smilla atmete ein paarmal tief durch, dann streckte sie ihren linken Arm aus. Ihre Finger legten sich auf die Klinke. Langsam drückte sie sie herunter und zog leicht daran. Abgeschlossen, wie Berdan gesagt hatte. Ihr Herz schlug schneller. Aus dem Badezimmer drang kein Laut. Eine trügerische Ruhe, befürchtete Smilla, deshalb blieb sie in angespannter Kampfhaltung, als sie die Tür aufschloss und vorsichtig öffnete.

Ihr Blick wanderte blitzschnell durch den schmalen Raum: Klo, Waschbecken, Fenster und … die Badewanne. Darin befand sich die Erzieherin. Offensichtlich war sie rückwärts in die Wanne gestürzt. Dabei hatte sie ihren Hinterkopf in die Armaturen gedrückt. Scheinbar so heftig, dass sie das Bewusstsein verloren hatte, womöglich sogar gestorben war. Neugierig musterte Smilla die Frau. Ihre Haut war mit kabeldicken, tiefvioletten Adern überwuchert, die Verästelungen aufwiesen. An manchen Stellen waren sie aufgeplatzt und eine zähe Flüssigkeit ergoss sich aus den Wunden über das Gesicht und tropfte auf das Acryl der Wanne. Als sich die Kranke mit einem tiefen Grummeln nach vorn beugen wollte, reagierte Smilla schlagartig. Wenn der Hinterkopf der Erzieherin nicht im Wasserhahn festgesteckt hätte, dann wäre Smilla ohne Chance gewesen. So brauchte die durchgedrehte Frau erst ein paar heftige Nicker, bis die Badarmatur ihren Schädel freigab.

Als Melanie endlich ihren Kopf nach vorn bewegte, stieß sie mit dem Hals direkt in die Spitze von Smillas Messer. Sofort drückte sie die Klinge tiefer hinein. Die Erzieherin gurgelte purpurnes Blut aus dem Mund, dann starb sie mit einem unmenschlichen Grunzen. Smilla ließ sofort den Griff des Messers los. Sie wollte auf keinen Fall mit dem Blut und der purpurnen Flüssigkeit in Kontakt kommen. Trotzdem wollte sie das Messer nicht zurücklassen. Ein paar Blutspuren waren auf dem Griff zu sehen. Suchend blickte sich Smilla um. Neben dem Spülstein entdeckte sie ein Handtuch an einem Haken. Sie nahm es und starrte erschreckt auf das Konterfei des Krümelmonsters, das im ersten Moment lila statt blau aussah. Mit dem Frotteetuch um ihre Hand gewickelt packte sie sich den Griff des Messers und zog es aus Melanie heraus.

Blut und lila Brei strömten in einem zähen Strom aus der Wunde am Hals der Erzieherin.

Smilla wollte nicht noch mehr Zeit vertrödeln. Wahrscheinlich brauchten die Kinder im Keller ihre Hilfe, in welcher Form auch immer. Sie warf das Messer in das Waschbecken und stellte das Wasser so heiß wie möglich an, um das Blut und den lila Schmand von der Edelstahlklinge zu waschen.

Was auch immer das für eine Krankheit war, sie hatte auf keinen Fall einen natürlichen Ursprung … dessen war sie sich sicher.

Nachdem sie die Waffe mit dem Krümelmonster-Handtuch abgetrocknet hatte, warf sie noch einen Blick auf den Körper der Erzieherin. Es war unvorstellbar, wie diese Frau und die anderen, die da draußen wie Tiere lauerten, sich von einem Menschen in diese aggressiven Wesen verwandeln konnten. Hier spielte sich eine zur Realität gewordene Horrorserie ab, nur dass es keinen Drehschluss gab und die Bestien nicht ihre Masken abzogen.

Für Smilla war Schrecken nichts Neues, doch jetzt spielte er sich in Dimensionen ab, die sie noch gestern in das Reich der Fantasie eingeordnet hätte. Doch solange noch die kleinste Chance bestand, dass Berdan und die anderen Kinder draußen in Sicherheit wären, würde sie alles dafür tun, um sie zu beschützen.

Die Männer in Weiß kamen ihr in den Sinn. Die waren bestimmt von einer Regierungsbehörde. Ein Sonderkommando, das dafür sorgen sollte, dass diese Seuche auf keinen Fall nach außen drang.

Sie musste mit den Kindern so schnell wie möglich zurück zur Kanalisation, bevor auch dieser Ausgang nicht mehr nutzbar war. Kinder? Bis jetzt gab es nur

Berdan, die anderen musste sie erst noch finden. Das schaffte sie nicht, wenn sie wie versteinert die lila Melanie anstarrte. Sie zwang sich, den Blick abzuwenden.

Mit dem Messer im Anschlag ging sie zurück in den Korridor, dann schloss sie die Badezimmertür ab, damit Berdan nicht versehentlich seine ehemalige Erzieherin entdeckte.

Erneut tönte das scheppernde Geräusch aus dem Erdgeschoss. Smilla blieb stehen, lauschte, aber nun war alles ruhig. Ein paar Schritte, dann erreichte sie die Treppe. Das Kindersicherungsgitter stand offen. Schmale Stufen, mit grünem Teppichboden bezogen, wanden sich in einem Bogen hinunter. Ihre Schritte waren vorsichtig, so als könnten sich Tretminen unter der Auslegware befinden. Aber ihr Blick war nicht auf den Boden gerichtet, sondern am Handlauf entlang ins Parterre des Hauses.

Nach genau vier Stufen blieb Smilla abrupt stehen, denn ein paar Füße kamen in ihr Sichtfeld. Sie steckten in schweren Sicherheitsschuhen, darüber konnte sie den Ansatz einer schwarzen Jeanshose erkennen. Den Rest der Person, die regungslos am Boden lag, konnte sie nicht sehen. Ihre Finger krallten sich noch fester um den Griff des Messers, während sie zwei weitere Stufen nach unten schritt. Allmählich offenbarte sich der Körper am Boden als ein Mann … ein toter Mann, wie Smilla glaubte und hoffte.

Als sie den Fuß der Treppe erreicht hatte, sah sie, dass die Hände des Mannes eine lila Färbung aufzeigten. Bei der Person musste es sich um den Verfärbten handeln, den Melanie mit einem Küchenmesser angegriffen hatte. Dafür sprach auch die Blutlache, die sich rund um seinen Körper ausgebreitet hatte.

Wieder dieses Scheppern, nur lauter und ganz in der Nähe. Sie drehte sich langsam in alle Richtungen, bereit, sich zu verteidigen. Dann entdeckte sie die Quelle des Geräusches. Es war eine Katze, die mit den Pfoten ihren leeren Napf über den Boden schob. Um den Hals trug sie ein Lederband mit einer kleinen Glocke. Das Tier hatte Hunger und Durst, aber niemand war da, um es zu füttern.

»Hey, Kleine«, flüsterte sie der Katze mit dem roten Fell zu, die sich umdrehte und miaute. »Später bringe ich dir was!« Zuerst musste sie in den Keller. Wenn sie heil wieder hochkäme, dann würde sie dem Stubentiger den Napf füllen. Aber jetzt musste sie sich um die Kinder kümmern. Vorsichtig ging sie an dem toten Körper vorbei, von dem der obligatorische Gestank nach faulem Obst ausging. Konzentriert bedachte Smilla jeden ihrer Schritte, denn sie wollte auf keinen Fall in die Körperflüssigkeit des Leichnams treten. Gleichzeitig horchte sie in ihren eigenen Körper, um zu erforschen, wie es um sie stand. Spürte sie irgendeine Veränderung in sich, Anzeichen für eine Infektion? Vielleicht hatte sie sich bei Melanie angesteckt. Wenn dem so wäre, dann müsste sie sich eine Kugel in den Kopf jagen. Nicht nur, weil sie auf keinen Fall zu einer dieser Bestien werden wollte, sondern um Berdan und die anderen Kinder vor ihr zu schützen. Aber glücklicherweise fühlte sie nichts Ungewöhnliches.

Sie schaute sich im Korridor des Hauses um. Eine

geschlossene Tür erregte ihre Aufmerksamkeit, denn darauf klebte ein von Kinderhand gemaltes Bild mit der krakeligen Aufschrift – *Schlafschloss*.

Smilla dachte an Berdans Schilderung der Ereignisse. Melanie musste die Kinder im Keller eingesperrt haben, damit diese in Sicherheit waren. Das würde erklären, warum die Tür ins Untergeschoß geschlossen war. Hatte die Frau im Kampf gegen die Verwandlung alles dafür getan, um die Kinder zu schützen? Hatte sie sich zum Schluss freiwillig in das Badezimmer begeben? Wenn ja, hatte sie damit Erfolg gehabt? Nur der Gang in den Keller würde eine Antwort auf diese Fragen bringen. Smilla schaute sich noch einmal um, spitzte ihre Ohren, hörte aber weder aus dem Untergeschoß noch von draußen auffällige Geräusche.

Wahrscheinlich hatten die Kranken vorübergehend das Interesse an der Kinderstätte verloren. Hoffentlich würde das so bleiben, dann böte sich ein Slot für eine Flucht. Aber zuerst musste sie nach den Kindern sehen. Panik ergriff Besitz von ihr, setzte ihr Inneres unter Strom. Jeder Schritt in Richtung Kellertür elektrisierte sie. Dann erkannte sie, was sie beherrschte. Es war Angst, Angst vor dem, was sie in dem Schlafkeller erwarten würde.

Kapitel 12 - Die Treppe

Eigentlich wollte Trips den ganzen Tag schlafen, damit er fit für seinen geplanten nächtlichen Ausflug war. Doch der faulige Gestank, der von der Verfärbten im Lichtschacht ausging, und der Gedanke daran, was ihn draußen erwartete, ließen ihn höchstens ein paar Stunden dämmern. Die meiste Zeit hatte er grübelnd auf seiner Isomatte gelegen. Dank Prepper Martinek gab es alles, was man für den Weltuntergang brauchte.

Wenigstens war es ruhiger geworden, offenbar waren die Kranken weitergezogen, nachdem er die Verfärbte ruhiggestellt hatte. Zwei Menschen … oder das, was davon übrig war … hatte er getötet. Es war zwar Notwehr, zumindest bei Lisa, trotzdem beschäftigte ihn der Gedanke. Etliche Male hatte er Lines über Mord und Totschlag gerappt, doch den coolen Rapper zu spielen war etwas anderes, als im realen Leben Menschen mit Schraubenziehern und Pfeilen umzubringen. Die Wahrscheinlichkeit war groß, dass seine Todesliste noch anwachsen würde.

Da draußen mussten Hunderte von diesen Monstern herumstreunen. Die Frage, wie er da heil durchkommen sollte, ließ Panik in ihm aufkeimen. In weniger als einer Stunde würde die Sonne untergehen, dann könnte er es wagen, sein Refugium zu verlassen. Hoffentlich hielten sich auch die Infizierten an die Ruhezeiten. Zumindest hatte Trips die totale Stille in den letzten Nächten so interpretiert. Wenn er sich irrte, dann wäre er ruckzuck wieder im Keller.

Mit prüfendem Blick schaute er auf den Rucksack, den er ebenfalls im Arsenal von Martinek gefunden hatte. Es war ein Backpack in Camouflage. *Wie passend*, dachte Trips, der sich fühlte, als stünde er vor einem militärischen Himmelfahrtskommando. Für seinen Ausflug oder im Idealfall seine Flucht hatte sich Trips ein kleines Arsenal an Hilfsmitteln zusammengestellt, die jetzt in dem Rucksack lagen. Neben einem Einhandtaschenmesser, zwei Taschenlampen, drei kleinen Flaschen Mineralwasser und zwei Energydrinks, befanden sich auch noch Verbandsmaterial und eine Packung Butterkekse in dem Backpack. In seiner Arbeitshose steckten ein Hammer und ein Totschläger, dazu ein Schlagring, den er im Notfall über seine Finger stülpen würde.

Trips setzte sich auf den Bürostuhl und zog sich seine Arbeitsschuhe an. Seine Fingerspitzen kribbelten, als er die Schnürsenkel so fest wie möglich band. Obwohl draußen tropische Temperaturen herrschten, war es in dem Kellerraum ziemlich kühl. Die Grundmauern des Gebäudes waren dick und feucht. Nicht nur deshalb zog er seine Lederjacke an, die er vor seinem letzten Dienstbeginn hier unten in seinen Spind gehängt hatte. Die Jacke war warm und ließ sich mit dem Reißverschluss bis zum Hals schließen. Im Notfall schützte das Leder notdürftig gegen Bisse oder Kratzer der Infizierten. Zusätzlich hatte er sich aus einem der Winterreifen seiner Toilette Schienbeinschoner zurecht geschnitzt und mit Tape an seine Unterschenkel fixiert. Viel mehr konnte er zu seinem Schutz nicht machen.

Jetzt stand er da, blickte in seinen Rucksack und spürte, wie seine Gedärme wie heiße Würste in seinem Bauch brannten. Um sich von seiner Angst abzulenken, nahm er sich noch eine Dose von dem Bullen-Gesöff aus dem Regal. Davon hatte er in den letzten Stunden vier Stück getrunken. Wenn er so weitermachte, dann würde er an einem Herzinfarkt verrecken, bevor er überhaupt im Freien war. Trotzdem riss er die Dose auf. Trips nahm einen Schluck, dann stellte er die Büchse auf den Schreibtisch.

Im flackernden Schein der Teelichter, die er aufgestellt hatte, blitzte der rote Bulle auf der Dose wie das teuflische Konterfei eines bösartigen Dämons. War diese Seuche womöglich eine Strafe Gottes oder ein Angriff des Teufels? Eigentlich glaubte er nicht an so einen Scheiß, aber im Moment wäre es ihm mehr als recht, wenn ihm Gott zur Seite stünde. Allerdings hatte er nicht mehr Beistand als ein paar Waffen und Daryl, die Armbrust.

Wenn er das alles überstand, dann würde er zum größten Rapper werden, den es jemals gab. Selbst Eminem würde er bei einem Battle in Grund und Boden rappen. Es würde nicht mehr lange dauern, bis die Sonne unterging und die Biester da draußen hoffentlich in den Schlaf fielen. Er trank den Energydrink aus und leerte seinen Darm auf den Resten der Reifentoilette. Danach wagte er es, die Holzplatte vor dem Fenster kurz zu entfernen. Ohne auf die Leiche im Lichtschacht zu achten, versuchte er, einen Blick in den Himmel zu werfen. Trips erkannte ein Stück des Mondes – die Nacht war angebrochen. Es wurde Zeit für seinen Ausflug.

Er fühlte sich, als hätte er Fieber. Doch es war die Angst, die ihn innerlich zum Kochen brachte. Jetzt war er der Hauptdarsteller in einer Zombie-Epidemie. Der Möchtegernrapper, der als Hilfshausmeister arbeitete. Waren das nicht die Art Typen, die in den Zombiefilmen immer zuerst das Zeitliche segneten?

Trips löste sich von seinen düsteren Gedanken und versuchte, sich den Lageplan der Klinik ins Gedächtnis zu rufen. Bis zum Beginn dieser Horrorshow hatte er sich nicht für die Gegebenheiten des Geländes interessiert. Im Grunde war er Martinek nur hinterhergelaufen und hatte seine Anweisungen ausgeführt. Plötzlich kam ihm eine Idee. Vom Schreibtisch nahm er einen Edding, dann ging er wieder zur Stahltür und begann, darauf einen Plan des Krankenhauses zu malen. Er zeichnete den Haupteingang ein, das Verwaltungsgebäude, den Glockenturm, die Kantine, das Parkhaus und einige der Klinikgebäude, an die er sich erinnerte. An der Nordseite des Geländes befand sich ein weiterer Zugang, den er auf der Karte markierte.

Am Ende prangte an der Tür ein kindliches Machwerk, das ihm auch nicht weiterhalf. Karten lesen war nicht seine Stärke, Karten zeichnen erst recht nicht. Er hatte ohnehin vor, zuerst bis zum Haupteingang zu gelangen. Der befand sich nicht weit von seinem Standort und die Aussichten, dort vom Gelände zu flüchten, schienen ihm am wahrscheinlichsten.

Irgendjemand musste längst bemerkt haben, dass in der Klinik etwas nicht stimmte. Ihm war schleierhaft, warum noch niemand zur Rettung gekommen war.
Wenn es durch den Hauptausgang kein Entkommen gab, dann würde er versuchen, sich auf die Nordseite der Klinik durchzuschlagen. Das restliche Gelände glich einem Hochsicherheitsgefängnis mit unüberwindbaren Zäunen. Trips machte noch eine Dose auf, trank einen Schluck

von dem Energydrink, dann trommelte er mit den Fäusten auf seine Oberschenkel und suchte in seinem Gedächtnis nach einer passenden Rapline. Plötzlich fiel ihm KC Rebell ein, eins seiner Vorbilder. Trips machte die Augen zu: »*Sie buddeln gerade ein Loch für dich aus. Am Ende bleibt nichts außer Knochen und Staub. Der Tod kommt auch, wenn du denkst, du bist grad safe. Auch, wenn er nicht auf der Gästeliste steht.*«

Seine Finger legten sich um den Schlüssel, der im Schloss der Stahltür steckte. Langsam drehte er ihn, dabei hatte er sein Ohr an das kühle Eisen der Tür gelegt. Nichts war zu hören.

»Der Tod kommt auch, wenn du denkst, du bist grad safe«, murmelte er die Rapline von KC Rebell.

Mit einem mechanischen Klicken entriegelte sich das Schloss. War das der Ton, der sein Ende einläutete? Würden die Verfärbten wie Tiere über ihn herfallen, wenn er die Klinke nach unten drückte und die Tür aufzog?

Bevor er die Pforte zur Hölle öffnete, nahm er die Armbrust, legte einen Pfeil ein und hielt sie mit einer Hand fest. Innerlich zählte Trips bis drei, dann zog er die Tür schlagartig auf und hüpfte instinktiv ein Stück nach hinten. Dabei prallte er gegen ein Lastenregal, auf dem Toilettenpapier gestapelt war. Einige Rollen fielen herunter, eine rollte aus dem Raum hinaus in den Gang, verfolgt von Trips erschrockenem Blick. Schnell entspannte er sich wieder. Von Verfärbten fehlte jede Spur. Trotzdem traute der Hilfshausmeister der Lage nicht.

Der kahle Gang mit dem grauen Estrichboden und den weiß getünchten Betonwänden sah zwar genauso aus wie immer, doch Trips' Blick konzentrierte sich auf den Abzweig in etwa zehn Metern Entfernung, hinter dem sich die Treppe ins Erdgeschoss befand. Jeden Augenblick könnten ein paar von den Monstern um die Ecke stürmen und sich auf ihn stürzen. Doch nichts war zu hören, kein Brüllen, Fauchen oder irgendein anderer Laut, der auf die Anwesenheit dieser Ungeheuer schloss. Dennoch hob er die Armbrust und legte an. Erst dann ging er langsam vorwärts.

Bevor er die Ecke zur Treppe erreichte, presste er sich mit dem Rücken an die gegenüberliegende Wand und rutschte langsam an dem Beton entlang. Zuerst sah er die roten Nike-Sneaker, dann die dazugehörigen Beine und den Rest des Mannes, der regungslos auf den Stufen der Treppe lag.

Er war nicht der einzige Verfärbte, der sich auf dem Zugang zum Erdgeschoss befand. Vier der Infizierten lagen dort, schnarchten mit rasselndem Atem, während sich die violetten Adern auf ihren Hälsen bei jedem Luftholen aufblähten und beim Ausatmen wieder in sich zusammenfielen. Trips war bei dem Anblick erstarrt. Bisher hatte er nur die Kleine aus der Personalabteilung und die Frau im Lichtschacht aus der Nähe gesehen, aber die beiden Männer und die beiden Frauen auf der Treppe wirkten noch viel grauenhafter. Offenbar war die Verwandlung weiter fortgeschritten, denn die Adern verdeckten nahezu vollständig die Haut der Menschen. In den Adern schien eine Flüssigkeit zu pulsieren, etwas Tiefdunkles, das wie purpurnes Blut aussah.

Konsterniert presste sich Trips an die Wand hinter sich. Was sollte er jetzt tun? Es gab keinen anderen Weg ins Erdgeschoss. Sollte er einfach über die Verfärbten hinweg staksen? Wenn einer von denen plötzlich aufwachen würde, während er über sie kletterte, dann hätte er keine Chance zu flüchten.

Ein Gedanke flutete sein Bewusstsein, so naheliegend wie die vier Kranken vor ihm. Die Monster schliefen tief und fest. Er bräuchte sie einfach nur mit der Armbrust zu erschießen, dann wären sie keine Gefahr mehr. Getötet hatte er bereits. Und diese Mutierten hatten nichts mehr von einem Menschen.

Trips hielt die Armbrust noch fester, zielte auf den Mann mit den Nike-Sneakern. Doch er zitterte so stark, dass er den Kopf des Mannes nicht anvisieren konnte.

»Fuck«, zischte Trips, setzte die Armbrust ab und atmete die feuchte Kellerluft tief ein. Dabei ließ er die Verfärbten nicht aus den Augen. Noch immer rechnete er damit, dass sie plötzlich aufwachten und über ihn herfielen.

Ganz langsam beruhigte er sich, seine Hände zitterten immer weniger. Mit jedem Atemzug sog er die Entschlossenheit in sich ein, die Schläfer auf der Treppe zu erschießen. Erneut hob Trips die Armbrust. Dieses Mal schaffte er es, den Kopf des Nike-Mannes im Visier der Waffe zu fokussieren. Sein Zeigefinger krümmte sich um den Abzug, dann drückte er ab und der Bolzen bohrte sich nur eine Millisekunde später zwischen die Augen des Mannes. Der Verfärbte zeigte keinerlei Regung, als er sein Leben aushauchte. Die anderen drei Kranken schliefen weiter. Wie erstarrt zielte Trips weiter auf den toten Nike-Mann. Seine Stasis dauerte fast eine Minute, dann setzte er die

Armbrust ab, nahm einen weiteren Bolzen aus dem Köcher an seinem Gürtel und lud die Waffe nach.

Einer jungen Frau in einem bunten Kittel schoss er als Nächstes in den Kopf. Der Pfeil bohrte sich durch das gelbe Kopftuch in die Schläfe der Frau und beendete ihr Leben. Nummer drei war eine weitere Frau in einem beigen Businesskleid. Trips musste nachladen, denn der Bolzen pfiff an ihrem Kopf vorbei und zerfetzte eines ihrer Ohren. Ein weiterer Pfeil landete in ihrem Hals. Dunkler Schleim floss über die Brust der Frau.

Trips lud noch einmal nach, denn es war noch einer von dem Quartett übrig. Es war ein Kerl in einem FC Bayern München-Trikot. Der Pfeil versank in der speckigen Stirn des Mannes, drang in sein Gehirn ein und beendete sein Leben. Eine Sekunde später senkte Trips die Armbrust. Sein Atem ging schnappend, dabei zappelte sein Adamsapfel wie der Schwimmer am Ende einer Angel. Blitzschnell senkte er den Kopf und erbrach sich auf den Kellerboden. Die Energydrinks schossen zusammen mit den Eierravioli vom Mittagessen seine Speiseröhre hinauf.

Als sein Magen leer war und nur noch saure Galle den Weg nach oben fand, schluckte er alles herunter, wischte sich mit dem Handrücken die restliche Kotze von den Lippen und machte sich auf den Weg nach oben. Als er über den Nike-Mann geklettert war, blieb er auf einer Stufe zwischen den Leichen stehen. Die Pfeile! Zwei Dutzend hatte er in Martineks Kisten gefunden. Nicht gerade viel Munition angesichts der Massen von Verfärbten, die draußen herumirrten. Trotzdem entschied er sich gegen das Herausziehen der Pfeile. Er wollte nicht mit dem Blut der Toten in Berührung kommen. Noch wusste er nicht genau, wie man sich mit der Seuche anstecken konnte.

Schnell stieg er über die drei anderen Toten, penibel darauf bedacht, in keine der Blutlachen zu treten, die sich zwischen den Leichen bildeten.

Trips war heilfroh, als er endlich die Tür am Ende der Treppe erreichte, die nur angelehnt war. Zwischen dem Spalt war nichts anderes als Dunkelheit zu sehen, dafür konnte man etwas hören. Ein tiefes Grummeln von Dutzenden, Hunderten oder vielleicht Tausenden schlafenden Verfärbten. Noch nie in seinem Leben hatte Trips eine solch große Angst verspürt. Seine Knie zitterten. Sein Magen schien sich in Sekundenschnelle zur doppelten Größe aufgebläht zu haben. Er musste seinen Schließmuskel krampfhaft zusammenkneifen, um sich nicht in die Hose zu scheißen.

Für einen Moment neigte er dazu, dem Reflex auf Rückzug nachzugeben und zurück in sein sicheres Versteck zu flüchten, in dem er wochenlang von Martineks Vorräten leben könnte. Doch sein Verstand hämmerte ihm die Sinnlosigkeit dieser Idee ein. Trips befand sich mitten in einer apokalyptischen Seuche. Wenn die Krankheit bereits die Klinik verlassen hatte, dann war da draußen die Hölle los und niemand würde kommen, um einen Hilfshausmeister zu retten. Er musste sich selbst helfen, raus aus diesem Krankenhaus, dann würde er weitersehen.

Mit angehaltenem Atem stieß er mit der Spitze der Armbrust die Tür auf. Ein Schritt nach vorn und er stand wieder in dem Foyer, in dem der Wahnsinn für ihn angefangen hatte. Sein Blick huschte durch den großen Vorraum.

Es dauerte einen Moment, bis sich seine Augen an die Dunkelheit gewöhnt hatten. Er hatte etliche schlafende Verfärbte erwartet, doch es gab nur einen Körper, der regungslos am Boden lag und der gehörte Lisa.

Nur kurz betrachtete er die tote Frau, dann richtete sich seine Aufmerksamkeit auf die gläserne Eingangsfront. Aus dieser Richtung ortete er das vielstimmige Schnarchen, das bei ihm für eine anhaltende und flächendeckende Gänsehaut sorgte.

Vorsichtig schlich Trips in Richtung Ausgang. Seine Schritte wählte er mit Bedacht, die Armbrust geladen, um sofort schießen zu können, wenn eine dieser Bestien an Schlaflosigkeit litt. Doch alles blieb ruhig, bis auf das Schnarchen, das mit jedem Schritt Richtung Glastür an Lautstärke und Intensität zunahm.

Als er etwa zwei Meter vor dem Haupteingang des Gebäudes stand, blieb er abrupt stehen. Jetzt konnte er sie sehen und der Anblick ließ ihn erstarren. Hunderte von Verfärbten bedeckten den Platz vor dem Verwaltungsgebäude, die Straßen und die Grünanlagen. Ein lebendiger Flickenteppich gigantischen Ausmaßes.

Im matten Mondlicht wirkte die schlafende Menge wie das Kunstwerk eines Aktionskünstlers. Doch es handelte sich um eine trügerische Schönheit, denn unter der Oberfläche der Erhabenheit lauerte das Grauen. Jeden, den die Mutierten bissen oder kratzten, zogen sie in die Spirale ihres blutigen Triebes.

Trips wusste, dass es für diese geschundenen Seelen

kein Zurück gab. Es musste sich um ein extrem aggressives Virus handeln, welches in kürzester Zeit aus normalen Menschen blutrünstige Monster machte. Es ging nicht um Atemwegserkrankungen, Schnupfen und die Sauerstoffsättigung des Blutes. Dieses Mal würde es nicht reichen, die Hände zu desinfizieren und Masken zu tragen. Es würde keine Impfungen geben und die Schreihälse und Verschwörungsrufer würden nur noch grunzen, wenn ihre Haut sich in eine violette Aderlandschaft verwandelte.

Erneut wurde ihm übel, doch er überwand den Brechreiz und stieg durch den Türrahmen, in dem nur noch einige spitze Scherben aus dem Kitt ragten. Glas knirschte unter den Sohlen seiner Sicherheitsschuhe. Auf den Zehenspitzen trat er auf die wenigen Stellen, an denen noch das graue Kopfsteinpflaster zwischen den Leibern der Verfärbten hindurchschimmerte. Dabei versuchte er krampfhaft, die violetten Gesichter, Arme und Beine auszublenden. Er spürte, wie die Fingerkuppen eines Verfärbten über die Kappen seiner Schuhe streiften. Schnell ging er weiter und stieß gegen das Schienbein einer Frau. Der Schreck ließ ihn innehalten, sein Atem stockte, denn er erwartete, dass die Frau aufwachte und ihm ins Bein biss. Doch nichts passierte, die Verfärbte schlief weiter, genau wie ihre … Artgenossen.

Es dauerte eine gefühlte Ewigkeit, bis Trips die Mitte des kleinen Platzes erreichte, der sich idyllisch vor dem Verwaltungsgebäude ausbreitete. In der Mitte thronte ein Springbrunnen, der laut Martinek schon seit Jahren nicht mehr betrieben wurde. Trips setzte sich auf die schmale Steinumrandung. Seine Sachen waren durchgeschwitzt.

Die Hitze des vergangenen Tages weigerte sich, der erholsamen Kühle Platz zu machen.

Für einen Moment war er versucht, einfach sitzen zu bleiben, sich dem Unausweichlichen wehrlos hinzugeben.

Wenn die Sonne aufging, dann würden die Verfärbten erwachen und ihn zu einem der ihren machen. Vielleicht wäre es besser, sich in die lila Gemeinschaft einzureihen. Was war so schlimm daran, ein Dasein zu führen, reduziert auf den Trieb zu jagen und zu assimilieren? Ist es nicht das, was die Menschen schon immer taten, lediglich garniert mit dem Trugbild menschlicher Empathie?

»Hey!«, rief jemand.

Kapitel 13 - Olaf

In seine destruktiven Gedanken vertieft, überhörte Trips die erste menschliche Artikulation seit Tagen. Es bedurfte einer Wiederholung der Anrede, um Trips zurück in die Realität zu befördern.

Blitzschnell sprang er auf und blickte in die Richtung, aus der er die Stimme wahrgenommen hatte. Versehentlich drückte er den Abzug der Armbrust. Zischend schwirrte der Pfeil durch die Nacht und bohrte sich in die Brust eines Verfärbten, was dieser mit einem tiefen Gurren quittierte.

»Hey!«, meldete sich die Männerstimme wieder zu Wort. Verwirrt suchte Trips die nähere Umgebung ab, konnte aber niemanden sehen, der in der Lage war zu sprechen. »Hier! Hinter dem Stein!«

Trips' Blick richtete sich auf den riesigen Findling, der zur Dekoration am Gehwegrand stand. Hinter dem Steinbrocken lugte ein Gesicht hervor, bleich wie das eines Vampirs, der seit Tagen kein Blut mehr gesaugt hatte. Der Mann kam hinter dem Felsen hervor. Reflexartig hob Trips die Armbrust und richtete sie auf den Fremden. Eine sinnlose Aktion, denn er hatte die Waffe nach dem versehentlichen Schuss nicht nachgeladen.

Der Mann, der sich jetzt den Weg durch die schlafenden Leiber bahnte, trug weiße Pflegekleidung. Zumindest war sie mal weiß, jetzt war sie mit diversen Flecken übersät: Grasabdrücke an den Knien, Blut und etwas Undefinierbares an der Brust und an den Ärmeln. Auf seiner linken Wange prangte ein blutiger Striemen, der Trips stutzig machte. Doch er glaubte nicht, dass der von einem der Verfärbten stammte, sonst hätten sich längst Spuren von Lila zeigen müssen.

»Stopp!«, rief Trips sicherheitshalber, als der Kerl drei oder vier Meter von ihm entfernt war. Dieser gehorchte sofort und erwiderte: »Warum?«

Einen Moment dauerte es, dann senkte Trips die Armbrust. Es war dämlich, den einzigen anderen normalen Menschen weit und breit zu bedrohen. Vielleicht konnte der Typ ihm helfen, vom Klinikgelände zu entkommen.

»Die Auberginen scheinen tatsächlich tief und fest zu schlafen«, sagte der Mann und blickte dabei auf die Verfärbten.

»Auberginen?«

»Ja, lila wie Auberginen.«

Trips sagte nichts. Er hatte noch nie in seinem Leben Auberginen gesehen. Er wusste nicht einmal, was Auberginen waren.

»Die lassen sich durch nichts aufwecken«, kam es von dem Typen. Ein röchelndes Geräusch drang aus seinem Mund, dann spuckte er einen dicken Klumpen Spucke auf einen der Verfärbten. Mit einem breiten Grinsen im Gesicht fixierte er Trips. »Olaf, ich bin … war Pfleger im Maslow-Haus. Und wer bist du?«

Auf eine Antwort musste er erst einmal warten. Statt sich vorzustellen, musterte Trips den Mann unverhohlen. Eigentlich hätte er bitter lachen müssen. Tagelang hatte er auf Kontakt zu einem anderen Menschen gehofft. Und jetzt traf er ausgerechnet diesen unsympathischen Kerl. Der Typ war ihm bekannt.

Vor ein paar Wochen hatte Martinek ihn zum Maslow-Haus geschickt, um ein paar Glühbirnen auszuwechseln.

Dabei hatte er mitbekommen, wie dieser Olaf mit den Patienten umging. Einen alten Mann, der ununterbrochen nach seiner Mama rief, hatte er nachgeäfft, sprach von Idioten und machte anzügliche Bemerkungen über eine junge Frau, die sich ständig im Schritt kratzte. Ihn ekelten solche Typen an.

Einen Moment spielte er mit dem Gedanken, die Armbrust zu laden und dem Drecksack das Licht auszublasen. Doch anstatt zu schießen, sagte er: »Paul, Facility Management.«

Olaf starrte ihn an, als könne er Trips Gedanken lesen. Dann nickte er.

»Warst du nicht letztens auf meiner Station?«

»Ja!«, kam es von Trips. »Wie siehts aus beim Maslow-Haus?«

»Genau wie hier. Es wimmelte dort von den Auberginen. Habe mich die letzten Tage im Stationszimmer verbarrikadiert.«

»Was ist das in deinem Gesicht?«, wollte Trips wissen.

Olaf strich sich über den blutigen Striemen auf seiner Wange. Einen Mundwinkel zog er theatralisch nach oben und grinste.

»Keine Angst, das war keiner von den lila Pissern. Bin durch ein Gebüsch geschlichen und habe einen Zweig in die Fresse bekommen. Ey, hast du vielleicht was zu trinken und zu essen? Mein Magen hängt auf halb acht.«

Mit einer Kopfbewegung deutete Trips dem Mann, dass er zu ihm kommen sollte. Anschließend legte er die Armbrust auf die Steinumrandung des Brunnes und nahm den Rucksack ab. Er stellte ihn neben die Armbrust, öffnete ihn und schaute hinein. Einen Moment überlegte er, dann entschied er sich, das Wasser für sich zu verwahren. Olaf musste sich mit dem Energydrink begnügen. Er nahm die Dose heraus und stellte sie ebenfalls auf die hüfthohe Mauer. Schweren Herzens nahm er auch die Plätzchenpackung aus dem Rucksack, riss sie auf und fummelte fünf Kekse heraus, die er auf die Dose legte.

»Kannste haben«, sagte er kurz angebunden. Olaf bewunderte die Dose und die Kekse mit großen Augen.

»Leck mich am Arsch«, schwärmte er. »Ich liebe dieses geile Zeug.« Mit gierigem Blick stampfte er wüst über die Leiber der Verfärbten. Einem alten Mann trat er auf den Arm, was dieser mit komatöser Gleichgültigkeit über sich ergehen ließ. Ohne Skrupel zerdrückte er einer lila Frau den Kehlkopf mit seiner Birkenstocksandale.

Während sich Arschloch-Olaf über den Drink hermachte, nahm Trips die Armbrust, spannte sie und lud sie nach. Ihm war es lieber, wenn die Waffe einsatzbereit war, denn der tiefe Schlaf der Verfärbten war ihm nicht geheuer. Er rechnete noch immer damit, dass sie plötzlich aufwachten. Für den Fall wollte Trips gewappnet sein, auch wenn er ein Maschinengewehr gebraucht hätte, um sie alle zu erledigen.

»Flübel«, nuschelte Olaf, dabei spuckte er Plätzchenkrümel in Trips Richtung. Glücklicherweise stand dieser auf Abstand, deshalb verpuffte die Spuckattacke ein paar Zentimeter vor seinem Gesicht.

»Hä?«, fragte er den widerlichen Typen.

Der Pfleger verdrehte die Augen, schluckte Kekse und Energydrink herunter, dann sagte er: »Flügel! Das Zeug soll doch Flügel verleihen.« Mit den Armen wedelnd imitierte er einen Vogel. »Einfach abheben und weg. Wäre doch geil.«

Einen Moment lang schwieg Trips, dann fragte er Olaf: »Hattest du Kontakt nach draußen?« Angewidert nahm er wahr, wie der Pfleger mit den Fingernägeln Plätzchenreste aus seinen gelben Zähnen fummelte. Einen Brocken schnippte er direkt ins Gesicht einer Verfärbten.

»Jau, ich hatte Kontakt. Ganz am Anfang funktionierte mein Handy noch. Hab die Bullen angerufen, aber die haben mich wahrscheinlich für irre gehalten. Irgendwann hatte ich kein Netz mehr. Und du?«

Trips schüttelte den Kopf. »Warst du schon am Haupteingang?«, fragte er Olaf.

»Nee!«, antwortete der Pfleger kopfschüttelnd. »War gerade auf dem Weg dorthin, als ich dich hier gesehen habe.«

Der Typ behagte Trips zwar nicht, trotzdem war er froh, dass er Gesellschaft hatte.

»Wir sollten so schnell wie möglich dorthin. Ich glaube, der Hauptgang ist der einzige Weg hier raus.«

Olaf nickte. »Ja, falls die Seuche oder was das hier für ein Scheiß ist, nicht auch schon draußen wütet.«

Trips musste schlucken. Langsam blickte er sich um und schaute auf die Unmengen von schlafenden Verfärbten. Bei dem Anblick fühlte er sich wie ein Stück Fleisch in einem Piranhabecken.

Nachdenklich starrte er auf die kranken Menschen, die noch vor wenigen Tagen ein normales Leben geführt hatten. Wahrscheinlich war es ein Wunschtraum zu glauben, dass sich diese Epidemie nur auf das Klinikgelände begrenzte. Trotzdem mussten sie versuchen rauszukommen. Und da bot der Hauptausgang die größten Möglichkeiten.

»Hier drinnen werden wir auf jeden Fall nicht alt«, sagte Trips und deutete mit der Armbrust in Richtung Hauptausgang. »Komm, lass uns abhauen.«

Olaf trank noch einen Schluck von dem Energydrink, dann pfefferte er die Dose an den Kopf eines Verfärbten.

»Pfand kannste behalten«, sagte er kichernd, wandte sich Trips zu und nickte. »Von mir aus können wir los.«

Vom Brunnen bis zum Hauptausgang ging man normalerweise weniger als eine Minute. Das Staksen durch die Violetten kostete Zeit, auch wenn Olaf nicht darauf achtete, ob er irgendeinem von ihnen die Finger zerquetschte. Trips machte vorsichtige Schritte.

Sie folgten der Hauptstraße, die sich wie ein Wurm durch das Klinikgelände schlängelte. Davon gingen etliche Straßen ab, die zu den einzelnen Fachbereichen des Krankenhauses führten. Kurz bevor sie die Kurve erreicht hatten, hinter der sich unmittelbar der Hauptausgang befand, blieb Trips abrupt stehen. Olaf ging ein paar Meter hinter ihm und rannte ihm in die Hacken.

»Verdammt, was ist?«, murrte der Pfleger.

»Da ist Licht!«, antwortete Trips und deutete mit der Armbrust nach vorn.

Ein breiter Lichtschein schimmerte hinter der vor ihnen liegenden Kurve hervor. Außerdem war ein leises, aber konstantes Summen zu hören.

»Das sieht aus wie Scheinwerferlicht«, bemerkte Olaf, der sich neben Trips postiert hatte. »Könnte vom Haupteingang kommen.«

»Ja«, sagte Trips nachdenklich. »Vielleicht ist doch jemand da, der uns helfen kann.«

»Die Bullen? Die Feuerwehr?«

Trips schaute sich um. Sein Blick glitt über Hunderte von schlafenden Verfärbten. »Wahrscheinlich eher die Bundeswehr oder irgendeine Spezialeinheit«, bemerkte Trips an.

»Dann nichts wie hin!«, schlug Olaf vor und setzte sich in Bewegung. Der Pfleger rannte los, dabei hörte man, wie er mit seinen Füßen die Knochen der im Wege liegenden Verfärbten brach. Das Geräusch erinnerte Trips an seine Kindheit, wenn er mit Freunden im Wald über Äste und Zweige rannte.

»Hey, warte!«, rief er Olaf hinterher.

»Leck mich!«, antwortete der Pfleger, rannte um die Kurve und verschwand. Plötzlich wurde es still, nur das seltsame Summen war zu hören und mitten in die Stille fiel ein einziger Schuss. Ein Stöhnen hallte durch die Nacht. Es war Olaf, das wusste Trips sofort. Jemand hatte auf den Pfleger geschossen. Aber wer?

Trips schaute sich hektisch nach einem Versteck um. Die Verfärbten waren scheinbar nicht sein einziges Problem. Jemand war da und dieser jemand war nicht gekommen, um ihn zu retten. Er musste hier weg, sich verstecken. Vielleicht kam der jemand, der Olaf erschossen hatte, jeden Moment um die Kurve, um auch ihn zu töten.

So schnell wie möglich rannte Trips zum Horney-Haus, das sich dunkel und verlassen am Rande der Straße erstreckte. Mit dem Rücken presste er sich so fest an die Hauswand, wie es der Rucksack zuließ. Ein schabendes

Geräusch kratzte in seinen Ohren, als er sich langsam an der rauen Wand entlang Richtung Scheinwerferlicht schob.

Kurz bevor er an der Ecke des Hauses angekommen war, holte Trips tief Luft. Noch immer konnte er das Summen nicht einordnen, das aus allen Richtungen zu kommen schien. Er blendete es aus, bewegte sich ein kleines Stück weiter, spähte um die Ecke. Einige Sekunden blieben ihm, um zu erfassen, was er sah.

Olaf lag regungslos auf einem Pulk Verfärbter. Schnell schaute Trips in Richtung Hauptausgang, brauchte einen paar Augenblicke und dann sah er sie. Gestalten in weißen Overalls. Sie standen hinter der Schranke am Hauptausgang, starrten in seine Richtung. Er wollte noch ein Stück weiter vor, verhakte sich aber im Arm eines Verfärbten.

Es war absurd, doch das rettete ihm das Leben, denn er stolperte nach vorn und fiel zu Boden. Im Fallen hörte er den Schuss, dann zischte etwas an seinem Ohr vorbei. Reflexartig sprang Trips zurück in den Schutz der Fassade.

Japsend drückte er sich gegen die Wand, weit genug weg von der Ecke und dem Scheinwerferlicht. Nur das Summen war noch immer präsent. Sein Herz pumpte auf Hochtouren. Er biss sich auf die Unterlippe, kratzte nervös an seinem Oberschenkel und versuchte, Ordnung in seinen Kopf zu bringen. Etliche Bilder rasten vor seinem geistigen Auge hin und her.

Olaf auf dem Kopfsteinpflaster, seine Pfleger-Uniform blutig durchtränkt, der Schuss, der ihn fast getroffen hätte. Was war hier nur los? Mit weit geöffneten Augen schaute er hektisch über den Teppich aus Violetten, die dort, wo sie vom Scheinwerferlicht erfasst wurden, wie verkohlte Leichen aussahen.

Diese Typen in Weiß waren zwar bewaffnet, doch er glaubte nicht, dass der Schuss von ihnen gekommen war. Es war nur ein einziger Schuss, der an seinem Kopf vorbeizischte. Trips glaubte eher an einen Scharfschützen. Aber wie konnte der ihn so schnell gesehen haben? Plötzlich hielt er in seinen Gedanken inne, denn er meinte, in den Augenwinkeln etwas gesehen zu haben. Etwas am Himmel zwischen den Bäumen, die auf der anderen Straßenseite den Weg flankierten. Er konzentrierte sich auf die Äste der Bäume. Dazwischen konnte man etwas Schwarzes mit blinkenden roten Punkten sehen.

Auf einmal wusste er, dass das Summen von einer Drohne stammte, die ihn beobachtete und den weißen Männern seinen Aufenthaltsort verriet. Ab sofort musste er darauf achten, nicht ins Sichtfeld der Drohne zu gelangen. Aber wie sollte er hier rauskommen? Es gab zwar noch einen Ausgang auf der anderen Seite des Klinikgeländes, doch der war mit Sicherheit auch bewacht.

Die Ratlosigkeit überschwappte ihn mit einer Mischung aus Wut und Angst. In ihm breitete sich eine Schwermut aus, die genug Potenzial für ein Lebenswerk an Raplines hatte. Doch ihm war nicht nach Rappen zumute, er wollte nicht erschossen werden und erst recht nicht zu einem Mutierten werden. Vielleicht war sowieso alles zu spät … draußen herrschte womöglich Chaos … die weißen Typen in ihren Overalls sprachen eine eindeutige Sprache. Schluss! Aus! Ende!

Konnte man sich mit einer Armbrust selbst hinrichten?

Er lachte – nicht in sich hinein, sondern brüllend laut.

Eine Minute verging, in der er kichernd zwischen den Verfärbten saß, dann hörte er plötzlich auf, hob die Armbrust und schoss die Drohne vom Himmel. Ungläubig beobachtete er das abstürzende Fluggerät.

»Volltreffer!«, murmelte er. Lächelnd erhob er sich und machte sich auf den Weg zurück zu seinem Versteck.

Kapitel 14 - Die Eiche

Ein Geräusch ließ Yut aus dem Schlaf erwachen. Ruckartig öffnete er die Augen und erwartete eine Horde kranker Monster, die sich auf ihn stürzte. Seine rechte Hand hatte er auch im Schlaf fest um den Zimmermannshammer gekrallt, den er in einem der leeren Räume gefunden hatte. In der Linken hielt er seine Pistole. Als er sicher war, dass keiner von den Monstern in der Nähe war, entspannte er ein wenig. Auch den Geruch nach verfaultem Obst, ein untrügliches Zeichen, dass die Bestien in der Nähe waren, konnte er nicht wahrnehmen.

Yut leckte sich über die Unterlippe. In seiner Kehle herrschte eine brennende Dürre. Er musste unbedingt etwas zu trinken auftreiben, sonst würde er in dieser verfickten Horrorklinik verdursten. Die Wasserpulle war längst leer. Aber wo sollte er was zu trinken finden?

Vor ein paar Stunden hatte er jeden Raum des Hauses durchsucht, aber nicht mehr als eine leere Dose Bier gefunden, in die die Bauarbeiter ihre Kippen geworfen hatten. Danach hatte er sich wieder an die Wand gelehnt, um ein paar weitere Stunden vor sich hinzudämmern. Aber jetzt hatten ihn der Durst und seine Blase geweckt, die drückte, obwohl er seit Stunden nichts mehr getrunken hatte.

Ächzend kämpfte sich Yut auf die Beine. Er war nassgeschwitzt und stank wie eine alte Sporttasche. Für eine Dusche und ein Glas kaltes Mineralwasser würde er sich sogar erniedrigen lassen. Aber er ahnte, dass er auf dieses Vergnügen vorerst verzichten musste.

Ihm war es schleierhaft, was in dieser verdammten Klinik passiert war. Eigentlich war es ihm auch egal, ihn interessierte nur, wie er von diesem Ort am schnellsten verschwinden konnte. Und dafür hatte er sich den Eiswagen auserkoren. Langsam schlurfte er zum Fenster rüber, dabei fummelte er seinen Schwanz aus dem Blaumann. Er pinkelte an die Wand unter der Fensterbank, während er den Eiswagen ins Visier nahm.

Zu seiner Überraschung konnte er keins der Biester in der Nähe des Vehikels entdecken. *Offenbar mögen die Monster keine Eiscreme*, dachte er amüsiert. Erstaunt schaute er auf seinen Pimmel. Wie konnte man nur so lange pissen, wenn man ausgetrocknet war wie die Möse einer Nonne? Er kicherte über seinen eigenen Flachwitz, allerdings nur einen kurzen Moment, denn ein nahes Knurren sorgte dafür, dass er sich blitzschnell umdrehte.

Sein Urinstrahl ergoss sich im hohen Bogen auf den Betonboden. Als er schwächer wurde, versaute sich Yut seine Hose. Doch das interessierte ihn nicht im Geringsten, denn hoch konzentriert lauschte er dem Knurren, das immer näher kam.

Die Biester waren im Gebäude und konnten jeden Moment um die Ecke kommen. Erst jetzt realisierte er, dass die Geräusche nicht zu einer Horde passten. In diesem Moment sah er einen von ihnen. Am Ende des Flurs, der direkt auf den Raum zuführte, in dem er sich befand, schlurfte eines von den Monstern um die Ecke und steuerte direkt auf ihn zu. Es handelte sich um einen dünnen Lulatsch, der mit hängenden Armen wie ein schlapper Luftsack in seine Richtung schlurfte.

Offenbar hatte er Yut noch nicht gesehen, sonst hätte

er längst in den Aggro-Modus geschaltet. Schnell huschte Yut in Richtung Türrahmen und versteckte sich an der Wand daneben. Er legte den Hammer kurz auf den Boden, steckte seinen Penis in die vollgepinkelte Hose und nahm das Werkzeug wieder in die Hand. Er wollte das Monster mit dem Hammer erschlagen, um keine Kugel zu verschwenden. Außerdem würde ein Schuss weitere von den Ungeheuern anlocken.

Yut hielt die Luft an, lauschte auf die Geräusche auf dem Flur. Das Schlurfen und Knurren wurden lauter. Er wollte das Biest überraschen, ihm direkt die spitze Seite des Hammers in den Schädel rammen. Der Kerl musste sich mittlerweile unmittelbar vor dem Durchgang zum Raum befinden. Jetzt konnte man ihn auch riechen. Der Geruch nach faulem Obst mischte sich penetrant in die Atemluft. Dazu kamen Ausdünstungen, der Gestank nach Kot, Schweiß und etwas Saurem, das Yut an Galle erinnerte, die man nach einer durchzechten Nacht in irgendeinen Busch würgte. Doch das alles nahm er nur am Rande wahr.

Sein Fokus lag auf der Bestie, die jeden Moment in sein Sichtfeld treten musste. Es war wichtig, im richtigen Moment anzugreifen, dann hätte er den winzigen Vorteil, den Hammer direkt in den Schädel des widerlichen Geschöpfs zu schlagen.

Innerlich zählte Yut von zehn rückwärts, dabei achtete er genau auf die Geräusche des Ungeheuers. Nicht zu früh, mahnte er sich selbst, trotzdem war er gerade erst bei sechs, als er fast lautlos einen Schritt in den Türrahmen wagte. Es war genau der richtige Moment. Die Bestie stand eine halbe Armlänge von ihm entfernt. Ehe diese überhaupt Notiz von Yut nehmen konnte, schlug er ihm mit voller Kraft die spitze Seite des Zimmermannhammers in die Stirn. Der Infizierte jaulte wie ein Hund, dem man auf den Schwanz getreten war. Der Verfärbte versuchte, Yut mit den Armen zu greifen, aber es blieb beim Versuch, denn Yut zog die Spitze mit einem knirschenden Geräusch aus dem Kopf des Kerls und hämmerte ihn seitlich in die Stirn. Die Spitze steckte bis zum Stiel im Schädel des Angreifers, dessen Gegenwehr sofort schwand.

Im nächsten Moment baumelte der Kerl leblos am Hammer. Sofort ließ Yut den Griff los, denn das purpurne Blut floss bereits über den Eisenkopf. Beim Loslassen zog er den Toten ein kleines Stück an sich heran, sodass der Leichnam des Mannes in seine Richtung fiel. Panisch sprang Yut rückwärts, um nicht von dem Blut der Bestie getroffen zu werden. Doch er dachte nicht an den Müllsack, den die Bauarbeiter dort stehen gelassen hatten, deshalb kam er ins Stolpern. Mit den Armen wedelnd beobachtete er noch, wie der tote Körper des Infizierten vor seinen Füßen aufschlug, dann verlor er endgültig das Gleichgewicht. Aber er krachte nicht auf den Boden, sondern gegen die hintere Wand. Sofort spürte er den stechenden Schmerz in der Nierengegend. Etwas steckte in seinem Rücken und fixierte ihn an der Wand.

Es dauerte eine Weile, bis sein Adrenalinspiegel so weit abgefallen war, dass die Schmerzen ihn wie ein Feuersturm in Flammen setzten. Er spürte das warme Rinnsal, das über seine rechte Hüfte in die Hose floss.

Yut presste sich eine Hand auf den Mund, um die

Schmerzensschreie in ein ersticktes Stöhnen zu verwandeln. Trotz der unfassbaren Glut in seinem Körper musste er möglichst ruhig bleiben, um andere Monster im Haus nicht auf ihn aufmerksam zu machen.

Als die erste Hitzewelle ein wenig verging, tastete er mit der linken Hand in Richtung der Schmerzquelle. Er spürte sein warmes Blut, bevor er auf etwas Hartes stieß, das auf der einen Seite in seinem Körper steckte und auf der anderen Seite in der Wand endete.

»Scheiße!«, zischte er mit schmerzverzerrtem Gesicht. Yut hing an einem langen Nagel oder einer Schraube, die aus der Wand ragte. Das Teil hatte sich fast bis zum Anschlag in seinen Rücken versenkt, direkt oberhalb seiner rechten Niere. Er blutete zwar stark, doch eine Arterie oder etwas Lebenswichtiges schien nicht verletzt zu sein. Die Schmerzen waren zwar extrem, doch er konnte seine Beine bewegen und er war bei vollem Bewusstsein. Wenn er sich aber einfach nach vorn bewegen würde, um das Ding aus seinem Fleisch zu ziehen, dann könnte die Sache anders aussehen. Hier sitzen bleiben konnte er aber auch nicht. Entweder würde er langsam krepieren oder die Best…

Ein Geräusch schnitt wie ein Fallbeil durch seine Gedanken. Zu seiner körperlichen Lage gesellte sich eine innerliche Stasis. Sie kamen! Und sie waren ganz in der Nähe.

Dieses Mal hörte Yut das Stöhnen und Fauchen von mehr als einer Bestie. Er saß in der Falle. Wenigstens die Pistole hatte er noch. Vorsichtig bewegte er sich ein paar Millimeter nach vorn, doch der brennende Schmerz, der ihn durchfuhr, ließ ihn sofort innehalten. Die monströsen

Geräusche der Bestien kamen immer näher.

Yut tippte, dass sie jeden Moment um die Ecke kommen würden. Die Laute kamen aus dem Bereich vor dem Flur, durch den auch der Lulatsch gekommen war, der jetzt tot vor ihm lag. Als er einen kurzen Blick auf den Leichnam warf, drängte sich noch ein weiteres Problem auf. Von der Stirn des Kerls breitete sich eine stinkende Blutlache in seine Richtung aus. Langsam machte sich Panik in Yut breit. Noch einmal wollte er nicht mit dem Blut der Bestien in Kontakt kommen.

Wenn dieser verdammte Schwanzlutscher Rumba nicht in diese Horrorklinik abgehauen wäre, dann würde er gemütlich auf der Couch sitzen und sich von irgendeiner Nutte den Schwanz blasen lassen. Sollte Rumba hier noch irgendwo rumlaufen, dann würde er ihn den Bestien zum Fraß vorwerfen. Doch es war nicht Rumba, der im selben Moment wie ein Irrwisch um die Ecke kam und auf den Flur stürmte. Es war ein kleiner Kerl in einem Blaumann und einem knallgelben Sicherheitshelm auf dem Schädel. Darunter prangte sein tiefpurpurnes Gesicht mit Augen, die so schwarz wie Kohle waren.

Sofort hob Yut seine Pistole, die er noch immer in der Hand hielt. Mit einem gezielten Schuss zwischen die Augen schickte er den Zombie-Bauarbeiter ins Jenseits. Der Typ lag noch nicht auf dem Boden, als zwei weitere Bauarbeiter ächzend um die Ecke drängten. *Bumm!*

Das Gesicht von Bestie eins explodierte in einer lila Blutwolke. Sie ging zu Boden und Nummer zwei rannte in seiner rasenden Wut in den Toten und machte sich lang.

Gleichzeitig bemerkte Yut, dass die Blutlache vom Lulatsch nur noch wenige Zentimeter von seinen Füßen entfernt war. Er musste handeln. Mit einem gezielten Schuss in den Kopf richtete er den sich wieder aufrappelnden Bauarbeiter hin. Bevor weitere Bestien um die Ecke stürmten, biss er sich auf die Zähne und beugte sich mit einem Ruck nach vorn. Mit einem Schnalzen löste sich der Gegenstand aus seinem Fleisch. Yut konnte nicht anders, er brüllte vor Schmerzen.

Mit einem Dreher zur Seite, der für einen weiteren Schmerzschub sorgte, begab er sich im letzten Moment von der Blutlache weg. Sofort blickte er wieder hinaus auf den Flur. Zu seinem Entsetzen sah er, wie drei Infizierte durch den Gang auf ihn zustürmten.

Verzweifelt versuchte er zu rekapitulieren, wie oft er schon geschossen hatte. Keine Ahnung! Er musste hier weg. Es waren einfach zu viele, egal, wie viele Kugeln noch übrig waren.

Sein Blick richtete sich hektisch auf das Fenster, dann wieder zum Flur. Hinter der Tür führte noch ein Gang nach rechts, der aber in einer Sackgasse endete. Der einzige Ausweg war das Fenster. Doch er befand sich im dritten Stock. Wenn er aus der Höhe auf den Boden aufschlug, wäre es vorbei. *Denk nach, denk nach!*, trieb er sich selbst an. Der Baum! In direkter Nähe zur Fassade thronte eine riesige Eiche, deren Krone sich bis über das Dach des Hauses hinaus erstreckte. Würde das klappen? Wäre … Verdammt, es blieb keine Zeit für Abwägungen.

Yut rappelte sich auf, dabei biss er sich vor Schmerzen so fest in die Unterlippe, dass er den metallischen Geschmack seines Blutes schmeckte. Ihm blieb nicht viel

Zeit. Noch drei oder vier Meter, dann hatte der erste Infizierte den Durchgang erreicht. Schnell schlurfte Yut zur Wand gegenüber. Mit dem Rücken presste er sich an den rauen Stein. Sein Adrenalinspiegel schwappte fast über, deshalb blendete er den Schmerz aus, als die Wunde mit der Wand in Berührung kam.

Yut fixierte die grünen Zweige der Eiche. Dann stürmte er los. Hinter sich hörte er das Knurren der Verwandelten. Das Fenster und die Äste kamen immer näher, genau wie die Bestien in seinem Rücken. Ihm blieb nur die Chance zu springen und die wollte er nutzen. Deshalb sprang er kurz vor der Fensteraussparung so kräftig wie möglich ab und hechtete schreiend durch das Loch in der Wand.

Yut segelte wie ein Vogel auf die Äste des Baums zu. Die Zweige kamen näher, langsam, viel zu langsam. Für einen Moment war er sich sicher, dass er es nicht schaffen würde. Doch dann spürte er die ersten Zweige vor seinen Kopf peitschen. Schnell schlug er die Hände schützend vors Gesicht, doch die Einschläge der spitzen Zweige wurden immer härter. Dazu dröhnte das Knacken brechender Äste in seinen Ohren.

Yut stöhnte, als ihn etwas hart in die Seite traf, fast genau an der Stelle, wo er bereits verletzt war.

Als er schon glaubte, einfach durch den Baum hindurchzufliegen, krachte er wie eine Abbruchbirne gegen den Stamm der Eiche. Der Aufprall drückte ihm die gesamte Luft aus dem Bauch, was ihn sofort schwarz vor Augen werden ließ. Doch er reagierte reflexartig, wedelte mit den Armen, auf der Suche nach Halt. Vergeblich! Er krachte durch das Geäst Richtung Boden.

Panisch versuchte er, einen der vorbeirauschenden Äste zu greifen, doch er riss sich nur die Hände auf, während sein Körper als Nadelkissen für Eichenzweige diente.

Yut schloss die Augen und hoffte, dass er den Aufprall nicht überleben würde. Er wollte sich nicht verwandeln. Plötzlich knallte er mit der Schläfe gegen einen besonders dicken Ast. Sofort wurde es dunkel in seinem Kopf. Sein Bewusstsein glitt in die Schwärze, in der es keine Bäume und vor allen Dingen keine Bestien gab.

Kapitel 15 - Der Schwertkämpfer

Überreife Bananen verströmten diesen eigentümlichen Geruch. Normalerweise. Eine Mischung zwischen reizender Süße und beginnender Fäulnis. Yut liebte überreife Bananen, deshalb leckte er sich die Lippen, bevor er ganz langsam seine Augen öffnete. Plötzlich vernahm er eine Art Floppen in seinen Ohren, so als wäre er im Landeanflug in einem Flugzeug, und die Geräusche der Verwandelten fluteten sein Bewusstsein.

Von einer Sekunde auf die andere war er hellwach. Er zuckte zusammen, was ihn fast das Leben gekostet hätte, denn die Astgabel, die ihn hielt, knackte bedrohlich. Schließlich entschied sie sich, sein massives Gewicht noch ein wenig auszuhalten.

Yut hing kopfüber in dem Baum. Die Verletzung in seiner Nierengegend verströmte einen brennenden Schmerz. Bis zum Boden waren es knapp drei Meter. Unter ihm gierte eine Handvoll Mutierter mit ihren schwarzen Augen und erhobenen Armen. Einer von den Bestien war besonders groß, bestimmt zwei Meter. Er hatte seine Arme in die Luft gehoben und grapschte nicht weit von Yuts Schädel mit den Fingern nach seiner Glatze. Er musste sich beherrschen, um nicht panisch loszuschreien.

Es war nahezu ein Wunder, dass der Ast der Eiche ihn so lange getragen hatte. Aber das konnte sich jeden Moment ändern. Er musste vom Baum, aber wie? Nach unten konnte er nicht, solange die Viecher nicht verschwanden. Bis sie sich schlafen legten, konnte er nicht warten. Bis dahin wäre er komplett dehydriert. Entweder er brachte die Biester dazu zu verschwinden, oder er versuchte, den Baum raufzuklettern. Klettern? Seine einzige Option. Yut stöhnte resigniert.

Wenn er wenigstens einen Schluck zu trinken gehabt hätte … Erneut hob er vorsichtig den Kopf, dieses Mal sondierte er die Zweige und Äste, die sich über ihm befanden. Es gab nur einen, der dick und nah genug war, um sich daran festzuhalten und hochzuziehen. Für einen Mann mit einer normalen Figur ein realistisches Vorhaben, aber für solch einen Brocken von Kerl wie er es war, ein fast aussichtsloses Unterfangen. Trotzdcm musste er es versuchen.

Schweiß lief ihm in Strömen von seinem rasierten Schädel. Die Suppe tropfte von seinem Kopf auf einige der Violetten. Vorsichtig richtete er sich auf, kam aber nur ein winziges Stück hoch. Seine Fingerspitzen waren noch mindestens fünfzehn Zentimeter von dem Ast entfernt.

Trotz der Aussichtslosigkeit startete er einen weiteren Anlauf, wurde aber von einem Knacken gestoppt. Der Ast, der ihn hielt, würde jeden Moment nachgeben. Wenn überhaupt, dann hatte er noch einen Versuch. Mit Schwung und einem Schmerzschrei richtete er sich ruckartig auf. In diesem Moment versagte der Ast seine Dienste. Verzweifelt bemühte Yut sich, den höheren Ast zu erreichen, und tatsächlich konnte er ihn im letzten Moment packen. Ein heftiger Ruck ging durch seinen Körper. Mit seinem gesamten Gewicht hing er an dem dicken Zweig, der bedrohlich knarrte und durchhing.

Für einen Moment befürchtete Yut, dass er brechen würde oder dass seine Finger von der Rinde abrutschen könnten. Plötzlich ging ihm der erschreckende Gedanke durch den Kopf, dass die Infizierten seine Beine erreichen könnten. Panisch schaute er zwischen seinen Armen hindurch nach unten und konnte kaum glauben, was er sah. Von den Bestien war weit und breit keine mehr zu sehen. Allerdings konnte er sie noch hören. Hatten die Monster ein anderes Opfer gefunden? Ihm sollte es recht sein. Aber wo waren die Viecher jetzt? Konnte er gefahrlos vom Baum springen? Egal, eine bessere Chance würde er nicht bekommen.

Yut zählte bis drei, dann ließ er los, rollte sich auf dem Rasen unter dem Baum, dabei brüllte er vor Schmerzen, als er mit seiner Wunde über das Gras scheuerte. Trotzdem hievte er sich sofort auf die Beine.

Der Schmerz ließ seine Augen tränen, doch er biss die Zähne zusammen, konzentrierte sich auf seine Situation. Schnell sondierte er die Gegend zu allen Seiten. Was er rechts von ihm, mitten auf einer der Seitenstraßen sah, hielt er zunächst für eine Fata Morgana. Doch es war keine Einbildung. Dort stand ein Mann in einem knielangen schneeweißen Arztkittel, höchstens eins fünfundsechzig groß, mit schulterlangen schwarzen Haaren. Mit beiden Händen hielt er ein Schwert und köpfte eine Bestie nach der anderen. Dabei bewegte er sich grazil, fast artistisch, sodass die ungestümen Kranken keine Möglichkeit hatten, ihm zu nahe zu kommen.

Mit einem einzigen Hieb trennte er den Kopf eines alten kranken Mannes vom Hals. Der Schädel kullerte wie eine Bowlingkugel in Yuts Richtung. Er konnte die schwarzen Augen im Kopf des Greises sehen.

Sofort richtete er seinen Blick wieder auf den Kerl mit

dem Schwert. Der Typ stand einfach da, die Klinge über dem Kopf schwebend. Fürs Erste hatte er alle Bestien erledigt, doch am Ende der Straße bewegte sich eine weitere Horde rennend auf den kleinen Mann zu. Dieses Mal waren es zu viele, um sie mit einem Schwert aufzuhalten.

»Komm!«, rief der Mann Yut zu, dann drehte er sich um und steuerte auf einen schmalen Durchgang zwischen zwei Gebäuden zu.

Yut zögerte nicht lange und folgte dem Typen, dessen Haare beim Laufen wie ein Pferdeschweif vom Wind getragen wurden. Erst jetzt machte sich wieder seine Verletzung in der Nierengegend bemerkbar. Alles begann, sich in seinem Kopf zu drehen.

Während er den Weg entlangtorkelte, wurde dieser immer schmaler und die Hauswände kamen unaufhörlich auf ihn zu. Er drückte seine Hand auf die Wunde, was ihn vor Schmerz aufschreien ließ. Sein Brüllen gesellte sich zu den wilden Geräuschen der Bestien, die hinter ihm her waren.

Mühsam blickte er über die Schulter. Mehrere der Verfärbten waren in den Gang eingedrungen, aufgrund der geringen Breite von etwa eineinhalb Metern konnten sie sich aber nur im Gänsemarsch bewegen.

Yut mobilisierte seine Kräfte, um weiter hinter dem merkwürdigen Mann herzurennen. Zumindest schaffte er es, einen Fuß vor den anderen zu setzen. Doch lange würde er nicht mehr weiterlaufen können. Er hatte jede Menge Blut verloren, mit jedem Schritt spürte er, wie seine Kräfte schwanden. Trotzdem würde er alles dafür tun, um dem Kerl zu folgen. Er war im Moment seine einzige Hoffnung auf eine sichere Zuflucht. Seine

Kampfaktion schürte in Yut die Zuversicht, dass er wusste, was er tat.

Kurz vor dem Ende der schmalen Häuserflucht verlangsamte der Mann sein Tempo und blieb schließlich ganz stehen. Das Schwert hielt er noch immer in der Hand. Mit einem fremdartigen Fluch reagierte er auf die abgebrochene Spitze der Waffe, die er erst jetzt bemerkte. Er schmiss das Schwert zu Boden und wandte sich Yut zu.

»Wir müssen hier weg!«, sagte er zu ihm und drehte sich um.

Gute Idee, dachte Yut, während sein Führer bis zum Ende des Ganges ging und vorsichtig um die Ecke lugte. Er sondierte die Gegend nach allen Seiten. Die herannahenden Verfärbten hinter ihnen würdigte er keines Blickes. Der Typ ließ sich nicht aus der Ruhe bringen. Schließlich winkte er Yut herbei.

»Die Luft ist rein. Ich kenne einen sicheren Ort, wenn du willst, kannst du mitkommen.«

Erst jetzt fielen Yut die asiatischen Gesichtszüge des Mannes auf, ähnlich seinen eigenen. Er überlegte nicht lange und nickte. Was blieb ihm auch anderes übrig, angesichts der Meute, die durch den Gang auf sie zuströmte? Er hoffte nur, dass er noch ein paar Minuten durchhalten könnte.

Ohne ein weiteres Wort rannte der Mann los. Yut biss sich auf die Unterlippe, dann folgte er ihm mühsam taumelnden Schrittes. Yut kam sich wie auf einem schwankenden Schiff vor oder als hätte er zu viel Ketamin eingeworfen. Wenigstens übertünchte sein überquellender Adrenalinspiegel die Schmerzen. Den Mann im Kittel nahm er nur noch als weißes Etwas wahr.

Hoffentlich ließ ihn der Typ nicht einfach im Stich. Schemenhaft rauschte die Umgebung an ihm vorbei. Häuser, Bäume, Straßen. Luft zu holen, wurde immer schwerer … er keuchte, hustete. Doch er blieb in Sichtweite des weißen Kittels. Plötzlich wurde es dunkler, die Sonne war verschwunden. Vor seinen Augen zogen dunkle Schlieren vorbei, dazu gesellten sich schwarze Punkte. Er begann zu röcheln und in seinem Hals wurde es heiß durch die aufsteigende Magensäure. Ein Schwall Kotze spritzte aus seinem Mund vor seine Füße. Dann wurde es immer dunkler. Yut spürte noch, wie er auf den harten Boden aufklatschte, dann verlor er zum zweiten Mal das Bewusstsein.

Kapitel 16 - Das Loch in der Tür

Smilla öffnete die Kellertür. Dunkelheit und Stille erwartete sie. Sie nahm ihre Taschenlampe heraus, leuchtete mit der Funzel einen Kegel auf die Stufen vor sich. Hellblaues Linoleum. Sie richtete die Lampe auf die Wände. Bunte Tapeten, bedruckt mit Texten aus Kinderliedern.

Ein kleiner Pinguin steht einsam auf dem Eis
Pitsch, patsch Pinguin, jetzt läuft er schon im Kreis
Pitsch, patsch Pinguin, jetzt läuft er schon im Kreis

Smilla musste schlucken. Mit einem mulmigen Gefühl schaute sie die Treppe hinab, setzte sich langsam in Bewegung. Am Fuße der Treppe blieb sie stehen, hob die Taschenlampe, beleuchtete eine Art Korridor, der an einer Tür endete. Kermit war darauf zu erkennen, außerdem Miss Piggy und Grobi. Sie näherte sich der Tür, begleitet von einem schmatzenden Geräusch, das ihre Stiefel bei jedem Schritt auf dem klebrigen Boden erzeugten.

Erst kurz vor der Tür bemerkte sie das eingelassene Fenster in Kopfhöhe, nicht größer als ein DIN-A5-Blatt. Es erinnerte an das Guckloch an einer Clubtür. Wahrscheinlich war das Fenster für die Erzieher gedacht, damit sie die schlafenden Kinder beobachten konnten, ohne jedes Mal in den Schlafraum zu gehen.

Was würde sie sehen, wenn sie durch das Fenster schaute? Wieder wagte sie einen Blick auf die Tapete an der Wand. Der Liedtext, der dort stand, ließ sie frösteln.

Ein Männlein steht im Walde
Ganz still und stumm,
Es hat von lauter Purpur
Ein Mäntlein um.

Sagt, wer mag das Männlein sein,
Das da steht im Wald allein
Mit dem purpurroten Mäntelein?

Ihre Augen weiteten sich, ihr Herz klopfte fordernd gegen ihre Brust. Smilla zwang sich wegzuschauen, geradeaus auf die Tür, hinter der sich womöglich die purpurnen Männlein und Weiblein befanden. Eine Armlänge vor der Tür blieb sie stehen, holte ihre Pistole aus dem Halfter und machte sich bereit, im Notfall sofort einsatzbereit zu sein.

Würde sie zögern, wenn die Kleinen sich verwandelt hätten? Innerlich zuckte sie mit den Schultern. Wie konnte man sich mit so einer Frage befassen? Passend zu ihren grausamen Gedanken klammerten sich ihre Finger enger um den Griff ihrer Waffe.

Es kam ihr vor, als wären ihre Dr. Martens aus Eisen, als sie die letzten Schritte bis zur Tür machte. Dieses Loch in der Tür, sie fixierte es, verabscheute es, schüttelte sich vor dem, was sie dahinter erwartete. Es war so ruhig, viel zu ruhig, wenn man bedachte, dass sich hinter der Kermittür die kleinen Kinder aufhielten. Aber vielleicht schliefen sie, machte sich Smilla selbst Mut.

Mit einem Anflug von Hoffnung beugte sie ihren Kopf und blickte durch das Guckloch in den Schlafraum, die Taschenlampe an die Schläfe gepresst. Keine fünf Sekunden presste sie ihre Nase an die schlierige Scheibe. Die wenigen Sekunden kamen ihr wie Stunden vor.

Als sie ihren Kopf zurückzog, hatte ihr Gesicht die letzten Reste Farbe verloren. Sie war Weiß wie die Tracht der Pflegekräfte, ihre Augen glasig wie die eines zugedröhnten Junkies.

Einen Moment stand Smilla einfach nur da … erstarrt wie ein Monument. Sie blickte auf die Tür, als könne sie einfach hindurchsehen. Doch sie brauchte gar nicht hindurchschauen, denn das, was sie eben gesehen hatte, würde bis in alle Ewigkeit in ihrem Bewusstsein abrufbar sein.

Zu spät, dachte sie resigniert. Für die Kinder, für sie, für alle, für alles – zu spät! Ihre Bewegungen glichen denen eines Roboters, als sie sich umdrehte und in Richtung Treppe davon stakste.

Im Erdgeschoß angekommen drückte sie die Kellertür fest zu. Einen Moment stand sie da, dachte an die Szenerie, die sie durch die kleine Scheibe sehen musste. Dann zwang sich Smilla, nur noch an eines zu denken: Der Junge, der oben im Tipi auf sie wartete. Sie musste ihn aus der Klinik schaffen und hoffen, dass es draußen sicherer war, als in diesem Horrorkrankenhaus.

Kapitel 17 - Der Glockenturm

Lange hatte Trips es nicht in seinem Versteck ausgehalten. Da unten würde er verrotten. Ihm war die Idee gekommen, auf den Glockenturm der Klinikkirche zu klettern. Dort befand er sich nun und blickte hinaus in die Nacht. Noch dauerte es einige Stunden bis zum Sonnenaufgang, was bedeutete, dass die kranken Frauen, Männer und Kinder noch eine ganze Weile schliefen. Auf diesen Zustand vertraute er mittlerweile, denn er hatte bis jetzt keinen von denen gesehen, der in der Nacht aktiv war.

Allmählich manifestieren sich neue Naturgesetze, dachte er mit einem sarkastischen Grinsen, das sofort erstarb, als er an die Frau dachte, die im Lichtschacht seiner Zuflucht verweste. Nachdem er den Angriff der Weißen überlebt hatte, war er nur kurz zurück in den Keller gegangen. Erst wollte er sich in seinem Selbstmitleid vergraben, doch sein Überlebenswille hatte gesiegt und er war wieder losgezogen. Frische Kekse und Wasser lagerten in seinem Rucksack. Zwangsläufig dachte er an Olaf, der die letzten Kekse wie das Krümelmonster in sich hineingestopft hatte.

Trips richtete den Kopf nach oben. Wieder eine von diesen Drohnen, die wie prähistorische Insekten am Himmel schwebten. Hier oben würden ihn die Weißen nicht erwischen, es sei denn, sie betraten das Klinikgelände, was er nicht glaubte, oder ein Sniper lag irgendwo auf der Lauer.

Der Glockenturm war nicht das höchste Gebäude auf dem Areal, doch momentan war es vermutlich das sicherste. Niemand hatte im Turm gewohnt, nur einmal in der Woche gab es Gottesdienste unter der Leitung eines auswärtigen Pfarrers oder Pastors. Trips hatte richtig gelegen, denn rund um und im Glockenturm war er auf keine Verfärbten gestoßen. Er wollte von oben die Gegend sondieren, um eine Alternative zum bewachten Hauptausgang zu finden. Dafür hatte er extra das Fernglas aus Martineks Arsenal mitgenommen.

Der Mond prangte fett am Himmel, deshalb konnte man auch in der Nacht ein ganzes Stück weit sehen. Auf dem Bauch liegend kroch er nah an die hölzerne Balustrade heran. Das Geländer war mit Holzlatten versehen, zwischen denen ein Spalt frei war. Er hielt einen Scharfschützen zwar für unwahrscheinlich, trotzdem wollte er kein Risiko eingehen.

Das Fernglas passte perfekt in die Lücke zwischen den unteren beiden Holzlatten. Zuerst richtete er seinen Blick auf den Haupteingang, den er teilweise zwischen zwei Gebäuden hindurch anvisieren konnte. Seine Position gestattete es ihm, einen Teil des Pförtnerhäuschens, die Schranke und ein Stück von der Straße, die durch einen kleinen Wald auf eine Bundesstraße führte, zu sehen.

Überall wuselten die Typen in Weiß herum, schwer bewaffnet und mit Gasmasken im Gesicht. Wussten die mehr? Offenbar nicht, denn wenn die Krankheit über die Atemluft übertragen werden würde, dann wäre Trips längst so lila wie ein Rotkohl. Trotzdem machte ihm diese Truppe Angst. Die waren für einen derartigen Einsatz perfekt ausgerüstet. Überall im Eingangsbereich standen weiße Fahrzeuge; Transporter, Vans, sogar Busse in Weiß. Von Polizei oder Feuerwehr konnte er keine Spur erkennen.

Er tippte, dass diese weißen Kerle irgendeine Spezialeinheit waren. Spezialeinheit? Wofür? Für eine Seuche, bei der Menschen zu purpurnen Monstern mit Adern so dick wie kleine Finger mutierten? Die waren bestimmt für das gestörte Handynetz und den Stromausfall zuständig. *Drauf geschissen*, dachte Trips. Er musste den Vögeln aus dem Weg gehen, was ihn wieder an die Drohnen erinnerte, die summend durch die Nacht schwebten. Er sah diese Dinger auch am Haupteingang fliegen – Dutzende.

Trips ahnte, dass die Weißen nicht nur das Klinikgelände kontrollierten, sondern auch weiträumig rund um das Areal dafür sorgten, dass sich niemand dem Katastrophengebiet näherte. Natürlich auch, dass niemand das besagte Areal verließ, zumindest nicht lebend. *Machs gut, Olaf.*

Er schwenkte das Fernglas, um sich einen Überblick über die Lage auf dem Areal zu verschaffen. Die Klinik hatte die Ausmaße eines Dorfes mit unterschiedlichen Gebäuden. Einige waren renovierungsbedürftige Altbauten, andere hochmoderne Konstruktionen mit Komplettverglasung. Angesichts der fehlenden Beleuchtung wirkten sie alle wie die Kulisse eines Endzeitfilms, nur das kein Regisseur da war, der *Cut* rief. Aber das wahre Ausmaß des Wahnsinns markierten die Massen von Verfärbten, die zu Hunderten auf den Straßen, den Gehwegen und den Grünanlagen schliefen. Dazwischen konnte man immer wieder zerfetzte Leiber von denjenigen sehen, die von den Kranken angefallen worden waren, bevor sie sich verwandeln konnten.

Der Anblick erinnerte Trips an ein Schlachtfeld aus einem Tolkien-Roman, gespickt mit toten Menschen und grässlichen Orks. Sein Blick durchs Fernglas blieb an einem weißen Lieferwagen hängen.

Trips kannte das Gefährt, denn es handelte sich um den Eiswagen, der zu dieser Jahreszeit täglich auf dem Gelände Eiscreme verkaufte. Er hatte sich mit dem jungen Studenten, der sich während der Semesterferien etwas verdiente, ein paarmal unterhalten. Entweder war der Junge längst tot oder hatte sich in eines dieser Ungeheuer verwandelt. Für einen Augenblick spielte er mit dem Gedanken mit dem Eiswagen zu flüchten. Aber wohin? Die Weißen würden ihn wie ein Nudelsieb durchlöchern. Zumindest hätte er genug Vanilleeis.

Grinsend schwenkte er das Fernglas weiter über die anliegenden Gebäude. Überall sah es gleich aus. Schlafende Kranke, Leichen und dunkle Fenster. Trips wollte gerade das Fernglas absetzen, als er stoppte. Da war doch gerade ein Licht in der Nähe des Kindergartens. Sofort richtete er seinen Blick wieder nach links. Er visierte die Kita an, um die herum besonders viele von den Infizierten schlummerten.

Ganz langsam sondierte er das Gebiet rund um das Haus, in dem die Kleinsten tagsüber betreut worden waren. Hatte er sich getäuscht? Trips sah kein Licht mehr. Gerade als er aufgeben wollte, entdeckte er einen matten Schein, der sich zaghaft durch die Dunkelheit kämpfte. Er rührte von einer Taschenlampe, da war sich Trips sicher … und Verfärbte nutzten keine Taschenlampen, erst recht nicht in der Nacht, wenn sie wie Babys schliefen. Da war noch jemand, der sich in Sicherheit bringen konnte. Diesen jemand musste er finden, denn zu zweit war es einfacher, aus diesem Wahnsinn zu entkommen.

Kapitel 18 - Drohnen

Die beiden kauerten auf den Treppen des Chomsky-Hauses. Nachdem Smilla den Keller der Kindertagesstätte verlassen hatte, war sie den Rest des Tages mit Berdan im Haus geblieben.

Tagsüber hinauszugehen wäre einem Selbstmord gleichgekommen. Deshalb hatten sie in der Kita ausgeharrt. In der Küche gab es genügend Lebensmittel: Brot, Käse, Wurst, Süßigkeiten. Sogar die Milch war noch genießbar.

Nach Sonnenuntergang waren sie dann mit zwei Rucksäcken voller Proviant und anderen Dingen aus den Vorräten des Kindergartens losgezogen. Draußen hatte sich ihnen eine Szenerie wie aus einem düsteren Horrorfilm geboten. Die Verfärbten waren mit dem Ende des Tageslichts in einen komatösen Schlaf gefallen. Sie lagen auf den Straßen, schnarchten und sonderten diesen seltsamen Fäulnisgeruch ab.

»Hier!«, sagte sie und hielt Berdan eine Trinkflasche mit kaltem Früchtetee und einen der Haferkekse entgegen, die sie im Vorratsraum der Kita entdeckt hatte. Der Junge schaute geistesabwesend zwischen seine Beine auf die Stufen. Er machte keine Anstalten, die Flasche und das Plätzchen anzunehmen.

Ohne aufzuschauen fragte er Smilla auf einmal: »Ist Mirko tot?«

Scheiße, ging es ihr durch den Kopf. Die Frage musste kommen und sie hatte eine Heidenangst davor gehabt. Die ganze Zeit schon hatte sie sich Gedanken darüber gemacht, was sie Berdan sagen sollte, wenn er sich nach seinen Freunden aus dem Kindergarten erkundigte. In ihrem Kopf spielte sich automatisch wieder das Szenario ab, das sie durch das kleine Fenster in der Tür zum Schlafschloss gesehen hatte. Es zwickte und prickelte an ihrem gesamten Körper, als sich eine Gänsehaut wie ein Flächenbrand von oben bis unten ausbreitete. Ihr Bewusstsein zwang ihr die Erinnerung auf, deshalb blickte sie in diesem Moment ein zweites Mal durch die Scheibe.

Im Schlafschloss war es dunkel, nur die akkubetriebenen Schlaflichter spendeten einen spärlichen Schein. Smillas Augen brauchten etwas, bis sie sich an die kaum veränderten Lichtverhältnisse anpassten. Später würde sie den Moment verfluchen, als sich aus der Dunkelheit die Schemen der Kinder herausschälten und zu Körpern wurden – zu toten Körpern. Sie waren übel zugerichtet. Einem Mädchen war ein Arm abgerissen worden, einem Jungen fehlte die Nase und ein weiteres Kind … man konnte nicht einmal erkennen, ob es ein Junge oder Mädchen war … hatte tiefe Bisswunden im gesamten Gesicht verteilt. Einer von ihnen saß in der Ecke des Raumes. Er war verwandelt, aber trotzdem sah man ihm an, dass er tot war. Die purpurnen Adern in seinem Gesicht waren aufgeplatzt und hatten sein Gesicht in eine unkenntliche Masse verwandelt. Hinter ihm an der Wand war eine Art Schatten zu erkennen, als hätte jemand eine Flüssigkeit an der Tapete verteilt. Auf dem Boden lag eine Plastikflasche mit Desinfektionsmittel, offen, ausgelaufen. Oder hatte einer von den Kindern das Zeug auf den Jungen geschüttet? Es dauerte eine Ewigkeit, bis Smilla den Anblick so weit verdaut hatte, dass ihr Gehirn sich mit einer naheliegenden Frage befassen konnte: Was ist in dem Schlafraum passiert? Nein, nicht alles war mit einem Fragezeichen behaftet. Ein Junge musste sich bei der Erzieherin infiziert haben. Wie auch immer. Nachdem Melanie die Kinder sicherheitshalber eingesperrt hatte, hatte sich der Junge verwandelt. In seinem ungezügelten Blutdurst hatte er die anderen Kinder so schwer angegriffen, dass sie seinen Attacken erlagen. Und was geschah mit dem Jungen? Warum war sein Gesicht regelrecht explodiert? Gibt es etwas, das die Kranken tötet – abgesehen von Kugeln und Messern? Doch es gab noch eine andere Frage, die Smilla unter den Nägeln brannte: Was sollte sie Berdan sagen?

»Hey«, begann Smilla. »Dein Freund Mirko und die anderen sind … sie sind eingeschlafen und … es ist … du musst wissen.«

»Was ist das?«, fragte Berdan, ohne auf ihre hilflosen Erklärungsversuche einzugehen. Genau wie der Junge hatte Smilla die ganze Zeit ihre alten Dr. Martens betrachtet. Doch jetzt blickte sie zu dem Kind und bemerkte, dass er seinen Kopf in den Nacken gelegt hatte und nach oben schaute. Im selben Moment nahm Smilla das Summen und ein leises Zischen wahr und blickte ihrerseits in den Himmel.

Sofort begriff sie, dass sie sich in einer neuen tödlichen Gefahr befanden. Über ihnen schwirrte eine Militärdrohne, wie sie sofort erkannte. Das Teil trug eine Art Patrone am Gehäuse, von der das Zischen stammte.

»Verdammt!«, murmelte sie ungläubig, dann sprang sie auf, packte Berdan an der Hand und begann zu rennen.

»Aua, du tust mir weh«, quengelte er. Doch Smilla

konnte keine Rücksicht auf die Befindlichkeiten des Jungen nehmen. Die Drohne weckte dunkle Erinnerungen in ihr, Erinnerungen an ihre Zeit in Afghanistan. Drohnen! Bewaffnete Drohnen, die nur ein Ziel hatten und zwar die Vernichtung von Leben. Eine von den Dingern schwirrte gerade vor dem Chomsky-Haus. In Afghanistan waren es etliche, die ihre böse Fracht unter den Menschen verteilt hatten.

»Halte durch, Berdan, gleich sind wir in Sicherheit!«, versuchte sie, den Jungen zu beruhigen. Im Rennen schaute sie hektisch nach einem Unterschlupf. Glücklicherweise lagen auf dem Rasenstück, auf dem sie liefen, kaum Infizierte.

»Was ist denn?«, wollte das Kind wissen, doch Smilla antwortete nicht. Ihre Augen huschten hin und her auf der Suche nach einem Versteck vor der Drohne.

Dann entdeckte sie zwischen den Kronen einer Baumreihe das Dach eines Gebäudes, das aus mehreren Decks bestand. Es handelte sich um ein Parkhaus. Wenn sie es bis dahin schaffen würden, dann wären sie vorerst in Sicherheit.

Smilla schaute über ihre Schulter, um zu erfassen, wo sich die Drohne befand, doch sie war nirgendwo zu sehen. Trotzdem rannte sie weiter mit dem quengelnden Berdan an der Hand. Nach ein paar weiteren Metern blieb sie stehen, direkt neben einem verstreuten Pulk schlafender Verfärbter. Das Summen und das Zischen hörte sie nicht mehr. Smilla drehte sich um und blickte zurück zum Chomsky-Haus. Nichts! Die Drohne war verschwunden. Sie wusste, dass diese Dinger mit Kameras ausgestattet waren. Waren sie erfasst worden? Und war das Gas, das aus der Patrone unterhalb der Drohne ausströmte? Was für dumme Fragen! Es musste sich um Giftgas oder zumindest um Betäubungsgas handeln. Wollte man so die Infizierten ausschalten? Ohne Rücksicht auf Kollateralschäden, wie Berdan und sie?

Sie drehte sich wieder um und fixierte das Gebäude, das sie für das Parkhaus der Klinik hielt. Egal, ob Drohnen sie verfolgten oder nicht, dort konnten sie eventuell für ein paar Stunden in Sicherheit ausharren. Die Nacht war noch lang.

Ihren Plan, zum Hauptausgang zu gehen, musste sie sich noch einmal durch den Kopf gehen lassen. Die Aktion mit der Drohne und dem Gas hatte sie nachdenklich werden lassen. Sie wollte Berdan auf keinen Fall in noch größere Gefahr bringen, als er es ohnehin schon war. Bis zum Sonnenaufgang mussten sie entweder hier raus sein oder an einem Ort, an dem sie Schutz vor den Infizierten finden konnten.

Wenige Minuten später standen Berdan und Smilla vor der Einfahrt zum Parkhaus. Eine rot-weiße Schranke versperrte die Zufahrt, als wäre alles wie immer. Aber nichts war wie immer, denn zwei Violette hingen wie volltrunken über der Schranke und schliefen. Aber mehr Infizierte waren zumindest auf Anhieb nicht zu sehen. Vielleicht waren sie zu dumm, den schmalen Fußweg zwischen Schranke und Betonpfeiler zu nehmen. Berdan und sie waren nicht so dumm.

In dem Parkhaus war es wesentlich dunkler als draußen, deshalb packte Smilla ihre Taschenlampe aus. Berdan hielt sie an der Hand, während sie durch die Reihen geparkter Autos streiften. In ihr reifte die Idee, einen der Wagen kurzzuschließen und einfach durch den Hauptausgang zu rasen. Aber die Typen, die die Drohne steuerten, verfügten offenbar über Militärtechnik. Sie bezweifelte mittlerweile, dass die gekommen waren, um sie und andere zu retten. Die wollten das Virus ausmerzen, ohne Rücksicht auf Verluste.

Wahrscheinlich würden sie durchsiebt werden, wenn sie sich dem Haupteingang näherten. Um rauszukommen, mussten sie einen anderen Weg finden.

»Wo gehen wir hin?«, fragte Berdan leise. Trotzdem hallte seine Stimme durch das Parkdeck.

»Wir suchen ein Versteck«, erwiderte Smilla. Sie drückte zärtlich seine Hand.

»Vor wem wollen wir uns denn verstecken? Die Monster schlafen doch alle.« Sie wusste nicht, was sie antworten sollte, deshalb versuchte sie abzulenken.

»Guck mal, ein Porsche!«, sagte sie und deutete mit der Taschenlampe auf einen roten Sportwagen, der auf einem der Ärzteparkplätze stand. Berdan reagierte nicht. Offenbar interessierten ihn Autos nicht, zumindest im Moment nicht. Sie gingen die gewundene Auffahrt zur ersten Parketage hoch, als Berdan ohne Vorwarnung fragte: »Ist Mirko lila?«

Smilla hatte gehofft, dass die Frage erst einmal vom Tisch war. Der Junge wollte wissen, was mit seinem Freund passiert war. Ad hoc entschied sie sich, ihm die Wahrheit zu sagen. Es machte keinen Sinn, ihm die Hoffnung auf ein Wiedersehen zu suggerieren. Sie stoppte, ging in die Knie und nahm Berdans Kopf zwischen ihre Hände.

»Dein Freund Mirko ist jetzt da oben im Himmel.«

»Bei Melanie?«

Smilla musste schlucken.

»Ja, sie sind beide da oben.«

»Da ist auch meine Oma.«

Smilla setzte ihr wärmstes Lachen auf.

»Dann kann sie ja auf …« Ein Knall hallte durch das Parkhaus. Es hörte sich an, als wäre eine schwere Tür zufallen. Smilla versetzte das Geräusch sofort in höchste Aufmerksamkeit. Irgendjemand war in diesem Parkhaus.

Offensichtlich gab es noch Gesunde, denn die Verfärbten schlugen keine Türen zu. Der Krach hatte seinen Ursprung auf einem der oberen Decks. Smilla entschied, sich dort ein wenig umzusehen.

»Komm, wir gucken uns mal an, wo das herkam.«

»Vielleicht waren das Oma, Melanie und Mirko«, sagte Berdan aufgeregt.

»Ja, vielleicht«, erwiderte Smilla.

Langsam bewegten sich die beiden über die Auffahrten zu den Parkdecks. Aus fünf Ebenen bestand das Parkhaus, das hatte Smilla an der Einfahrt auf einem Schild gesehen. Sie betraten gerade die dritte Etage. Hier gab es keinerlei Anzeichen für die Quelle des Geräuschs. Hier standen nur einige PKWs, in denen natürlich jemand sitzen und sie beobachten konnte.

Ein leises Klackern war zu hören. Möglicherweise Ratten, die sollen ja sogar einen Atomkrieg überleben können, erinnerte sich Smilla an einen Bericht, den sie mal irgendwo gelesen hatte. So eine Epidemie war für die bestimmt ein Klacks. Sorgfältig ließ sie ihren Blick über das Parkdeck gleiten, doch sie entdeckte nichts von Interesse.

Dennoch war sie sich sicher, dass irgendwo eine Tür zugefallen war. Und da hier kein Lüftchen wehte, musste das Geräusch einen menschlichen Ursprung haben.

»Komm, lass uns noch eine Etage höher gehen«, flüsterte Smilla zu Berdan. Sie bewegten sich auf die Auffahrt zum vierten Deck zu, gingen über die lang gezogene Windung und blieben beide sofort stehen, als sie am Ende der Auffahrt die Fahrzeuge sahen, die den Zugang zum Deck blockierten. Es handelte sich um einen riesigen BMW SUV und einen VW Lieferwagen, auf dem *Elektrotechnik Kamper* geschrieben stand, wobei das *o* wie eine Glühbirne strahlte und mit Augen, Mund und Nase versehen war. Smilla schob Berdan hinter ihren Rücken, denn jetzt stand endgültig fest, dass jemand hier oben war und sich verbarrikadiert hatte.

Smilla musterte die beiden Wagen. Die Fenster des SUV waren verdunkelt, die des Lieferwagens mit einer dieser silbrigen Frostschutzmatten abgehängt. Man konnte keinen Blick ins Innere ergattern oder auf die andere Seite sehen.

Einen Moment überlegte Smilla, dann entschied sie, auf Berdan und sich aufmerksam zu machen. Möglicherweise wurden sie sowieso längst beobachtet.

»Hallo!«, rief sie. »Ist da jemand?« Als Antwort erhielt sie nur das Echo ihrer eigenen Stimme. Hinter der Autoblockade war nichts zu sehen oder zu hören.

»Hört mich jemand?«, versuchte sie es erneut.

»Hallo«, stimmte Berdan hinter ihr mit ein. Keine Reaktion.

Smilla und Berdan näherten sich der Wagenburg ein paar Schritte. Die beiden zuckten vor Schreck zusammen, als die Schiebetür des Lieferwagens plötzlich von innen aufgerissen wurde. Ein Mann stand im Inneren des Wagens und winkte den beiden zu.

»Kommt!«, rief er.

Smilla gönnte sich einen kurzen Augenblick der Abwägung, dann kam sie zu der Erkenntnis, dass sie es wagen konnten, sich zu dem Unbekannten zu gesellen. Sie nahm Berdan an die Hand und stieg mit ihm in den Wagen. Hinter ihnen fiel die Tür wieder ins Schloss. Der Mann stieg schon über die Vordersitze, um auf der Fahrerseite den Wagen zu verlassen. Smilla half zuerst Berdan nach vorn, dann folgte sie dem Jungen.

»Hi!«, kam es von dem Fremden, der die Hand zum Gruß ausstreckte. »Mein Name ist Ben Phasuk, ich bin … war Arzt hier in der Klinik.«

Smilla musterte den Mann: knapp eins siebzig groß, schwarzes, schulterlanges Haar, leichte asiatische Gesichtszüge. Als besonders auffällig empfand sie den altmodischen Arztkittel, der ihm bis über die Knie reichte und ihn kleiner wirken ließ, als er ohnehin war. Ziemlich bedrohlich empfand sie das Messer, das er mit einem Gürtel fixiert über dem Kittel trug. Trotzdem entschied sie, dass ihr der Mann vorerst vertrauenswürdig erschien.

»Hallo!«, erwiderte sie und schuttelte kurz die Hand des Mannes. »Der Kleine heißt Berdan, ich bin Smilla.«

»Wow, Smilla!«, kam es von dem Arzt. Für einen Moment erwartete sie das von ihr gehasste *Fräulein Smilla*. Doch es kam nicht. Der Kittelmann streichelte Berdan über den Kopf und lächelte warm. »Ein schöner Vorname!« Smilla nickte und lächelte ihrerseits. »Willkommen im Refugium!«, kam es von Ben. »Langsam werden wir mehr.«

»Ach, hier gibt es noch mehr?«

»Einen, um genau zu sein. Einen jungen Mann, der allerdings ziemlich schwer verletzt ist.« Smilla runzelte die Stirn, dabei machte sie automatisch einen Schritt zurück. »Keine Panik«, beruhigte Ben sie. »Er wurde nicht von einem der Blauen verletzt. In der Nierengegend hat er eine Art Stichverletzung. Er ist aber über den Berg und schläft jetzt.«

Smilla blickte sich erstaunt um. Doch sie entdeckte niemanden. *Vielleicht liegt er in einem der Autos*, dachte sie. Ben lachte und zeigte mit dem ausgestreckten Arm auf eine Stahltür, auf der *Privat* stand.

Überrascht starrte Smilla in den Korridor einer Wohnung, nachdem sich die schwere Tür hinter Berdan, Ben und ihr schloss. Auf dem Parkettboden standen etliche brennende Teelichter, außerdem sorgten akkubetriebene Nachtlichter für einen bläulichen Schimmer.

»Willkommen im Heim für obdachlose Ärzte«, sagte Ben grinsend.

»Hä?«, kam es von Smilla, während Berdan sich langsam vorwagte und einen Blick in die Räume warf, die rechts und links vom Korridor abzweigten.

»Hier können Ärzte übernachten, die lange Nachtschichten hinter sich haben, noch keine Wohnung in der Gegend haben oder sich einfach mal ein paar Stunden aufs Ohr hauen wollen. Aber das ist wohl Vergangenheit.« Ben seufzte. »Es gibt vier Schlafzimmer, ein Wohnzimmer, eine Küche und ein Bad. Der ideale Zufluchtsort beim Ausbruch einer Zombie-Epidemie.«

»Zombies?«, kam es von Smilla, dabei blickte sie Ben

belustigt an.

»Ich weiß, ich weiß! Frei interpretiert! Das sind keine Toten. Aber jeder soll diese Kreaturen nennen, wie er will.«

»Okay«, kam es von Smilla. Sie schaute den Flur entlang. Ihr Blick blieb an Berdan hängen, der vor einer geschlossenen Zimmertür stehen geblieben war. »Ist da der Verletzte drin?«, wollte sie wissen.

Ben nickte. »Ja, der Mann hat eine tiefe Wunde im Lendenbereich und braucht dringend Ruhe.« Mit unschlüssiger Miene musterte Smilla die Tür des Schlafraums.

Einen Augenblick später drehte sie sich um und musterte die Eingangstür. »Sind wir hier sicher?«

»Auf jeden Fall. Für die Tür bräuchte man eine Abbruchbirne. Außerdem sind da noch die Wagen, mit denen ich die Auffahrt blockiert habe. Seit dem Ausbruch dieser Zo… Seuche, hat sich hier oben keiner von denen blicken lassen.«

Ihr blieb nichts anderes übrig, als sich mit Bens Ausführungen zufriedenzugeben. Hier oben waren sie vielleicht sicher, aber ein Ausweg aus der prekären Lage bot ihnen die Wohnung nicht.

»Komm, ich zeige euch das Wohnzimmer«, sagte Ben und ging voraus. Als er an Berdan vorbeikam, legte er eine Hand auf dessen Kopf und schob ihn von der Tür weg.

Das Wohnzimmer bestand aus einem quadratischen Raum von etwa drei Metern im Quadrat. Es gab zwei kleine Fenster mit heruntergelassenen Rollläden. Durch die Ritzen drang ein wenig Mondlicht und unterstützte die Kerzen und die Nachtlichter bei der Beleuchtung.

Der Raum war funktional eingerichtet. Ein großes Sofa, zwei Sessel, ein riesiger Flatscreen an der Wand, eine Spielekonsole und ein Schreibtisch. Von Bildern oder anderen Accessoires war nichts zu sehen. Die Wände waren mit Raufaser tapeziert und weiß gestrichen. An der Decke konnte Smilla eine Lichtleiste sehen, die ohne Strom nutzlos war. Berdan stürzte sich sofort auf die Playstation.

»Tut mir leid, Junge, aber ohne Strom kriegen wir das Ding nicht zum Laufen. Aber in der Küche gibt es jede Menge Süßigkeiten und die meisten Sachen im Kühlschrank sind auch noch genießbar.«

Berdan blickte Smilla an, als wäre sie seine Mutter. Er wartete auf ihr Okay, bevor er sich in der Küche über die Leckereien hermachte. Sie nickte ihm zu, woraufhin er wie ein gut trainierter Hund losrannte.

Obwohl sie mittlerweile entschieden hatte, diesem Arzt zu trauen, ging sie hinterher und schaute sich in der Küche um, die wie aus einem Ikea-Katalog aussah. Hier war noch nicht oft gekocht worden, das erkannte sie auch bei dem schummrigen Licht. Wahrscheinlich nutzten die Ärzte, die hier wohnten, hauptsächlich die Lieferdienste der Umgebung. Jetzt würde es für jeden Pizzaboten ein Abenteuer werden, wenn er etwas in die Klinik liefern sollte. Auf einem winzigen Tisch stand eine Tupperschüssel randvoll gefüllt mit kleinen Schokoriegeln, Plätzchen und Weingummis. Berdan hatte bereits den Mund voll und kaute wie ein Stallpferd. Auch Smilla konnte nicht widerstehen. Sie machte einen Schritt nach vorn und griff sich ein paar von den klebrigen Weingummis. Bei der Hitze fühlten sie sich wie Wackelpudding an. Trotzdem schaufelte sie etliche davon in ihren Mund. Die kleinen Bären schmeckten köstlich. Es kam ihr vor, als hätte sie seit Jahrzehnten nichts Süßes gegessen.

»Wie lange wohnst du hier schon?«, wollte Smilla von Ben wissen.

»Seit ungefähr drei Wochen. Ich habe vorher in England in einem kleinen Hospital gearbeitet. In ein paar Tagen wollte ich in meine neue Wohnung ziehen.«

Smilla schluckte die Weingummis runter. Am liebsten hätte sie sich sofort die nächste Ladung gegrapscht. Gummibärchen schmeckten am besten, wenn man sich eine ganze Hand voll auf einmal in den Mund stopfte. Sie widerstand dem Drang und überließ die Süßigkeiten Berdan.

Smilla lehnte sich mit dem Rücken an die Küchenwand. Auf einmal spürte sie eine abgrundtiefe Müdigkeit, die sich wie eine bleierne Decke über ihren Körper legte. Für einen Moment glaubte sie entsetzt, dass die Weingummis mit Schlafmitteln getränkt waren. Doch schnell merkte sie, dass sie einfach nur erschöpft war. Mit einem tiefen Gähnen machte sie dies lautstark publik.

»Soll ich euch zeigen, wo ihr euch hinhauen könnt?«

»Später«, erwiderte sie.

»Wie du willst.«

»Wieso kommt man von England in dieses Kaff hier?«, fragte sie.

»Guter Job«, kam es postwendend von Ben.

»Na komm, so toll ist diese Klinik auch nicht.« Ben lächelte verschmitzt. »Ne Frau?«, kam es von Smilla.

»Volltreffer!«

Gähnen und Grinsen verwandelten Smillas Gesichtsausdruck in eine Grimasse.

»Ist es so ernst, dass man freiwillig in diese Gegend zieht?«

»O ja, meine Mama ist eine sehr ernste Angelegenheit.« Smillas Augenbrauen zuckten in Richtung Haaransatz.

»Deine Mutter?«

»Ja! Sie wohnt keine zwanzig Kilometer von hier entfernt. Leider ist sie an Alzheimer erkrankt. Mein Vater ist schon seit fünfzehn Jahren tot. Als sich die Chance bot, in ihre Nähe zu ziehen, da habe ich kurzen Prozess gemacht.«

»Bist wohl so was wie ein Traumsohn.« Er schmunzelte kurz, dann wurde er aber sofort wieder ernst.

»Ich kann sie nicht allein lassen. Jetzt braucht sie mich, so wie ich sie als Kind gebraucht habe.« Smilla musterte Ben langsam und eingehend.

»Sag mal, willst du mich vielleicht heiraten?«, fragte sie biererNST. Jetzt konnte sich Ben nicht mehr halten vor Lachen. Er prustete los wie ein Seehund.

»Auf jeden Fall würdest du meiner Mom gefallen«, sagte er, nachdem er sich wieder eingekriegt hatte.

»Wie wäre es mit einer kleinen Führung durch die Wohnung?«

»Ja, klar.«

»Dann kommt mal mit.« Sie gingen zurück in den Korridor, vorbei an der Tür, hinter der sich der verletzte Mann ausruhte. Es folgte eine weitere Tür, die nur angelehnt war. Smilla warf einen Blick hinein. Sie sah die Umrisse eines Bettes, darüber an der Wand sah sie eine Halterung, auf der ein Schwert lag. Darunter befand sich eine weitere Haltung, die leer war.

»Schläfst du hier?«, fragte Smilla.

»Ja, das ist mein Reich.« Sie musterte Bens Gesichtszüge, dann das Schwert an der Wand, danach wieder den heimatlosen Arzt.

»Ist das ein Samuraischwert über deinem Bett?« Ein Grinsen huschte über Bens Gesicht.

»Das ist ein Thaischwert. Hat mir mein Vater zum achtzehnten Geburtstag geschenkt.«

»Wow, sieht cool aus. Du stammst aus Thailand?«

»Mein Vater hat in Deutschland studiert und meine Mutter dabei kennengelernt. In den 80er-Jahren ist er hierhergezogen. Dieses Schwert ist mir sehr wichtig.« Smilla nickte mit dem Hauch eines Lächelns auf den Lippen.

»Hast du irgendeine Ahnung, was hier passiert ist?« Kurz blieb die Frage in der Luft hängen. Erst dann schüttelte Ben langsam den Kopf.

»Ich bin Psychiater«, sagte er fast entschuldigend. »Von so einer Seuche habe ich noch nie etwas gehört. Vielleicht …« Ben sprach nicht weiter. Wieder schüttelte er den Kopf.

»Was?«, hakte Smilla nach.

»Na ja, es gab ein paar Gerüchte in der Belegschaft.«

»Was für Gerüchte?« Ben seufzte lang gezogen.

»Normalerweise halte ich nichts vom Flurfunk und meistens handelt es sich um blödes Gelaber.«

»Erzähl schon!«

»Was solls! Es gibt ein Gebäude auf dem Gelände, das … sagen wir mal so … für Gesprächsstoff sorgte.«

»Inwiefern?«

»Es wird erzählt, dass dort jeden Morgen Leute hineingehen, die danach den ganzen Tag nicht mehr zu sehen sind. Ein Typ von der Hausverwaltung hatte berichtet, dass er in das Haus wollte, um dort nach dem Rechten zu sehen. Doch seine Schlüssel und seine ID-Karte waren dort nicht gültig. Man munkelte, dass dort geheime Forschungen stattfinden würden, eventuell auch unerlaubte Versuchsreihen an Klinikbewohnern. Es gab immer wieder mysteriöse Fälle von Patienten, die von einem auf den anderen Tag angeblich aus dem Krankenhaus entlassen worden waren. Ein paarmal habe ich da erfolglos nachgehakt.«

»Aha«, kam es von Smilla. Dabei war ihr Gesichtsausdruck offenbar so skeptisch, dass Ben sich bemüßigt sah, »Ich habs ja gesagt« zu erwidern.

»Ehrlich gesagt hört sich das nach irgendeiner Verschwörungstheorie aus den Tiefen des Internets an«, sagte Smilla.

»Wenigstens sollen die Freimaurer nicht darin verwickelt sein«, witzelte Ben.

Beide lachten, während Berdan mit schokoladeverschmiertem Mund das Innere eines Überraschungseis auf dem Fußboden ausbreitete.

»Hört sich zwar strange an«, meinte Smilla, »aber wenn man sich den Horror da draußen anschaut, dann ist gar nichts unmöglich. Das würde auch die Drohne und die Typen erklären, die das Gelände hermetisch abriegelten.« Ihr letzter Satz zauberte Fragezeichen in Bens Gesicht. Seine Stirn legte sich in Falten, die ihn wie einen Sahr-Pei-Hund aussehen ließen.

»Die Drohnen habe ich auch gesehen, aber was für Typen meinst du?«

Smilla erzählte Ben von den seltsamen Leuten in den weißen Overalls, die sie gesehen hatte, bevor sie in die Kanalisation abtauchte. Auch die Drohne am Chomsky-Haus erwähnte sie. Sie erklärte ihm, dass sie diese Dinger aus ihrer Zeit beim Militär kannte. Außerdem berichtete Smilla von der Patrone unter der Drohne und dem Zischen.

»Solche Drohnen sind mir noch nicht aufgefallen. Die Patrone und dieses Zischen? Vielleicht versprühen die irgendein Zeug gegen die Krankheit. Und diese Gestalten in Weiß? Auf jeden Fall wissen wir jetzt, dass jemand über die Vorgänge in der Klinik Bescheid weiß.«

Smilla sagte dazu nichts. In ihr schwelte noch eine andere Möglichkeit, die durch die Gerüchte um geheime Forschungen Nahrung erhielt. Vielleicht wollten diejenigen, die die Drohnen schickten, alles töten, was sich innerhalb der Klinik befand. Verfärbte und auch Überlebende. Wenn es sich wirklich um die Folgen geheimer Forschungen handelte, dann würde man diese womöglich vertuschen wollen. Immerhin gab es keinen Strom, das Mobilnetz lag flach und das Klinikgelände war hermetisch abgeriegelt worden. Vielleicht wollte man jeglichen Beweis vernichten und plante eine flächendeckende Lösung für das gesamte Areal.

Smilla blickte auf Berdan. Der Junge hatte noch sein ganzes Leben vor sich. Sie würde alles dafür tun, um ihn in Sicherheit zu bringen.

»Wir müssen einen Weg hier raus finden«, sagte sie nachdenklich.

»Sollten wir nicht einfach auf Hilfe warten?«

»Ich glaube nicht, dass uns jemand zu Hilfe kommt.« Ben erwiderte nichts. Trotz der schlechten Beleuchtung konnte Smilla sehen, dass das Gesicht des Arztes allmählich die Farbe seines Kittels annahm. »Schlaft erst mal ein paar Stunden. Das tut euch gut«, schlug Ben vor. Überraschenderweise reagierte Smilla mit einem Kopfschütteln.

»Nein, wir können es uns nicht leisten, die Nacht zu vergeuden. Jetzt pennen die Verfärbten und wir haben die Chance, die Gegend zu erkunden. Am Tag schlafe ich dann und in der kommenden Nacht versuchen wir, einen Weg nach draußen zu finden. Möglicherweise können wir durch die Kanalisation.«

»Durch die Kanalisation?«

»Ja, es gibt einen Weg durch die Abwasserkanäle.« Es dauerte eine Weile, dann konnte man an Bens großen Augen erkennen, dass ihm gerade etwas klar geworden war.

»Du bist erst nachdem der Mist hier losging, eingetroffen?« Smilla seufzte und nickte. »Du bist durch die Kanalisation gekommen?« Sie nickte erneut. »Warum?«

»Ich bin auf der Suche nach einer Person.«

»Aha, ein Freund, nehme ich an?«

»Nicht direkt. Ich tue jemandem einen Gefallen. Der Typ, den ich suche, ist ihm sehr wichtig. Aber mittlerweile kann ich mir nicht mehr vorstellen, dass ich ihn noch finde.«

»Und du hast schon vorher von diesen Weißen gewusst und das hier drinnen irgendetwas abgeht?«

»Nur, dass hier etwas nicht stimmt.«

»Seltsam!«

»Was?«

»Du gehst hier rein, um jemandem einen Gefallen zu tun.«

»Ja, ich stehe in der Schuld desjenigen und Rumba ist ihm ziemlich wichtig.« Ben machte große Augen und trat einen Schritt zurück.

»Rumba?«

»Ähm, ja, sag nicht, dass du ihn kennst.«

»Michael … Marco, ne, Manuel! Manuel Rum… irgendwie so was. Rumba wollte er genannt werden. Der Typ war ein Patient auf meiner Station.«

»Wie bitte?«, kam es von Smilla. »Rumba war dein Patient?« Sie erschrak sich, weil sie wie von selbst in der Vergangenheitsform sprach. Auch wenn dieser Arzt Rumba gekannt hatte, änderte das nichts an der Tatsache, dass Konrads Lover und rechte Hand entweder tot oder ein Verfärbter war.

»Ja ja, ist wohl so. Kann mir nicht vorstellen, dass es noch mehr Rumbas in der Klinik gibt.«

Smilla senkte den Kopf und blickte nachdenklich auf den Boden. Sie hatte Rumba gemocht, doch sie hoffte, dass er tot war und nicht mit den anderen Monstern durch die Gegend streifte. Vielleicht wusste Ben, was mit ihm passiert war.

»Wie sah es aus … auf deiner Station?«, fragte sie, ohne aufzuschauen.

»Absolut chaotisch. Als der erste Zombie kam, ging alles ganz schnell. Ich hatte Glück, konnte über einen Balkon nach draußen fliehen. Wer drinnen war, hatte keine Chance zu über…« Mitten im Wort brach er ab, starrte Smilla an, packte sie am Unterarm und brachte sie dazu aufzublicken.

»Die Kühlkammer«, murmelte er kryptisch.

»Kühlkammer? Was soll das sein?«

»Es gibt einen Raum auf der Station für renitente Patienten. Dort kommen sie für ein paar Stunden rein, bis sie so weit abgekühlt sind, dass sie keine Gefahr für sich und andere darstellten. Er ist mit gepolsterten Wänden und …«

»Ne Gummizelle? So was gibt es immer noch?«

»Gummizelle trifft es nicht.«

»Aber Kühlkammer?« Ben schwieg, zuckte mit den Schultern.

»In diesem Fall könnte sie deinem Bekannten das Leben gerettet haben.«

»Wie bitte? Was soll das heißen?«

»Kurz bevor der Wahnsinn ausbrach, ist Rumba ausgetickt. Er hatte Panikattacken, wollte raus, weil er Angst hatte, jemand würde ihn finden und töten.«

Sofort dachte Smilla an Konrad und an seinen Schergen Yut. Rumba hatte Angst. Vor wem? Vor Konrad? Steckte hinter seiner Einweisung in die Klinik mehr? War es eine Flucht vor Konrad? Aber viel wichtiger war im Moment, was es mit dieser Kammer auf sich hatte.

»Kühlkammer? Nennt das Ding wie ihr wollt, für mich hört sich das nach einer Gummizelle an.« Ben nickte. Entschuldigend hob er die Hände.

»Wir waren total unterbesetzt. Wir hatten keine Zeit, uns stundenlang mit einem Patienten zu beschäftigen. Er wurde in die Kühlkammer gebracht und meines Wissens, bis zum Ausbruch dieser Seuche nicht wieder rausgeholt. Er könnte noch immer da drin sein.« Smillas Augen wurden so groß wie die der Grinsekatze aus *Alice im Wunderland.*

»Und diese Kammer, die ist … wie soll ich sagen … einbruchssicher?«

»Glaube schon. Kann mir nicht vorstellen, dass einer von den Zombies da reinkommt.«

Gedankenversunken biss sich Smilla auf die Unterlippe. In ihr reifte ein Plan. Wenn er wirklich noch in dieser Kammer steckte, dann würde er jämmerlich verdursten. Sie musste wenigstens versuchen, ihn aus dieser Gummizelle rauszuholen. Smilla bückte sich, zog die Schnürsenkel ihrer Dr. Martens auf und schnürte sie enger wieder zu.

»Was hast du vor?«, fragte Ben. Mit einem Ruck kam sie wieder hoch, drückte den Rücken durch und blickte Ben in die Augen.

»Kannst du mir beschreiben, wie ich auf dem schnellsten Weg zu deiner Station komme und wo genau sich dort diese Kühlkammer befindet?«

»Du willst da wirklich hin? Da wimmelt es von diesen Kreaturen.«

»Die schlafen jetzt alle. Ich habe die ganze Nacht Zeit.«

»Dann komme ich mit.«

»Quatsch! Du bleibst bei Berdan und bei deinem Patienten da drüben. Ich bin so schnell wie möglich wieder da – hoffentlich mit Rumba.« Ben widersprach ihr nicht, denn offenbar sah er ein, dass er Berdan nicht allein lassen konnte.

»Nimm den Weg über das Schwimmbad.«

»Schwimmbad?«

»Ja, es gibt ein Schwimmbad, ein altes Gebäude aus der

Gründerzeit. In dem Pool machen wir Wassertherapien mit den Patienten. Dort gibt es einen Zugang zum Bandura-Haus, in dem sich meine ehemalige Station befindet. Das Schwimmbad ist seit ein paar Wochen wegen Renovierungsarbeiten gesperrt. Dort werden kaum welche von den Zombies sein.«

Smilla nickte. Sie ließ sich von Ben erklären, welcher Weg am schnellsten zum Schwimmbad führte. Außerdem fummelte er die Schlüssel für das Badehaus und die Kühlkammer von seinem Schlüsselbund und gab sie ihr. Anschließend brachte Smilla Berdan ins Bett. Nachdem er eingeschlafen war, trank sie einen Cappuccinodrink aus dem Vorrat der Wohnung, aß zwei Scheiben Toast mit Schmierkäse und überprüfte dann ihre Ausrüstung. Als sie ihre Pistole aus dem Rucksack holte, erntete sie einen skeptischen Blick von Ben.

»Bis gleich!«, verabschiedete sie sich.

»Pass auf dich auf. Der Junge braucht dich.«

Mit einem Kloß im Hals drehte sie sich um und machte sich auf den Weg.

Kapitel 19 - Toter Mann

Während Trips über das Klinikgelände schlich, wollte ihm das Bild des erschossenen Pflegers nicht aus dem Sinn gehen. Von seinem Kopf war nicht mehr als eine blutige Masse übrig geblieben. Warum taten diese Typen das? Warum halfen sie nicht? Es wäre ein Leichtes gewesen, alle Überlebenden in Quarantäne zu bringen, damit hatten sie gewiss in den letzten Jahren genug Erfahrungen gesammelt. Trips hatte keine Antwort darauf und selbst, wenn er eine gehabt hätte, hätte ihm diese im Moment auch nicht weitergeholfen.

Er setzte seine Hoffnung in die Person mit der Taschenlampe. Er musste ihm oder ihr erzählen, dass man es mit zwei Feinden zu tun hatte: Mit den Verfärbten und mit den Typen, die den Pfleger kaltblütig erschossen hatten. Endlich war er an der Kita angekommen. Hunderte von Verfärbten schlummerten rund um das Haus, in dem die kleinen Patienten bis vor Kurzem gewohnt hatten. Von dem Licht der Taschenlampe war nichts mehr zu sehen.

Trips suchte nach einer Möglichkeit, in das Haus reinzukommen, doch die Haustür war verschlossen, genau wie die Fenster im Erdgeschoss. Einen Moment überlegte er, durch Rufen auf sich aufmerksam zu machen, doch er hatte Angst, dass Drohnen in den Kronen der Bäume lauern könnten. Konzentriert musterte er die Fenster in der ersten Etage. Eins stand offen. Vielleicht konnte er an der Fassade hochklettern.

Er grübelte über die Möglichkeit nach, als er in den Augenwinkeln ein Licht aufblitzen sah. Schnell drehte er den

Kopf. Nichts zu sehen. Gerade als Trips sich wieder der Kita zuwenden wollte, sah er es erneut. In der Ferne tanzte ein Lichtkegel durch die Dunkelheit. Irgendwo in der Nähe des Klinikparkhauses vermutete er. Dort musste er hin. Vielleicht traf er auf jemanden, mit dessen Hilfe er diesem Wahnsinn entfliehen konnte.

Trips rannte los. Wie ein Hindernisläufer sprang er über Pulke mit schlafenden Verfärbten. Einmal stolperte er über eine Violette, die am Straßenrand in einem Rollstuhl pennte. Er schlug sich die Knie auf, rappelte sich aber sofort wieder auf und verfolgte das Licht der Taschenlampe. Und dann … war es weg. Es war nur eine kleine Kurve, aber als er diese hinter sich gelassen hatte, war von dem Licht nichts mehr zu sehen.

»Fuck«, zischte Trips leise, begleitet von einem tiefen Schnarchen einer Gruppe Infizierter, die am Straßenrand im Gras lag. Trips ging langsam weiter, blieb aber nach wenigen Metern wieder stehen.

Vor ihm schälten sich die Konturen des Badehauses aus der Dunkelheit, dahinter ragte das Dach des Bandura-Hauses in den Nachthimmel. War die Person mit der Taschenlampe in das Badehaus gegangen? Wenn ja, warum? Das Bad war seit Wochen wegen Bauarbeiten gesperrt. Er entschied sich, einfach dort nachzusehen.

Mit der geladenen Armbrust in den Händen ging er auf das Badehaus zu. Plötzlich hielt er inne und versteifte sich wie ein Monument, denn er hörte ein Geräusch … ein Geräusch, das ihm das Blut in den Adern gefrieren ließ. Eine Drohne! Er konnte sie zunächst nicht sehen, aber nach einigen hektischen Rundumblicken entdeckte Trips sie über einem Rasenstück, das den Platz zwischen den

Gebäuden begrünte. Er selbst stand mitten auf der Straße.

Bis zum Badehaus war es zu weit, er musste sich woanders verstecken. Ihm blieb nicht viel Zeit, denn das Summen der Drohne wurde lauter. Hektisch blickte er sich um, dann kam er auf eine Idee. Trips suchte sich eine Stelle, wo wenige der Verfärbten schlummerten. Mit etwas Abstand legte er sich neben zwei der Kreaturen auf den Bauch und blieb still liegen. Hoffentlich funktionierte dieser alte Trick. Kaum lag er auf dem Boden, strömte der Geruch nach verdorbenem Obst in seine Nase. So heftig, dass er fast würgen musste.

Ein paar Zentimeter neben ihm lag eine Frau, deren Haut in ein so tiefes Lila getaucht war, dass es fast schon schwarz war. Bei jedem Ausatmen spuckte sie dunkle Speicheltropfen aus, die direkt vor Trips Gesicht in den Grashalmen versanken. Während die Frau atmete, wabbelte ihre glänzend purpurne Fettschürze unter dem Kinn wie Götterspeise. Verdammt, ob in dem Kopf dieser Frau noch irgendetwas vorging? Oder war sie nur eine wilde, unmenschliche Kreatur geworden, die wie ein tollwütiges Tier alles angriff, das ihr über den Weg lief?

Das Summen ließ seine Gedanken wie einen angestochenen Luftballon zerplatzen. Geistesgegenwärtig hatte er seine Armbrust unter den Körper eines Infizierten geschoben. Die Drohnen trugen Kameras, zumindest ging er davon aus, und Daryl hätte ihn womöglich verraten.

Trips schloss die Augen, dabei versuchte er, so unbeweglich wie möglich den Schlafenden zu mimen. Das Summen wurde immer lauter. Dann spürte er, dass die Drohne genau über ihm schwebte. Er glaubte sogar, den

Wind der kleinen Rotorblätter zu spüren, die das Gerät in der Luft hielten.

Eine gefühlte Ewigkeit lag er flach auf dem Boden, der Griff der Armbrust drückte in seinen Unterbauch. Ob schon der Laserpointer eines Snipers auf seinen Hinterkopf gerichtet war? Würde sein Kopf in der nächsten Sekunde wie der von Olaf zerbersten? Er wollte nicht sterben! Nicht jetzt und vor allen Dingen nicht hier.

Ein Kopfschuss von einem Sniper. Cooler konnte ein Rapper nicht sterben! Fuck! Was für ein Blödsinn! Trips bekam zuerst gar nicht mit, dass das Summen der Drohne allmählich abklang. Als er es realisierte, war sie bereits verschwunden. Trotzdem lag er noch einige Minuten regungslos auf dem Boden. Erst dann wagte er es, sich langsam aufzurichten. Noch immer rechnete er mit einem plötzlichen Schuss in seinen Schädel, doch der blieb aus.

Er schnappte sich die Armbrust und rannte so schnell er konnte zum Eingang des Badehauses. Die Tür war nur zugezogen, nicht abgeschlossen. Ruckzuck huschte er in das Gebäude. Erst jetzt fühlte er sich sicher.

Im Badehaus war es angenehm kühl. Auf den ersten Blick konnte er keine Verfärbten sehen. Ob die Person mit der Taschenlampe hier reingegangen war? Trips befand sich in einer Art Vorraum des Bads. Es handelte sich um einen quadratischen Raum von der Größe einer PKW-Garage. Die Wände waren kahl, die Fußböden waren herausgerissen worden. An einigen Stellen konnte man noch Reste der alten beigen Kacheln sehen. Eine zweiflüglige Schwingtür führte weiter in die Badeanstalt hinein. Sie war mit staubigen Milchglasscheiben versehen.

Vorsichtig näherte sich Trips der Tür. Durch den winzigen Spalt zwischen den beiden Flügeltüren spähte er in die Schwimmhalle. Er erinnerte sich, dass die Decke des Bades aus Glas bestand, deshalb drang genug Mondlicht hinein, um etwas zu erkennen. Der Geruch von Chlorwasser drang in seine Nase. Ein himmlischer Duft im Vergleich zu dem Gestank, den die Verfärbten verströmten. Durch den Spalt konnte er das Schwimmbecken sehen, das mit einer blauen Plane abgedeckt war. Es war ein kleines Becken, nicht länger als fünfzehn und in der Breite vielleicht fünf Meter.

Trips überlegte nicht lange und schritt durch die Flügeltür. Direkt dahinter blieb er stehen. Schnell schaute er durch die Schwimmhalle. Der balkonartige Oberrang, der sich rund um das Becken zog, war an einer Stelle eingerüstet. Von Verfärbten und der Person mit der Taschenlampe keine Spur. Trips war enttäuscht, denn er hatte gehofft, auf andere gesunde Menschen zu stoßen.

Wenn er schon mal hier war, konnte er sich auch umsehen, ob etwas Brauchbares herumlag. Er hob gerade seine Armbrust, als er eine Bewegung wahrnahm. Eine Sekunde später spürte er etwas Hartes in seiner Seite.

»Leg das Ding auf den Boden!«, hörte er die Stimme einer Frau.

»Was?«, antwortete er perplex.

»Ich drücke dir gerade eine Pistole in deinen Babyspeck. Leg die Armbrust sofort auf den Boden. Eine falsche Bewegung und du hast eine Niere weniger.«

»Klar, kein Probl…em«, stotterte Trips. Obwohl er vor Angst schlotterte, schaffte er es, Daryl auf den Boden zu legen. Sofort spürte er, wie der Druck in seiner Seite nachließ. Einen Moment später erschien eine Frau direkt in seinem Sichtfeld.

»Hi«, sagte sie. »Ich bin Smilla. Verrätst du mir, warum du mich verfolgst?« Trips schaute zuerst in das Gesicht der Frau, dann konnte er nichts anderes tun, als auf die Waffe in ihrer Hand zu starren.

»Ist die echt?«, fragte er fast flüsternd.

»Nein, die ist aus Schokolade.«

»Oh!«

»Ja, oh! Und?« Trips schaute direkt in ihre dunklen Augen. Es dauerte ein paar Sekunden, bis er begriff, worauf sie wartete.

»Ähm, ich habe vorhin an der Kita ein Taschenlampenlicht gesehen. Ich bin allein hier und ich … brauche Hilfe, um hier rauszukommen.«

»Wie heißt du?«

»Trips … Paul.«

»Was denn nun?«

»Nenn mich Trips, das ist mein Künstlername.«

»Aha, Künstler. Was für eine Kunst betreibst du denn?«

»Ich bin Rapper!«

»Wow!« Sie musterte ihn. Er bemerkte das schlecht unterdrückte Grinsen in ihrem Gesicht. Für einen Moment sackte er in sich zusammen, dann streckte er den Rücken durch und die Brust raus.

»Ist das deine Armbrust?«

»Nein, habe ich gefunden.«

»Kannst du damit umgehen?«

»Mittlerweile ja.«

»Heb das Ding auf, aber schieß mir bloß keinen Pfeil

in den Arsch.« Bei dem Gedanken an ihr Hinterteil musste er schlucken. Die Frau bemerkte seinen hüpfenden Adamsapfel und machte keine Anstalten mehr, ihr Lachen zu unterdrücken. Doch ihr Blick wurde schnell wieder ernst.

»Gibt es noch andere Überlebende?«, fragte sie. Trips antwortete nicht sofort, denn vor seinem geistigen Auge erschien der durchlöcherte Kopf des Pflegers.

»Sie haben ihn erschossen.«

»Erschossen? Wen?«

»Die Männer in den weißen Overalls. Sie warten an den Eingängen, kontrollieren das Gelände mit Drohnen und als der Pfleger ihnen entgegenlief, haben sie ihn einfach abgeknallt.«

»Verdammt!«, fluchte Smilla. »Ich habe eine der Drohnen gesehen. Einfach erschossen? Das … ist verrückt.« Eine Weile herrschte entsetztes Schweigen zwischen den beiden, dann fragte Smilla: »Arbeitest du hier?« Trips nickte.

»Gehöre zum Hausmeisterteam.«

»Ich dachte, du wärst Rapper?«, fragte sie amüsiert. *Wart's ab*, dachte Trips. *Wenn ich hier heil rauskomme, dann werdet ihr schon sehen.*

Statt auf ihre Provokation zu antworten, fragte er seinerseits: »Was willst du hier im Badehaus?«

»Jemanden retten.«

»Hier im Schwimmbad?«

»Auf einer Station im Bandura-Haus. Ich habe erfahren, dass es eine Verbindung zwischen dem Schwimmbad und diesem Haus gibt.«

»Und wieso sollte da noch jemand leben, also richtig

leben?«

»Ein Freund von mir sitzt dort in einer Gummizelle fest. Es gibt berechtigte Hoffnung, dass er in diesem Ding sicher vor diesen Mutanten ist.«

Trips verzog das Gesicht. Ihm war nicht klar, was er jetzt machen sollte. Eigentlich wollte er raus aus dieser Klinik und nicht weiter rein. Auf der anderen Seite wirkte die Frau tough. Sie hatte eine Pistole bei sich. Vielleicht war es das Beste, in ihrer Nähe zu bleiben. Allerdings gab es eine naheliegende Frage.

»Okay, aber was machst du, wenn du deinen Freund gefunden hast?«

»Drüben im Parkhaus gibt es weitere Überlebende.«

»Was?«

»Ja, dort gibt es eine Wohnung für Ärzte.« Trips ging ein Licht auf. Martinek hatte ihm von diesem Apartment erzählt. Er dachte immer, sein Kollege wollte ihn verarschen. Eine Wohnung im Parkhaus? Bekloppt!

»Du kannst mitkommen, wenn du willst.« Dieses Mal überlegte Trips nicht lange und nickte. »Zum Parkhaus ist es nicht weit und es sind noch ein paar Stunden übrig, bis die Sonne aufgeht. Du kommst gefahrlos dahin. Dort drinnen ist ein Arzt namens Ben. Sag ihm, dass du von mir kommst.«

Einen Moment überlegte Trips, was er sagen sollte. Am liebsten wäre er schnurstracks zu diesem Parkhaus gelaufen, doch stattdessen fragte er Smilla: »Brauchst du Hilfe? Soll ich mitkommen?« Sie schüttelte den Kopf.

»Nein, bring du dich in Sicherheit. Ich komme in spätestens einer Stunde zurück, dann planen wir unsere Flucht aus diesem Irrenhaus.«

»Wie du meinst.« Er bückte sich und hob Daryl auf.

»Bis gleich dann«, kam es von Smilla. Sie streckte ihren Arm aus, hielt ihm die Faust hin. Er tat es ihr gleich und schlug ein. Dann drehte er sich um und rannte in Richtung des Parkhauses. Smilla schaute ihm kurz hinterher. Sie war froh, dass es weitere Überlebende gab. Hoffentlich würde Rumba bald dazuzählen.

Kapitel 20 - Das Badehaus

Ben hatte von einem Zugang zum Bandura-Haus über den Balkon gesprochen. Links und rechts von ihr gab es Treppen … sie musste sich korrigieren, denn dort waren einmal Treppen. Im Zuge der Renovierung waren diese offenbar abgerissen, aber noch nicht ersetzt worden.

Ihr Blick fiel auf das Gerüst auf der rechten Seite neben dem Schwimmbecken. Dann musste sie eben ein wenig kraxeln, um auf den Balkon zu kommen. Sie steckte die Taschenlampe und die Pistole in den Rucksack, dann kletterte sie auf das Gerüst. Ihr war es schleierhaft, wer dieses Teil aufgebaut und abgenommen hatte, denn es wackelte wie eine verdammte Schiffschaukel auf der Kirmes.

Auf der zweiten Ebene der Konstruktion entdeckte sie zwei schnarchende Verfärbte in Overalls und Bauhelmen. Eine dritte Person lag mit aufgerissenem Gesicht tot in einer roten Lache. Seine halbe rechte Wange war bis zum Kiefer zerfetzt. Das Weiß der Zähne bleckte aus der vertrockneten Wunde hervor. Blut tropfte zwischen den Bohlen des Gerüsts hindurch.

Smilla ließ die drei hinter sich und erreichte sicher den Balkon. Schnell sondierte sie die schmale Empore. Einige Türen gingen rechts ab: Toiletten, Umkleideräume, Duschen. Ben hatte von einem Lagerraum gesprochen, durch den sie hindurchmusste, um die Verbindungstür zum Bandura-Haus zu erreichen. Smilla fand sie auf dem Verbindungsbalkon zwischen den beiden Längsseiten. Sie brauchte Bens Schlüssel nicht, denn die Tür war nicht abgeschlossen. Der Raum glich einer Abstellkammer für

Kartons, alte Möbel, Schwimmringe und Poolnudeln.

Mit großen Schritten durchquerte Smilla die Kammer, denn sie hatte bereits die Tür auf der gegenüberliegenden Seite entdeckt. Auch diese war nicht abgeschlossen und gewährte ihr Zugang zum Bandura-Haus. Sie landete in einem schmalen Gang, etwa fünf Meter lang, der an einer weiteren Tür endete. Auch diese war nicht abgeschlossen, ließ sich nur mit Gewalt aufschieben. Am Ende des Korridors befand sich eine weitere Tür, die nicht versperrt war, aber die sich nur mit ihrer ganzen Kraft aufschieben ließ. Der Grund war ein Infizierter, ein mächtiger Kerl in einem ehemals weißen Kittel, der jetzt aussah, als wäre er in einen Bottich Rotkohl gefallen.

Mühsam kletterte sie über den Koloss, dabei entdeckte sie ein Namensschild an seinem Kittelrevers: Dr. Georg Göppert – Ärztlicher Direktor. Der Krankenhauschef trug eine Brille, deren Stahlgestell schräg über seinen Augen hing. Die Gläser hingen nur noch an dünnen Plastikstrippen. Der Mann schnarchte und spuckte dabei wie ein Springbrunnen winzige purpurfarbene Schleimbrocken in die Höhe, die dann postwendend wieder auf seinem Gesicht landeten.

Smilla schaute sich um. Sie befand sich direkt in der Nähe der stromlosen Fahrstühle. Neben dem Klinikchef lagen noch weitere Violette vor den Fahrstühlen herum. Smilla zählte zwei Frauen und drei Männer. Eine weitere Frau hatte die ersten Angriffe nicht überlebt. Sie lag auf dem Bauch vor einem Fenster, das bis zum Boden reichte, ein Bein in einem unnatürlichen Winkel abgeknickt. Der Hinterkopf war kahl, so als hätte man ihr mit Gewalt die Haare aus der Haut gerissen. Smilla tippte, dass ihr Kopf mit Wucht gegen den Griff des Fensters gestoßen wurde, denn sie konnte jede Menge Blut am Griff und der Scheibe sehen. Es war getrocknet und ähnelte einem Fensterbild, wie man es mit seinen Kindern anfertigte.

Smilla lenkte ihren Blick auf den Wegweiser neben den Aufzügen. Da – *Track 2 Somatische Störungen*. Das war die Station, die Ben ihr genannt hatte. Dort war Rumba stationär in Behandlung gewesen, bis die Katastrophe ihren Lauf nahm. Wenn der Arzt im Parkhaus recht hatte, dann würde Konrads Lover dort in dieser Kühlkammer hocken. Da sie sich gerade in der ersten Etage aufhielt, musste sie ein Stockwerk hochlaufen, um zu Rumbas Station zu kommen.

Neben den Fahrstühlen entdeckte sie eine Tür mit einem Piktogramm. Der Zugang war frei von Infizierten. Sie betrat den Hausflur und blieb hinter der Tür sofort stehen. Hier war es stockdunkel und sie musste mit der Taschenlampe leuchten, um sich einen Überblick zu verschaffen. Überall auf den Treppen lagen Violette. In dem schmalen Treppenhaus stank es derart nach überreifem Obst, dass Smilla kurz würgen musste. Sie begann, flach zu atmen, das half ein wenig, den Geruch zu ertragen. Schnell holte sie ihren Rucksack vom Rücken. Ihr war eingefallen, dass sie das Schlauchtuch, das sie zu Beginn der Coronapandemie als Mund- und Nasenmaske getragen hatte, eingepackt hatte. Sie zog es sich über den Kopf, sodass Mund und Nase bedeckt waren. Zwar drang noch immer der Geruch in ihre Schleimhäute, aber nicht mehr so penetrant und ekelerregend wie vorher.

Stück für Stück kraxelte sie über die verfärbten Leiber

von Ärzten, Pflegern, Patienten und Besuchern. Wahrscheinlich waren die meisten in das Treppenhaus geflüchtet, als die unfassbaren Ereignisse ihren Lauf nahmen. Kurz bevor sie die zweite Etage erreicht hatte, trat sie einem Verfärbten auf die Finger. Das Geräusch der brechenden Knochen bescherte ihr eine Gänsehaut.

Smilla betrat die Station, auf der Rumba behandelt worden war. Sie konnte die Taschenlampe wieder wegstecken, denn hier sorgten die großen Fenster an den Enden des Flurs für dämmriges Licht. Auch hier lagen Infizierte und Tote durcheinander. Ben hatte ihr erklärt, dass sie nach links gehen müsse, um ganz am Ende des Gangs eine einzelne Tür mit einer kleinen Panzerglasscheibe zu finden. Dahinter befand sich die Kühlkammer. Sie wäre gern zum Ende des Flurs gerannt, aber die Masse an Leibern zwang sie, ihre Schritte mit Bedacht zu wählen.

Überall auf dem Boden hatten sich Lachen mit purpurnen Ausscheidungen gebildet. Speichel, Urin, Kot, offenbar hatte sich der Stoffwechsel der Verwandelten komplett lila verfärbt. Vorsichtig ging sie den Exkrementen aus dem Weg. Der Anblick ließ Smilla schaudern, doch sie schaffte es bis zum Ende des Ganges, ohne mit den Körperabsonderungen in Berührung zu kommen.

Als sie vor der Tür der Kühlkammer stand, klopfte ihr Herz vor Aufregung. Würde sie Rumba finden – lebendig?

Vorsichtig stellte sie sich zwischen die gespreizten Beine einer Schlafenden, die genau vor dem Eingang der Gummizelle lag. Smilla biss sich auf die Unterlippe, als sie ihr Gesicht langsam auf die Scheibe in Kopfhöhe zubewegte. Erst sah sie gar nichts, denn in dem Raum war es dunkel. Es dauerte einige Sekunden, bis sie die Umrisse eines Menschen erkannte. War es Rumba?

»Rumba?«, flüsterte sie leise vor der Scheibe, die von ihrem Atem beschlug. Die Taschenlampe! Smilla holte sie aus der Hosentasche und leuchtete damit durch das Fenster. Dann sah sie Rumba. Oder das, was von ihm übrig war.

Kapitel 21 - Käsetoast und Zombies

Lebendig begraben! Das war Yuts erster Gedanke. Er hob seine Hand vor sein Gesicht und konnte sie nicht sehen. Panik! Es dauerte einige Momente, bis er zumindest seine eigenen Gliedmaßen wieder erkennen konnte. Es folgten die Umrisse eines Bildes an der Wand, eine Deckenlampe, die wie ein Galgenstrick von der Decke baumelte, das Fußende des Bettes, in dem er lag.

Ein Bett? Wie war er hierhergekommen? Yut versuchte, sich auf die Seite zu drehen, was einen heftigen Schmerz in seiner Seite auslöste. Mit zusammengekniffenen Lippen blieb er auf dem Rücken liegen. Seine Augen tränten vor Schmerzen und er schmeckte den Schweiß, der ihm vom Gesicht in die Mundwinkel lief. Er schloss die Augen und bemühte sich nachzuvollziehen, wie er in dieses Bett gekommen war.

Bruchstückhaft erinnerte er sich daran, wie er in dem Haus gegen die Wand geknallt war. Dieser Schmerz! Irgendetwas hatte ihm in die Niere gestochen. Etwas, das aus der Wand herausragte. Ein Nagel, eine Schraube, was auch immer. Yut konnte sich nicht erinnern.

Reflexartig ließ er seine Finger über die dicke Bandage an seiner Seite gleiten. Wer hatte ihn verarztet? Er war aus dem Fenster des Hauses gesprungen, hing im Baum fest und krachte dann auf den Boden. Überall diese Monster. Sie wollten ihn zu einem von ihnen machen. Aber da war jemand. Mit einem Messer, nein, mit einem Schwert. Hatte dieser jemand ihn hierhergebracht? Yut konnte sich einfach nicht erinnern.

Verwirrt leckte er sich die Lippen, dann ließ er seine

Zunge über seinen Gaumen gleiten. Sein Hals war stumpf und ausgetrocknet, er hatte einen unfassbaren Durst. Er drehte den Kopf nach links. Neben dem Bett stand ein Stuhl, darauf eine kleine Flasche Mineralwasser. Yut gierte nach dem Wasser. Aber in dieser Position konnte er die Flasche nicht erreichen.

Ganz langsam richtete er seinen Oberkörper auf, dabei kam es ihm vor, als würde seine ganze Seite wie eine Vulkanspalte aufreißen. Doch Yut war Schmerzen gewöhnt. Deshalb schaffte er es, ohne einen Laut von sich zu geben, seinen Körper in eine aufrechte Position zu bringen und seine Beine aus dem Bett zu schwingen. Endlich kam er an die Flasche. Er nahm sie sich und schluckte gierig das warme Wasser herunter. In dem Raum war es heiß wie in einer Sauna.

Yut bemerkte den sauren Gestank, der von seinem Körper ausging. Die Bettwäsche und der Blaumann waren klamm. Innerhalb von Sekunden hatte er die Flasche ausgetrunken. Sofort fühlte er sich besser. Zumindest ebbte der Schwindel ab. Jetzt hatten sich seine Augen endgültig an die Dunkelheit angepasst. Er konnte erkennen, dass auf der gegenüberliegenden Seite ein Stockbett stand. Beide Matratzen waren leer. Außerdem fiel ihm auf, dass das Zimmer kein Fenster hatte – kein Wunder, dass es hier drinnen so brüllend heiß war.

Bevor er probierte aufzustehen, sammelte er seine letzten verbliebenen Kräfte. Dann startete er einen Versuch, doch er plumpste direkt wieder zurück auf die Matratze. Nicht wegen der Schmerzen, sondern weil seine Arme es einfach nicht schafften, seinen Körper auf die Beine zu hieven. Erneut setzte er zu einem Aufstehversuch an. Yut schloss die Augen, fokussierte sich auf sein Inneres, um den Punkt der totalen Konzentration zu erzeugen, dann stemmte er sich mit einem unterdrückten Aufschrei hoch.

Er wackelte, suchte mit den Händen in der Leere nach einem Halt, dann stabilisierte er sich und stand halbwegs sicher auf seinen Beinen. Seine Hand presste er auf die Bandage an seiner Seite. Yut erwartete, dass die Wunde wieder aufriss und Blut durch den Verband sickerte. Doch er spürte keine Feuchtigkeit. Vorsichtig machte er einen Schritt Richtung Tür. Er wollte unbedingt raus, um zu sehen, wo er war. Außerdem stand seine Blase kurz vor dem Bersten.

Natürlich könnte er rufen, aber er wollte erst einmal sehen, bei wem er war, bevor er auf sich aufmerksam machte. Plötzlich kam ihm eine Idee. War er vielleicht draußen? Ganz draußen? Nicht mehr in der Klinik mit diesen Kreaturen?

Schritt für Schritt näherte er sich der Tür. Etwa zwei Meter, bevor er sie erreicht hatte, schwang sie plötzlich auf. Yut zuckte zusammen und wäre beinahe nach hinten umgekippt. Auf der Stelle übernahmen seine antrainierten Reflexe das Kommando. Trotz der Schmerzen ging er in Kampfstellung.

»Immer mit der Ruhe«, sagte eine Person in einem weißen Kittel. War das der Typ mit dem Schwert? Für einen Moment verharrte Yut noch in seiner Stellung, dann entspannte er sich ein wenig.

»Hast du mir geholfen?« Der Mann nickte. Die letzte Anspannung fiel von Yut ab. Der Typ hatte ihn gerettet, warum sollte er ihm jetzt an den Kragen gehen?

Nachdem sich Yut ausgepinkelt hatte, führte ihn der

Kerl, der sich als Ben vorstellte, in eine Art Wohnzimmer. Ein Couchtisch war mit Teelichtern zugepflastert, auch auf dem Boden waren etliche Kerzen. Er setzte sich in einen Sessel, bekam eine Flasche in die Hand gedrückt und eine Banane, deren überreifer Geruch ihn an die Monster erinnerte.

»Wo sind wir hier?«, fragte er, nachdem er auch diese Wasserflasche in einem Zug geleert hatte.

»Im Parkhaus.«

Yut verzog das Gesicht, dieses Mal nicht wegen der Schmerzen, sondern wegen der kryptischen Antwort von Ben. Der Typ sollte schnellstens was Vernünftiges sagen, sonst könnte Yut schnell die Geduld verlieren.

Offenbar begriff Ben, dass sein Gegenüber auf eine Erklärung wartete, denn ohne weitere Aufforderung begann er, von der Wohnung im Parkhaus zu erzählen, von Yuts Rettung und seiner Verletzung. Außerdem berichtete er von Berdan und Smilla, ohne deren Namen zu nennen, von ihrer Rettungsaktion und von den seltsamen Leuten in den Overalls, die es nicht nur auf die Zombies abgesehen hatten.

Yut zeigte seine Enttäuschung nicht, als ihm klar wurde, dass er noch immer in dieser verfickten Klinik feststeckte.

»Du nennst sie Zombies?«, fragte er, nachdem Ben zu Ende gesprochen hatte. Dieser zuckte mit den Schultern. »Zombies, Verfärbte, Mutanten, Violette, Infizierte, wie auch immer.« Yut nickte.

»Hast du noch was zu trinken? Und vielleicht irgendwas zu futtern?« Ben ging in die Küche, schmierte ein paar Käsetoasts und nahm eine große Flasche Wasser mit ins Wohnzimmer. »Weißbrot? Na ja, vielleicht nicht der richtige Zeitpunkt, um auf eine gesunde Ernährung zu achten«, sagte Yut und grinste breit. Er bemerkte das pikierte Gesicht des Arztes. Wahrscheinlich wartete der Honk auf ein Dankeschön.

Nach kurzer Überlegung entschied sich Yut, ihm den Gefallen zu tun. Im Moment brauchte er Verbündete.

»Danke«, quälte er sich es auszusprechen. »Für das hier und für meine Rettung.« Ben strahlte plötzlich heller als die Kerzen. Sein Lachen war so herzlich, dass Yut es ihm am liebsten aus der Fresse geschlagen hätte. Um sich nicht zu übergeben, knabberte er kleine Stücke vom Toast. Käse? Eigentlich liebte er Käse, aber dieser geschmacklose Aufschnitt aus dem Discounter schmeckte wie weiche Plastikfolie. Er nahm die Scheibe vom Weißbrot und legte sie auf den Teller.

»Also, wenn diese Frau zurück ist, dann wollen wir die Flucht planen?«

»Ja, so ist es abgesprochen.«

»Und wann wird sie zurückkommen? Wen will die eigentlich retten?« Yut stopfte sich einen halben Toast in den Mund.

»Irgendeinen Freund, der womöglich noch lebt, hatte Smilla gesagt.« Als Yut den Namen hörte, wirkte der Toast wie ein Knebel. Fast hätte er sich verschluckt, dann wäre der matschige Toastbrei im hohen Bogen in Bens Gesicht geflogen. Doch er beherrschte sich mit aller Macht.

Smilla? Der Name konnte kein Zufall sein. Sie war hier! Wahrscheinlich hatte Konrad sie geschickt, weil er … ihm nicht vertraute. Oder wusste Konrad, dass in der Klinik das Chaos herrschte und er womöglich tot war?

Warum auch immer Smilla da war, ihm spielte ihre Anwesenheit in die Karten. Smilla war auf einem kleinen Ausflug, um einen Freund zu retten. Wer konnte das wohl sein? Es könnte nicht besser kommen, als dass sie ihm Rumba auf dem Präsentierteller anschleppte. Er würde mit dem kleinen Scheißer hier abhauen. Smilla und dieser Ben würden ihm sicher helfen, allerdings würde er die beiden dann entsorgen. Es wäre doch hübsch, wenn Smillas heller Teint ein wenig Farbe bekommen würde – zum Beispiel lila. Hämisch lachte er in sich hinein, während er Ben gegenüber ein besorgtes Gesicht zeigte.

»Diese Frau … wie war der Name?«, schauspielerte Yut.

»Smilla.«

»Ja, ähm … Smilla. Ist diese Rettungsaktion nicht gefährlich?« Ben schüttelte den Kopf, während Yut nach der nächsten Toastscheibe langte.

»Die Zombies schlafen nachts, daran besteht kein Zweifel. Man könnte den Viechern die Zähne ausreißen und sie würden es nicht merken.« Yut lachte breit, dabei sah man den Weißbrotmatsch auf seiner Zunge.

»Wir können doch mal rausgehen und es ausprobieren«, meinte er, dann kaute er laut schmatzend weiter. Ben lachte ein wenig gequält. Der Arzt wollte gerade etwas sagen, als ihn ein lautes Klopfen zusammenzucken ließ. Es kam von der stählernen Eingangstür. Jemand stand davor und bat um Einlass.

»Ist sie das?«, fragte Yut.

Ben schaute auf seine Armbanduhr und antwortete:

»Kann mir nicht vorstellen, dass sie schon zurück ist.«

Yut stemmte sich auf die Beine. Er wollte nicht im Sitzen von einem Eindringling überrascht werden. Er griff sich heimlich das Schmiermesser von seinem Teller. *Besser als gar nichts*, dachte er.

Ben ging zur Haustür, Yut schlurfte hinterher, blieb aber am Anfang des Korridors stehen, um Distanz zum Eingang zu wahren. Er beobachtete Ben dabei, wie er sich auf Zehenspitzen der Tür näherte. Er wollte gerade sein Ohr an den weiß lackierten Stahl legen, als erneut von außen dagegen getrommelt wurde. Ben hüpfte vor Schreck einen Meter zurück. Er holte einmal tief Luft, dann machte er wieder einen Schritt nach vorn.

»Wer ist da?«, rief er dem Störenfried auf der anderen Seite zu.

»Mein Name ist Trips. Ich habe Smilla getroffen, sie hat mich hierhergeschickt. Lass mich bitte rein.« Ben antwortete nicht sofort. Er drehte sich um, blickte Yut fragend an. Dieser überlegte einen Moment, wie er reagieren sollte. Da draußen stand wahrscheinlich ein armes Würstchen, das nach einem sicheren Unterschlupf suchte.

Er entschied sich, weiter den netten Kerl zu spielen, deshalb nickte er Ben zu, hielt das Butterbrotmesser aber fest in der Hand. Der Schlüssel steckte in der Tür. Ben entriegelte das Schloss und zog die Tür vorsichtig auf.

»Komm rein!«, sagte Ben durch den entstandenen Spalt. Ein dünner Mann quetschte sich in den Korridor. Der Typ war noch ein halbes Kind, stellte Yut amüsiert fest. Höchstens neunzehn oder zwanzig Jahre alt. Im Gesicht ein dünner Flaum, den er sich im Wind rasieren könnte. Eine Gefahr war der Teenager für ihn auf keinen

Fall. Mal abgesehen von der Armbrust, die er bei sich trug. Das Teil sah interessant aus, Yut konnte sich gut vorstellen, wie er damit die Monster umnietete. Er beobachtete, wie Ben und der Jüngling sich die Hände schüttelten. Vorsichtig führte Ben ihn dann Richtung Wohnzimmer. Yut streckte seine Hand aus, als der Neuankömmling vor ihm stand.

»Hi, mein Name ist Yut. Schön, dass du da bist«, begrüßte er ihn mit ungewohnter Freundlichkeit. Wenn das vorbei war, sollte er über eine Schauspielkarriere nachdenken. Bond-Bösewicht oder so was, das wäre sein Ding.

»Hallo, ich bin Paul, aber meine Freunde nennen mich Trips.« *Also Paul*, dachte Yut, denn Freunde würden sie niemals werden, dafür lebte der Kleine wahrscheinlich nicht mehr lange genug.

»Wo hast du Smilla getroffen?«, wollte Ben wissen, der mit einer Flasche Wasser aus der Küche kam. Er reichte sie Trips und schob ihn dann sanft an Yut vorbei ins Wohnzimmer. Alle drei setzten sich hin. Trips trank die halbe Flasche aus und seufzte lang gezogen. »Und? Wo hast du sie getroffen?«, fragte Ben erneut. Yut saß in seinem Sessel und beobachtete die beiden.

»Im Badehaus«, erwiderte Trips. »Ich habe ihr angeboten mitzugehen, aber sie wollte, dass ich zu euch komme. Hier wäre ich in Sicherheit.«

»Da bist du genau richtig, mein Freund«, kam es von Ben.

»Wie siehts aus in diesem Bad? Viele von den Monstern?«, wollte Yut wissen. Trips schüttelte den Kopf.

»Ich habe da keinen einzigen von den Verfärbten gesehen.« Yut nickte gedankenversunken. Also war es wahrscheinlich, dass Smilla zurückkam. Er freute sich schon auf ihr Gesicht, wenn sie ihn sah. Und Rumbas erst recht, falls diese Schwuchtel noch lebte.

Konrad konnte ihm erzählen, was er wollte. Es ging nicht nur um seinen Liebsten. Aus irgendeinem Grund war Rumba abgehauen. Er ahnte, dass es mit Konrads schmutzigen Geschäften zu tun hatte, von denen nicht viele Leute Bescheid wussten. Vielleicht hatte Rumba Wind davon bekommen und sich deshalb in dieser Klinik versteckt.

Wenn er Konrad den kleinen Pisser frei Haus lieferte, dann würde sein Ansehen beim Boss in die Höhe schießen. Vielleicht konnte er ja den ganzen Laden irgendwann übernehmen. Ab sofort musste er taktisch vorgehen.

Wenn Smilla, Ben und Trips ihm aus der Klinik geholfen hatten, dann würde er sie entsorgen und mit Rumba als Trophäe zu Konrad gehen. Ein warmer Schauer lief ihm über seinen Rücken. Wie sehr er sich schon darauf freute, diese Schlampe in Lila zu sehen.

Voller Vorfreude knabberte er an einem Toast, dabei hörte er zu, was die beiden Vollpfosten sich zu erzählen hatten.

Kapitel 22 - Die Kühlkammer

Seine Haut … sie war so … unfassbar weiß. *Ein Gespenst*, ging Smilla als Erstes durch den Kopf. Rumba saß nackt mit dem Rücken zur Wand, die mit Schaumstoff gepolstert war. Seine Sachen lagen ordentlich gefaltet neben ihm auf dem ebenfalls gepolsterten Boden der Gummizelle.

Wenigstens benutzen sie keine Zwangsjacken mehr, dachte sie und spürte eine aufbrodelnde Wut auf die Menschen, die so etwas für eine legitime Therapiemaßnahme hielten. Sie wusste, wovon sie sprach, ihre Zeit in der Psychiatrie hatte sie noch kränker als vorher gemacht.

Rumba bewegte sich nicht. Seine Augen standen offen, tot wie die eines Fisches, der am Ufer sein Leben ausgehaucht hatte.

Doch Rumba war nicht tot, Smilla konnte deutlich sehen, wie sich seine Brust hob und senkte. Es stand nicht gut um ihn, denn er war dehydriert nach den etlichen Stunden, die er in dieser Kammer allein und ohne Lebensmittel verbracht hatte.

Smilla holte Bens Schlüssel aus der Hosentasche. Sie schloss die Tür zur Kühlkammer auf, zog sie langsam auf und wurde fast vom Geruch erschlagen, der ihr entgegenwehte. Nein, dieses Mal roch es nicht nach überreifem Obst, sondern nach menschlichen Ausscheidungen.

Für einen Moment musste sie sich abwenden und frische Luft holen, damit sie den Gestank nicht mit ihrem eigenen Kotzegeruch erweiterte. Danach richtete sie ihren Blick wieder in die Kammer.

Erst jetzt bemerkte sie die dunklen Flecken rund um den Bereich, in dem Rumba saß. Zwischen seinen Beinen und unter seinen Arschbacken lief dünnflüssiger Stuhlgang heraus.

»Hey, Rumba«, rief sie ihm zu, doch von Konrads Geliebtem kam keine Reaktion. Kopfschüttelnd blickte sich Smilla in der Gummizelle um. Es gab kein Fenster, kein Waschbecken und auch keine Toilette. Wahrscheinlich sollten die Patienten nur ein paar Stunden hier drin verbringen, trotzdem war diese antiquierte Form der Behandlung von psychisch kranken Menschen eine Verletzung der Menschenwürde.

Sie machte langsam ein paar Schritte auf Rumba zu, um ihn nicht nervös zu machen. Doch sie hätte auch auf einer Abbruchbirne hereinschwingen können, es hätte nichts an seiner Apathie geändert.

Flach atmend näherte sie sich ihm in gebückter Haltung. Neben ihm ging sie auf die Knie, nahm ihren Rucksack ab und holte eine Flasche Wasser heraus.

»Hier, nimm einen Schluck«, sagte sie, nachdem sie den Deckel abgeschraubt hatte. Sie setzte die Flasche vorsichtig an seine vertrockneten Lippen. Langsam goss sie etwas Wasser in seinen Mund, der einen winzigen Spalt geöffnet war. Die Flüssigkeit lief direkt wieder aus seinen Mundwinkeln. Doch plötzlich regte sich etwas in seinem Gesicht. Einmal zwinkerte er mit den Augen und seine Lippen öffneten sich ein paar Millimeter weit.

Smilla nutzte die Gelegenheit und kippte ein wenig mehr Wasser in seinen Mund. Wieder lief es heraus, aber sie bemerkte, dass sich Rumbas Adamsapfel bewegte. Offenbar versuchte er zu schlucken. Ein gutes Zeichen, wie Smilla glaubte.

Nach weiterer Wasserzufuhr begann er allmählich,

leichter zu schlucken. Nur noch ein Rinnsal lief aus seinen Mundwinkeln, auch mit den Augen zwinkerte er allmählich öfter.

»Rumba, kannst du mich hören?«, versuchte sie erneut, seine Aufmerksamkeit zu erregen.

Wie ein defekter Roboter drehte er langsam seinen Kopf in ihre Richtung, begleitet vom Knacken seines Nackens. Der R2-D2, den er an einem Lederband um seinen Hals trug, rutschte über seine schweißnasse Brust. Einen Moment schien er durch Smilla hindurchzuschauen.

Auf einmal änderte sich das. Sein linkes Augenlid begann zu flattern, gleichzeitig klärte sich sein Blick. Sein Mund öffnete sich, Worte lagen auf seinen Lippen, doch was seine Stimmbänder fabrizierten, war nur ein heiseres Krächzen. Rumba kratzte mit den Schneidezähnen über seine Lippen, was sich anhörte, als würde man Holz schleifen.

Smilla flößte ihm noch mehr Wasser ein, was seinen Lebensgeistern weiteren Antrieb verlieh. Jetzt blitzte Erkennen in Rumbas Augen auf, als er Smilla erneut musterte. Zumindest glaubte sie das, doch als er sich artikulierte, war Smilla deprimiert.

»Luke, ich bin dein Vater.«

»Rumba, ich bin es, Smilla«, versuchte sie es erneut. Sinnlos!

Wahrscheinlich hatte man ihn mit Medikamenten vollgepumpt, ihn in diese Kammer gesteckt, in der er dann ohne Wasser und Nachschub an Pillen endgültig den Verstand verloren hatte.

»Luke, ich bin dein Vater«, krächzte er erneut. Smilla wusste, dass Rumba ein glühender Star-Wars-Fan war.

Immer wenn sie ihn traf, trug er ein T-Shirt mit einem Motiv aus diesen legendären Science-Fiction-Filmen.

Die Stilikone Konrad fand das lächerlich und versuchte, ihm die Star-Wars-Klamotten abzugewöhnen, doch Rumba ließ sich in dieser Beziehung nichts vorschreiben. Jetzt schien er so vertieft in dieser Sci-Fi-Welt zu sein, dass er den Übergang zur Realität nicht mehr fand.

»Hey, ganz ruhig, Kleiner!« Sie streichelte ihm über die verschwitzten Haare. Auf einmal blitzte ein Hoffnungsschimmer auf, denn ganz leise flüsterte Rumba ihr ins Ohr: »Smilla?«

»Ja, ich bin es«, erwiderte sie begeistert.

»Hat der Imperator dich geschickt, um mich zu töten?« Smilla schloss die Augen und unterdrückte die Tränen, die sich den Weg in ihre Augen suchten, dann sagte sie: »Niemand wird dich töten.«

»Luke, ich bin dein Vater. Luke, ich bin dein Vater. Luke, ich bin dein Vater. Luke, ich bin …« Die letzten Worte versickerten in einem schleimigen Röcheln, gefolgt von einem vehementen Zittern seines Körpers. Rumbas Arme und Beine vibrierten, als stünden sie unter Strom, dabei atmete er in einem hektischen Rhythmus ein und aus.

»Komm runter! Versuch, ruhig zu bleiben.« Sie hätte auch mit der Wandpolsterung sprechen können, es hätte keinen Unterschied gemacht.

Smilla legte eine Hand auf seine Brust. Sein Herz donnerte in einem ungesunden Tempo gegen sein Brustbein. Smilla befürchtete, dass das nicht mehr lange gut gehen würde. Sie versuchte, Rumba an den Handgelenken zu packen, um ihn zu beruhigen, doch er begann auszuschlagen und streifte sie mit der Handkante an der Nase. Tränen schossen in ihre Augen. Wie durch einen Schleier beobachtete sie, wie Rumba von einer Sekunde auf die andere still wurde.

»Nein«, brüllte sie. Sofort überprüfte sie den Puls von Konrads Geliebtem. Vergeblich – sein Herz war stehen geblieben.

Rasch schob sie Rumba von der Wand weg, legte ihn auf den kotbeschmierten Rücken. Der R2-D2-Anhänger lag direkt auf seinem Herzen, unwirsch schob sie ihn zur Seite, wobei ein kleines Plastikteil abfiel.

So wie sie es bei der Bundeswehr gelernt hatte, begann sie mit einer Herzdruckmassage bei Rumba. Nichts passierte – sein Herz weigerte sich, den Dienst wiederaufzunehmen.

»Verdammte Scheiße!«, brüllte sie verzweifelt. »Wach auf!« Weiterhin versuchte sie, Rumbas Herz wieder zum Schlagen zu bringen.

Plötzlich stoppte sie, die Augen weit aufgerissen, die Stirn mit Schweißperlen übersät. Sie befand sich in einem Krankenhaus, hier musste doch irgendwo ein Defibrillator sein.

Smilla sprang auf, rannte aus der Kammer und durchsuchte jeden Raum der Station, der kein Patientenzimmer war. In einem Raum fand sie einen Medikamentenschrank. Sämtliche Packungen, Spritzen und Hilfsmittel lagen auf dem Boden. Eine lila Schwester hockte mittendrin und wartete schlafend auf den Sonnenaufgang. Smilla genehmigte sich einen schnellen Blick auf ihre Armbanduhr. Es war mittlerweile 00:45 Uhr. Bis zum

Sonnenaufgang hatte sie noch knapp fünf Stunden Zeit.

Im nächsten Raum wurde sie fündig. Dort standen einige medizinische Geräte, darunter auch ein Defibrillator. Allerdings schwappte eine Welle der Enttäuschung durch ihren Körper, denn sämtliche Geräte waren zerstört. Offenbar hatten hier Verfärbte gewütet. Kabel waren rausgerissen worden, eine der Elektroden war aus dem Gerät gerissen worden und lag am Boden.

Smilla gab auf, sie konnte Rumba nicht retten. Trotzdem rannte sie zurück zur Kühlkammer, in der Hoffnung auf ein Wunder. Vergeblich! Rumba war tot. Gestorben in einer Gummizelle im Jahr 2024.

Smilla kniete sich vor seinen Leichnam hin, dabei war es ihr egal, ob sie ihre Knie in seinen Fäkalien absetzte.

Ihr Blick ruhte auf dem Mann, den sie gemocht hatte. Mit ihren Fingern schloss sie sanft seine Augen, nahm seine Hände und faltete sie notdürftig. Dabei fiel ihr Blick auf den Anhänger an dem Lederband. Er war auf die Schulter gerutscht. Bei dem kleinen R2-D2 handelte es sich nicht nur um ein Schmuckstück, er diente auch als USB-Stick. Warum trug Rumba einen getarnten USB-Stick um den Hals? Sie nahm das Ding in die Hand und riss das Lederarmband mit einem kurzen Ruck vom Hals des Toten. Der Anhänger wanderte in ihre Hosentasche, vielleicht ergab sich irgendwann die Gelegenheit, den Inhalt des Sticks zu prüfen.

Nun musste sie erst einmal dafür sorgen, dass sie heil zurück in die Parkhauswohnung kam. Noch einmal streichelte sie Rumba über den Kopf, dann verließ sie die Kühlkammer. Hinter sich schloss sie die Tür wieder ab, um seinen Körper vor den Verfärbten zu schützen. Wenigstens das konnte sie noch für ihn tun.

Auf dem Rückweg stoppte Smilla in dem Zimmer mit dem verwüsteten Medikamentenschrank. Sie packte jede Menge Zeug in ihren Rucksack: Spritzen, Injektionsnadeln, Mullbinden, Pflaster und Medikamente. Wie lange sie gemeinsam in der Wohnung aushalten mussten, stand in den Sternen. Es war besser, auf alles vorbereitet zu sein.

Kapitel 23 - Ding Dong, die Hex' ist tot

Mit dem Backpack auf dem Rücken startete Smilla ihren Hindernislauf durch die etlichen Körper auf der Station und im Treppenhaus. Ihr Taschenlampenschein blieb an dem ein oder anderen grausam zugerichteten Gesicht hängen. Nur wenige Minuten später stand sie wieder auf dem Balkon der Schwimmhalle. Einen Moment ruhte sie sich aus, denn sie war den ganzen Weg gerannt.

Gemütlich ging sie über den Balkon, bis sie zu dem Wackelgerüst kam, über das sie nach unten klettern musste. Vorsichtig stieg sie über die Brüstung auf die oberste Plattform der Stahlkonstruktion. Sofort spürte sie das Schaukeln des Aufbaus. Sie musste vorsichtig sein, sonst würde sie mitsamt des Gerüsts in das Schwimmbecken plumpsen. Sie schaute runter auf das Rechteck mit der blauen Plane. Durch den Kunststoff konnte sie das Wasser im Pool sehen.

Sie musste bis ans Ende der Plattform gehen, um zu der Leiter zu kommen, die hinunter auf die nächste Ebene führte. Smilla zwang sich zu langsamen Schritten.

Auf der nächsten Etage erwarteten sie wieder die schnarchenden Verfärbten und die Männerleiche. Jetzt begann sie zu rennen, damit sie mit einem Satz über sie hinüberspringen konnte. Der Sprung gelang ihr perfekt, doch die Landung wurde zu einem Desaster. Sie rutschte auf der Planke des Gerüsts aus, drehte sich im Fallen ein Stück Richtung Brüstung und krachte so fest davor, dass die gesamte Konstruktion von der Balkonseite abschwenkte. Smilla blieb die Luft weg und für einen Augenblick glaubte sie, das Bewusstsein zu verlieren. Ihr halber Körper hing über der Begrenzung und schaukelte mit dem Gerüst Richtung Schwimmbecken. Kurz hatte sie die Hoffnung, dass das Gerüst wieder zum Stillstand kommen würde. Doch im nächsten Moment fiel sie mitsamt dem Gerüst und den verfärbten Bauarbeitern auf das Becken zu. Es fehlten nur wenige Zentimeter, dann wäre sie mit voller Wucht auf den Rand des Pools geknallt, was sie wahrscheinlich nicht überlebt hätte.

Aber Smilla hatte Glück, denn sie fiel in das Schwimmbecken hinein, wurde von der Plastikfolie aufgefangen, die aber riss und sie ins Wasser stürzen ließ.

Es vergingen wertvolle Sekunden, bis sie handlungsfähig war. Dann stellte sie fest, dass sie sich unter Wasser und zwischen den Stahlrohren des maroden Gerüsts befand. Sie schaute nach oben, dann nach links, wo ein dunkler Strudel das Wasser purpur färbte, dazu vernahm sie ein dumpfes Schreien, das sie in Angst und Schrecken versetzte. Waren die beiden Bauarbeiter durch den Sturz aus ihrem Schlaf erwacht?

Smilla hatte keine Zeit, darüber nachzudenken, sie musste aus dem Wasser raus. Mit den Füßen stieß sie sich von einem der Stahlrohre ab, um mit Schwung nach oben zu treiben, aber nach wenigen Zentimetern wurde sie gestoppt. Mit steigender Panik registrierte sie, dass sich ihr Rucksack am Gerüst verfangen hatte.

Noch einmal versuchte sie sich loszureißen, doch sie kam nicht weg und allmählich spürte sie, dass sie nicht mehr lange aushalten würde. In ihrer Brust begann es bereits zu brennen. Irgendwann würde der Atemreflex kommen, dann wäre ihr Ende besiegelt.

Ihr Messer! In ihrer Hosentasche. Rechts oder links? Smilla entschied sich für links. Scheiße! Auf der anderen Seite. Da war es! Dieser Scheißdruckknopf ging nicht auf. Weitere Sekunden verstrichen, bis sie es endlich aus der Hülle herausgeholt hatte. Sie hob es vor ihr Gesicht, öffnete das Einhandmesser mit der Linken. Gerade als sie damit den Schultergurt des Rucksacks unterhalb ihrer Achsel durchschneiden wollte, glitt ihr das Messer aus der Hand.

»Fuck!«, brabbelte sie mit Blasen aus ihrem Mund. Hektisch ließ sie ihren Arm nach unten schnellen, konnte das Messer aber nicht spüren. Erneut ließ sie ihre Hand durch das Wasser hin- und hergleiten. Nach einem quälend langen Augenblick streiften ihre Finger an der Klinge entlang. Sofort griff Smilla danach, schnitt sich in die Handfläche, aber sie ließ das Messer dennoch nicht los. Hurtig zog sie es nach oben, packte mit der anderen Hand den Griff. Dann ließ sie die Klinge unter den linken Rucksackgurt gleiten und schnitt ihn mit einem Ruck durch. Dasselbe vollführte sie mit dem Riemen auf der anderen Seite.

Ohne zu zögern schwamm sie nach oben, wurde aber von der Plane am Auftauchen gehindert. Panik stieg in ihr auf. Hektisch blickte sie sich um, entdeckte den Riss in der Folie. Keuchend durchstieß sie die Wasseroberfläche. Gierig sog Smilla die Luft in ihre Lunge, dabei stützte sie sich mit den Unterarmen am Beckenrand ab.

Es dauerte eine Minute, bis sich ihr Herzschlag allmählich normalisierte. Erst dann nahm sie das laute brodelnde Geräusch wahr. Sie blickte nach links. Vielleicht drei Meter von ihrer Position entfernt schien das Wasser zu kochen. Purpurne Blasen tanzten auf der Oberfläche, kleine Fontänen spritzten in die Luft und fielen zurück ins Wasser.

Sofort stemmte sich Smilla aus dem Pool, sprang auf die Füße und entfernte sich ein paar Meter vom Beckenrand. Fasziniert starrte sie auf das Schauspiel im Wasser, bis ein Kopf mit Bauarbeiterhelm an die Oberfläche schwappte und wie eine Boje auf dem Wasser trieb. Das Gesicht des Mannes war nicht mehr zu erkennen. Mehr als eine dunkle, mit Blasen übersäte Fläche war nicht übrig geblieben.

Plötzlich gesellte sich der Rest des Körpers wie ein aufsteigender Wal zu dem Kopf. Körper? Ein zerfressener Klumpen Fleisch traf es besser. So verhielt es sich auch mit dem zweiten Bauarbeiter, der zumindest noch in einem Stück war, als er auftauchte. Auf einmal ging Smilla ein Licht auf – das Wasser!

Konnte es sein, dass die Verfärbten allergisch gegen Wasser waren? Wie in diesem Film, den sie als Kind geliebt hatte. Im *Zauberer von Oz* schmolz die Hexe, als Dorothy ihr einen Eimer Wasser über den Kopf schüttete. Oder war es das Chlor im Wasser?

Smilla betete, dass es nur das Wasser war, das die Violetten wie Säure wegätzte.

Wasser gab es überall, es war nicht abgestellt wie der Strom und das Handynetz. Selbst wenn es das Chlor wäre, dann hätten sie Tausende Liter Kampfstoff in dem Becken.

Diese Neuigkeiten musste sie unbedingt Ben erzählen,

doch vorher musste sie an ihren Rucksack kommen. Darin waren ihre Pistole und die medizinischen Utensilien. Ins Wasser springen und tauchen kam nicht infrage. Sie wollte mit den Leichenresten nicht in Berührung kommen.

Lange brauchte sie nicht zu suchen, bis sie einen Kescher entdeckte, der unter einem Berg Poolnudeln lag.

Es dauerte eine Weile, bis Smilla ihren Rucksack zu fassen bekam, aber schließlich hielt sie ihn wieder in ihren Händen. Völlig durchnässt machte sie sich im Sprint auf den Weg zum Parkhaus. Dabei dachte sie die ganze Zeit an die Filmszene, in der die Hexe mit einem Eimer Wasser gekillt wurde.

Kapitel 24 - Die Schneekugel

Trips mochte Ben auf Anhieb, genau wie den kleinen Berdan, der von dem Krach im Flur wach geworden war und nun im Wohnzimmer saß. Ob er diesen Yut mochte, konnte er noch nicht sagen. Der Glatzkopf war der schweigsame Typ. Er saß nur in seinem Sessel und hörte zu, was die anderen erzählten.

Optisch wirkte der Kerl wie einer dieser Kolosse aus dem Fitnesscenter, die vor Kraft kaum laufen konnten. Ab und zu starrte der Muskelmann auf Trips' Armbrust, die er neben sich auf den Fußboden gelegt hatte. Das musste nichts heißen, vielleicht faszinierte ihn die Waffe nur. Auch wenn er dem Kerl gegenüber Vorsicht walten lassen würde, war Trips heilfroh, dass er andere Leute gefunden hatte und in dieser Wohnung in Sicherheit war.

Mit der Frage, wie es nun weitergehen sollte, beschäftigte er sich im Moment nicht. Jetzt genoss er den leckeren Toast mit Marmelade und die Süßigkeiten, die Ben auf den Tisch gestellt hatte.

»Arbeitest du in der Klinik?«, wollte Ben von ihm wissen.

»Ja, ich gehöre zum Hausmeisterteam.«

»Ach ja«, kam es von Ben. »Jetzt weiß ich, wo ich dich schon einmal gesehen habe. Du warst vor ein paar Wochen mal bei mir auf der Station.«

»Stimmt. Verstopfte Toilette.«

»Und wo hast du dich die ganze Zeit versteckt?«

»In unserem Materialraum. Der ist im Keller des Verwaltungsgebäudes.« Ben nickte, dieser Yut saß nur da und beobachtete.

Trips hätte gern gewusst, was der Kerl dachte. Ihm war der Typ nicht geheuer. Vielleicht tat er ihm aber auch Unrecht.

»Echt? Die ganze Zeit im Keller? Hattest du genug Wasser und Essen?« Trips erzählte von Martinek und dessen Prepper-Zwang. Er berichtete von seiner Begegnung mit Lisa aus der Personalabteilung, ließ aber aus, wie er sie mit dem Schraubendreher getötet hatte. Genauso behielt er die Sache mit dem Mädchen im Lichtschacht für sich.

»Hast du was von den Drohnen mitgekriegt?«, wollte Ben wissen. Trips musste schlucken, fast wäre ihm eines der Gummibärchen im Hals stecken geblieben. Sofort kam ihm das Bild des toten Pflegers in den Sinn. Stockend berichtete er von den schrecklichen Ereignissen. Bens Miene verfinsterte sich, als er erzählte, wie Olaf einfach erschossen wurde.

»Vielleicht haben sie ihn mit einem der Zombies verwechselt«, meinte Ben. Bei dem Begriff Zombie stutzte Trips, hinterfragte ihn aber nicht.

»Ist doch klar, warum die das machen«, mischte sich Yut überraschend ins Gespräch ein. »Beweismittelvernichtung. Ich nenne das Schneekugeltaktik.«

»Wie meinst du das?«, fragte Trips.

»Kennst du keine Schneekugeln?«

»Ähm, ehrlich gesagt nicht.«

»Diese kleinen Glasdinger, die man auf dem Weihnachtsmarkt kaufen kann. Man schüttelt sie und innen drin sieht es aus, als würde ein Schneesturm wüten.« Trips hatte keine Ahnung, wovon der Kerl sprach. Wenn er mal auf den Weihnachtsmarkt ging, dann nur, um sich mit

Glühwein wegzuballern.

»O Mann, das muss man doch kennen«, kommentierte Yut das Schulterzucken des Hausmeisters. »Was ist mit dir?«, fragte er in Richtung des Doktors, der sofort nickte.

»Also, ich glaube, dass die Urheber dieser Seuche eine Art Kuppel über die gesamte Klinik ziehen«, fuhr Yut fort. »Genau wie bei einer Schneekugel. Aber das Glas unserer Kuppel ist getönt, damit man nicht sehen kann, was sich drinnen abspielt. Und dann kommen sie mit ihren Drohnen und den Waffen und überrennen uns wie ein Schneesturm. Es dürfen keine Beweise für ihre Machenschaften zurückbleiben.«

»Na ja«, kam es von Ben. »Noch wissen wir gar nicht, ob es um geheimen Kram geht.«

»Diese Truppe in den weißen Overalls«, warf Yut ein. »Hat diese … Smilla was von Abzeichen erzählt?«

»Was für Abzeichen?« Yut verdrehte die Augen.

»Militärische Abzeichen, behördliche Abzeichen, irgendwas, womit man sie einer offiziellen Stelle zuordnen könnte.« Trips zuckte mit den Schultern, Ben lachte gequält.

»Also doch die Freimaurer«, witzelte er.

»Hä, wer?«, fragte nun Yut.

Ben berichtete von den Gerüchten über die seltsame Einrichtung auf dem Klinikgelände, von den angeblich verschwundenen Patienten und geheimen Forschungsprojekten. Was die Freimaurer sind, erklärte er Yut nicht. Trips hörte interessiert zu. Auch Martinek hatte ihm davon erzählt, aber er hielt die Geschichten bis heute für Blödsinn. Verfärbte, Drohnen und Typen in weißen Overalls. Das Ganze hörte sich an wie der Plot für einen

Mystery-Film. Aber sie waren nicht bei Netflix oder an einem Filmset. Der Horror, der in dieser Klinik abging, war real, außer sie befanden sich alle in einer Matrix oder einem Albtraum.

»Sieht so aus, als wären die Gerüchte keine Gerüchte«, folgerte Yut. Ben nickte zustimmend.

»Was könnte der Auslöser für solch eine Seuche sein?«, fragte Trips.

»Was weiß ich«, erwiderte Yut pampig. In der Folge wurde er aber wieder freundlicher. »Ein Virus vielleicht. Was sagt der Doktor dazu?«

»Hey, ich bin Psychiater und kein Virologe. Aber egal, was es ist, wir müssen hier so schnell wie möglich raus. Wenn Yut recht hat, dann werden die früher oder später härtere Geschütze auffahren.«

»Was ist mit dem Gas?«, fragte Trips. »Vielleicht wollen die damit nur die Verfärbten ausmerzen. Und das mit Olaf war wirklich ein Versehen.«

»Ja, klar«, erwiderte Yut. »Hat einer von euch da draußen Massen von verreckten Verfärbten gesehen?«

»Ähm, nein. Zumindest keine, die durch Gas getötet worden sein könnten«, antwortete Trips. Ben schüttelte den Kopf.

»Dann scheint das Zeug ja nicht zu wirken. Wahrscheinlich haben die ins Blaue hinein was ausprobiert. Die haben keinen Plan, wie man die Verwandelten gezielt kaltmacht. Ben liegt richtig, wenn die nicht weiterwissen, dann werden die reinkommen und alle abknallen. Und die Sache mit diesem Olaf. Du hast gesagt, sie haben ihm in den Kopf geschossen. Also muss irgendwo ein Sniper in Position gewesen sein, mit einem Profi-Zielfernrohr.

Glaub mir, Junge, das war niemals ein Versehen.«

Niemand sagte etwas. Eine ganze Weile blieb es still wie auf dem Friedhof, deshalb zuckten alle – sogar der Muskelberg – zusammen, als wieder jemand an die Tür klopfte.

Kapitel 25 - Die Begegnung

Smilla hämmerte mit der Faust gegen die Stahltür. Ihr Atem ging schwer, denn sie war den gesamten Rückweg gerannt. Sie wollte schnellstens aus den nassen Klamotten raus. Doch erst musste sie Ben von ihrer Entdeckung mit dem Wasser erzählen. Noch einmal schlug sie gegen die Stahltür zur Ärztewohnung.

Für einen Moment befürchtete sie, dass irgendwas passiert sein könnte. Doch zu ihrer Beruhigung hörte sie eine Sekunde später Bens Stimme.

»Wer ist da?«

»Smilla!« Die Tür wurde entriegelt und Bens Gesicht erschien im Türrahmen.

»Gott sei Dank«, sagte der Arzt und umarmte Smilla.

»Gott hat damit nichts zu tun, na ja, vielleicht doch. Zumindest, wenn er wirklich der Schöpfer des Wassers ist.«

»Was ist los?«, fragte Ben verwirrt.

»Lass mich erst mal rein. Dann erzähl ich alles.« Ben blieb im Türrahmen stehen, schaute demonstrativ an ihr vorbei.

»Dein Freund?« Smilla schüttelte den Kopf. »Tut mir leid«, kam es von Ben, dann ging er zur Seite und machte den Weg für sie frei. Im Flur legte sie ihren zerschnittenen Rucksack auf den Boden.

»Ist er einer von denen geworden?«

»Nein, Ben, aber ich brauche einen Moment, dann erfährst du alles. Ist dieser Trips da?«

»Ja, er sitzt im Wohnzimmer mit dem Verletzten, den du noch nicht kennst.«

»Aha, da bin ich aber gespannt.« Smilla ging Richtung Wohnbereich. Trips winkte ihr zu, da er mit seinem Sessel im Sichtfeld des Durchgangs saß.

»Hey«, begrüßte sie ihn fröhlich, ging in das Wohnzimmer, schaute nach links und erlebte eine unerwartete Überraschung. Eine böse Überraschung.

»Yut?« Mehr brachte sie nicht hervor. Konrads Handlanger schien den Moment zu genießen, denn er grinste breit.

»Smilla, lange nicht gesehen. Wie geht es dir?« Trips blickte verwirrt von einem zum anderen.

»Ihr kennt euch?«, fragte Ben, der hinter Smilla ins Wohnzimmer gekommen war.

»O ja, mir war nur nicht bewusst, um welche Smilla es sich handelt. Ich hatte ja keine Ahnung, dass es sich um meine alte Freundin handelt. Wie geht es dir?« Smilla war immer noch baff. Mit ihm hatte sie nicht gerechnet.

Natürlich hatte sie nicht vergessen, dass Konrad ihn hierhergeschickt hatte, um Rumba ausfindig zu machen. Aber wie Smilla den muskelbepackten Glatzkopf kannte, hatte sie damit gerechnet, dass er rechtzeitig das Weite gesucht hätte. Ihre Hand glitt über ihre Hosentasche. Sie spürte den USB-Stick von Rumba und ahnte, dass Yut darauf scharf sein würde.

Hat der Imperator dich geschickt, um mich zu töten? Rumbas Spruch kurz vor seinem Tod geisterte ihr durch den Kopf. War es vielleicht doch kein wirres Zeug gewesen? Ging es Konrad gar nicht darum, seinen Geliebten wieder in die Arme schließen zu können? War es dieser USB-Stick, um den es ging? Und hatte Konrad seinen schlimmsten Handlanger geschickt, um Rumba zurückzuholen oder gar umzubringen? Aber warum, hatte er sie dann hinterhergeschickt? Womöglich war er verzweifelt, weil sich Yut nicht mehr meldete. War sie seine letzte Hoffnung, an den Stick zu kommen?

Hat der Imperator dich geschickt, um mich zu töten? War Konrad der Imperator? Stellte Yut eine Gefahr für sie dar?

Eine blöde Frage! Natürlich könnte Yut ihr gefährlich werden. Seit er vor einiger Zeit versucht hatte, sie zu betatschen und sie ihm die Nase mit einem Kopfstoß gebrochen hatte, waren die beiden spinnefeind. Sie war sich sicher, dass Yut es ihr heimzahlen wollte. Er war nicht der Typ, der sich mit einem Kopfstoß begnügte. Smilla war sich bewusst, dass sie höllisch aufpassen musste.

»Mir geht es gut, angesichts der etwas prekären Lage. Und was ist mit dir? Sehe ich da nicht einen leichten Purpurton in deinem Gesicht«, frotzelte Smilla. Sein Grinsen war so fies wie sein Charakter. In seinen Augen konnte man die Gier danach sehen, es ihr heimzuzahlen.

»Ja, immer einen flotten Spruch auf den Lippen. Aber nur mit Witzen werden wir uns gegen die Monster nicht wehren können. Wie ich hörte, warst du auf einer Rettungsmission?«

»So siehts aus«, erwiderte Smilla. Sie setzte sich auf die Couch und nahm eine Wasserflasche, die zwischen dem Meer aus Kerzen standen. Yut grinste noch immer.

»Und?«, fragte er.

»Und was?«

»Hast du deinen … Freund gefunden?« Smilla tat so,

als würde sie Yuts Frage kalt lassen. Sie nahm einen langen Schluck aus der Flasche, stellte sie hin und antwortete kurz und knapp: »Ja.« Yut grinste zwar immer noch, aber jetzt wie eingemeißelt.

»Ach! Ist er … lila?«

»Nein, er ist tot.« Sie schaute rüber zu Ben, der im Türrahmen stehen geblieben war. Er blickte mitfühlend, genau wie Trips. Yuts Gesicht zeugte hingegen eher von hinterlistiger Nachdenklichkeit.

»Aber er hat noch gelebt, als ich ihn fand. Leider war er stark dehydriert und verwirrt. Trotzdem konnte ich noch ein paar Worte mit ihm wechseln, bevor es mit ihm zu Ende ging.«

Yuts Grinsen erstarb zum ersten Mal seit Smillas Anwesenheit. Sein Blick heftete wie eine Klette an ihr. Er sagte nicht sofort etwas. Entweder war er perplex oder er überlegte sich gerade eine Taktik. Es würde ihm nichts bringen, Smilla zu attackieren, weder verbal noch körperlich. Auf der einen Seite brauchte er Smilla und die anderen beiden, um aus der tödlichen Klinikfalle zu entkommen, auf der anderen Seite war er körperlich angeschlagen und zu dritt würden sie ihn problemlos überwältigen. Zumindest interpretierte Smilla sein Schweigen so. Ob sie damit richtig lag, würde sich in den nächsten Momenten zeigen.

»Tut mir leid, dass er gestorben ist«, kondolierte Yut auf ungewöhnlich sanfte Weise. Smilla ließ sich nicht beirren. Yut war ein Arsch, aber dumm war er nicht. Offensichtlich hatte er ein gewisses Schauspieltalent.

»Mir auch.«

»Erzählst du mir, was seine letzten Worte waren?«

»Ach, er wirkte durcheinander, rezitierte Star-Wars-Sprüche. Du weißt ja, wie sehr er die Filme liebte. Ich glaube, er hat mich nicht einmal erkannt.«

»Ja, er war ein ziemlicher Nerd.«

»Darf ich mal was fragen?«, mischte sich Ben ein. Für einen Moment zuckte Yuts rechter Mundwinkel. Smilla kannte diese Reaktion, die er öfter zeigte, wenn ihm etwas gegen den Strich ging.

»Klar«, sagte er mit zerknirschtem Gesicht.

»Ihr kennt beide diesen armen Kerl, der in der Kühlkammer gestorben ist? Diesen Rumba.«

Bens Blick ruhte auf Yut.

»Ja, warum?«

»Finde ich komisch. Zwei Leute kommen unabhängig voneinander, um einen Freund zu finden.«

»Ja«, sagte Yut. »Rumba war ein sehr netter Kerl.«

»Okay«, kam es von Ben, der sich offenbar entschieden hatte, nicht weiter zu bohren.

»Hört zu, Leute, es ist wichtig, dass wir alle an einem Strang ziehen, wenn wir hier rauswollen«, sagte Smilla.

»Da hat sie recht«, bekräftigte Yut lächelnd. Smillas und Yuts Blicke trafen sich kurz. Nach ein paar Augenblicken wandte sie sich wieder an alle.

»Bei meinem Ausflug ins Badehaus habe ich etwas Interessantes herausgefunden.«

Kapitel 26 - Die Wasserprobe

»Wasser?«, fragte Ben ungläubig. Trips starrte Smilla wie hirntot an. Nur Yut schien unbeeindruckt. Während sie die Geschichte mit den Bauarbeitern erzählte, hatte er sich aus der Küche noch zwei Toastscheiben geholt, die er jetzt stückchenweise in sich hineinstopfte.

»Ihr hättet es sehen müssen. Nachdem die beiden in den Pool gefallen waren, brodelte das Wasser.«

»Sind die aufgewacht?«, fragte Yut mit vollem Mund.

»Ja, aber sie wurden zerfressen, als würden sie in Salzsäure baden. Die haben nicht einmal geschrien. Das muss am Wasser gelegen haben.«

»Am Wasser?«, kam es ungläubig von Ben.

»Ich habe es mit meinen eigenen Augen gesehen«, bekräftigte Smilla.

»Das wird sich leicht herausfinden lassen«, kommentierte Yut und hielt dabei eine der Mineralwasserflaschen demonstrativ hoch.

»Du meinst …«

»Ja, lass uns rausgehen und eins von den Viechern mit Wasser übergießen«, unterbrach er Trips. »Dann werden wir sehen, ob reines klares Wasser den Monstern etwas anhaben kann.« Trips, Smilla und Ben wechselten fragende Blicke.

»Jetzt sofort?«, fragte Ben nach einigen Augenblicken.

»Klar«, erwiderte Yut. »Noch pennen die Dinger, da können wir ganz in Ruhe ein paar Versuche machen. Kommt, schnappt euch 'ne Flasche Wasser und dann gehts ab ins Versuchslabor.«

Yut, Trips und Smilla standen vor der Zufahrt zum Parkhaus. Ben war in der Wohnung geblieben, um auf Berdan aufzupassen. Vor ihnen lagen Massen von schlafenden Verfärbten. Der Gestank nach überreifem Obst war nahezu unerträglich. In der Nacht hatten sich die Temperaturen nur unmerklich abgekühlt. Kaum ein Lüftchen wehte, was den widerlichen Geruch noch verstärkte.

Sie hatten abgesprochen, einen Verfärbten für ihren Versuch auszuwählen, der etwas separiert von anderen lag. Im Schwimmbad waren die Bauarbeiter mit dem gesamten Körper ins Wasser geplumpst, deshalb mussten sie damit rechnen, falls ihr Experiment erfolgreich war, dass wenige Tropfen nur Verletzungen auslösen würden. Dann hätten sie einen erwachten Verfärbten.

»Dahinten unterm Baum«, sagte Trips und zeigte mit seiner Armbrust auf eine Grünfläche auf der anderen Straßenseite. »Da liegt einer halbwegs allein.«

Die drei bahnten sich ihren Weg über die Straße, die von Verfärbten gespickt war. Als sie an der Stelle, die Trips meinte, angekommen waren, begutachteten sie den Schlafenden wie ein Kunstobjekt im Museum.

»Ja, der passt«, sagte Yut. »Wer will den jungen Mann taufen?«, witzelte er mit einem schmutzigen Grinsen.

Smilla wusste, dass Yut ein sadistisches Schwein war. Wenn er für Konrad Schuldner oder Widersacher unter Druck setzte, dann ging er besonders brutal vor. Sie wollte gar nicht wissen, wie viele Leute er schon auf dem Gewissen hatte. Es machte ihm Spaß, Menschen zu quälen. Die Geschichte mit dem Wasser schien ihn mit widerlicher Vorfreude zu belustigen. Plötzlich blieb das Wort Wasser in ihrem Bewusstsein hängen, dann begriff sie das Offensichtliche.

»Vergiss es!«, sagte sie kopfschüttelnd. »Es ist das Chlor!«

»Hä? Wieso bist du auf einmal so sicher?«, murrte Yut. Smilla schaute in den Himmel, dann wieder auf ihre Begleiter.

»Es hat geregnet!«, sagte sie nur. Sofort begriffen Yut und Trips, was sie meinte.

»Scheiße, sind wir doof!«, kam es von Yut. Trotzdem öffnete er die Flasche und kippte einen Schwall Wasser auf den schlafenden Verfärbten. Wie erwartet passierte nichts.

»Und jetzt?«, fragte Trips, während Smilla mit verkniffener Miene auf den Verfärbten hinab starrte.

»Versuchen wir es mit Knoblauch?«, frotzelte Yut. Er blickte Smilla provozierend an, doch die tat etwas, was nicht nur Yut im ersten Moment sprachlos machte. Als sie ihr T-Shirt auszog und nur noch in einem schwarzen Sport-BH dastand, blickte Trips sie an, als hätte er gerade einen Gehirnschlag erlitten.

»Hier«, sagte Smilla und hielt Yut ihr T-Shirt hin. Der konnte auf nichts anderes achten als auf ihre Brüste. Sie wedelte mit dem Shirt so lange vor seinem Gesicht herum, bis er es packte und sie fragend anschaute.

»Bist du bekloppt geworden, was soll ich mit dem Fetzen?«

»Denk mal scharf nach«, erwiderte Smilla.

»Sie hatte es an«, kam es von Trips. Yuts Stirn legte sich in Falten.

»Hä?«

»Sie hat doch erzählt, dass sie in den Pool gefallen ist.

Das Shirt! Es ist noch klamm vom Chlorwasser. Probiere es damit!« Yut betrachtete das Oberteil, als wäre es eine außerirdische Lebensform.

»Mann, ey, wring es über dem Typen aus«, meckerte Trips ihn an. Das war wie ein Weckruf für den Glatzkopf. Seine Augen verengten sich zu Schlitzen, zwischen denen er den jungen Rapper wie seinen Erzfeind ins Visier nahm. In der nächsten Sekunde lachte er wieder aufgesetzt.

»Weiß ich doch«, murmelte er und faltete das T-Shirt zu einem dicken Riemen. Dann wrang er den Stoff kräftig aus, sodass ein paar Tropfen des Poolwassers heraustropften. Es zischte, als würde das Wasser auf glühende Kohlen treffen, als es zwischen den Augen des Verfärbten landete.

Eine dünne Rauchschwade stieg auf und vernebelte die obere Gesichtspartie. Als sie sich verzog, konnte man erkennen, dass der Mann die schwarzen Augen geöffnet hatte. Eine Sekunde später begann er, wie ein aufgeregtes Schwein zu quicken, gleichzeitig fraß sich das Wasser durch seine Haut. Der Verfärbte richtete sich schreiend auf, während sich die Haut zwischen seinen Augen in eine blubbernde Fläche verwandelte. Offenbar war etwas von dem Wasser in sein linkes Auge gelaufen, denn der Augapfel löste sich in eine glitschige Masse auf, aus der winzige Blasen schlugen.

Auf dem Boden sitzend kreischte der Infizierte in einer ohrenbetäubenden Lautstärke, trotzdem riss es seine Artgenossen nicht aus ihrem Schlaf.

Smilla wollte ihm gerade mit dem Absatz ihres schweren Schuhs den Ton abdrehen, als sich ein Bolzen mit einem leisen Surren in seinem Kopf versenkte. Sofort war Ruhe. Smilla und Yut drehten sich zu Trips um, der ein paar Schritte hinter ihnen stand.

»Guter Schuss, Robin Hood«, frotzelte Yut mit einem schmierigen Grinsen.

»Also ist es das Chlorwasser«, sagte Trips mit ernster Miene, ohne auf die Provokation von Yut einzugehen. Smilla nickte, schaute auf den toten Verfärbten, auf die Massen von Schlafenden, dann warf sie einen Blick in den Himmel.

»Sie wissen es nicht«, murmelte sie gedankenversunken. Smilla riss Yut ihr Shirt aus der Hand und zog es an.

»Was?«, kam es von Yut.

»Die Typen in den weißen Overalls. Sie wissen nicht, dass die Infizierten mit Chlorwasser vernichtet werden können. Ansonsten hätten sie längst die gesamte Klinik unter Wasser gesetzt.«

»Deshalb haben die auch irgendein Gas in den kleinen Tanks der Drohnen«, kam es von Trips. »Die probieren Sachen aus, da sie keine Ahnung haben, wie man diese Dinger bekämpft.«

»Ist ja schön und gut«, sagte Yut. »Aber was bringt uns das?«

»Denk mal scharf nach«, kam es von Trips.

Yut musterte den jungen Rapper wie eine Beute, bemerkte aber nicht, dass Smilla ihn ihrerseits beobachtete. Sie wusste, dass Konrads Scherge schneller in die Luft ging als eine Silvesterrakete. Typen wie Trips waren ein gefundenes Fressen für den Muskelprotz. Yuts Blick sprach eine eindeutige Sprache: Trips und auch sie standen auf seinem Speiseplan.

Wenn der Hausmeister und sie ihren Nutzen für ihn verloren hatten, dann würde er versuchen, sie beide aus dem Weg zu räumen. Smilla war auf einen Angriff vorbereitet. Was Trips hingegen betraf, hatte sie ihre Zweifel. Sie musste auf den Jungen aufpassen.

Smilla grinste in sich hinein. In kürzester Zeit hatte sie zwei Kinder an der Backe – Berdan und Trips. Erleichtert stellte sie fest, dass Yut sich fürs Erste entspannte. Seine verhärteten Gesichtszüge wichen einem aufgesetzten Lachen, von dem Smilla sich nicht täuschen ließ. Früher oder später würde er aktiv gegen sie vorgehen.

»Hilf mir auf die Sprünge, Kleiner«, verlangte er von Trips, der mittlerweile erstarrt war. Offenbar hatte er gemerkt, dass sein Ton nicht gut angekommen war.

»Ähm, ja …«, begann er zu stammeln. Seine Unsicherheit vergnügte Yut, denn sein aufgesetztes Lächeln verwandelte sich in ein gehässiges Grinsen.

»Was ist jetzt?«, hakte er nach.

»Na ja … wir haben ein ganzes Schwimmbecken voll mit Chlorwasser«, erklärte Trips zögerlich. »Wir könnten …«

»Was?«, grätschte Yut dazwischen. »Die Monster zu einer Poolparty einladen?«

»Nein, nein, aber Martinek, also mein Chef, hat ein paar von diesen Drucksprühern im Lager stehen. Die großen gelben Dinger mit den Sprühlanzen. Da gehen zehn Liter rein, glaube ich. Wenn wir die mit Chlorwasser füllen, dann könnten wir Massen von Verfärbten killen.«

»Wo stehen diese Flaschen?«, mischte sich Smilla ein.

»In unserem Lagerraum im Keller des Verwaltungsgebäudes.«

»Das Hochhaus in der Nähe des Haupteingangs?«, hakte Smilla nach. Trips nickte.

»Scheiß auf die Pullen«, moserte Yut. »Es ist noch ein paar Stunden dunkel. Lasst uns jetzt einfach die Biege machen, dann brauchen wir kein Chlorwasser. Bevor die aufwachen, haben wir längst einen Weg aus diesem Irrenhaus gefunden.«

»Und wohin sollen wir gehen? Zum Hauptausgang, wo die weißen Typen lauern? Nein, die knallen uns direkt ab. Und so wird es an jedem anderen Ausgang auch sein«, wetterte Smilla. »Wir können eigentlich nur den Weg nehmen, durch den ich reingekommen bin, aber vielleicht ist der längst von Violetten belagert. Dann könnten wir die Sprühdinger sicher …«

»Moment«, stoppte Yut Smillas Redefluss. »Wie bist du denn reingekommen?«

»Durch die Kanalisation.«

»Höre ich jetzt zum ersten Mal.«

»Du hast bis jetzt nicht gefragt.«

»Interessant, vielleicht gibt es ja noch mehr, das du mir verheimlichst.« Für den Bruchteil einer Sekunde zögerte Smilla mit einer Erwiderung. Der winzige Augenblick genügte, um das Misstrauen in Yuts Augen um ein Vielfaches zu verstärken.

»Ich verheimliche gar nichts.« Durch seine kleinen grauen Augen hindurch konnte Smilla direkt in seinen Kopf blicken. Es ging um Rumba. Er glaubte ihr nicht. Yut vermutete, dass Rumba ihr irgendetwas gesagt oder gegeben hatte. Etwas, das mit Konrad zu tun hatte.

Hat der Imperator dich geschickt, um mich zu töten? Wenn er wüsste, dass das, was er suchte, nur wenige Zentimeter von ihm entfernt in ihrer Hosentasche steckte, dann würde er sie auf der Stelle angreifen.

Hat der Imperator – hat Konrad dich geschickt, um mich zu töten?

Je länger sie darüber nachdachte, umso klarer wurden ihr Konrads Motive für die angebliche Rettungsaktion seines Liebsten. Es ging niemals um Liebe, sondern nur um das, was Rumba wusste und auf dem Datenträger gespeichert hatte. Rumba war tot, der Stick steckte aber in ihrer Tasche. Welche Geheimnisse befanden sich auf diesem winzigen Ding?

Smilla wusste, dass Konrad eine Menge Dreck am Stecken hatte, aber hier schien es um mehr als um ein paar Leichen im Keller zu gehen. Sie hoffte, dass sie noch die Gelegenheit bekäme, einen Blick auf den Inhalt des Sticks zu werfen. Die Verfärbten waren eine Sache, aber Yut entwickelte sich zu einer weiteren Gefahr, die sie im Auge behalten musste.

»Da gibt es noch etwas zu bedenken«, holte Trips sie aus ihren Gedanken. Einen Moment duellierten sich Yut und Smilla noch mit Blicken, dann wandten sich die beiden nahezu synchron dem Hausmeister zu.

»Was?«, fragten sie beide gleichzeitig im schroffen Ton. Trips machte erschrocken einen Schritt nach hinten und trat auf die Hand eines Verfärbten, die mit einem fiesen Knacken brach, den Betroffenen aber nicht aus dem Schlaf riss.

»Was gibt es zu bedenken?«, fragte Smilla freundlicher.

»Die Overalltypen … wenn die das mit dem Chlorwasser wüssten, dann könnten die dem Spuk hier ruckzuck ein Ende bereiten.«

Einen Moment herrschte Stille zwischen den Dreien, wenn man von den Schnarchgeräuschen der Verfärbten und dem Knistern absah, mit dem sich die wenigen Tropfen Chlorwasser durch den Kopf des Mannes zu ihren Füßen ätzte.

»Hast du einen an der Klatsche?«, echauffierte sich Yut. »Die Typen haben deinen Kumpel abgeknallt und du willst einfach zu denen rennen und um Hilfe bitten?«

»Er war nicht mein Kumpel«, kam es von Trips.

»Vollpfosten«, erwiderte Yut und verdrehte dabei die Augen.

»So ganz unrecht hat er nicht«, sprang Smilla dem Rapper zur Seite.

»Dein Ernst? Du willst zum Haupteingang?«

»Das habe ich nicht gesagt«, unterbrach sie Yut, der sie daraufhin grimmig ins Visier nahm. »Du hast recht, die Typen würden uns wahrscheinlich direkt killen, wenn wir in ihr Sichtfeld geraten. Aber wir brauchen die nicht persönlich zu kontaktieren.«

Der Glatzkopf schaute sie mit einer Mischung aus Misstrauen und Ratlosigkeit an. Trips dagegen schien zu kapieren, worauf sie hinauswollte, was er mit einem breiten Grinsen zur Schau stellte.

»Die Drohnen«, sagte er. Trips und Smilla nickten sich wissend zu. Derweil näherte sich Yuts Gesichtsfarbe der einer Tomate. Smilla merkte das und wollte sofort deeskalieren. Sie hatte keine Lust, zwischen der wegätzenden Leiche und den anderen Verfärbten einen Angriff von Yut abzuwehren. Es gab wichtigere Dinge zu tun.

»Die Drohnen haben Kameras«, erklärte sie. »Darüber könnten wir den Weißen das mit dem Chlor mitteilen, ohne Gefahr zu laufen, von ihren Snipern abgeknallt zu werden. Was meinst du Yut, das könnte doch klappen, oder?« Es dauerte eine Weile, bis Yut sich zu einer Antwort bequemte. Erst schaute er nach oben, als ob dort eine der Drohnen zu sehen sein würde, dann ließ er seinen Blick über den Teppich aus schlafenden Verfärbten gleiten. Erst danach wandte er sich Smilla zu.

»Und dann?«, fragte er scheinbar zusammenhanglos. Bevor jemand etwas sagen konnte, sprach er weiter. »Selbst wenn die mit irgendwelchen … Löschflugzeugen voll mit Poolwasser diese Bestien killen, dann ist das Problem nicht vom Tisch. Oder glaubt ihr, die kommen dann hier rein und holen uns raus?« Yut guckte Trips an. »Wenn es stimmt, was du über deinen Kumpel …«

»Der war nicht mein …«

»Halts Maul, Junge. Wenn es stimmt, was du erzählt hast, dann haben die ihm gezielt die Birne weggeblasen. Die haben Angst vor uns allen, weil wir teilweise Tage mit dem Virus, oder was das für ein Scheiß ist, in Kontakt sind. Offenbar wissen die nicht viel über diese … Seuche, sonst hätten die hier längst alles mit Chlor vollgepustet. Wahrscheinlich werden die uns einfach abknallen und wie Brathähnchen zerlegen. Außerdem sind wir potenzielle Zeugen für den Horror hier, denen man sich so entledigen könnte. Wir sollten denen nicht noch in die Karten spielen und so schnell wie möglich hier verschwinden.« Yut hatte sich in Rage geredet. Sein Kopf war hochrot. Er musste einige Male tief durchatmen.

Trips ließ er wieder links liegen, seine Aufmerksamkeit galt einzig und allein Smilla. Doch deren Reaktion ließ auf sich warten. Als sie dann anfing zu sprechen, verdrehte

Yut schon nach den ersten Worten die Augen.

»Wir sollten zurückgehen und unser weiteres Vorgehen mit Ben absprechen«, schlug sie vor. »Dann entscheiden wir zusammen, wer die Sprühkanister holt und ob wir den Typen da draußen unsere Infos mitteilen. Kommt, lasst uns gehen.«

Yut zog eine Grimasse, dabei murmelte er etwas Unverständliches in Richtung Smilla, die sich bereits umgedreht hatte. Voller Hass auf Smilla folgte er ihr und Trips zurück zum Parkhaus.

Kapitel 27 - Misstrauen

Die Besprechung in der Parkhauswohnung hatte zu einer schnellen und einstimmigen Entscheidung geführt. Zu Yuts Überraschung waren seine Einwände ernst genommen worden, sogar von Trips, der die Idee gehabt hatte, über die Drohnen Kontakt nach außen aufzunehmen. Sie würden den Typen in den Overalls nichts von ihrer Entdeckung mit dem ätzenden Chlorwasser mitteilen, zumindest vorerst nicht. Man hatte diese Möglichkeit nur auf Eis gelegt, nicht komplett verworfen.

Die gesamte Diskussion hatte nicht einmal eine Viertelstunde gedauert, anschließend war man übereingekommen, dass Smilla und Trips die Sprühflaschen aus dem Kellerraum des Verwaltungsgebäudes holen sollten. Zunächst war Yut nicht einverstanden, dass er in der Wohnung warten sollte, doch seine Wunde an der Seite hatte wieder angefangen zu bluten. Er sah ein, dass es besser war, sich zu schonen, damit er für die geplante Flucht in der nächsten Nacht halbwegs fit war.

Als die beiden die Wohnung verließen, blickte er ihnen misstrauisch hinterher. Es passte ihm nicht, sie aus den Augen zu lassen.

Kapitel 28 - Dreck oder Blut?

Aus einem wolkenlosen Nachthimmel plätscherten ein paar Tropfen Regen auf die schlafenden Verfärbten. Trips und Smilla traten aus dem Schutz des Parkhauses. Verwundert blieben sie stehen, legten die Köpfe in den Nacken und genossen die spärliche, aber wohltuende Feuchtigkeit. Der Regen war ein Segen nach den heißen Tagen. Ein noch größerer Segen wäre es gewesen, wenn der Regen aus gechlortem Poolwasser bestanden hätte. Eine Minute, vielleicht auch länger, standen sie schweigend unter der Himmelsdusche.

»Vielleicht weckt uns der Regen auf?«, sagte Trips so leise, dass er vom Schnarchen der Verfärbten fast übertönt wurde,

»Aufwecken? Wie meinst du das?«, fragte Smilla mit Verzögerung.

»Aus diesem Albtraum.«

»Schön wärs. Hauptsache der Regen weckt die Verfärbten nicht.« Trips schnaufte vor Lachen, dann holte er tief Luft und senkte seinen Kopf. »Aber ich befürchte«, fuhr Smilla fort, senkte ihrerseits den Kopf und blickte Trips an, »dass wir diesen Albtraum selbst beenden müssen.« Der junge Rapper zog einen Flunsch. Er seufzte, hob die Armbrust, die er in der rechten Hand hielt und nickte.

Trips schlug einen Umweg zum Verwaltungsgebäude vor, der in einem großen Bogen am Hauptausgang vorbeiführte. Eine gute Idee, wie Smilla fand, denn es war besser, den Weißen aus dem Weg zu gehen. Früher oder später würden diese Typen auf das Klinikgelände vordringen, um dem Horror ein Ende zu bereiten. Bis dahin mussten sie unbedingt verschwunden sein. Sie würde es nicht zulassen, dass der kleine Berdan sterben oder zu einem der Ungeheuer mutieren würde.

Plötzlich blieb sie mit der Stiefelkappe am Kopf eines Verfärbten hängen und kam ins Straucheln. In dem Durchgang zwischen den Häusern, die sie gerade passierten, lagen nur wenige von ihnen, deshalb hatte sie nicht aufgepasst. Mühsam kämpfte sie mit dem Gleichgewicht. Sie wäre lang hingefallen, wenn sie nicht gegen Trips Rücken geprallt wäre. Dieser war so überrascht, dass er statt Smilla auf die Knie fiel. Die Armbrust fiel ihm aus den Händen und rutschte über den feuchten Asphalt.

Trips lag still auf dem Boden, sein Kopf befand sich nur wenige Zentimeter von der Brust eines Verfärbten entfernt.

»Trips? Alles in Ordnung?«, fragte Smilla. Ihre Worte waren kaum verklungen, als sich der junge Rapper aufrappelte. Behäbig kam er wieder auf die Beine. »Bist du verletzt?« Smilla konnte sein Gesicht nicht sehen, da er ihr immer noch den Rücken zugewandt hatte.

»Trips?«, versuchte sie es erneut, doch er reagierte nicht auf sie. Stattdessen sah es so aus, als würde er sich mit den Händen ins Gesicht fassen.

»Verdammte Scheiße«, sagte er auf einmal, ließ die Arme sinken. Smilla konnte seine Hände sehen, die mit dunklem Blut verschmiert waren. »Das gibt es doch nicht«, jammerte Trips, dabei drehte er sich langsam um und präsentierte sein Gesicht, das ebenso verfärbt war wie seine Hände.

»Fuck!«, zischte Smilla und machte vor Schreck einen Schritt zurück. Einen Atemzug lang dachte sie, dass sich Trips in einen Violetten verwandelt hätte. Beim Ausatmen begriff sie bereits, dass er sich weder verwandelt hatte noch mit Blut verschmiert war. Mit einem kurzen Blick zu Boden ließ sich die Lage erklären.

In diesem gassenartigen Durchgang lag uraltes Kopfsteinpflaster. Zwischen den Steinen hatte sich Regenwasser gesammelt und sich mit dem Dreck in den Fugen zu einer Pampe vermischt. Und diese Matsche klebte jetzt an Trips Händen und in seinem Gesicht. Er war nur dreckig und nicht mutiert. Trotzdem stand er völlig perplex da, als stünde er kurz davor, das Zeitliche zu segnen.

»Was ist denn los? Ist doch nur Dreck?« Trips schien überrascht zu sein, das zu hören. Er schaute auf seine Hände, als hätte er gar nicht gemerkt, dass er wie ein Bergarbeiter aussah. Jetzt bemerkte auch Smilla, dass er sich nicht um seinen körperlichen Zustand Sorgen machte. Sie verfolgte seinen Blick über die Schlafenden, die in dieser Gasse bis zum Sonnenaufgang schnarch… Moment, da war kein Schnarchen.

Es war nahezu ruhig in dem Durchgang, lediglich aus der Entfernung konnte man die Geräusche der Verfärbten hören. Aber warum war es hier so ruhig? Warum hörte man hier keine rasselnden Atemgeräusche?

»Was ist hier los?«, hauchte Smilla dem Rapper zu, gleichzeitig ließ sie ihren Blick über die Körper auf dem Kopfsteinpflaster gleiten. Überall nur leblose Leiber, die weder atmeten noch schnarchten.

Smilla schluckte, näherte sich einem der Verfärbten und kniete sich vor ihn hin. Zunächst konnte sie im dämmrigen Mondlicht nicht erkennen, warum der Infizierte vor ihr nicht schnarchte, erst als sie sich seinem Kopf näherte, sah sie das Loch zwischen den Augen des Mannes.

»Der hier ist erschossen worden!«, sagte Smilla leise.

»Genau wie die Frau hier«, kam es von Trips, der einen der Körper untersuchte. »Kopfschuss!«

Sie kontrollierten noch ein paar andere der Körper. Alle waren mit Schüssen zwischen die Augen getötet worden.

»Scheiße!«, fluchte Smilla plötzlich, sprang auf die Beine, zog Trips am Kragen und riss ihn mit in einen der Hauseingänge. Mit ihrem Hintern drückte sie gegen die Tür, die sich sofort nach innen aufschob. Schnell huschte sie in den Hausflur, Trips zog sie mit sich.

»Scharfschütze?«, fragte der Rapper. In seinem dreckigen Gesicht wirkten seine Augen groß wie Murmeln.

»Glaube ich nicht«, erwiderte Smilla. Trips Augen wurde noch ein Stückchen größer.

»Was denn sons… Fuck! Die Typen in den Overalls sind hier drin?« Smilla nickte.

»Hast du dir die Einschüsse genauer angesehen?«

»Nee, muss nicht sein.«

»Dieser Pfleger wurde doch von einem Sniper erwischt.« Trips nickte, schwieg aber zunächst. Er begriff zunächst nicht, worauf sie hinauswollte. Aber dann verstand er ihre Gedanken. Olafs zerplatzter Schädel flimmerte durch sein Bewusstsein.

»Die Verletzungen?«, fragte er, obwohl er die Antwort bereits wusste.

»Ja, die da in der Gasse wurden auf keinen Fall von einem Scharfschützen erledigt. Die Bundeswehr benutzt zum Beispiel das G22 Scharfschützengewehr, Kaliber .300 Winchester Magnum. Da bleibt von einem Kopf nicht viel übrig. Die Einschüsse sprechen für ein kleineres Kaliber, wahrscheinlich von einem Sturmgewehr oder sogar einer Handfeuerwaffe.«

»Okay«, kam es lang gezogen von Trips. »Also glaubst du, dass die Weißen bereits vorgerückt sind, um hier alles plattzumachen?«

»Nee, glaube ich nicht. Die Typen haben das ganze Gelände abgesperrt, verfügen über Drohnen und Scharfschützen. Das scheint eine Spezialtruppe mit Topausrüstung zu sein. Wenn die hier aufräumen wollten, dann würden die mit schwererem Gerät anrücken. Jede Menge Leute, Hubschrauber, schwere Waffen. Mir scheint es so, als würden die Overallleute sich nicht sicher sein, was hier drinnen abgeht.«

Smilla schaute sich um, inspizierte den quadratischen Hausflur, in dem sie sich befanden. Ihr Blick ruhte einen Moment auf der kurzen Treppe, die zu einer breiten Milchglastür führte, dann wandte sie sich wieder Trips zu, der sie fragend anschaute.

»Offenbar trauen die dem Braten mit den schlafenden Verfärbten nicht. Könnte eine Art Spähtrupp gewesen sein, der sich hier in der Gasse den Weg freigeschossen hat.«

»Hätten wir die Schüsse nicht hören müssen?« Smilla schüttelte den Kopf.

»Schon mal was von Schalldämpfern gehört? Die sind zwar nicht so effektiv wie in Hollywood-Filmen, aber trotzdem leise genug, um sie nicht zu hören.«

»Meinst du, die sind wieder abgezogen?«

»Hoffentlich nicht«, antwortete Smilla, was bei Trips für Stirnrunzeln sorgte. Sie tätschelte ihn an der Schulter. »Wenn die weg sind, dann ist die Auskundschaftung beendet und sie wissen, dass die Verfärbten nachts wie Babys schlafen. Der Weg ist frei für den Großangriff. Bombardieren kommt nicht infrage. Die Klinik ist zwar in der Pampa, aber so einen Luftangriff würde man mitkriegen. Wahrscheinlich kommen die mit Flammenwerfern, fackeln alles hier ab und morgen steht in der Zeitung, dass die Klinik durch irgendeinen technischen Defekt in einer Feuersbrunst aufgegangen ist.«

»Und das Problem ist erledigt. Allerdings wir auch«, kam es von Trips.

»Na ja, falls das Problem dann erledigt ist. Niemand weiß, ob nicht irgendein Verfärbter schon draußen ist. Immerhin dauerte es etwas, bis die Overalltypen hier waren, um das Areal hermetisch abzuriegeln. Wie dem auch sei, die finale Säuberungsaktion könnte unmittelbar bevorstehen.«

»Sollten wir in dem Fall nicht doch heute Nacht noch das Weite suchen?«, schlug Trips vor.

Ihre Antwort ließ nicht lange auf sich warten. Sie bestand aus einem kräftigen Nicken, dann sagte sie:

»Lass uns diese Pullen holen und dann nichts wie weg hier.«

Kapitel 29 - Die Weißen

Ohne Zwischenfall waren sie in den Lagerraum unterhalb des Verwaltungsgebäudes gekommen. Eilig hatten sie die Sprühflaschen und die dazugehörigen Lanzen genommen und sich auf den Rückweg gemacht. Jeder hatte eine Sprühflasche wie einen Rucksack auf dem Rücken und eine in der Hand.

Schnellen Schrittes machten sie sich auf den Weg zum Schwimmbad, in dem sie die gelben Behälter mit Chlorwasser füllen wollten, um für ihren Rückweg gewappnet zu sein.

Hoffentlich würden sie noch vor Anbruch des Morgengrauens vom Klinikgelände geflüchtet sein – wenn nicht, dann verfügten sie wenigstens über eine wirksame Waffe gegen die Verfärbten. Sie blieben wachsam und vorsichtig, rannten dicht an den Häuserfassaden entlang.

Die Verfärbten waren zumindest in der Nacht nicht das Gefährlichste in dieser apokalyptischen Szenerie, viel mehr Sorgen machten ihnen die Typen in den weißen Overalls. Diese Killer schliefen nicht. Es bestand die Möglichkeit, dass sie noch immer über das Klinikgelände schlichen. In diesem Fall wäre es fatal gewesen, wenn Trips und Smilla ihnen blindlings in die Arme laufen würden. Doch bisher waren sie nur Verfärbten begegnet, manche mit einem Loch im Kopf, die meisten aber dem Sonnenaufgang entgegenschlummernd.

Trotzdem waren sie erleichtert, als sie das Badehaus erreichten. Innen drin hatte sich in den letzten Stunden nichts verändert. Das Gerüst lag immer noch im Wasser.

Die bis zur Unkenntlichkeit verätzten Leichen der Bauarbeiter und der Körper der dritten Person schwammen zwischen den Resten des Aufbaus herum.

Trips rieb sich Hände und Gesicht mit einem herumliegenden Badetuch notdürftig sauber.

Anschließend füllten sie die Sprühflaschen randvoll mit Chlorwasser. Die Zeit rannte unerbittlich davon, es war bereits Viertel vor zwei morgens und der Sonnenaufgang gerade einmal drei Stunden entfernt. Sie mussten sich beeilen, damit sie sicher im Schutz der Dunkelheit zu dem Gully kamen, durch den Smilla die Klinik betreten hatte. Sie hievten sich jeder eine Flasche auf den Rücken, die zweite wollten sie wieder in den Händen tragen, doch durch das Wasser waren sie unangenehm schwer geworden. Deshalb steckten sie ihre Arme durch die Schulterriemen und trugen sie wie eine Babytrage vor der Brust. Das hatte den Vorteil, dass Trips seine Armbrust, die er nach dem Vorfall in der Gasse wieder aufgehoben hatte, und Smilla ihre Pistole wieder in den Händen halten konnten.

Sie verloren keine Zeit und verließen das Badehaus. Trips lief mit seinen Flaschen vor, öffnete die Tür und rannte nach draußen. Smilla war einige Schritte hinter ihm, als ein gedämpfter Schuss durch die Nacht hallte. Sofort blieb sie stehen und ging in die Hocke. Kurz bevor die Tür ins Schloss fiel, kippte sie einen Plastikständer mit Flyern um und schob ihn im letzten Moment zwischen Tür und Rahmen. Im selben Augenblick hörte sie ein metallisches Scheppern – Trips Sprühflaschen.

»Hey, hörst du mich?«, rief sie mit gesenkter Stimme, nachdem sie sich neben der Tür an die Wand gepresst hatte. Doch sie erhielt keine Antwort. Durch den verbliebenen Türspalt konnte sie zwar nach draußen schauen, doch mehr als die Körper einiger Verfärbter konnte sie nicht erkennen. War Trips getroffen? Womöglich tot?

Bei dem Gedanken an den jungen Rapper lief es ihr eiskalt den Rücken herunter. Gleichzeitig hörte sie nichts anderes als ihr pochendes Herz.

Sie rief sich das Geräusch des Schusses ins Gedächtnis. Es klang gedämpft und war mit Sicherheit aus einer Waffe mit Schalldämpfer abgefeuert worden. Genau wie bei den Toten in dem Durchgang. Die Weißen waren draußen vor dem Gebäude und hatten sofort geschossen, als Trips das Haus verlassen hatte.

Dreckige Schweine, fluchte Smilla innerlich, rief sich aber sofort zur Ruhe, die sie brauchte, um einen klaren Gedanken zu fassen. Für einen kurzen Moment schloss sie die Augen, biss sich auf die Unterlippe und machte ein paar tiefe Atemzüge. Sofort beruhigte sich ihr Herzschlag.

Jetzt ging sie den umgekehrten Weg, stellte das Atmen ein und lauschte nach Geräuschen, die von draußen an ihre Ohren drangen. Sie hörte das monotone Schnarchen der Verfärbten. Der Regen war stärker geworden, die Tropfen prasselten auf das Vordach. Ein Hund bellte in der Entfernung, sonst war nichts zu hören. Gerade als sie weiteratmen wollte, vernahm sie ein leises Wimmern – Trips!

Smilla begann wieder, flach zu atmen, den Kopf nach unten gerichtet. Dabei versuchte sie ihr Japsen wie einen Drops herunterzuschlucken. Sie musste so schnell wie möglich handeln. Entweder verreckte Trips von allein oder die Weißen gaben ihm den Rest.

Erneut starrte sie durch den Türspalt. Doch von den Overalltypen konnte sie niemanden sehen und Trips befand sich außerhalb ihres Sichtfeldes. Smilla begutachtete ihre Pistole. Wenn sie einfach rausstürmte, dann würden die Weißen sie wie eine Schießbudenfigur durchlöchern. Doch ihr blieb nichts anderes übrig, wenn sie den Jungen retten wollte. Irgendeine Ablenkung wäre perfekt. Aber wie sollte sie das Killerkommando in die Irre führen? Sie wusste ja nicht einmal, wie viele von denen draußen vor dem Gebäude lauerten.

Oben auf der Empore des Schwimmbads gab es Fenster, aber das Gerüst war zusammengebrochen und es gab keinen schnellen Weg nach oben.

Nein, sie brauchte jetzt irgendeine Idee, ansonsten würden sie erst Trips endgültig killen und dann wäre sie an der Reihe. Vielleicht könnte sie ein paar erledigen, aber wenn es mehr als zwei oder drei waren, dann hätte sie keine Chance. Ihr fiel nichts ein.

Manchmal brauchte man unerwartete Unterstützung, die sie von einer Sekunde auf die andere von den Verfärbten bekam. Ein hochfrequentes Quicken schallte plötzlich von draußen an ihr Ohr. Sie kannte dieses jämmerliche Schreien von dem Violetten, den sie mit Chlorwasser beträufelt hatten. Sofort kombinierte sie, dass eine von Trips Sprühflaschen Wasser verlieren musste, das sich jetzt durch das Fleisch eines Verfärbten fraß. Weitere schmerzverzerrte Stimmen gesellten sich zu dem Chor der Qualen.

»Was soll der Scheiß?«, hörte sie einen der Weißen rufen. »Warum kreischen die so?«

»Keine Ahnung, Frank, lass uns die Biester einfach abknallen«, antwortete ein anderer.

Jetzt oder nie, dachte Smilla. Vorsichtig nahm sie die beiden Sprühflaschen ab und legte sie behutsam auf den Boden, immer darauf bedacht, sich durch keinen Laut zu verraten. Anschließend kontrollierte sie ihre Pistole, holte zweimal tief Luft und machte langsam die Tür auf.

Kapitel 30 - Kool Savas

Blitzschnell erfasste sie die Situation. Auf neun Uhr, zwölf Uhr und fünfzehn Uhr befanden sich Weiße, ausgerüstet mit Sturmgewehren, an deren Laufenden sich Schalldämpfer befanden. Ihre Blicke waren auf eine Stelle rechts von ihr gerichtet. Sie ließ sich davon nicht ablenken, sondern schoss sofort auf den Weißen in der Mitte. Die Kugel traf ihn direkt ins Herz. Innerhalb einer Sekunde sank er zu Boden und starb.

Jetzt hatten die anderen beiden das Interesse an den Schreien der Verfärbten verloren. Entsetzt starrten sie ihren toten Kollegen an. Der Neun-Uhr-Mann glotzte nicht lange, denn eine von Smillas Kugeln zerfetzte seinen Hinterkopf und ließ das Blut wie rote Sprühsahne aus dem Schädel spritzen. Sofort feuerte sie auch auf den dritten im Bunde und hätte ihn auch getroffen, wenn dieser nicht einen Schritt zur Seite gemacht hätte. Smillas Kugel zischte haarscharf an seinem Ohr vorbei.

Der Weiße begann sofort, auf Smilla zu schießen. Doch sie reagierte schnell genug und hechtete hinter einen Blumenkübel vor dem Eingang zum Badehaus. Nur wenige Meter von ihr entfernt lag Trips, die Augen geöffnet, die Sprühflasche wie ein Schutzschild vor seinem Bauch. Aus der Flasche lief Chlorwasser in einem Rinnsal über den Asphalt und fraß sich durch eine Gruppe schreiender Verfärbte.

»Halt durch!«, wisperte sie ihm zu, doch eine Reaktion des jungen Rappers blieb aus. Aber sie bemerkte, dass sich seine Brust hob und senkte, wenn auch nur ganz schwach. Bevor sie sich um Trips kümmern konnte, musste sie den letzten Weißen ausschalten. Ein schwieriges Unterfangen, denn das Überraschungsmoment war verflogen. Jetzt musste sie hochkonzentriert sein, um auch den letzten Angreifer loszuwerden.

Smilla kauerte hinter dem Blumenkübel, ihre Finger krallten sich um den Griff der Pistole. Sie rekonstruierte die Position des Fünfzehn-Uhr-Weißen, der sich nach dem Tod seines Neun-Uhr-Kumpels in dessen Richtung gedreht und ein paar Schritte auf seine Leiche zugemacht hatte.

Etwa auf vierzehn Uhr musste er sich befunden haben, als Smillas Kugel knapp an seinem Schädel vorbeigeschrammt war. Womöglich war er auch schon weiter in ihre Richtung gegangen. Noch immer schrien die vom Chlorwasser gepeinigten Verfärbten, übertönten so jedes Geräusch, das die Position des letzten Overalltypen hätte verraten können.

Krampfhaft grübelte sie über eine Taktik nach. Dann fiel ihr Blick auf eine schlafende Verfärbte, die nur eine Armlänge von ihr entfernt auf dem Boden schlummerte. Smilla kam eine Idee, die sie sofort in die Tat umsetzte. Kauernd streckte sie ihren rechten Arm aus, krallte ihre Finger in das blonde Haar der Verfärbten und zog sie langsam an sich heran. Bündelweise rissen Haare aus der Kopfhaut der Frau, doch Smilla griff immer wieder nach und zog so den Körper Stück für Stück an sich heran. Bei jedem Zug ächzte die Verfärbte wie ein Blasebalg.

»Hey, wer bist du?«, rief der letzte Weiße ihr plötzlich zu. Die Stimme hörte sich nah an. Sie musste sich beeilen.

Nach einem letzten Kraftakt lag die Frau direkt vor Smilla. Ihre Gesichtsfarbe war in ein unheimliches tiefes

Lila gefärbt, die dicken Adern, die sich kreuz und quer über ihr Antlitz kreuzten, wirkten prall und zum Bersten mit Flüssigkeit gefüllt. Der faulige Gestank, der von ihr ausging, ließ Smilla würgen. Ihre rechte Wange war vom Chlorwasser zerfressen. Ihr Kiefer war stellenweise freigelegt.

»Ich baller' dich ab! Darauf kannst du dich verlassen. Ich schieß dir in die Leber, dann liegst du hier, bis die Monster aufwachen und dann …«

Mit letzten Kräften packte Smilla der Verfärbten unter die Achseln, hob sie ein Stück hoch und schmiss sie aus dem Schutz des Blumenkübels auf die Straße. Sofort hörte sie die gedämpften Schüsse aus der Waffe des Weißen, die mit einem Ploppen im Körper der Frau einschlugen.

Diesen kurzen Moment der Ablenkung nutzte sie, um blitzschnell aufzustehen und sofort auf den Mann im weißen Overall zu schießen. Ihre erste Kugel schlug in der Schulter des Mannes ein. Der Einschlag ließ ihn nach hinten taumeln. Doch er fing sich, drehte sich mit erstaunter Miene in Richtung Smilla um. Er hob seine Waffe, während sich ein roter Fleck auf seinem weißen Anzug ausbreitete. Doch seine Bemühungen kamen zu spät, denn Smilla hatte längst auf ihn angelegt und ein zweites Mal abgedrückt. Die Kugel drang durch das Gummi seiner Gasmaske, zerschmetterte sein rechtes Jochbein und riss ihn von den Beinen.

Mit einem spitzen Schrei fiel er zu Boden. Er landete auf einem Teppich aus Verfärbten. Smilla ging auf Nummer sicher. Sie sprang über einen der Schlafenden auf eine freie Stelle, machte noch zwei Schritte nach vorn, bis sie neben dem Weißen stand. Mit offenen Augen lag der Kerl auf dem Rücken, die Gasmaske auf seinem Gesicht war durch den Einschuss verrutscht. Er atmete schwer. Durch das Plexiglas der Maske blickte Smilla in die Augen des Mannes. Ohne zu zögern, hob sie ihre Pistole und schoss ihm in den Kopf.

Sofort drehte sich Smilla um und rannte zu Trips. Vor dem jungen Rapper ging sie auf die Knie, zog ihm die Sprühflasche vom Körper. Sie bemerkte das Einschussloch in dem Behälter. Mittlerweile war das Chlorwasser fast vollständig ausgelaufen und ätzte sich durch die Verfärbten in der Nähe.

»Trips?«, rief sie, während sie die Schussverletzung in seinem Bauch untersuchte. Er hatte das Bewusstsein verloren, atmete aber noch. Sein Shirt war zwar rot, aber aus der Wunde quoll relativ wenig Blut. Smilla hatte schon einige Bauchschüsse gesehen und die massiven Blutungen waren ihr in Erinnerung geblieben. Die Kraft der Kugel war durch die Sprühflasche abgeschwächt worden, sodass sie nicht besonders weit in seinen Bauch eingetreten war. Trotzdem blutete er stark.

Es stand außer Frage, dass die Verletzung dringend behandelt werden musste, damit er überlebte. Sie schaute sich auf der Suche nach einem Stück Stoff um, das sie auf die Wunde pressen konnte.

Schließlich stand sie auf, ging zu einem der toten Weißen und schob ihn auf die Seite. Der Typ trug ein Backpack auf dem Rücken, das sie ihm barsch vom Rücken zog. Hektisch riss sie den Reißverschluss auf und durchwühlte den Inhalt. Sie fand Ersatzmagazine für das

Sturmgewehr, eine Pistole und ein Notfallpack. Volltreffer!

Mit dem Medipack rannte sie zurück zu Trips, der noch immer besinnungslos war. Sie riss die kleine Plastiktasche auf, holte eine Mullbinde heraus und drückte sie auf Trips Wunde. Innerhalb weniger Sekunden färbte sich der Zellstoff rot. Weitere Mullbinden sorgten zumindest für eine Verringerung des Blutverlustes.

Plötzlich bemerkte sie, dass Trips Augenlider flatterten. Sein Mund zuckte, dann schnellte seine Zunge hervor und er leckte sich damit über seine Lippen. Seine Augen öffneten sich, es folgte ein heiseres Röcheln.

»Mensch, Junge, alles in Ordnung?«, fragte Smilla ihn, obwohl sie wusste, dass nichts in Ordnung war. Trips zog die Zunge ein und biss sich auf die Unterlippe. Seine Augen füllten sich langsam mit Leben, gleichzeitig zog er eine schmerzverzerrte Grimasse.

»Mama«, murmelte er, hob den Kopf ein Stück, riss seine Augen erschrocken auf, als er Smilla sah und erkannte.

»Hey, alles wird gut«, sagte sie zu dem Rapper. Mit der Hand strich sie ihm über sein verschwitztes Haar.

»Bring mich um«, stammelte Trips.

»Was? Warum sollte ich dich umbringen?«

»Ich will keins von diesen Monstern werden.«

»Was erzählst du da? Du wirst keiner von den Verfärbten. Du bist von einer Kugel getroffen worden.« Trips schaute sie an, als hätte sie in einer fremden Sprache mit ihm gesprochen. Ihm fiel es schwer, zu begreifen, was passiert war.

»Scheiße!«, sagte er, als er verstand. »Sterben will ich

aber auch nicht.«

»Du wirst nicht sterben!«, log sie. Sie hatte keine Ahnung, wie schwer die Verletzung war, aber die Blutung musste gestoppt werden, sonst würde es düster für ihn aussehen.

»Wir müssen so schnell wie möglich zurück ins Parkhaus. Ben wird dir helfen können.« *Hoffentlich*, dachte Smilla, auch wenn sie daran zweifelte, dass ein Psychiater Erfahrung mit der Versorgung von Schusswunden hatte. »Du musst aufstehen, Trips.«

»Kann nicht!«

»Du musst die Zähne zusammenbeißen. Ich werde dir hoch helfen.« Trips nickte schwach. Er machte Anstalten sich aufzurichten, doch Smilla hielt ihn mit erhobenen Händen zurück.

»Moment!«, sagte sie und stand auf. Sie nahm den Rucksack, dann lief sie die toten Weißen ab, sackte ihre Waffen ein und nahm deren Notfallpacks aus den Rucksäcken. Im Backpack des Zwölf-Uhr-Mannes fand sie ein winziges Notebook, nicht größer als acht Zoll. Smilla inspizierte die Anschlüsse des kleinen Computers und stellte zufrieden fest, dass es über herkömmliche USB-Anschlüsse verfügte. Mit dem Ding konnte sie den Stick auslesen, den sie von Rumba hatte. Sie war schon gespannt, was sie darauf finden würde.

Smilla schwang sich die Gewehre über die Schultern. Sie ging zurück zu Trips, der sich aus eigener Kraft in eine sitzende Position gehievt hatte. Entsetzt starrte er auf die blutgetränkten Mullbinden auf seinem Bauch.

»Sieht schlimmer aus als es ist«, versuchte sie, Trips zu beruhigen. Er blickte zu ihr auf. »Ach ja«, erwiderte er mit krächzender Stimme.

»Gleich gehts los, ich hole nur meine Sprühflaschen.«

Smilla ging Richtung Badehaus. Die Kolben der Gewehre schlackerten gegen ihre Hüfte. Im Badehaus nahm sie sie ab, legte sie auf den Boden neben die Sprühflaschen. Sie schaute sich suchend um. Die Sprühflaschen, die Gewehre und den Rucksack des Neun-Uhr-Mannes konnte sie zwar tragen, aber gleichzeitig auch noch Trips zu stützen, war zu viel.

Smilla musste sich irgendwas einfallen lassen oder ein Hilfsmittel finden. Am besten einen Sack oder eine große Tasche. Im Eingangsbereich gab es nichts, was weiterhalf, deshalb ging sie in die Schwimmhalle. Vielleicht gab es dort etwas Brauchbares. Ihr Blick schweifte über das Schwimmbecken. Die Trümmer des Gerüsts ragten aus dem Wasser. Sie nahm Notiz von einem gelben Bauarbeiterhelm, der wie ein Boot auf der Oberfläche schwamm. Sie inspizierte den Bereich rund um das Becken, doch es gab nichts, das ihr beim Transport von Trips und den gefundenen Utensilien helfen konnte.

Gerade als sie aufgeben wollte, erspähte sie etwas aus dem Augenwinkel. Smilla wandte sich in die Richtung. In einer Nische neben der Eingangstür entdeckte sie eine Schubkarre, die mit jeder Menge Werkzeug gefüllt war. Bingo!

Nachdem sie das Werkzeug ausgeräumt hatte, rannte sie mit der Karre vor sich herschiebend nach draußen. Trips saß immer noch da, den roten Mullballen auf den Bauch gepresst, irgendetwas murmelnd. Als Smilla näher kam, erkannte sie Raplines, die er vor sich hin brabbelte.

Ich bin der letzte meiner Gattung, mit nem Flow, der mehr Wind macht als Michael Jacksons Bestattung.

»Hey, Trips, sieht aus, als ginge es dir besser«, versuchte Smilla ihn aufzumuntern, doch sie hatte bereits gesehen, dass der Mullballen noch röter war als vor wenigen Minuten.

Wenn Trips nicht bald professionelle Hilfe bekäme, dann würde er nicht mehr lange zu leben haben. Als sie mit der Schubkarre neben ihm stehen blieb, schaute er auf zu ihr und rappte eine Line von Liquit Walker:

Ich lass es regnen auf dich, Kleiner, doch der Rain ist nicht purple, ich gegen dich ist ungerecht, so wie Blade gegen Urkel.

Smilla lächelte ihm zu, doch in ihr sah es düster aus. Sie kannte diese Art der Verwirrtheit aus Afghanistan. Sie dachte an den Bombenanschlag auf ihr Lager, an ihren Kameraden … Verdammt, sie hatte seinen Namen vergessen. Michael oder Marco? Seine Beine waren von einer Landmine abgerissen worden. Sie war als Erste zur Stelle, nahm ihn den Arm. Trotz der Schmerzen lächelte er entrückt und erzählte ihr von seinem letzten Urlaub in der Türkei, in dem er mit seiner Freundin Bananaboot gefahren war. Nächsten Sommer wolle er wieder mit ihr nach Side. Doch als Smilla nach dem Namen seiner Freundin fragte, kam keine Antwort mehr.

Genauso entrückt wirkte Trips, während er Raplines rezitierte. Sie würde nicht zulassen, dass er starb.

»Komm, dein Taxi ist da. Los, ab in die Schubkarre«, trieb sie ihn in einem gespielt fröhlichen Ton an. Mehr als Gebrabbel brachte Trips nicht mehr zustande.

Smilla seufzte, dann beugte sie sich zu dem Schwerverletzten herunter und packte ihn unter den Achseln. Mit einem enormen Kraftakt schaffte sie es, den Hausmeister in die Schubkarre zu verfrachten. Danach wühlte sie ein weiteres Medipack aus den gesammelten Utensilien der toten Weißen. Sie nahm den blutigen Zellstoffklumpen von der Wunde. Besorgt stellte sie fest, dass der Blutfluss aus der Wunde nur minimal weniger geworden war. Erneut presste sie mehrere frische Mullbinden darauf, dann nahm sie Trips Hände und drückte sie auf den provisorischen Verband.

Anschließend sammelte sie die Gewehre und den Rucksack auf, in den sie den Laptop, die Pistolen und die Medipacks gestopft hatte, und legte sie zu dem Verletzten in die Schubkarre. Dann packte sie sich die Griffe und hob die Schubkarre an. Ihr kamen die Sprühflaschen mit dem Chlorwasser in den Sinn. Dafür war kein Platz in der Karre. Sie würde die Dinger später holen. Jetzt musste sie erst Trips ins Parkhaus bringen.

Bevor sie losging, geisterte ihr eine Liedzeile durch den Kopf. Sie mochte Rap nicht besonders, stand eher auf Mainstreampop. Es gab ein Lied, das in Afghanistan rauf und runter lief.

I won't let you turn around
And tell me now I'm much too proud
All you do is fill me up with doubt
This time, baby, I'll be bulletproof
This time, baby, I'll be bulletproof
This time, baby, I'll be bulletproof
This time, baby, I'll be bulletproof

Kapitel 31 - (Not) Bulletproofed

Bens Gesicht sprach Bände. Seine Lesebrille rutschte ihm bis zur Nasenspitze, als er ins Wohnzimmer kam. Mit einem tiefen Seufzen setzte er sich zu Smilla auf die Couch, nahm seine Brille von der Nase und schaute zuerst Yut an, der teilnahmslos zurück starrte, dann wandte er sich an Smilla.

»Trips muss so schnell wie möglich in ein Krankenhaus«, sagte Ben. »Sofort!«, verlieh er seinen Worten zusätzlichen Ernst. Smilla senkte kurz den Blick, dann schaute sie wieder auf.

»Kannst du nichts machen?«

»Nee, ich bin nur Psychiater. Trips braucht einen Chirurgen und zwar in den nächsten Stunden. Und selbst dann ist es nicht sicher, ob er durchkommt. Die Kugel steckt offenbar nicht tief, sonst wäre er längst tot. Er verliert viel Blut, nicht schnell, aber stetig.«

»Also müssen wir schleunigst hier weg!«, warf Yut ein, der bis zu diesem Moment nicht den Eindruck machte, dass ihn Trips Lage tangierte. Jetzt wurde er plötzlich aktiv, denn er witterte die Chance, doch schon in dieser Nacht die Klinik zu verlassen. Er wusste nicht, dass Smilla und Trips dieselbe Idee hatten, nachdem sie die Spuren des Spähtrupps entdeckt hatten.

»Wenn Trips eine Chance haben soll, dann ja«, erwiderte Ben. Smilla nickte.

»Du hast ja reichlich Beute gemacht. Wir haben die Waffen und das Chlorwasser. Damit kommen wir sicher bis zu diesem Gully, durch den du hier reingekommen bist«, meinte Yut.

»Was für Waffen?«, fragte Ben. Als Smilla mit Trips in der Schubkarre an der Wohnungstür angekommen war, war alles sehr schnell gegangen. Sie hatte noch keine Zeit gehabt, Ben von dem Zusammenstoß mit den Weißen zu erzählen.

Während er Trips notdürftig versorgt hatte, berichtete Smilla Yut von dem Feuergefecht. Seitdem hatte der bullige Kerl ein Auge auf die Gewehre geworfen, die in einem blauen Müllsack im Korridor lagerten.

»Ich hatte keine Chance, ich musste sie ausschalten«, endete Smillas Bericht. Man sah, wie Ben schluckte. Yut hatte zwar erzählt, wie der Psychiater mit seinem Schwert die Verfärbten bekämpft hatte, aber die Vorstellung von einem kriegsähnlichen Feuergefecht schien ihn zu belasten.

»Das war dann wohl endgültig der Beweis, dass wir auf der Abschussliste der Weißen stehen«, resümierte Ben.

Einen Moment herrschte Schweigen in der Runde, dann war es erneut der Psychiater, der das Wort ergriff.

»Er hat recht«, sagte er mit einem Kopfnicken Richtung Yut. »Wir müssen sofort hier raus. Nicht nur um Trips Leben zu retten, sondern auch, weil die Weißen uns auf die Pelle rücken werden. Wenn die das mit dem Chlor wüssten, dann hätten die schon längst alles hier eingenebelt. Anscheinend ist diese Krankheit ein Virus, entweder im Labor gezüchtet oder zumindest von dort entwichen. Es sieht so aus, als wären die Gerüchte um verschwundene Patienten wahr. Es steht zu befürchten, dass sie für Laborversuche missbraucht wurden. Das wollen diese Typen garantiert unter den Teppich kehren. Die Frage ist, was haben die jetzt vor.«

»Die werden alles bombardieren«, kam es von Yut, der sich in seinem Sessel vorgebeugt hatte. Sein Blick kreiste zwischen Smilla und Ben hin und her.

»Glaube ich nicht«, kam es von Smilla.

»Warum nicht?«, wollte Yut wissen, dabei streckte er seinen Rücken. Es sah so aus, als würde er am liebsten Laserstrahlen aus seinen Augen schießen.

»Die sind weder Militär noch Polizei, zumindest nicht offiziell. Sie tragen keine Abzeichen oder irgendwas, wodurch man sie einer Organisation zuordnen könnte. Die ganze Sache scheint eine geheime Unternehmung zu sein. Wenn die hier alles in die Luft jagen, dann kriegt das jeder Bauer in der Umgebung mit. Und spätestens morgen kommt das auf jedem Sender.«

»Und? Was glaubst du, was die vorhaben?«, fragte Yut, dabei spuckte er feine Speicheltropfen aus seinem Mund. Smilla wich ein Stück zurück.

»Meiner Meinung nach werden die das Ganze wie ein Unglück aussehen lassen. Seit Wochen ist es heiß und trocken«, erklärte Smilla.

»Feuer?«, fragte Ben mit erschrockener Miene.

»Ja, könnte ich mir vorstellen. Die kommen hier rein, zünden alles an und lassen es wie einen stinknormalen Brand aussehen.«

»Ohne einen einzigen Überlebenden?«, fragte Yut. »Wie wollen die das denn erklären?« Ben lachte laut auf, was Yuts Zornesröte eine weitere Nuance dunkler werden ließ. »Was?«, feuerte er Ben entgegen.

»Sorry, Yut, aber diese Typen da draußen haben womöglich an einem hochexperimentellen Virus geforscht, der Menschen in rasende Bestien verwandelt. Da werden die sicher auch einen Weg finden, die Medien zu verarschen. Wir sollten uns lieber um unseren sofortigen Abmarsch kümmern. Wir sind uns doch einig, dass wir so schnell wie möglich abhauen müssen?«

Yut brüllte sofort »Ja!«

Smilla nickte, dann fragte sie: »Wie lange noch, bis zum Sonnenaufgang?« Ben blickte auf seine Armbanduhr.

»Zwei Stunden ungefähr, vielleicht etwas weniger.«

»Dann sollten wir uns beeilen«, erwiderte Smilla und erhob sich von der Couch. Sie wollte nach Trips schauen, aber das war nicht der einzige Grund, warum sie in das Krankenzimmer ging.

Unter Trips Bett hatte sie das Mininotebook versteckt. Bevor sie gingen, wollte sie wissen, was auf dem Stick war. Sie hoffte nur, dass die kleine Festplatte das Bad im Schwimmbecken heil überstanden hatte.

Kapitel 32 - Druck

Am liebsten hätte Yut Smilla von hinten den Schädel eingeschlagen. Die Schlampe verheimlichte etwas, das spürte er in seinen Eiern. Er war sich sicher, dass Rumba ihr irgendetwas verraten hatte. Ob er es herausbekommen würde oder nicht, eines stand fest: Diese Zicke würde die Klinik nicht lebend verlassen. Dafür würde er sorgen.

»Ich schau mal nach Berdan«, sagte Ben. Yut nickte abwesend, sein Blick bohrte sich in Smillas Rücken, bis sie im Korridor verschwunden war. Er hörte, wie die Tür zu Trips Zimmer auf und wieder zu ging. Wenig später war auch Ben verschwunden. Statt auf Smilla starrte er jetzt auf den Zipfel des blauen Müllbeutels, der vom Flur ins Wohnzimmer hineinragte. Vielleicht sollte er es einfach jetzt beenden. Einfach eine von den Knarren aus der Tüte nehmen und der Bitch den Kopf wegknallen. Was wollte die eigentlich bei dem Rap-Hirni? Der Typ würde sowieso den Löffel abgeben, so ein Weichei wie der war.

Vielleicht sollte er mal nachschauen. Er grinste bei dem Gedanken daran, was er alles mit Smilla anstellen würde, bevor er sie erledigte. Yut spürte den Druck in seiner Hose, dabei ignorierte er den Schmerz in seiner lädierten Seite.

Verdammt, er hatte keinen Bock mehr zu warten. Jetzt war die Gelegenheit, die Wahrheit aus der Schlampe herauszuquetschen. Danach würde er sie flachlegen und dann ins Jenseits befördern.

Voller Vorfreude stemmte er sich aus dem Sessel. Im Korridor schaute er in den blauen Müllsack. Das ausgekochte Miststück hatte die Magazine der Waffen entfernt.

Bevor er in Trips Zimmer ging, machte er in der Küche Halt. Dort nahm er ein langes Messer aus dem Holzblock. Damit ging er zu dem Zimmer, in dem der Rapper um sein Leben kämpfte. Einen Kampf, den er und Smilla verlieren würden.

Kapitel 33 - USB

Trips schlief tief und fest von den Medikamenten, die Smilla auf Rumbas Station gefunden hatte. Traurig schaute sie in das Gesicht des jungen Mannes, der ihr in kürzester Zeit ans Herz gewachsen war.

Er erinnerte sie an die vielen Kameraden, die von einem Tag auf den anderen das umsorgte Leben in Deutschland mit der Hölle in Afghanistan eingetauscht hatten. Einige von ihnen waren nicht zurückgekommen, dasselbe Schicksal drohte jetzt Trips, wenn er nicht in den nächsten Stunden in ein Krankenhaus käme. Aber selbst, wenn die Ärzte ihn retten könnten, war längst nicht gewiss, dass sein Leben wieder in normalen Bahnen verlaufen würde.

Was war das nur für ein teuflisches Virus, mit dem die Leute da draußen rumgespielt haben? War es natürlich oder im Labor gezüchtet? War es womöglich gar nicht von dieser Welt? Ein kalter Schauer lief ihr über den Rücken.

Smilla streichelte Trips über die verschwitzte Stirn, roch den sauren Geruch nach Schweiß und Urin, der von seinem Körper aufstieg.

Es blieb ihr nicht viel Zeit bis zum Aufbruch. Sie ging in die Knie, streckte ihren Arm aus und bekam den Träger eines Rucksacks unter dem Bett zu fassen. Sie zog das Backpack heraus. Smilla öffnete den Reißverschluss und schaute hinein. Ihr Blick fiel auf die Waffenmagazine. Sie hatte Yuts Blick gesehen, als sie von den Gewehren erzählt hatte. Ihr behagte der Gedanke nicht, dass der Kerl mit einer geladenen Knarre herumlief. Draußen konnte sie es nicht verhindern, in der Wohnung war es ihr lieber, wenn sie die Waffen unter Kontrolle hatte.

Sie zog das winzige Notebook heraus, das sie in eine der Seitentaschen gesteckt hatte. Hoffentlich hatte der Akku noch genug Saft, dachte sie mit einem unguten Gefühl.

Mit einem Griff in ihre Hosentasche holte sie den USB-Stick raus, den sie von Rumba bekommen hatte. Sie starrte das kleine Ding an. Darauf könnte sich Konrads Geheimnis befinden, falls der Stick von der Feuchtigkeit nicht zerstört worden war.

Mit pochendem Herzen drückte sie den Power-Schalter des Notebooks. Der Computer erwachte zum Leben, was Smillas Herzschlag noch beschleunigte.

»Kacke!«, fluchte sie leise, als auf dem Display die Aufforderung zum Fingerprintabgleich aufpoppte. Mit verkniffener Miene starrte sie auf den USB-Stick, als sie Yuts Stimme wie der Schlag traf.

»Soll ich seinen Zeigefinger holen?« Blitzschnell drehte sich Smilla um. Yut war heimlich in das Zimmer getreten. Mit einem langen Küchenmesser stand er da und fixierte sie mit einem diabolischen Ausdruck in den Augen. »Hat Rumba dir den Stick gegeben?«, fragte er. Smilla antwortete nicht.

Krampfhaft versuchte sie, den Schock seines Auftauchens zu überwinden. Ihr war klar, dass er gekommen war, um sie zu töten. Wahrscheinlich hatte er noch mehr mit ihr vor, entweder vor oder nach ihrem Tod.

»Wegen diesem Ding hattest du es auf Rumba abgesehen. Richtig?« Yut grinste gehässig. Er machte einen Schritt auf Smilla zu, blieb dann aber wieder stehen.

»Die Schwuchtel ging mir am Arsch vorbei«, sagte er. »Konrad hat den Wichser geliebt, aber Rumba war ein Weichei und ein dreckiger Verräter. Als der Typ sich von einem Tag auf den anderen verdrückt hatte, musste Konrad etwas unternehmen.« Smillas rechte Augenbraue zuckte. Ihre Stirn legte sich in Falten.

»Was soll das heißen? Rumba hat doch bestimmt zwei Jahre für Konrad die Bücher geführt. Was hat ihn denn auf einmal so erschreckt? Ist es das, was hier drauf ist?« Sie hielt den USB-Stick hoch. Dieses Mal lachte Yut nicht. Mit versteinerter Miene fixierte er das Plastikteil in Smillas Händen.

»Er hat zu viel geschnüffelt. Dabei ist er wahrscheinlich auf Geschäfte gestoßen, von denen er nichts wissen sollte«, erklärte Yut. »Ach was solls, ich kanns dir ruhig erzählen, du kommst hier sowieso nicht lebend raus. Konrad liebte nur Rumba – sonst niemanden. Menschen waren für ihn nur Handelsware. Und die handelte er zu hohen Preisen.«

»Nutten und Drogen, das waren seine Geschäfte. Das wusste Rumba doch. Ich verstehe nicht, warum ihn das auf einmal so runtergezogen hat.« Yuts Mundwinkel verzogen sich wieder zu einem Grinsen.

»Hör zu, es wird das Letzte sein, was du hörst. Konrads Drogen- und Nuttengeschäfte waren nur eine Fassade. Seine Haupteinnahmequelle waren Kinder.«

»Was? Wie meinst du das?«

»Was ist daran nicht zu verstehen? Kleine, niedliche Kinder! Vornehmlich Ausreißer oder Heimkinder. Auf jeden Fall solche, die niemand vermisste. Ich und ein paar andere haben sie gesucht, entführt und gelagert.«

»Gelagert?«

»Wir hatten Häuser im Sauerland und im Rheinland. Dort haben wir die Bälger untergebracht, gereinigt und auf ihre zukünftige Aufgabe vorbereitet.«

»Was für eine Aufgabe?«, schrie Smilla dem Glatzkopf entgegen.

»Bist du blöd? Ficken, blasen, was denn wohl sonst, du dumme Kuh. Konrad hat die Kröten an Pädophilenringe verkauft. An Gangs in Osteuropa und Scheichs im Nahen Osten. Damit hat er etliche Millionen verdient. Konrad, der Idiot, hat nur einen Tick. Er führt über alles Buch: Namen, Orte, und so weiter. Der hat alles auf seinem Scheißnotebook gespeichert, das er wie seinen Augapfel hütete. Und dann hatte er die völlig bescheuerte Idee, seinen Stecher einzuweihen. Anfangs sah es so aus, dass Rumba kein Problem mit der Sache hatte. Doch der Wichser hat anscheinend nichts anderes getan, als Daten zu sammeln. Da auf diesem verfickten USB-Stick. So, jetzt weißt du alles. Zeit für dich zu sterben. Aber zuerst gönne ich mir eine Runde Zusatzspaß.«

Mit einer Hand rieb sich Yut die Beule in seiner Hose, dabei leckte er sich die Lippen. Der Moment des Ekels war bei Smilla längst eingetreten, nämlich in dem Augenblick, als sie erfuhr, was für eine Bestie Konrad war. Und das Ungetüm vor ihr hatte ihm geholfen, kleine Kinder zu entführen und an widerliche Pädophile zu verkaufen.

Mit dem Ekel kam auch die Wut und diese kanalisierte sie jetzt gegen den glatzköpfigen Drecksack. Jeden Moment würde er sich mit dem Messer auf sie stürzen. Aber sie hatte nicht mehr als einen winzigen USB-Stick, um sich zu verteidigen. Mit dem Notebook konnte sie auch nichts anfangen, das würde an Yuts Schädel in tausend Stücke zerbersten. Langsam stand sie auf, um dem Ungetüm wenigstens im Stehen entgegenzutreten.

»Hör zu, Yut.«

»Halt die Fresse!«, erwiderte er spuckend. Okay, ihn einzulullen konnte sie vergessen. Es lief auf einen Zweikampf hinaus. Sie wusste, dass Yut ein versierter Thaiboxer war.

»Du brauchst das Messer doch gar nicht, um mich kaltzumachen.«

»Schnauze!« Mit langsamen Schritten ging er auf sie zu.

Automatisch ballte Smilla ihre Hände zu Fäusten und positionierte sich in Kampfstellung. Das linke Bein nach vorn, die Arme angewinkelt, die Fäuste wie ein Boxer angehoben. Was würde ihr das gegen diesen Koloss nutzen? Nichts! Sie brauchte eine Idee – und zwar auf der Stelle.

»Stirb, Bitch«, schrie Yut, bevor er sich Richtung Smilla stürzte. Reflexartig griff sie sich Trips Bettdecke und warf sie dem Angreifer entgegen. Er wirkte wie ein Schlossgespenst, als er mit der Decke über dem Kopf auf sie zu stolperte.

Blitzschnell rollte sich Smilla zur Seite, bevor der Glatzkopf gegen die Wand krachte, vor der sie gerade noch gestanden hatte. Ruckzuck war sie wieder auf den Beinen.

Jetzt hätte sie die Gelegenheit gehabt zu fliehen, doch sie ahnte, dass sich Yut dann Trips vornehmen würde. Obwohl Yut Kampfsportler war, kannte er keine Fairness, deswegen war ihr klar, dass er den Rapper skrupellos abschlachten würde.

Hektisch schaute sie nach einem Gegenstand im Raum, den sie als Waffe benutzen könnte. *Schneller, schneller*, trieb sie sich selbst an.

Yut hatte sich schon fast wieder von der Bettdecke befreit. Es blieb ihr nur, seine momentane Schwäche auszunutzen: die frische Wunde an seiner rechten Seite.

Schnell taxierte sie seine Stellung, dann spannte sie ihren Körper, fixierte ihr Ziel. Nach einem Schritt Anlauf sprang sie nach vorn, streckte ihr Bein und trat ihm mit voller Wucht ihren rechten Fuß samt Dr. Marten in die lädierte Seite. Yut brüllte vor Schmerzen. Doch der Schockeffekt hielt nicht lange an, denn die Bettdecke dämpfte den Tritt ab.

Kaum hatte sich Smilla wieder in Kampfstellung postiert, um den nächsten Angriff zu starten, sah sie, wie die Bettdecke im hohen Bogen zu Boden fiel. Mit schmerzverzerrtem Gesicht hielt Yut ihr das Messer bedrohlich entgegen. Messerangriffe gehörten zu den gefährlichsten Attacken. Entweder man schaffte es zu fliehen oder man versuchte, die Verletzungen, die man auf jeden Fall davontragen würde, zu minimieren.

Mit Gebrüll rannte Yut auf sie zu. Blitzschnell packte Smilla sein Handgelenk, gleichzeitig rammte sie ihren Ellenbogen gegen Yuts Hals. Sein Gebrüll verwandelte sich in ein heiseres Röcheln. Sie hatte seinen Kehlkopf mit voller Wucht getroffen. Jetzt klemmte sie sein Handgelenk unter ihrer Achsel ein und begann, dem Glatzkopf mit ihrem Knie in die Hoden zu kicken.

Yut heulte auf, dabei zog er mit aller Kraft seine Hand zurück. Sofort fühlte Smilla, wie die Klinge durch ihren

Oberarm schnitt. Trotzdem biss sie die Zähne zusammen, drückte sich Yut entgegen. Sie spürte, wie sein Arm wieder unter ihre Achsel rutschte, sodass sie sein Handgelenk erneut fixieren konnte.

Der Muskelmann grunzte wie ein Schwein, als Smilla ihm einen heftigen Kopfstoß gegen die Nase verpasste. Innerhalb eines Augenaufschlags schoss Blut aus seinen Nasenlöchern. Es war die Chance, seine Verwirrung auszunutzen. Mit der rechten Hand griff sie von oben in die Klinge, dann versuchte sie, das Messer unter ihre Kontrolle zu bekommen.

Doch Yuts Straucheln war nur vorgetäuscht, denn aus dem Nichts schlug er Smilla einen linken Schwinger auf die Schläfe. Der Knall in ihrem Ohr schien ihren Kopf explodieren zu lassen. Schlagartig senkte sich ein milchiger Nebel über ihr Sichtfeld. Wie ein Fleischberg sackte sie besinnungslos zu Boden.

Kapitel 34 - Alles wird gut (Fast alles)

Lange konnte sie nicht ohnmächtig gewesen sein. Als sie die Augen öffnete, sah sie in Yuts blutverschmiertes Gesicht. Er stand mit dem Rücken zur Tür, in der Hand das Messer, dessen Klinge rot vom Blut war. Ihr Blut! Davon ging sie zumindest aus.

In ihrem Kopf tobte ein Hurrikan, eine Mischung aus Schmerz und Schwindel. Nach ein paar tiefen Atemzügen kehrte ihre Aufmerksamkeit zurück. Sie registrierte, dass sie mit dem Rücken an Trips Bett auf dem Boden hockte. Wasser floss über ihre rechte Schulter. Ihr Blick klebte auf Yut, der so dreckig grinste, dass Smilla stutzig wurde.

Wasser? Wieso lief Wasser über ihre Schulter? Verwirrt drehte sie ihren Kopf, schaute hinab. Ihr Augen weiteten sich, als sie verstand, dass Blut in Strömen über ihre Schulter floss.

»Du bist zu blöd, du alte Fotze!«, fauchte Yut sie an, dabei lachte er widerlich anzüglich. Mit seiner freien Hand massierte er sich im Schambereich, leckte sich die Lippen und genoss die Situation wie einen köstlichen Rotwein.

»Warum blute …« Mitten im Satz begriff Smilla, was passiert war. Yuts dreckiges Lachen, ihr Blut, nein, es war nicht ihr Blut, es war Trips' Blut. Langsam beugte sie sich vor, drehte sich nach hinten, stützte sich auf ihre Handflächen ab und erhob sich ein Stück vom Boden.

Unter ihrem Arm brannte die Wunde von Yuts Messer, als hätte jemand Salz hineingestreut. Doch der Schmerz kam nicht in ihrem Kopf an, er versickerte im Angesicht des Grauens, das sich ihr bot, als sie in das bleiche Gesicht von Trips sah. Sie wollte schreien, doch sie brachte keinen Laut zustande.

Eisige Kälte zog durch ihren offenen Mund in ihre Seele. Ihr Blick klebte auf dem klaffenden Riss am Hals des jungen Rappers. Aus dieser Kehle würde nie wieder ein Reim oder eine Punchline erklingen. Trips war tot!

Yut hatte ihn getötet, ihm die Kehle aufgeschlitzt. Nur um sie zu ärgern, sie zu quälen, kurz bevor sie selbst das Opfer seiner Klinge werden sollte.

»Jetzt bist du dran«, kündigte Yut an. »Guck mich an, Schlampe.« Ganz langsam drehte sich Smilla um, ihre Augen hatten sich mit Tränen gefüllt, kalt vor Trauer, heiß vor Wut auf den widerlichen Koloss, der dem Leben des Jungen aus Spaß ein Ende bereitet hatte.

»So leicht wie er wirst du nicht davonkommen«, krächzte er ihr zu, während er seinen Schwanz bearbeitete, als hätte jemand Juckpulver in seine Unterhose gestreut.

Smilla wusste nicht, was sie machen sollte. Vielleicht sollte sie sich einfach ihrem Schicksal ergeben. Jetzt sterben und alles hinter sich lassen. Die Menschen waren sowieso verloren, selbst wenn man dieses Virus ausmerzen könnte. Das schlimmste Virus war der Mensch an sich.

Auf einmal musste sie an Berdan denken. Sie konnte ihn nicht im Stich lassen. Wenn Yut mir ihr fertig war, würde er Ben und den Jungen umbringen, daran bestand kein Zweifel. Das Scheusal vor ihr konnte keine Zeugen gebrauchen. Nein, ergeben war keine Option, das war sie dem kleinen Berdan schuldig. Aber wie sollte sie sich gegen den Muskelberg wehren?

»Ausziehen!«, befahl Yut ihr. »Ich will deine Titten sehen. Vielleicht schneide ich eine ab. Als Andenken.« Er fuchtelte mit dem Messer durch die Luft, lachte dreckig, fixierte sie mit seinen kleinen gierigen Knopfaugen.

»Hey, scheinst ja ganz schön was in der Hose zu haben«, säuselte Smilla und richtete ihren Blick auffällig direkt auf Yuts Schritt. Langsam stand sie auf. Yut zog irritiert eine Augenbraue hoch. Doch sein Misstrauen hielt nur einen Moment, dann gewann sein Verlangen Oberhand über seinen Verstand. Aus seinem zweifelnden Gesicht schälte sich ein lüsternes Feixen. Sein Mund stand einen Spalt weit auf, auf seinen Lippen glänzte Speichel, den er immer wieder mit der Zunge ableckte.

Smilla versuchte, ein verführerisches Lachen aufzusetzen, als sie sich ihr Shirt über den Kopf zog. Darunter trug sie den Sport-BH. Sie wollte Yut noch weiter aufgeilen, damit er unvorsichtig wurde und sie ihm mit einem Kick das Messer aus der Hand treten konnte.

»Wow«, kam es von Yut. »Zieh die Hose aus, ich will deine Möse sehen.« Es bereitete Smilla Mühe, das Lächeln auf den Lippen zu halten. Der Kerl war noch widerlicher, als sie geglaubt hatte. Am liebsten wäre sie ihm direkt an die Kehle gesprungen. Sie vergnügte allerdings der Gedanke, ihm die Augen aus seinem verkommenen Schädel zu kratzen. Aber sie musste den richtigen Moment abpassen. Das Messer musste weg, sonst hatte sie keine Chance.

Smilla bemerkte, dass ihre Aufgeiltaktik Erfolg hatte, denn an seiner Hose konnte sie einen winzigen Feuchtigkeitsfleck erkennen. Die Suppe schien dem Drecksack offenbar schon aus dem Schwanz zu laufen. Sie musste ihm unbedingt weismachen, dass sie scharf auf ihn war. Es könnte funktionieren, denn viel Blut konnte nicht mehr in seinem Kopf zirkulieren.

»Zieh erst deine Hose runter«, säuselte sie ihm zu. »Ich will deinen Knüppel sehen.« Yuts massige Brust hob und senkte sich immer schneller. Er war so heiß wie eine Backkartoffel, genau der Zustand, den Smilla erreichen wollte.

Mit der freien Hand nestelte Yut an seiner Hose herum, versuchte, sie sich über die Hüften zu ziehen. In dem Moment preschte Smilla vor und trat die Stichwaffe aus der Hand des Glatzkopfs. Das Messer flog im hohen Bogen durch die Luft. Es landete auf der Leiche von Trips. Mit einem tiefen Ächzen beugte sich Yut nach unten, die ideale Position, um ihm einen Kniestoß unter das Kinn zu verpassen. Genau das beabsichtigte Smilla, als sie ihr Bein anwinkelte, ausholte und nach oben schnellen ließ. Doch Yut bewegte sich im falschen Moment ein kleines Stück zur Seite, deshalb rutschte es an seinem Kinn vorbei, traf ihn dafür am Jochbein. Der Tritt war sicher schmerzhaft, doch knockte der den Hünen nur an und nicht aus. Es dauerte nicht mehr als zwei Sekunden, bis der erfahrene Kampfsportler die Schmerzen weggesteckt hatte.

Smilla hatte der verfehlte Tritt aus dem Gleichgewicht gebracht. Während sie strauchelte, spürte sie Yuts Finger in ihrem Nacken. Mit roher Gewalt zog er sie an sich ran, spuckte ihr gelben Rotz ins Gesicht und schmiss sie wie einen Dummy weg. Sie fiel hin und saß wieder mit dem Rücken an der Flanke des Totenbettes. Sofort setzte Yut nach. Mit zwei großen Schritten war er direkt vor ihr.

Seine Faust krachte wie eine Dampframme gegen ihre Nase. Dabei spritzte sein eigenes Blut aus seinem lädierten Riecher und vermischte sich mit dem Blutschwall, der aus Smillas Nase strömte.

Sie sah die Szenerie wie durch eine Milchglasscheibe. Dann spürte sie, wie Yut sie mit einer Hand an den Haaren hochzog, mit der anderen fummelte er an ihrem Hosenknopf rum. Er wollte sein Werk vollenden, sie missbrauchen und dann wie ein Stück Vieh schlachten.

Es tut mir leid, Berdan, dachte sie, während sie ihre Jeans an den Hüften spürte. Smilla hob den Kopf ein Stück, wischte sich mechanisch über die Augen und schaute dann über Yuts Schulter in den Raum hinein.

Zuerst glaubte sie an eine Halluzination, an die bildliche Erzeugung einer Wunschvorstellung. Doch dann erkannte sie die Realität darin und sie wusste, dass alles gut werden würde. Fast alles.

Kapitel 35 - Glück oder Unglück?

Jemand klopft an die Stahltür, dachte Ben erschrocken, als er den Krach hörte. *Nein*, ging es ihm durch den Kopf. Das war kein Klopfen, sondern ein Bollern. Es kam aus der Wohnung, realisierte er schließlich. Smilla? Yut? Berdan lag noch schlummernd im Bett. Ben wollte ihn gerade wecken. Wieder hörte er das Rumpeln und … war da nicht ein Stöhnen zu hören gewesen?

Ben zog Berdans Bettdecke bis zum Hals des Jungen, dann stand er von der Bettkante auf. Er ging zur Tür, hielt inne, spitzte die Ohren. Da!

Wieder rumste es, dann hörte er ein Stöhnen, das er Yut zuordnete. Was war hier los? Gab es ungebetene Gäste in ihrer Zuflucht? Waren die Weißen gekommen, um sie alle umzubringen? Ihm blieb nichts anderes übrig, als nachzusehen.

Er warf noch einen Blick auf Berdan, der friedlich schlief. Als er auf den Korridor hinausging, schloss er zuerst die Tür zum Schlafzimmer ab. Eine trügerische Form von Schutz für Berdan, aber besser als nichts.

Vorsichtig schlich Ben über den Flur. Zuerst dachte er, dass die Geräusche aus dem Wohnzimmer kämen, aber dort war niemand.

Sein Blick fiel auf die Tür zu Trips' Krankenzimmer. Sie stand einen Spalt offen. Das flackernde Licht der Kerzen kroch ein paar Zentimeter bis in den Korridor hinein. Mit jedem Schritt in Richtung der angelehnten Tür drückte ein immer größer werdender Klops in Bens Bauch. Etwas stimmte nicht. In diesem Moment hörte er Yuts Stimme. Was er sagte, ließ ihn erschaudern.

»Zieh die Hose aus, ich will deine Möse sehen.« Smilla antwortete etwas, das er nicht verstand. Einen Moment blieb es ruhig, dann hörte er Yut stöhnen. *Das kann nicht sein*, dachte Ben. Smilla und Yut? Trieben die beiden es, während Trips neben ihnen um sein Leben kämpfte? Nein, das glaubte er nicht!

Zumindest Smilla traute er weder zu, dass sie sich mit Yut einließ, noch dass sie so gefühllos war, sich neben dem schwer verletzten Trips zu vergnügen. Doch was er hörte, war eindeutig. Es dauerte nur ein paar Sekunden, bis seine Vermutung bestätigt wurde.

Yut ächzte erregt. Pikiert wollte sich Ben abwenden, als er Kampfgeräusche vernahm. Er befürchtete, dass Smilla in höchster Lebensgefahr war. Ben musste den Reflex unterdrücken, sofort in das Zimmer zu stürmen.

Yut war zwar verletzt, doch ihm war klar, dass er gegen den Hünen ohne Bewaffnung keine Chance hatte. Für einen Moment verharrte er in Gedanken, dann traf er eine Entscheidung.

Ben drehte sich um und ging den Korridor entlang. Vor seinem Zimmer blieb er stehen, öffnete die Tür und ging hinein. Mit dem Thaischwert, das ihm sein Vater zum achtzehnten Geburtstag geschenkt hatte, kam er kurz darauf wieder raus. Er betrachtete die glänzende Klinge, die er mindestens einmal in der Woche gepflegt und scharf gehalten hatte. Für eine Sekunde sah er das Gesicht seines Vaters vor seinem geistigen Auge.

»Wer anderen Unglück schafft, der bekommt selbst welches«, hatte er ihm gesagt, als er ihm das Schwert überreicht hatte. Ben streckte seinen Körper, vollführte mit der Waffe ein paar Schwünge durch die Luft. Gleich würde Yut Unglück bekommen.

Der Arzt drehte sich um und verließ sein Schlafzimmer.

Kapitel 36 - Luftschlangen

Sein gesamter Körper kochte vor Geilheit. Diese Schlampe mit ihren perfekten Titten und einem Arsch, den er sich am liebsten einrahmen und in seiner Wohnung an die Wand hängen würde. Vielleicht würde er genau das machen, wenn er mit ihr fertig war. Das Luder hatte ihm weismachen wollen, dass sie auf ihn genauso geil war.

Verdammt, er hatte mit seinem Schwanz gedacht und war auf das Biest reingefallen. Hätte sie ihm mit dem Knie-Kick einen Volltreffer verpasst, dann wäre er längst tot. Es bestand keinen Zweifel daran, dass sie ihn bei Gelegenheit eiskalt abgestochen hätte.

Doch das Schicksal war auf seiner Seite gewesen. Statt ihr hatte er jetzt die Chance, sie ein für alle Mal zu erledigen. Doch zunächst übernahm wieder sein Gemächt die Kontrolle über sein Bewusstsein. Die Chance, die große Smilla zu vögeln, würde er auf jeden Fall nutzen.

Sie lag zwar halb bewusstlos am Boden, doch das war ihm egal. Endlich würden seine geheimen Träume wahr werden. Langsam zog er sich seine Hose runter und beäugte Smillas knackige Brüste, die unter dem BH wie reife Orangen auf ihn warteten. Mit dem Handballen knetete er sein Ding unter der verschwitzten Unterhose, aus der es so scharf roch, dass es ihm selbst den Atem raubte.

»Hey, zieh dich aus«, fauchte er sie an. Er sah, dass sie benommen war, zwar am Rande der Ohnmacht, aber immer noch wach.

Yut wollte sehen, wie sie sich selbst ihre Cargohose abstreifte, sich freiwillig auszog. Er wollte ihre Scham in ihren Augen sehen und ihr dann den letzten Rest Würde nehmen, bevor er ihr die Kehle aufschlitzte, genau wie dem dämlichen Trips über ihr im Bett. Erniedrigung, darum ging es ihm.

Wenn er fertig war mit ihr, dann würde er sich den Bengel vornehmen und diesen dummen …

»Lass sie zufrieden!«, hörte er die Stimme von Ben in seinem Rücken. Einen Moment benötigte Yut, um den Schreck zu verarbeiten, dann stand er langsam auf, drehte sich gemächlich um und bekam den nächsten Schock. Der Kerl stand in der offenen Tür, in der Hand ein Schwert, das noch länger war als das, mit dem er draußen die Verfärbten geköpft hatte.

Er hatte gesehen, was der Typ damit draufhatte. Es war Vorsicht geboten, wenn er hier heil raus wollte.

»Hey, Ben, leg das Ding weg. Ich habe nichts getan.«

»Nimm die Hände hoch!« Yut tat, was der Arzt sagte. In seinem Kopf ratterte es. Er überlegte, wie er Ben austricksen konnte. Mit ein bisschen Glück konnte er den Penner ausschalten. Dann könnte er sich wieder um Smilla kümmern.

»Hose hoch!«, befahl Ben. Yut grinste.

»Was denn nun? Hände hoch oder Hose hoch?« Yut machte einen Schritt nach vorn.

»Noch einen Schritt und du warst mal ein Mann. Zieh deine Hose hoch!« Mit einem Nicken signalisierte Yut seinen scheinbaren Gehorsam. Dieser Wichser würde sich gleich wundern. Langsam bückte er sich, packte den Bund seiner Hose, die über seinen Knöcheln hing, und zog sie im Zeitlupentempo nach oben. Als sie über seine

Hüften glitt, sprang er wie eine Raubkatze mit geballten Fäusten auf Ben zu. Zu seiner Bestürzung sah Yut, wie der Arzt nur einen Schritt zur Seite machte, dann hörte er das Geräusch von wirbelnder Luft. Er rannte ins Leere und knallte gegen die angelehnte Tür.

»Du Wichser!«, brüllte Yut und drehte sich um. Ben stand vor Smilla, das blutige Schwert hielt er quer vor den Bauch. Blutig? Verwirrt starrte Yut auf die Schneide der Waffe, von der Blut auf den Boden tropfte.

In dem Augenblick schoss der Schmerz wie eine startende Rakete durch seinen Körper. Mit weit aufgerissenen Augen, seinen Mund zu einem stummen Schrei geöffnet, starrte er auf seine Hand, an der sich nur noch der Daumen befand, die restlichen waren Stümpfe statt Finger. Entsetzt fixierte er seine Finger am Boden, dann entfleuchte ihm ein einziger lang gezogener Schrei. Während dieser noch verklang, stürmte er brüllend auf Ben zu. Dieser stand völlig ruhig da, wartete, bis sich ihm Yut auf Armlänge angenähert hatte, dann hob er blitzschnell seine Waffe und vollführte einen einzigen schnellen Streich. Man hörte nur ein leises Zischen in der Luft, gefolgt von einer Art Ratschen, dann stand Ben wieder da, als hätte er sich gar nicht bewegt.

Yut erstarrte in der Bewegung. Für einen Moment stand er wie eine Statue da. Es vergingen mindestens fünf Sekunden, bis er seinen Kopf senkte und instinktiv seine Hände wie eine Auffangschale unterhalb seines Nabels positionierte.

»Ach du …«, stammelte Yut ungläubig, als er realisierte, dass es seine Eingeweide waren, die sich wie Luftschlangen in seine Handflächen kringelten.

Mit einem kurzen Schwerthieb hatte Ben ihm den Bauch aufgeschlitzt.

»Scheiße!«, kam noch aus seinem Mund, dann sackte er in sich zusammen und starb.

Kapitel 37 - Die letzte Line

Glücklicherweise war in ihrem Gesicht nichts gebrochen. Trotzdem verwandelte sich Smillas Nase in eine blutige Knolle. Zu ihrem Entsetzen musste sie feststellen, dass sie sich lila färbte. Wasser perlte von ihrem Gesicht, als sie sich stöhnend von dem Waschbecken erhob. Sie musterte sich im Spiegelschrank, tastete ihre Nase ab und war froh, dass sie so glimpflich davongekommen war.

Im Hintergrund sah sie Ben, der in der Duschtasse stand und Wasser in einen Eimer laufen ließ. Obwohl die Zeit bis zum Sonnenaufgang voranschritt, waren sie sich einig, dass sie Trips Leiche vom Blut säubern wollten, bevor sie das Parkhaus verließen.

Berdan schlief noch immer, was ein Segen für den Jungen war. Er war ohnehin schon traumatisiert, der Anblick des schrecklich zugerichteten Trips hätte ihm noch mehr zugesetzt.

Schweigend verließen sie das Bad. Der Arzt trug den Wassereimer, in dem ein sauberer Lappen schwamm. In einer stillen Prozession schritten sie hinüber zu dem Raum, in dem zwei Menschen gestorben waren. Vor der Tür hielten sie kurz inne und atmeten synchron tief ein. Dann betraten sie das Zimmer.

Yuts Leiche hatte Ben bereits in eine Ecke des Raumes geschleift. Eine blutige Spur zog sich wie die schleimige Hinterlassenschaft einer Schnecke über das Laminat. Die durchgeblutete Bettdecke hatte Ben über den Körper des Toten geworfen. Die fingerlose Hand von Konrads Vasallen lugte unter dem einst weißen Bettbezug hervor.

Ihre Blicke wandten sich sofort von dem roten Hügel

in der Ecke ab und richteten sich auf die Leiche des Rappers. Noch immer konnten sie nicht begreifen, warum Yut ihn ermordet hatte. Sein grausamer Tod ließ sie in Fassungslosigkeit erstarren, doch sie hatten keine Zeit zu trauern, denn der Sonnenaufgang rückte näher.

Wortlos nahm Smilla den Eimer aus Bens Händen. Mit Tränen in den Augen stellte sie ihn neben dem Bett ab. Ihr Blick fiel auf das blutverschmierte Messer, das auf den Boden gefallen war. Mit der Spitze ihres Dr. Marten schob sie die Klinge unter das Bettgestell. Sie nahm den Lappen aus dem Wasser, wrang ihn aus und wischte damit das Blut von Trips Hals. Der Anblick war erschütternd.

Yut hatte so kräftig geschnitten, dass eine breite klaffende Wunde entstanden war, die den Blick in den Hals erlaubte.

Am liebsten wäre Smilla zu Yuts Leiche gegangen, um ihre Blase auf dem Körper des Drecksacks zu entleeren. Doch sie wollte ihre Zeit nicht mit dem verkommenen Subjekt vergeuden, sondern Trips die letzte Ehre erweisen. Ben hatte ihm bereits die Augen geschlossen und seine Hände auf der Brust gefaltet.

Wäre das viele Blut nicht gewesen, hätte man meinen können, dass er schlief. Ben stellte sich neben sie. Zusammen blickten sie auf den Körper des Toten.

»Willst du was sagen?«, fragte Ben. Smilla antwortete nicht sofort. Sie kannte keine Raps, doch das spielte keine Rolle. Was sie sagte, kam aus ihrem Herz, auch wenn es von einem anderen Herzen gedichtet wurde.

»So when you sail across the ocean waters

And you reach the other side safely
Well could you smile a little smile for me?
Cause I'll be thinkin' about you«

Kapitel 38 - The Fog

Ihnen blieb nicht mehr als eine Stunde bis zum Sonnenaufgang. Noch schliefen die Verfärbten auf den Straßen, doch das würde nicht mehr lange so bleiben. Der Regen hatte aufgehört, dafür lag ein Nebel in der Luft, der sich wie ein Tuch über die Straßen und Wege der Klinik gelegt hatte.

Ben und Smilla waren bewaffnet bis an die Zähne. Jeder von ihnen trug eine Sprühflasche mit Chlorwasser auf dem Rücken. Beide hatten sich ein Sturmgewehr über die Schulter gehängt, Ben trug zusätzlich sein Thaischwert in einer Scheide am Gürtel. Berdan hatte seinen SpongeBob-Rucksack auf dem Rücken, gefüllt mit den Spritzen und Arzneimitteln, die Smilla auf Rumbas Station hatte mitgehen lassen. Außerdem waren Ersatzmagazine mit Munition, zwei Pistolen und ein paar Wasserflaschen im Backpack. Der Kleine hatte ganz schön zu schleppen, doch er ließ sich die Last nicht anmerken.

Schwerer wog die Ungewissheit auf seiner Seele, denn er war nicht überzeugt, dass Trips vorgegangen war, so wie Ben und Smilla seine Abwesenheit erklärt hatten.

Ihr Weg dauerte im Normalfall nicht länger als fünf Minuten. Selbst wenn sie durch die vielen Verfärbten auf der Straße nicht so schnell vorankommen würden, blieb genug Zeit, bis die Sonne die lila Gestalten zum Leben erweckte.

Trotzdem wollten sie nicht trödeln. Je eher sie das verseuchte Gelände verließen, umso besser. Sie hatten sich entschieden, dass Smilla mit dem Sturmgewehr im Anschlag vorausging. Berdan folgte in der Mitte und am

Ende Ben mit der Lanze der Sprühflasche in der Hand. Sie hatten einen Weg gewählt, der sie so weit entfernt wie möglich am Haupteingang vorbeiführte.

Von den Drohnen war auch nichts zu sehen, deshalb hofften sie, ohne Zwischenfall bis zu dem Gully zu kommen, durch den sie flüchten wollten. Der Geruch der Verrottung war widerwärtig. Um den Ekel ein wenig erträglicher zu machen, trugen sie Masken um den Mund, die Ben aus alten Geschirrtüchern geschnitten hatte. Berdan hatte Smilla ihr Schlauchtuch über den Kopf gestülpt. Statt verfaultem Gemüse, schnupperten Ben und sie jetzt eine Mischung aus Zwiebeln, Knoblauch und Muff.

Als sie an dem Badehaus vorbeikamen, diskutierten Ben und Smilla darüber, ob sie die Masken von den toten Overalltypen nehmen sollten. Sie entschieden sich dagegen. Sie wollten Berdan nicht mit den Leichen konfrontieren. Dazu kamen die Körper einiger Verfärbter, die bis auf die Knochen vom Chlorwasser verätzt waren. Der Nebel hatte sich noch verstärkt und die Umgebung wirkte wie eine Szene aus John Carpenters legendärem Film *The Fog – Nebel des Grauens*. Fehlten nur noch die untoten Seemänner, die aus dem Dunst auftauchten.

Weniger als eine Stunde, dann würden keine Piraten, sondern noch schrecklichere Gestalten aus dem Schlaf erwachen. Der Gedanke daran ließ ihr Tempo automatisch ansteigen. Um dem Hauptausgang nicht zu nahe zu kommen, mussten sie einen Bogen laufen, der den Weg allerdings nur unwesentlich verlängerte, da es zwischen den meisten Klinikgebäuden Durchgänge gab.

Sie entschieden sich für die erste Passage zwischen einem alten Haus und einem modernen Glasflachbau. Gerade als Smilla als Erste in den Gang abbiegen wollte, hörte sie aus diesem das Floppen von schallgeschützten Schusswaffen. Sofort blieb sie stehen und hob warnend ihre Hand, um Berdan und Ben zum Stoppen zu bringen.

Der Junge lief ihr in die Hacke und quengelte viel zu laut: »Aua!«

»Scheiße«, zischte Smilla, drückte Berdan an die Hauswand und bedeutete Ben mit einem Kopfnicken es ihm gleichzutun. Zu dritt pressten sie sich gegen die Fassade. Ganz langsam näherte sich Smilla der Gebäudeecke, dann lugte sie vorsichtig daran vorbei in den Gang. Drei von den Weißen waren gerade dabei, den schlafenden Verfärbten in die Köpfe zu schießen. Im Nebel wirkten sie wie Außerirdische. Ein vierter hockte vor einem der Erschossenen und fummelte mit einem zangenartigen Werkzeug an dem Körper vor ihm herum.

Smilla vermutete, dass er Gewebeproben nahm. Offenbar hatten die vier Berdans Schreie nicht gehört. Smilla ging wieder zurück in die Deckung der Hausfassade. Sie drehte sich ihren Begleitern zu.

»Da in dem Gang sind Weiße!«

»Was sind Weiße?«, fragte Berdan. Ben und Smilla wechselten fragende Blicke.

»Böse Männer, denen wir aus dem Weg gehen müssen«, beantwortete Ben die Frage.

»Wollen die uns erschießen?«

»Nein«, kam es von Smilla. »Du brauchst keine Angst haben, die tun uns nichts. Wir müssen uns aber vor denen verstecken und ganz, ganz leise sein. Hast du das verstanden, Berdan?« Der Junge nickte. Mit Daumen und Zeigefinger zog er sich einen imaginären Reißverschluss zwischen den Lippen zu. Smilla und Ben mussten grinsen ob der Altklugheit des Kleinen.

Schnell wurde Smilla wieder ernst. Es gab nur zwei Möglichkeiten. An den Scharfschützen am Hauptausgang vorbei oder den kurzen, aber noch riskanteren Weg geradeaus.

»Zurück oder weiter?«, fragte sie Ben. Die Miene des Arztes gefror. »Beides Scheiße«, murmelte er verdrossen. Einen Moment starrte er auf den Boden, dann schaute er auf die andere Seite des Ganges. »Rüber?«, fragte er leise.

Jetzt war es Smilla, die etwas Zeit brauchte, um zu antworten. Das Risiko, entdeckt zu werden, war enorm. Aber genauso gefährlich war es, sich am Hauptausgang an den Snipern und Drohnen vorbeizuschleichen.

»Okay«, entschied Smilla. »Wir gehen einzeln. Ich zuerst, dann Berdan und schließlich du, Ben. Es ist wichtig, dass wir Ruhe bewahren. Schnelle Schritte, aber keine Hektik. Wenn ich drüben bin, dann sondiere ich die Lage und gebe euch ein Zeichen, wann ihr gehen könnt.«

»Und wenn die uns entdecken?«, fragte Berdan mit sorgenvollem Blick. Smilla streichelte dem Jungen über den Kopf. Sie beugte sich nah an sein Ohr herunter.

»Das ist nur ein Spiel. Wenn du ganz leise bist, dann sehen sie uns nicht und wir gewinnen.«

»Und was ist der Preis?« Ein dicker Kloß steckte in Smillas Hals. Mühsam schluckte sie ihn herunter.

Der Preis ist unser Leben, dachte sie zerknirscht.

»Ich kaufe dir nachher ’ne Riesenpizza.«

»Können wir auch zu McDonalds?«

»Klar!« *Ungesundes Essen ist im Moment unser kleinstes Problem*, ging es ihr seltsamerweise durch den Kopf. »Also, vor allen Dingen ist es wichtig, dass wir ruhig sind«, wandte sie sich an Berdan und Ben. Beide nickten. »Achtet genau auf meine Anweisungen. Geht erst …«, Smilla hob den rechten Daumen, »wenn ich so mache. Verstanden?« Wieder nickten beide. »Wir schaffen das«, sagte Smilla, dann drückte sie Berdan und tauschte mit Ben die Ghettofaust aus.

Im Hintergrund hörte man das Ploppen der Gewehre. Mit einem steifen Grinsen wandte sie sich von ihnen ab, blickte hinüber auf die andere Seite, die jetzt meilenweit weg zu sein schien. Smilla holte tief Luft, dann arbeitete sie sich Zentimeter für Zentimeter an die Hauskante vor, bis sie vorsichtig in den Durchgang hineinblicken konnte. Die weißen Gestalten hatten ihr den Rücken zugekehrt. Noch immer erschossen sie einen Verfärbten nach dem anderen. Derjenige, der gerade Proben genommen hatte, hockte vor einem anderen Verfärbten und nahm diesem mit einer Spritze Blut ab oder was immer in den Körpern dieser armen Menschen nun floss. Bei der Beobachtung kam Smilla eine Idee für später. Sie schob ein imaginäres Lesezeichen zwischen ihre Gedanken, um sich später daran zu erinnern. Jetzt musste sie sich darauf konzentrieren, den richtigen Moment für den Gang auf die andere Seite abzupassen.

Eine Minute, vielleicht auch mehr, verharrte sie wie ein Sprinter in der Hocke. Mitten in einer weiteren Salve von gedämpften Schüssen stand sie auf und ging mit großen, aber gemächlichen Schritten auf die andere Seite, auf der sie sich sofort wieder hinkauerte. Eine ganze Weile stellte sie das Atmen ein, schaute rüber in die Gesichter von Berdan und Ben und wartete auf eine Reaktion der Weißen in dem Durchgang. Doch es kam nichts.

Smilla holte wieder Luft, bewegte sich nach vorn und schaute in die schmale Passage. Die Weißen hatten nichts gemerkt, sie gingen weiter ihrer tödlichen Arbeit nach.

Ihr Blick richtete sich wieder auf ihre Begleiter, die auf der anderen Seite auf ihre Anweisungen warteten. Jetzt war Berdan an der Reihe. Sie musste ihm Sicherheit suggerieren, deshalb lachte sie ihn so fröhlich wie möglich an. Das Kind lachte ebenfalls, hing mit seinen Augen an ihren, wartete auf das verabredete Startzeichen.

Smilla zögerte eine Weile, haderte mit dem mulmigen Gefühl in ihrem Bauch. Vier Schritte hatte sie gebraucht, der Kleine benötigte wahrscheinlich fünf oder sechs. Sekunden, in denen er wie Freiwild ins Visier der Typen mit den Gewehren geraten könnte. Doch welche Optionen blieben ihnen? Sie brauchte nicht lange zu überlegen, denn es gab nur den Weg nach vorn. Am Hauptausgang lauerte nicht nur der bevorstehende Sonnenaufgang auf sie, sondern auch der Tod durch die Sniper.

Smilla stellte fest, dass sich die Weißen noch weiter in Richtung der anderen Seite des Ganges entfernt hatten. Auch der Blut- und Probensammler hockte jetzt mit dem Rücken zu ihr vor einer anderen Leiche. Das war die beste Gelegenheit, um Berdan rüber laufen zu lassen. Schnell suchte sie den Blickkontakt zu dem Jungen. Mit einem aufmunternden Lachen nickte sie ihm zu und hob ihren Daumen zum abgemachten Zeichen. Berdan erhob sich, angetrieben durch einen leichten Schubser von Ben.

Kapitel 39 - Let's Play!

Mit konzentriertem Gesichtsausdruck machte der Junge die ersten beiden Schritte durch die Todeszone. Dabei hatte er die ganze Zeit seine Aufmerksamkeit auf Smilla gerichtet. Ein Fehler, der ihm beim nächsten Schritt zum Verhängnis wurde. Mit der Spitze seines linken Turnschuhs blieb er an der leicht erhöhten Kante einer Pflastersteinplatte hängen.

Es war Smilla sofort klar, dass er hinfallen würde. Genau das passierte. Zwar stützte er sich reflexartig mit den Handflächen ab, aber das dumpfe Klatschen, mit dem er auf den Boden fiel, hätte schon gereicht, um die Aufmerksamkeit der Weißen zu erregen. Der folgende Schmerzschrei von Berdan garnierte die unglückliche Aktion wie die Beere auf einem Tortenstück.

»Hey, wer ist das denn?«, schallte es aus dem Gang.

»Eliminieren!«, kam es von einer Stimme, die zu einem Roboter gepasst hätte. In den nächsten Momenten herrschte Totenstille. Drei oder vier Sekunden vergingen. Vielleicht blieb ihr noch ein Atemzug, bis die ersten Schüsse fielen.

Ohne zu zögern, hechtete sie auf den Jungen zu. Sie bedeckte gerade seinen kleinen Körper, als die ersten Kugeln über ihre Schädeldecke hinweg sausten. Wenn sie dort liegen blieben, dann würden sie in den nächsten Sekunden durchlöchert werden. Plötzlich zog jemand an ihr.

»Los!«, brüllte ihr Ben ins Ohr. Smilla raffte sich auf. Zusammen mit Ben schirmten sie Berdan ab. Sie packte ihn an seinem Rucksack wie ein Katzenbaby. Neben ihr zuckte Ben plötzlich zusammen. Er stöhnte auf. Getroffen! Keine Zeit!

Berdan musste aus dem Schussfeld. Mit dem Kind an der Hand stürzte sie Richtung Hausfront. Sie landete hart auf dem Boden, Berdan schrie vor Schmerzen auf. Smilla befürchtete das Schlimmste. Ein weiterer Körper krachte neben ihr auf die Betonplatten.

»Ben? Berdan? Seid ihr in Ordnung?«

»Mein Knie tut weh«, erwiderte der Junge mit weinerlicher Stimme.

»Streifschuss! Bloß weg hier«, erlöste Ben sie von den schlimmsten Befürchtungen. Er hatte recht. Sie mussten sofort verschwinden. Gleich würde das Killerkommando um die Ecke kommen. Dann hätten sie keine Chance mehr. Die schossen auf alles, was sich bewegte – auch auf Kinder.

»Aufstehen!«, befahl Smilla. Ben stand schon längst, Smilla hüpfte hektisch auf die Beine, packte Berdan am Kragen und zog ihn auf die Füße. Dann rannten sie los, bogen in den erstbesten Durchgang ein, stolperten über Verfärbte, rannten am Ende des Ganges nach rechts, wechselten die Straßenseite und verschwanden im nächsten Korridor zwischen zwei Häusern.

Die Sprühflaschen klimperten, wenn sie irgendwo anstießen. Das Geräusch hörte sich laut an, als wäre es kilometerweit zu hören. Sie stoppten nicht, rannten immer weiter. Die Gänge zwischen den Häusern sahen alle gleich aus, kamen ihnen vor wie ein Labyrinth, in dem sie immer im Kreis liefen.

Irgendwann blieb Berdan einfach stehen. Er jammerte

und hechelte wie ein Hund, den man hinter einem Fahrrad hergezogen hatte. Ben lief ihn fast um. Smilla merkte erst Sekunden später, dass niemand mehr hinter ihr war. Gehetzt blieb sie stehen, drehte sich um.

»Weiter!«, krächzte sie ihren Begleitern zu, dabei blickte sie über die beiden hinweg. Von den Weißen war nichts zu sehen. Doch sie war sich nicht sicher, ob sie die schießwütigen Gestalten abgehängt hatten.

»Berdan braucht … eine Pause«, kam es von Ben, der gebeugt und keuchend dastand, die Arme in die Hüften gepresst. Der Junge hockte auf den Knien. Mit offenem Mund rang er hektisch nach Luft. »Wir müssen aber weiter«, beharrte Smilla auf ihre erste Anweisung.

»Die haben wir längst abgehängt«, erwiderte Ben. Genau in diesem Moment konnte man jemanden laut brüllen hören.

»Hey, wo seid ihr?«, rief eine männliche Stimme durch das beginnende Morgengrauen. Sie klang entfernt, aber nicht weit genug weg, um beruhigt zu sein.

»Die Rennerei macht keinen Sinn. Die Typen durchsuchen die Gegend. Am besten verstecken wir uns irgendwo, bis die abziehen«, schlug Smilla vor. Ben nickte und ließ seinen Blick auf der Suche nach einem passenden Unterschlupf durch die Gegend schweifen.

Auf einmal hob er eine Augenbraue. Sein Fokus lag auf einer Stelle am Ende des begrünten Durchgangs zwischen den Backsteinhäusern.

»Was entdeckt?«, fragte Smilla.

»Ja, dahinten befindet sich das Gebäude, in dem das geheime Labor vermutet wurde.«

»Du meinst, wo die Patienten verschwunden sind.«

»Ja!«

»Und? Können wir uns da verstecken?«

»Vielleicht, falls wir da reinkommen. Auf jeden Fall könnte ich mir vorstellen, dass die uns da drin nicht vermuten.«

»Ja, du hast recht«, stimmte Smilla zu. »Los, lass uns nachsehen.«

Kapitel 40 - Die Hand

Die Tür des Gebäudes war zu und ließ sich auch nicht öffnen. Smilla rüttelte wütend daran.

»Scheiße!«, schimpfte sie und rotzte dabei einen Schwall Speichel aus ihrem Mund.

»Da!«, sagte Ben und deutete auf eine Art Touchscreen neben der Tür.

»Fingerabdruckscanner?«, fragte Smilla.

»Sieht so aus«, antwortete Ben. Er musterte das Feld, auf das man einen Finger ablegen musste. Ein weißes Dauerlicht war zu sehen.

»Strom!«, sagte er.

»Hä?«, kam es von Smilla.

»Da, im Display ist Licht. Das Gebäude scheint über eine autarke Stromversorgung zu verfügen.«

»Interessant, allerdings ohne Belang, wenn wir nicht reinkommen.« Bens Miene drückte Nachdenklichkeit aus. Einen Moment später drehte er sich um und schaute in die Richtung, aus der sie gekommen waren. Plötzlich nickte er, dann wandte er sich wieder Smilla zu.

»Vielleicht doch«, sagte er. »In dem letzten Gang lag ein Verfärbter in einem Arztkittel.«

»Ja, und? Kommt vor in einem Krankenhaus.«

»Stimmt! Aber ich habe hier bis jetzt nur weiße Kittel gesehen. Der Typ, den ich meine, trug einen taubengrauen. Vielleicht gehört der zu diesem ominösen Gebäude hier. Ich suche den, bleibt ihr hier.« Nach einem Blick zum heller werdenden Himmel verfinsterte sich Smillas Gesicht.

»Es bleibt nicht viel Zeit, bis die aufwachen.«

»Deshalb sollten wir schnell da rein. Bin gleich wieder da!«

Ben nahm die Sprühflasche und das Gewehr vom Rücken und lehnte die Sachen an die Hauswand. Er kniff Berdan liebevoll in die Wange, was dieser emotionslos über sich ergehen ließ. Dann schenkte Ben Smilla ein Lächeln, anschließend rannte er los.

Ben erinnerte sich, dass der Verfärbte etwa in der Mitte des Durchgangs gelegen hatte. Laufend stakste er über die Körper der Schlafenden, die in diesem schmalen Grünstreifen nur vereinzelt herumlagen. Aus diesem Grund dauerte es auch nur wenige Sekunden, bis er den Mann im grauen Kittel gefunden hatte.

Das Gesicht des Kerls sah aus, als wäre es von einer Truppe Hooligans mit Baseballschlägern bearbeitet worden. Offenbar hatte er das Pech gehabt, dass die Verletzungen nicht tödlich gewesen waren und er sich in eine der purpurnen Gestalten verwandelt hatte. Seine Pechsträhne war noch nicht zu Ende, denn Ben benötigte seinen Fingerabdruck, um sich mit Berdan und Smilla Zugang zu dem Gebäude zu verschaffen. Falls der Typ überhaupt legitimiert gewesen war. Aber welchen Finger benötigte er? Woher sollte er wissen, mit welchem Abdruck der Typ sich ausgewiesen hatte, falls er überhaupt der Richtige war? Dann eben die ganze Hand. Aber welche von beiden? Grundlos entschied er sich für die rechte Hand.

Sein Schwert glitt geschmeidig aus der Scheide. Er hob es und hackte die Hand des Verfärbten ab.

Tiefviolettes Blut spritzte im Bogen aus dem Stumpf

und landete mit einem Klatschen auf der Fassade des Gebäudes. Sein eigenes Blut rauschte mit Hochdruck durch die Adern.

Ben bückte sich und packte die Hand mit zwei Fingern am Daumen. Er hatte Mühe, den Brechreiz zu unterdrücken. Gerade als er sich wieder aufrichten wollte, fiel sein Blick in das Gesicht des Verfärbten. Die Augen waren offen, es folgte eine Art Gurren aus den dunklen Lippen des Mannes, dann begann sein gesamter Körper zu vibrieren.

Ein neuer Tag war angebrochen. Die Verfärbten erwachten! Sofort stand Ben auf und rannte los. Er musste sich beeilen. Noch waren die Kreaturen nicht auf den Beinen. Sie stöhnten, seufzten, schrien, zappelten mit den Beinen und Armen, blickten mit ihren schwarzen Augen ziellos in den Himmel.

Nur noch wenige Sekunden, dann würden sie aufstehen und ihrem blutigen Trieb folgend alle angreifen, die noch menschlich waren.

Während Ben den Gang entlanglief, baumelte die Hand des Verfärbten wie ein Glockenklöppel hin und her, in der anderen Hand trug er sein Schwert. Wie ein Springpferd hüpfte er über die Verfärbten, spürte hin und wieder ihre Finger an den Füßen. Er schaffte es aus dem Gang heraus. Seine Lunge schien zu glühen.

Schnell schaute er in Richtung Smilla und Berdan. Die Entfernung zu ihnen betrug höchstens einhundert Meter. Die ersten Verfärbten waren auf den Beinen, doch noch konnte Smilla sie mit dem Sturmgewehr einen nach dem anderen erledigen. Natürlich würden die Weißen die Schüsse hören. Aber die Sonne war aufgegangen und überall waren die Verfärbten erwacht. Die Typen in Weiß mussten selber um ihr Leben kämpfen.

Plötzlich hörte Ben hinter seinem Rücken rasselnden Atem. Blitzschnell drehte er sich um und schlug der violetten Frau, die unmittelbar vor ihm stand, mit einem Schlag den Kopf ab. Der Schädel plumpste auf den Asphalt. Ben war schon längst losgerannt, als der Schädel vor einer Bordsteinkante in der Gosse liegen blieb.

Der Arzt sprintete wie ein Olympionike in Richtung seiner Begleiter. Mittlerweile bewegte sich ein ganzer Pulk von Verfärbten auf die beiden zu. Smilla ballerte ihnen ohne Unterlass in die Köpfe. Die Violetten fielen wie Puppen in sich zusammen, doch es wurden immer mehr. Man hätte eine ganze Armee benötigt, um sie dauerhaft aufzuhalten.

Ben fiel Berdan ins Auge, der hinter Smilla auf dem Boden kauerte und sich die Ohren zuhielt. Als Ben die beiden endlich erreichte, drängten die Verfärbten von drei Seiten auf sie zu. Sie waren höchstens fünfzig Meter entfernt. Ben ließ sein Schwert fallen und widmete sich dem Scanfeld. Er hob die abgehackte Hand hoch, dabei beobachtete ihn Berdan mit entsetztem Gesichtsausdruck.

»Beeil dich!«, brüllte Smilla. Gerade wechselte sie das Magazin, dann schoss sie Salven in die Horden. Die Verfärbten quiekten wie Ferkel, wenn sie getroffen wurden. Trotzdem verringerte sich der Abstand. Wenn sie nicht in den nächsten Sekunden in das Gebäude kämen, würden sie überrannt werden.

Zitternd legte Ben den Mittelfinger der abgetrennten

Hand auf den Touchscreen. Das schwache weiße Dauerlicht in dem Feld blinkte kurz. Sofort drückte Ben die Klinke der Eingangstür runter. Nichts! Die Tür blieb verschlossen.

»Beeil dich!«, grölte Smilla. Die Violetten waren weniger als zwanzig Meter entfernt. Ben schluckte, dann blickte er auf die abgetrennte Hand.

»Bin ich blöd«, tadelte er sich selbst, als ihm klar wurde, dass man in der Regel den Zeigefinger für einen biometrischen Scan benutzte. Hektisch legte er diesen auf das Feld. Wieder blinkte das Dauerlicht und … wechselte auf Grün. Es ertönte ein Summen. Die Tür war entriegelt!

»Offen!«, schrie er und rammte die Türklinke nach unten. Er zerrte die Tür fast aus den Angeln, als er sie aufriss. Grob packte er Berdan am Rucksack und schleuderte ihn förmlich in das Gebäude. Dann griff er sich sein Gewehr und die Sprühflasche und warf sie hinterher.

»Komm jetzt, Smilla!« Sie hörte auf zu schießen, drehte sich um und stürzte in das Gebäude. Ben folgte direkt dahinter. Er wollte gerade mit einem Schrei die Tür zudrücken, da fiel ihm sein Schwert ins Auge, das in Griffweite lag. Ohne zu überlegen, streckte er seinen Arm nach draußen und packte sich den Griff der Stichwaffe. Doch er war zu langsam. Ein Verfärbter grapschte in die Klinge. Blitzschnell zog Ben das Schwert zu sich und halbierte so die Hand des Kranken.

Er drückte die Tür zu, dann knallten die Verfärbten wie eine Lawine gegen die Glasfassade des Hauses. Die Tür ächzte bedenklich im Rahmen, hielt aber stand, ebenso wie die Fensterfront, die komplett mit den monströsen

Fratzen der Verfärbten bedeckt war. Geifer, Blut und andere Flüssigkeiten verschmierten die Scheiben.

»Das wird nicht ewig halten«, prophezeite Smilla, die keuchend hinter ihm stand. Sie roch verschwitzt, dazu mischte sich der Gestank nach verbranntem Fleisch und faulem Obst.

Berdan stand an ihrer Seite, teilnahmslos gaffte er auf die schrecklichen Gestalten vor dem Haus.

»Da kommen immer mehr«, sagte Ben, der wie erstarrt nach draußen blickte. Smilla wandte sich von ihm ab und inspizierte das Umfeld. Sie befanden sich in einer Art Foyer mit einem Fahrstuhl und einer Reihe künstlicher Pflanzen. Der Boden war mit schwarzen Kacheln gefliest, der die Blutpfütze an einer Fensterfront kaschierte.

»Hier scheint es wirklich Strom zu geben«, bemerkte sie nach einer Weile. Eine Reaktion blieb aus, denn Ben schien von dem Anblick der Verfärbten wie hypnotisiert. »Hey, jetzt guck doch mal!«, hakte Smilla nach. Ben schüttelte sich und drehte sich um.

»Was denn?«

»Der Fahrstuhl läuft!«, sagte sie mit Blick auf die Stockwerkanzeige. Das *E* leuchtete. »Die scheinen tatsächlich eine eigene Stromversorgung zu haben.«

Das Brüllen der Verfärbten war so laut, dass ihre Stimme kaum gegen den Krach ankam. Ben rückte vom Fenster ab. Er ging zu Smilla und stellte sich neben sie.

»Die Fenster werden nicht lange halten«, flüsterte er ihr zu, damit Berdan nichts davon mitbekam.

»Ich weiß«, erwiderte sie. Erneut deutete sie auf den Fahrstuhl. »Der Lift scheint zu laufen. Wir könnten hochfahren, da sind wir sicherer.«

»Oder runter«, meinte Ben.

»Warum ...« Smilla verstummte, blickte mit verdrehten Augen auf die lärmenden Monster. »Warum nach unten?«, versuchte sie es erneut, mit angehobener Stimme.

»Angenommen hier gibt es wirklich ein geheimes Labor, dann gehe ich jede Wette ein, dass es irgendwo im Untergrund ist, wo man die Zwangsprobanden und das, was aus ihnen wurde, hermetisch von der Außenwelt abschirmen konnte.«

»Kann sein«, kam es von Smilla.

»Und da wäre noch was«, sagte Ben. »Immer wieder sind Patienten verschwunden. Jedes Mal wurden sie unter dubiosen Umständen entlassen. Also muss die Klinikleitung gewusst haben, dass hier irgendein Scheiß vor sich ging.«

»Dann sollten wir schleunigst nachschauen«, meinte Smilla.

»Vielleicht gibt es da unten einen geheimen Ausgang. Wenn die verschwundenen Patienten als Versuchskaninchen missbraucht und absichtlich mit irgendeinem Virus infiziert wurden, dann sind die meisten wahrscheinlich gestorben. Dann stellt sich mir die Frage, was sie mit den Leichen gemacht haben. Die können sie ja nicht einfach hier über das Klinikgelände transportiert haben.«

»Hört sich logisch an. Da könnte tatsächlich ein Hinterausgang sein.«

»Entweder das oder ein Berg voller Leichen.« Ein unheilvolles Knacken ließ die beiden zusammenzucken. Sie drehten sich um. Eine der Scheiben hatte einen Riss bekommen.

»Also nach unten!«, kam es von Smilla. »Und zwar

schnell.«

»Verdammt, wo ist die Hand?«, fragte Ben. »Der Lift wird ebenfalls per Fingerabdruck gesteuert. Wir brauchen die Hand!« Hektisch suchte er den Boden nach dem Körperteil ab. Hatte er es in der Aufregung fallen lassen? Lag es womöglich draußen? Wenn das der Fall wäre, dann wären sie geliefert.

»Wo ist die …«

»Da«, sagte Berdan ganz leise. Seine Stimme war nur ein Flüstern unter dem Geschrei der Verfärbten, die sich wie eine Armee aus Monstern gegen die Gebäudefront wälzten. »Ich habe meinen Rucksack drübergelegt.«

Ben starrte auf den Rucksack, als wäre der Heilige Gral darunter versteckt. Smilla ging zu Berdan, kniete sich vor ihm hin und drückte ihn fest.

»Keine Angst«, beruhigte sie ihn, dabei hatte sie selbst mehr Angst als je zuvor in ihrem Leben. Mittlerweile hatte sich Ben die Hand gegriffen. Sofort wandte er sich dem Scanfeld neben der Fahrstuhltür zu, drückte die Fingerkuppe des Zeigefingers darauf und schreckte zurück, als sich die Fahrstuhltür sofort öffnete. Die kleine Kabine war leer. Erst im Nachhinein kam Ben der Gedanke, dass sich ein Verfärbter darin hätte befinden können. Zumindest war schon mal einer darin gewesen, denn auf dem Boden befanden sich eingetrocknete, tiefviolette Blutreste.

»Kommt, schnell rein!«, rief Ben mit Blick auf den Eingangsbereich. Eine weitere Scheibe zeigte Risse und die Eingangstür machte den Eindruck, dass sie nicht mehr lange standhielt.

Smilla half Berdan auf die Beine. Der Junge griff sich

seinen Rucksack und ging in den Lift. Ben und Smilla griffen sich die restlichen Sachen, dann folgten sie dem Kind in die Fahrstuhlkabine. Die Tür ging hinter ihnen zu. Bevor sie komplett verschlossen war, stellte Ben seinen Fuß dazwischen und sie glitt wieder auf.

»Was soll das?«, murrte Smilla.

Ben verließ die Kabine. Er hob das Thaischwert auf und nahm sein Andenken mit in den Aufzug.

Kapitel 41 - Abwärts

»Darf ich drücken?«, fragte Berdan und patschte auf die Taste mit der *2*, nachdem die Fahrstuhltür sich wieder geschlossen hatte.

»Nein! Nicht hoch!«, schrie Ben. Berdan schreckte zurück. »Tut mir leid! Schon gut!«, entschuldigte sich Ben. Mit dem Handrücken streichelte er ihm über die linke Wange.

»Guck mal«, kam es von Smilla. »Tut sich nix.« Mit einem fragenden Blick musterte Ben die Leiste mit den verschiedenen Etagenwahlknöpfen.

Das Gebäude hatte drei Etagen oberhalb des Erdgeschoßes und eine, die ins Basement führte. Ben drückte erneut die *2*, dann die *3* und die *1*. Nichts tat sich, der Fahrstuhl bewegte sich nicht nach oben.

Plötzlich vernahmen sie ein gewaltiges Donnern von draußen. Das Klirren von Glas war zu hören, es polterte, als würde man Zementsäcke von einem Laster werfen.

»Scheiße!«, fluchte Ben, drückte seinen Daumen auf den Knopf für das Basement. Sofort begann sich der Fahrstuhl rumpelnd abwärts zu bewegen.

»Fehlt nur noch die Fahrstuhlmusik«, sagte Smilla sarkastisch. Berdan hatte sein Gesicht in ihre Seite gepresst.

»Vielleicht Metallica«, sagte Ben. »Würde zum Rhythmus meines Herzschlags passen.«

»Mit drei Schlagzeugen«, fügte Smilla mit einem bitteren Grinsen hinzu. Der Fahrstuhl wurde langsamer.

Wenn es ein Labor gab, dann war es nicht besonders tief unter der Erde. Wieder begann der Aufzug zu ruckeln, dann blieb er stehen, aber die Tür öffnete sich nicht.

»Was soll das denn?«, sagte Smilla, die sich schützend vor Berdan gestellt hatte, um einen möglichen Angriff nach Türöffnung von ihm abzuwenden. Doch die Tür ging nicht auf. Stattdessen setzte sich der Lift wieder in Bewegung und glitt weiter abwärts. Die Fahrt dauerte nur ein paar Sekunden, dann wurde der Fahrstuhl rasch langsamer, bis er zum Stillstand kam.

Wieder positionierte sich Smilla vor Berdan. Sie entsicherte das Sturmgewehr. Wenn der Grund für die Verwandlung der Menschen von hier unten stammte, dann war es mehr als wahrscheinlich, dass welche von den Verfärbten noch immer da waren. Auch Ben spannte die Muskeln an und hob sein Schwert. Gespannt blickte sie auf die Fahrstuhltür. Einige Sekunden tat sich nichts. Sie dachte schon, dass es gleich noch weiter nach unten gehen würde. Dann plötzlich ertönte ein Klingelton und die Tür öffnete sich.

Ein rotes Licht blinkte, tauchte die weiße Wand vor dem Fahrstuhl in einem trägen Rhythmus in einen blutigen Schimmer. Der befürchtete Angriff blieb aus. In den kurzen Perioden, in denen Licht erstarb, konnte man einen grauen Kunststoffboden erkennen, der mit Blutstreifen verschmiert war.

Ben drückte sich zuerst links an die Fahrstuhlwand, dann lugte er am Rahmen der Lifttür vorbei, um zu sehen, was sich in dieser Richtung befand. Doch er entdeckte nur eine blanke Wand. Also rüber auf die andere Seite.

»Was siehst du?«, fragte Smilla, die sich mit Berdan in die linke Ecke der Kabine verzogen hatte.

»Einen Flur. Blut am Boden, an den Wänden. Am

Ende ist eine breite Tür. Ich schaue mir das mal näher an.«

»Sei vorsichtig!«

»Ja, bin ich. Keine Verfärbten zu sehen. Ich werde jetzt den Fahrstuhl verlassen. Ich sage euch Bescheid, wenn die Luft rein ist. Hier ist es für euch erst einmal am sichersten.«

»Lass mich gehen«, bot Smilla an. »Ich habe Kampferfahrung.« Ben grinste sie an.

»Ich jetzt auch.«

Kapitel 42 - Experimente

Seine Angst war so groß, dass er die Arschbacken zusammenkneifen musste, um nicht in die Hose zu kacken. Trotzdem hatte er das Gefühl, dass sein Schlüpfer feucht wurde. Es war etwas anderes, draußen gegen die Verfärbten zu kämpfen. Hier unten kam er sich vor wie in einem brutalen Videogame, allerdings ohne die Möglichkeit zum Neustart.

Am liebsten wäre Ben bei Berdan und Smilla geblieben, doch die Sicherheit des Jungen hatte oberste Priorität. Jetzt war er auf sich allein gestellt. Er musste diesen Gang sondieren, eventuell ein paar Verfärbte beseitigen. Vor ihm der Korridor. Wenigstens zweigten keine Gänge ab, aus denen Verfärbte überraschend hervorspringen konnten. Das rote Blinklicht nervte, bereitete ihm schon nach wenigen Sekunden Kopfschmerzen.

»Alles klar?«, rief Smilla aus dem Fahrstuhl.

»Yep, ist alles ruhig«, antwortete er. »Ich bin auf dem Gang. Er ist vielleicht dreißig Meter lang und endet an einer massiven Stahltür. Dort ist ein Touchscreen neben der Tür. Überall Blut, auf dem Boden und an den Wänden. Verfärbte müssen hier gewesen sein. Wahrscheinlich ist ein Verletzter in den Fahrstuhl geflüchtet, hat sich auf dem Weg nach oben verwandelt und ist als *Patient Null* auf das Klinikgelände gelangt.«

»So wird es gewesen sein«, kam es von Smilla nach Betrachtung der Blutspuren in der Liftkabine.

Die Hand befand sich in einem Jutebeutel, festgeknotet an Bens Gürtel. Er hatte bereits geahnt, dass sie noch vonnöten sein würde. Als er fast am Ende des Flurs angekommen war, wollte er sie aus der Tasche holen, hielt aber inne.

»Kacke!«, murmelte er. Die Tür stand einen Spalt weit offen, verkeilt von der Spitze eines Schuhs. Ein Bein steckte in dem pinkfarbenen Sneaker, der Rest des Körpers war nicht zu sehen.

»Rede mit uns!«, rief Smilla aus dem Fahrstuhl.

»Hier liegt jemand!«

»Was? Wer?«

»Ich sehe nur einen Fuß, der die Tür aufhält.«

»Pass auf, Ben!«

»Ja ja, alles in Ordnung.« Ben holte tief Luft. Mit erhobenem Thaischwert machte er bedächtige Schritte auf die Tür zu. Einen Meter vor der Tür blieb er stehen, tippte mit der Spitze seiner Waffe den Schuh an. Keine Reaktion. Er sah die Bündchen von gelben Sneaker-Socken, die unter einer taubengrauen Arzthose verschwanden. *Pinkfarbene Sportschuhe, gelbe Socken, wahrscheinlich eine Frau*, mutmaßte Ben. Mit dem Schwert pikste er in ihren Knöchel, was ebenfalls ohne Reaktion blieb. Tot? Hoffentlich! Möglicherweise gestorben, bevor sie sich verwandeln konnte.

Er musste sich vergewissern, die Tür aufstoßen, die Person und den Raum dahinter kontrollieren. Das Blinklicht machte ihn irre. Gott sei Dank gab es keine Sirene.

»Ich gehe rein!«

»Warte, wir kommen!«

»Ihr bleibt da! Erst schaue ich mich um.«

»Aber …«

»Nichts aber! Ihr wartet, bis ich das Okay gebe.«

»Sei vorsichtig!«

»Auf jeden Fall!« Einen Moment lang überlegte Ben, wie er vorgehen könnte. Hinter der Tür war nichts zu hören. Wären dort Verfärbte, hätten sie ihn längst bemerkt und wären steil gegangen.

Wieder holte er tief Luft, dann zögerte er nicht lange, machte zwei Schritte nach vorn und zog die Tür mit dem Fuß auf. Mit dem Knie sorgte er dafür, dass die Tür nicht wieder zufiel.

Verdammt! Die Frau hatte kaum noch ein Gesicht. Würgereiz im Hals. Der Anblick war grauenvoll, trotzdem konnte er den Blick nicht abwenden. Die Nase war abgebissen, die linke Wange bis zum Kieferknochen aufgerissen. Im Hals eine klaffende Wunde, die ihr wahrscheinlich das Leben als purpurnes Wesen erspart hatte. Innerlich zwang er sich, den Blick abzuwenden.

Der Raum. Quadratisch. Vier mal vier Meter, eher weniger. Weiße Medizinschränke. Spinde! Weiße Anzüge hingen an Haken, transparente Hauben daneben und fingerdicke rote Schläuche. Stühle, laminierte Dokumente an der Wand, eine massive gelbe Tür mit einem eingelassenen reifengroßen Fenster. Sperrangelweit offen stehend. Dahinter ein schmaler Gang, am Ende eine weitere gelbe Tür mit Bullauge. Ebenfalls offen. Dahinter Dunkelheit. Lediglich unterbrochen vom roten Blinklicht.

»Ben?«, rief Smilla aus dem Hintergrund. Er antwortete nicht, überlegte, ob er in den dunklen Raum gehen sollte.

Erst für Sicherheit sorgen, mahnte er sich selbst. Aus diesem Grund ging er zu der ersten gelben Tür, schob sie zu, nahm die abgetrennte Hand aus dem Jutebeutel, nutzte sie als Keil. Ben fiel das Schild auf der Vorderseite auf.

Gelb, dreieckig, darauf das Piktogramm für Biogefährdung. Tatsächlich ein Labor. Die Gerüchte bewahrheiteten sich, die Schweine hatten unter der Klinik mit einem Horrorvirus experimentiert. Patienten als Versuchskaninchen missbraucht. Er drückte seine Nase an die Scheibe des Bullauges. Nichts als Dunkelheit! Nichts als …

Ein Schlag gegen die Tür. Er wurde nach hinten geschleudert, stolperte über die Leiche der Frau. Das irre Gebrüll eines Verfärbten dröhnte in seinen Ohren. Eine Sekunde später war der Infizierte über ihm, blickte Ben direkt ins Gesicht. Blut und Geifer liefen aus seinem Mund, tropften auf Bens Hals, der widerliche Gestank von Fäulnis legte sich auf sein Gesicht.

Blitzschnell hob er seinen Arm mit dem Schwert, stieß es dem Kerl so fest in den Mund, dass es am Hinterkopf wieder austrat. Gewonnen!

Mit dem Fuß stemmte er sich gegen den Bauch des Verfärbten, schob ihn von der Klinge, auf der das Blut des Mannes klebte. Er stieß den Körper weg, vernahm das Klatschen, als er auf dem Boden aufschlug. Freie Sicht! Auf sie! Sie stand in der offenen gelben Tür, das Gesicht fast schwarz vor fetten Adern. Ihr Blick ruhte auf Ben, nur für einen Moment, dann stürmte sie auf ihn zu. Ben riss die Arme hoch, versuchte, sich zu schützen, aber die kranke Frau durchbrach seine Deckung wie ein herabstürzender Falke. Ein Schuss! Ihre Stirn wurde zerfetzt.

»Ben!«, hörte er Smillas Stimme in der Nähe. Die tote Verfärbte krachte mit den Resten ihres Kopfes auf seinen Brustkorb, drückte ihm die Luft aus demselben. Ben ächzte, zog stöhnend Luft ein, versuchte, sich vergeblich unter dem toten Stück Fleisch herauszuwinden. Wieder rief Smilla seinen Namen, dieses Mal noch näher. Plötzlich Erleichterung. Smilla zog ihm die tote Frau vom Bauch. Der Druck ließ nach, hektisch sog er frische Luft in seine Lunge.

»Ben, alles klar?« Er glaubte, er nickte, aber sein Kopf bewegte sich nur andeutungsweise. »Ach du Scheiße!«, hörte er Smilla verzweifelt fluchen. Jetzt war es Berdan, der seinen Namen leise rief. Oder war es Trips? In seinem Kopf zog Nebel auf. Die Stimmen vermischten sich zu einem unverständlichen Gemurmel. Smillas Gesicht erschien über ihm, es schien rot zu blinken.

»Sschmilla«, lallte er wie betrunken. Ihm wurde schwindelig, vor seinen Augen verschwamm Smillas Gesicht zu einem verpixelten Brei.

Kapitel 43 - Der Schuss

Ben lag auf dem Rücken, die Augen weit geöffnet, den Blick ziellos an die Decke gerichtet. Seine Lider flatterten und sein Kehlkopf wanderte hektisch auf und ab.

»Bleib ein Stück zurück, Berdan!«, wies Smilla den Jungen an. Er machte einen zögerlichen Schritt nach hinten. Keine Wunden, stellte Smilla mit einem Hauch von Erleichterung fest. Das änderte sich schlagartig, als ihr die linke Hand ihres Gefährten ins Auge fiel.

»Nein, nein, nein«, stammelte Smilla entsetzt. Sie ließ das Gewehr fallen und schmiss sich neben Ben auf die Knie. Zwei tiefe Kratzspuren führten über seine Fingerknöchel bis hoch zum Ansatz seines Unterarms. Infiziert!

Die ersten purpurnen Linien wanderten aus der Wunde Richtung Handgelenk. Ein leichtes Pulsieren der Haut war zu erkennen.

Nicht auch noch Ben, dachte sie verzweifelt. Was jetzt? Zufällig fiel ihr das Thaischwert auf, das neben dem Arzt auf dem Boden lag. Ihr kam ein Gedanke, naheliegend, aber unvorstellbar. Unvorstellbar? Vielleicht in der alten Welt, die jetzt nicht mehr existierte. Sie musste handeln! Sofort! Smilla griff sich das Schwert und hob es hoch.

»Tut mir leid, Ben!« Mit einem einzigen Hieb trennte sie Bens Hand oberhalb des Gelenks ab. Mehr als ein Stöhnen brachte Ben nicht zustande. Im Hintergrund hörte sie Berdan weinen. Mit der Spitze des Schwerts schob sie die abgetrennte Hand zur Seite. Aus dem Körperteil floss zähes dunkles Blut, in dem kleine Bläschen pochten.

»Berdan, ich brauche den Rucksack!«

Der Junge war auf Zack, zögerte nicht lange und zog das Backpack vom Rücken. Smilla nahm ihn an, riss hektisch den Reißverschluss auf, holte ein paar Rollen Mullbinden heraus und schmiss ihn achtlos zurück in Berdans Richtung. Nervös fummelte sie die erste Verpackung auf, entnahm den Verband und wollte ihn gerade auf Bens blutenden Stumpf pressen, als sie vor Entsetzen erstarrte. Gleichzeitig traf sie die Erkenntnis wie eine Hammerfaust. Das Schwert!

Wie dumm sie doch war. Es war Blut von dem aufgespießten Verfärbten an der Klinge gewesen. Mit einem Hieb hatte sie die infizierte Hand abgeschlagen und die Infektion mit der verseuchten Klinge wieder in den Körper gepflanzt.

»Es tut mir leid. O mein Gott, was habe ich getan?«, jammerte sie in sich hinein.

»Smilla, was ist denn?«, fragte Berdan besorgt. Doch sie nahm ihn nicht wahr. Sie konnte nur auf Bens Unterarm starren, auf dem sich lila Linien unter dem Bund seines Hemdsärmels aufwärts ihren Weg durch den Körper bahnten. Smilla kniete vor ihm wie gelähmt.

Berdan flehte im Hintergrund, mit ihm zu sprechen. Doch die Starre, in der sie sich befand, umfasste auch ihr Sprachzentrum. Kein Wort drang über ihre Lippen. Weniger als eine Minute dauerte es, bis sie im blinkenden Rotlicht erkannte, wie sich das Virus purpur über den Kragen seines Hemdes Richtung Kopf fortbewegte.

Ein tiefes Brummen kündigte seine Verwandlung an. Es folgte ein Zittern, zuerst an seinen Füßen, das sich aber schnell auf seinen gesamten Körper ausdehnte. Mit einem hochfrequenten Quicken richtete er sich auf. In seinem Gesicht prangten feine, purpurne Adern.

In seinen Augen bleckte ihr das Schwarz der Verfärbten entgegen. Ben fixierte sie, knurrte animalisch, dabei biss er sich so fest auf die Unterlippe, dass sie wie eine Brühwurst aufplatzte.

Von dem liebenswerten Psychiater war nichts mehr übrig. In wenigen Sekunden würde er über Smilla herfallen, sie töten oder verwandeln. Trotzdem schaffte sie es nicht, sich zu bewegen. Aufgabe! Es machte keinen Sinn. Sie würden niemals hier … Ein Schuss!

Bens Stirn explodierte in einer Wolke aus Blut und Knochen, die sich in einem Schwall in ihren Schoß ergoss. Smilla senkte den Kopf, blickte auf die Überreste von Bens Schädel zwischen ihren Beinen.

Atemlosigkeit gepaart mit dem infernalischen Klopfen ihres zerbrochenen Herzens. Doch trotz ihrer Stasis kämpfte sich ein fordernder Gedanke durch den trüben Nebel in ihrem Bewusstsein – Berdan!

Ihr Kopf schien schwer wie Beton zu sein, als sie ihn langsam hob. Dann sah sie den Jungen und ihr Inneres stürzte zusammen wie ein Kartenhaus.

Berdan stand da, den Mund weit aufgerissen, genau wie seine Augen. In seiner winzigen Hand hielt er eine der Pistolen aus dem Rucksack, aus deren Mündung sich eine feine Rauchwolke kräuselte. Noch immer zielte er mit der Waffe auf die Stelle, an der sich gerade noch Bens Kopf befunden hatte. Nun ruhten Teile seines Schädels in ihrem Schoß. Mit einem inneren Kraftakt raffte Smilla sich auf, schaffte es sich auf ihre Knie zu mühen, wobei Bens Knochen – und Hirnreste auf den Fußboden plumpsten.

»Berdan«, krächzte Smilla mehr, als sie sprach.

Der Junge antwortete nicht, reagierte nicht einmal. Geistesabwesend blickte er auf die Leiche des Mannes, der ihm noch vor wenigen Stunden Süßigkeiten geschenkt hatte. Jetzt lag er da, erschossen von Berdan.

»Berdan«, rief Smilla mit zitternder Stimme. Dieses Mal sprang er auf ihre Versuche der Kontaktaufnahme an. Ein leichtes Vibrieren ging durch seinen Körper. Ohne sie anzusehen, erhob er die Waffe und zielte auf Smilla. Im blinkenden Rotlicht wirkte er skurril, wie ein absurder Charakter aus einer David-Lynch-Fantasie.

»Berdan!«, kam es zum dritten Mal von Smilla. Dieses Mal zwang sie ihre Stimme zu gehorchen, sprach mit einer Mischung aus Empathie und Strenge. Sie drängte Berdan ihren Blick auf, versuchte, ihn aus dem Horrorfilm zu lösen, der in seinem Kopf in einer Dauerschleife laufen musste. Es funktionierte, er blickte sie an.

Einen Moment fixierte er sie, dann musterte er sie mit Blicken eindringlich, so als prüfe er, ob sie echt oder Einbildung war. Wieder vergingen unendlich lange Sekunden, bis das Kind die Pistole senkte und bitterlich zu weinen begann.

Berdan machte einen Schritt, blieb aber angesichts von Bens Leiche vor seinen Füßen abrupt stehen. Sofort stand Smilla auf, sprang über den Leichnam und schloss den Jungen in ihre Arme.

»Du hast das Richtige getan«, flüsterte sie dem Kind ins Ohr. »Ben hätte es so gewollt!«

Zusammen weinten sie minutenlang um ihren Freund. Nach einer gefühlten Ewigkeit, schob sie Berdan ein Stück von sich fort. Mit dem Handrücken trocknete sie Tränen von seiner Wange. Dann spürte sie seine Hand, die sanft über ihr Gesicht wischte. Gegenseitig trösteten sie sich. Ein Akt von Empathie, wie sie ihn nie zuvor erlebt hatte.

Es füllte Smilla mit neuer Energie, von der sie jede Menge brauchte, wenn sie den Jungen und sich aus diesem Albtraum befreien wollte. Doch zuerst mussten sie sich von Ben verabschieden.

Kapitel 44 - Der letzte Ritter

Ein weißes Grabtuch bedeckte den Körper des Psychologen. Smilla hatte einen der Schutzanzüge benutzt, von denen mehrere an einem Haken an der Wand hingen. Vorher hatte sie den Leichnam in eine der Ecken des Raumes geschleift.

Auf seiner Brust lag sein Thaischwert, was ihm den Anblick eines gefallenen Ritters verliehen hatte. Zuerst wollte sie, dass Berdan sich umdrehte, um das Prozedere nicht mitansehen zu müssen. Doch er ließ sich nicht abhalten. Er wollte zuschauen, wie der Mann zur letzten Ruhe gebettet wurde, der ihnen in den letzten Stunden zu einem Freund geworden war.

Beide standen sie vor dem Hügel, unter dem sich Ben befand. Die Hände ineinander gefaltet, schweigend, trauernd. In den Augenwinkeln behielt Smilla die Tür im Auge, aus der die Verfärbte gestürmt war und das Ende ihres Freundes besiegelt hatte. Sie hatte den Tisch davorgeschoben, mehr als Alarmanlage dienend denn als Schutz.

Smilla ahnte, dass ihnen nicht viel Zeit blieb. Früher oder später würden die Weißen darauf kommen, dass sie den Weg in das Labor gefunden hatten. Sie fieberte schon darauf zu erfahren, was sich auf der anderen Seite der beiden Türen befand. Nach einigen Minuten des stillen Gedenkens spürte Smilla, wie Berdan seine Finger aus ihrer Hand los nestelte.

»Was ist?«, fragte Smilla fast flüsternd.

»Ich will was holen«, erwiderte Berdan mit gebrochener Stimme. Sie hatte keine Ahnung, was er meinte. Zögerlich entließ sie seine Hand aus der ihren. Skeptisch beobachtete sie, wie der Junge einen Bogen um die dunkle Blutpfütze machte, in der Ben sein Leben ausgehaucht hatte. Ihre Skepsis verwandelte sich in Argwohn, als das Kind sich den Rucksack griff. Doch sie ließ ihn gewähren, denn die Pistolen befanden sich nun in einem Jutebeutel, in dem sich auch die abgehackte Hand befand.

Mit einem der Schokoriegel in der Hand kam Berdan zurück, ging vor Bens Leichnam in die Knie und legte ihn schluchzend auf das weiße Grabtuch. Einen Moment verharrte er davor, dann erhob er sich, drehte sich zu Smilla um und sagte: »Bitte, bring uns hier raus.«

Kapitel 45 - Glas

Smilla rückte den Tisch zur Seite, dann öffnete sie die schwere Tür, die wie das Schott eines U-Bootes wirkte. Dahinter war alles ruhig. Verfärbte hätten sich längst bemerkbar gemacht. Trotzdem ermahnte sie sich zur Vorsicht und Konzentration.

Mit der Taschenlampe leuchtete sie in die Schleuse, in der es dunkel war. Lediglich das rote Blinklicht fiel rhythmisch durch die Bullaugen und den Türspalt in den schlauchartigen Gang. Smilla war sich sicher, dass es sich um eine Sicherheitsschleuse handelte, die allerdings ihren Zweck verloren hatte, da auch die Tür auf der anderen Seite offen stand.

Sie wandte sich Berdan zu, der gerade dabei war, seinen Rucksack auf den Rücken zu schwingen.

»Ich glaube nicht, dass da hinten noch welche von den Verfärbten sind. Trotzdem müssen wir vorsichtig sein. Wir machen das so …«, sagte sie zu ihm. »Du bleibst hinter mir und hakst dich mit deinen Fingern an meinem Gürtel ein. Okay?« Ohne zu antworten, schob Berdan ihren Jackenbund nach oben und klammerte sich an ihrem Gürtel fest. Smilla nickte, der Junge tat es ihr gleich, wenn auch kaum sichtbar. »Wir schaffen das!«, sagte sie zu ihm, dann drehte sich Smilla um, griff sich das Sturmgewehr und stellte die integrierte Taschenlampe an.

Den Beutel mit den Pistolen und der abgetrennten Hand hatte sie an einer Schlaufe ihrer Hose festgeknotet. Smilla holte tief Luft. »Auf gehts!«, sagte sie und zog die erste Schleusentür weiter auf. Mit dem Gewehr im Anschlag betrat sie die Schleuse. Berdan hing wie ein Gewicht an ihrem verlängerten Rücken. Bei jedem Schritt streifte er ihre Hacken. Immer, wenn das Licht blinkte, konnte man die dunklen Flecken am Boden und an den Wänden sehen. Nichts, was die beiden noch beeindrucken konnte oder stocken ließ.

Innerhalb weniger Stunden hatten die Grausamkeiten sie abstumpfen lassen. Was noch vor Tagen ihren Mageninhalt aufsteigen ließ, war nur noch eine Wahrnehmung, die sich zu den schrecklichen Bildern in ihrem Kopf gesellte. Und sie war erwachsen, Berdan ein Kind. Trotzdem machte er den Eindruck, als wären Blut und Tod ein Teil seiner täglichen Routine geworden.

»Hey, alles klar?«, flüsterte sie ihm zu.

Ein leises »Ja« kam zurück.

»Nichts zu hören von da drüben«, sagte sie und nickte Richtung Tür am anderen Ende. »Scheint keiner da zu sein. Aber du bleibst trotzdem hinter mir in Deckung. Verstanden?«

»Okay«, erwiderte Berdan. Dabei spürte sie, wie sich die Finger des Kindes noch fester um ihren Gürtel krallten. Bedächtig machte sie die letzten Schritte, bis die Mündung ihres Gewehrs die Stahltür berührte. Sie stand nur einen winzigen Spalt weit auf. Von dem Raum dahinter war nur durch das Bullauge etwas zu sehen. Immer wenn das Rotlicht blinkte, konnte Smilla den Ausschnitt eines Bildschirms sehen, auf dem nur eine Art Testbild zu sehen war.

Je länger sie wartete, umso schwieriger wurde es, den letzten Schritt zu machen. Deshalb zählte sie bis drei und zog die Tür auf. Danach machte sie wieder einen Schritt zurück, wobei sie Berdan überraschte und fast umgestoßen hätte.

Mit der Waffe im Anschlag verharrte sie einen Moment, wartete, ob irgendein Verfärbter auf sie losgestürmt kam. Doch nichts geschah. Zögerlich machte sie den ersten Schritt nach vorn, im Schlepptau den Jungen, den sie wie eine Kanonenkugel hinter sich herzog.

Sie überschritten die Türschwelle, blieben stehen. Smilla sondierte alle Richtungen, im kurzen Moment der Helligkeit nahm sie schemenhafte Umrisse in Rottönen wahr, die sie nicht einordnen konnte. Wenn sie hier weiterkommen wollten, dann brauchten sie Licht.

Neben der schottartigen Tür, durch die sie gekommen waren, bemerkte sie ein tabletgroßes Schaltfeld an der Wand. Smilla betrachtete es und kam zu der Erkenntnis, dass man damit die Raumbeleuchtung kontrollieren konnte. Ein Button mit der Aufschrift *Notfall* blinkte auf dem Display. Sie tippte es an, woraufhin das Blinklicht stoppte und eine ganze Armada von Deckenleuchten den Raum in gleißend helles Licht tauchte.

Die Helligkeit brannte in den Augen, sie kniff sie reflexartig zu. Von hinten jammerte Berdan. Orange schimmerte das Licht durch die geschlossenen Lider. Einmal bis zehn zählen, Augen langsam auf, zwinkern, warten und dann …

»Wow!«, hörte sie Berdan. Erst jetzt bemerkte sie, dass der Junge sich nicht mehr an ihrem Gürtel festhielt. Seine Kinderaugen brauchten offenbar nicht so lange, um sich an die veränderten Lichtverhältnisse zu gewöhnen.

Er stand neben ihr und bestaunte den Raum, den auch sie nun in seiner vollen Größe bestaunen konnte. Die schiere Größe erinnerte an einen Flugzeughangar, der mindestens die Größe eines halben Fußballfeldes maß.

Auf Anhieb entdeckte sie drei Körper am Boden des Raumes. Zwei von ihnen trugen einen grauen Kittel, genau wie der Mann, dem Ben die Hand abgehackt hatte. Der dritte war bis auf eine weiße Baumwollunterhose nackt. Seine Haut war violett, in seiner Brust steckte eine Schere, die offenbar für sein Ableben verantwortlich war. Rund um die Leichen stand das Blut in Pfützen.

»Bleib hier stehen!«, wies sie Berdan an. »Und bitte dreh dich um.« Gehorsam tat der Junge, was sie verlangte.

Smilla checkte das Gewehr, dann ging sie zu dem Verfärbten und schoss ihm in den Kopf. Dasselbe machte sie bei den beiden Toten in den Kitteln. Noch einmal schaute sie sich in dem Raum um, checkte die Einrichtung, überprüfte alle möglichen Verstecke.

Jetzt konnte sie ein wenig durchatmen, den Ort wahrnehmen, an dem das Unheil ohne Zweifel seinen Anfang fand. Hier unten befand sich nicht nur ein Labor, sondern eine Versuchsfabrik.

Kopfschüttelnd musterte sie Dutzende von Glaskuben, in denen sich Untersuchungsliegen befanden. Die meisten sahen fabrikneu aus, was Smilla zu dem Schluss brachte, dass die Forschungen hier unten wahrscheinlich noch am Anfang standen. Einer der Glaskäfige war offensichtlich in Gebrauch gewesen, denn die Scheiben waren mit Blut beschmiert und die Zugangstür stand offen.

Irgendetwas war schiefgelaufen. Jemand hatte nicht aufgepasst, sich infiziert und so die Katastrophe in Gang gesetzt. Man hatte Patienten, die niemand vermisste, in dieses Labor gebracht und an ihnen mit dem Virus experimentiert. Aber wie hatte man nach den Versuchen die Leichen entsorgt? Sie dachte nicht weiter über die Folterkammer hier unten nach, denn in ihrer Situation zählte nur die Suche nach einem Ausgang. Aus den Augenwinkeln nahm sie Berdan wahr.

»Hatte Angst allein«, murmelte er ihr zu.

»Schon gut«, sagte sie und strich ihm über den Kopf. Zusammen gingen sie die Reihen von Glaslabors ab. Hinter der letzten Reihe trafen sie auf eine der Wände. Smilla stutzte. In diese Wand war im Gegensatz zu den anderen eine mindestens zehn Meter breite und drei Meter hohe Milchglasscheibe eingelassen.

»Was ist das?«, fragte sie sich selbst.

»Keine Ahnung«, erwiderte Berdan, der sich angesprochen fühlte. Über dem Abschluss des Glases hingen sechs riesige LED-Bildschirme, auf denen das Testbild lief, das Smilla bereits durch das Bullauge gesehen hatte.

Smilla warf einen kurzen Blick auf die Fernseher, dann musterte sie wieder die undurchsichtige Scheibe. Mit dem Lauf des Gewehres klopfte sie gegen das Glas. Dahinter mussten sich weitere Räumlichkeiten befinden.

Bedächtig ging sie die Wand ab, Berdan schlurfte hinter ihr her. In der Mitte der Scheibe blieb sie stehen, strich mit den Fingerspitzen über eine dünne Fuge im Glas. Eine Tür! Ohne Klinke, ohne Schloss. Ein Schritt zurück, ein weiterer, nachdenklicher Blick auf die milchige Front. Schaltbares Glas. Konnte das sein? Sie hatte davon vor ein paar Jahren in einem Artikel gelesen. Mit einer Steuerung konnte man normale Scheiben von transparent auf milchig stellen. In dem Fall musste es irgendwo eine Steuerung geben. Das Panel neben der Tür, mit dem sich auch das Licht steuern ließ, fiel ihr ein. Vielleicht konnte man damit auch das Glas transparent machen und die Tür öffnen.

Mit Berdan im Schlepptau ging sie zurück zur Tür. Sie inspizierte das Display neben der Tür erneut und fand einen Button, der in ein Untermenü führte, falls man die entsprechende Berechtigung besaß.

Das Bild eines roten Fingerabdrucks erschien auf dem kleinen Bildschirm, was Smilla mit einem zufriedenen Grinsen quittierte. Sofort holte sie die abgetrennte Hand aus dem Jutesack an ihrer Gürtelschnalle. Hoffentlich verfügte der Kerl, dem die Pranke gehörte, über die nötige Sicherheitsfreigabe. Vorsichtig griff sie sich die Hand am Zeigefinger und legte diesen auf das Eingabefeld des Monitors. Es dauerte eine Sekunde, dann wechselte die Farbe des Abdrucks von Rot zu Grün. Auf dem Display wechselte das Menü zu einem Bild mit vier Buttons: *Schleuse*, *Labore*, *Virenbank*, *Glas*.

»Ja!«

»Was ist?«, wollte Berdan wissen, der sich auf den Boden gesetzt hatte und Smilla aus müden Augen beobachtete.

»Vielleicht habe ich einen Weg hier raus gefunden.« Wenn es hinter dem Glas weitere Räumlichkeiten gab, dann musste es auch einen anderen Weg an die Oberfläche geben. Irgendwo mussten die Typen hier ihre Versuchsobjekte loswerden.

»Okay«, erwiderte Berdan ohne Begeisterung.

Smilla steckte die Hand zurück in den Beutel. Womöglich konnten sie diese noch gebrauchen.

Bevor sie die Taste Glas drückte, betrachtete sie kopfschüttelnd den Button für das Virenlabor. Es handelte sich also um ein Virus. Irgendwo in diesem Horrorkabinett lagerte das Zeug, das die gesamte Menschheit in Gefahr bringen konnte. Wie konnte man mit so einem Dreck herumexperimentieren? Was waren das für Leute? Sie hatte eine Ahnung.

Geld oder Macht, das waren die beiden möglichen Gründe für diesen Wahnsinn. Ohne weiter nachzudenken, drückte sie den Button für das Glas. Ein leises Summen ertönte und ehe sie sich umgedreht hatte, war aus dem milchigen Glas transparentes geworden.

»Ach du Scheiße«, murmelte Smilla, als sie das Geheimnis hinter dem schaltbaren Glas sah. Berdan war aufgestanden und betrachtete gelangweilt, was Smilla aufregte.

»Weißt du, was das ist?«, fragte sie den Jungen, der daraufhin mit den Schultern zuckte. Smilla nickte. »Das sind Zellen.«

»Wie im Gefängnis?«

»Schlimmer!« Hinter dem Glas konnte man winzige Wohneinheiten sehen, gerade breit genug für eine Pritsche und ein Klo. Links und rechts neben der noch immer geschlossenen Tür zählte Smilla jeweils fünf dieser Verschläge. Dort hatte man offenbar die Patienten eingepfercht, bis man sie in den Laboren mit dem Virus infizierte.

Zumindest hatte man es vorgehabt, denn genau wie die Glaslabore wirkten die meisten der Zellen brandneu und unbenutzt.

Die Tür! Das Glas war milchig geblieben. Wie konnte man sie öffnen? Smilla drehte sich wieder zu dem Panel um. Ein Türpiktogramm blinkte, sie presste ihren Finger darauf und hörte ein leises Klicken hinter sich.

»Sie ist auf!«, kam es von Berdan, bevor sie sich von dem Display abwenden konnte. Sofort hob Smilla das Gewehr, richtete es auf die Tür. Sie stand nur einen Spalt weit auf. Die Möglichkeit bestand, dass sich jemand oder etwas in den Räumlichkeiten dahinter aufhielt.

»Komm hinter mich, halt dich an meinem Gürtel fest«, verlangte Smilla von dem Jungen. Dieses Mal gehorchte er nicht sofort, blickte auf die Tür, als überlegte er, loszurennen und sie einfach aufzuziehen.

Doch schließlich bewegte er sich doch in Smillas Rücken und packte ihren Gürtel. Sie warf noch einen Blick über die Labore, hoffentlich den letzten, dann setzten sie sich in Bewegung.

Kapitel 46 - Brutkästen

Unfassbar! Das war es, was Smilla als Erstes in den Sinn kam, als sie die Tür geöffnet und den Gang dahinter betreten hatte.

Zellen, soweit das Auge reichte. Eine nach der anderen, identisch ausgestattet, unbenutzt. Doch im fünften oder sechsten Verlies auf der linken Seite sah die Sache anders aus. Dort entdeckten sie jemanden, einen Mann, der auf der Pritsche lag. Er war tot, das konnte man sehen. Sein linker Arm hing herunter, die Pulsader vom Handgelenk mehrere Zentimeter aufgeschnitten. Eine Schraube lag am Boden in einer Blutpfütze. Wahrscheinlich hatte er sich damit den Arm aufgeritzt.

Zu spät bemerkte sie Berdan, der hinter ihrem Rücken hervorlugte.

»Wer ist das?«, fragte er.

»Ein Opfer«, kam es von Smilla, dann drehte sie sich weg und ging weiter. Ihr fiel auf, dass der Boden leicht, aber allmählich anstieg.

Nach einigen weiteren Metern entdeckte sie eine Art Überwachungsraum. Dieser war etwa doppelt so groß wie die Zellen. Auf der linken Seite standen Monitore auf Tischen, davor kleine weiße Tastaturen. Gegenüber fielen vier seltsame Gerätschaften auf. Es handelte sich um Rollbahren, auf denen sich ein Aufbau aus Plexiglas befand. Ein bisschen erinnerten die Dinger an Brutkästen für Erwachsene. Es war klar, welchen Zweck die Teile hatten. Damit waren die Leichen abtransportiert worden, die man hier unten produziert hatte. Widerlich! Am liebsten hätte sie diese Dinger in Schutt und Asche geballert.

»Da hinten ist eine Tür«, kam es plötzlich von Berdan. Seine Stimme klang entfernt, was Smilla sofort aufhorchen ließ. Sie ging zurück auf den Gang. Der Junge stand mindestens zwanzig Meter entfernt und zeigte mit dem Zeigefinger nach links.

»Komm zu mir!«, rief Smilla besorgt, doch der Junge blieb stehen. Sie rannte zu ihm, nahm ihn an die Hand und schaute in die Richtung, in die er immer noch blickte.

An dieser Stelle befand sich ein Abzweig, der nach einigen Metern vor einem geschlossenen Schott endete, identisch mit dem im Hauptlabor. An der Wand daneben befand sich ein Panel. Reflexartig streichelte Smilla über den Beutel mit der Hand. Gedankenversunken starrte sie auf die Tür und spürte zunächst nicht, dass Berdan an ihrer Jacke zog.

»Was ist denn?«

»Geht es da nach draußen?«

»Bestimmt!«, antwortete sie. »Aber erst brauchen wir einen Moment Pause. Komm, wir gehen in den Raum mit den Computern. Wir essen ein paar Riegel, trinken einen Schluck Wasser und dann verschwinden wir von hier.«

»Ja, kann ich ein Hanuta haben?«

»Klar!« Smilla hatte keinen Appetit auf Süßigkeiten. Es gab einen anderen Grund, warum sie zurück in den Raum mit den Computern und den seltsamen Bahren wollte. Sie wollte wissen, was hier gespielt wurde, wer für diesen Scheiß verantwortlich war. Und sie hoffte, dass sie auf den PCs etwas finden würde.

Kapitel 47 - Höllenloch

Klassifizierung: STRENG GEHEIM
Bohrstation Kolgujew NM-22
Protokoll des leitenden Offiziers Leutnant Alexei Fomin
Empfänger General Agafon Mironow
22. November 1985 16:32 Uhr

Sehr geehrter Genosse General Mironow,
mit diesem Protokoll informiere ich Sie über die Ereignisse der letzten Stunden des Projekts Kolgujew NM-22. Vor vier Stunden, um 10:32 Uhr, erreichte die Gondel den Hohlraum in 12.437 Metern. Die Sensoren maßen eine Temperatur von 1.027 Grad Celsius und bestätigten so die Angaben aus dem Jahre 1981. Der Ausfall der angebrachten Kameras war vorhersehbar und trat ein. Die Greifarme blieben intakt, nahmen ihre Arbeit auf und sammelten Gesteinsproben aus dem Hohlraum.
Um 10:59 Uhr startete die Gondel den Aufstieg zurück an die Oberfläche. Aufgrund einiger technischer Mängel verzögerte sich die Rückkehr bis 13:55 Uhr. Sofort bargen zwei Wissenschaftler die Proben aus der Gondel, wobei einer von ihnen in einem Probenbehältnis eine schlangenartige Lebensform entdeckte. Das aggressive Tier biss Doktor Irina Petrow in die Hand, was bei der Frau innerhalb von wenigen Minuten zu rätselhaften körperlichen Veränderungen führte. Ihr gesamter Körper lief violett an, auf der Haut bildeten sich pulsierende Adern und ihre Augen wurden schwarz. Außerdem geriet sie in eine animalische Raserei. Sie griff ihren Kollegen Doktor Wladimir Blinow an, biss ihm in den Hals, was auch bei ihm zu den oben genannten Mutationen führte. Blinow fiel blindlings in das offene Bohrloch, Petrow stürzte sich auf einen der herbeigeeilten Arbeiter. Dieser zeigte nach einem Biss in den Arm

dieselben Symptome, was mich zu der Entscheidung brachte, die beiden zu eliminieren.
Mir war sofort bewusst, dass es sich um ein Virus oder einen Parasiten handelte, der in dem Schlangenwesen an die Oberfläche gelangt war. Mir fehlten die virologischen Kenntnisse, um eine Übertragung des Erregers über die Luft auszuschließen. Zum Schutze des russischen Volkes traf ich die Entscheidung, alle Anwesenden Arbeiter und Wissenschaftler zu exekutieren. Zum Zeitpunkt meines Berichtes bin ich der einzige lebende Mensch auf der Bohrstation Kolgujew NM-22.
Wenn ich diesen Bericht beendet habe, werde ich meinen Kollegen in den Tod folgen. Genosse General Mironow, ich nehme mir die Freiheit, Ihnen einen Vorschlag zu unterbreiten. Ich erbitte die Vernichtung dieser Forschungseinrichtung mitsamt den darin befindlichen Leichen.
Hochachtungsvoll
Leutnant Alexei Fomin

Smilla starrte mit offenem Mund auf den Monitor. Der fast vierzig Jahre alte Bericht eines russischen Offiziers ließ sie ohne Worte zurück. Worauf waren die Wissenschaftler auf dieser Bohrstation gestoßen? War es eine außerirdische Lebensform, die für die Seuche verantwortlich war? Eher eine Innerirdische, ging es Smilla durch den Kopf.

Das Protokoll mutete wie der Plot eines Hollywood-Blockbusters an, doch er war die erschreckende Wahrheit. Was hatte dieser General Mironow gemacht, nachdem er das Protokoll seines Offiziers gelesen hatte?

Vielleicht gab es noch weitere Dokumente auf dem Rechner, aus denen hervorging, was mit der Bohrstation

Kolgujew und den infizierten Leichen geschah. Irgendwie schaffte es das Virus oder was immer es war, bis in das verfluchte Labor unterhalb der Klinik.

Smilla war sich sicher, dass General Mironow den Vorschlag Fomins, die gesamte Bohrstation samt Leichen zu vernichten, nicht beherzigt hatte. Kein General der Welt ließ die Chance verstreichen, sich einen Erreger wie den aus Kolgujew unter den Nagel zu reißen.

Einen Hinweis auf das Vorgehen der Russen fand sie in einem weiteren Dokument auf dem Laborrechner. Was sie dort las, setzte der ganzen unfassbaren Geschichte die Krone auf. Es handelte sich um eine streng geheime Anweisung von Armeegeneral Igor Kasakow an eine streng geheime Spezialeinheit des russischen Militärs. Datiert war der Befehl mit dem 23. November 1985. Kasakow ordnete die Zerstörung der Bohrstation Kolgujew NM-22 sowie aller dort befindlichen Leichen mit einer Ausnahme an: Doktor Irina Petrow. Die Russen konnten einfach nicht widerstehen, sich diesen unbekannten Erreger zu sichern. Sie wollten ihn erforschen, warum auch immer, womöglich für eine Waffe missbrauchen.

Doch was Smilla am meisten erschütterte, war die Anweisung, die zum Schluss des Befehls folgte. Sie markierte sich die Zeile und las sie zum dritten Mal.

Der Leichnam von Subjekt DIP ist unter Beachtung strengster Quarantänevorschriften der Notfallverordnung 12AD/HAPPA10 an das Forschungsinstitut Brenska X in Tschernobyl zu überstellen.

Zum dritten Mal las Smilla diese Zeilen. Ein halbes Jahr vor der Reaktorkatastrophe wurde die Tote nach Tschernobyl überführt. Mit ihr ein Erreger, der Infizierte in blutrünstige Bestien verwandelte. War der verheerende Atomunfall in der Ukraine gar kein Unfall, sondern die Folge einer Virusepidemie?

Smilla hielt den Atem an, dann schloss sie das Dokument. Es befanden sich etliche Dokumente auf dem Rechner. Protokolle über die Versuche, die ein paar Monate zurückreichten. Man versuchte, das Virus zu modifizieren, es zu kontrollieren, kurz gesagt, eine Waffe daraus zu basteln. Militär? Die Nato? Es spielte keine Rolle. Die Ereignisse der letzten Tage zeigten, dass dieses Virus aus dem Loch in Russland nicht zu kontrollieren war. Vielleicht war es eine Ausgeburt der Hölle oder eine Strafe Gottes? Im Endeffekt war es völlig egal, ob Gott, der Teufel oder irgendeine außerirdische Macht die Menschen vernichtete. Was übrig blieb, war der Tod.

Smilla hatte keine Lust mehr zu lesen. Sie drehte sich zu Berdan um. Der Junge lag auf dem Fußboden und schlief. Kinder konnten immer und überall schlafen. Eine Gabe, um die sie die Kleinen beneidete. Smilla musste schlucken, denn sie befürchtete Schlimmes für die Zukunft. Selbst wenn sie aus dieser Klinik heil rauskommen würden, stand die Welt womöglich vor dem Armageddon.

Wenn nur ein Infizierter den Weg nach draußen fände, wäre das Unheil wahrscheinlich nicht mehr aufzuhalten. Doch sie musste hoffen und für den Jungen kämpfen, der dort schlummerte. Wenn er eine Chance haben sollte, sein Leben halbwegs normal fortzuführen, dann musste sie ihn rausbringen.

Ihr fiel der Typ im Overall ein, der in der kleinen Gasse Blutproben von den Verfärbten genommen hatte. Sie erinnerte sich, dass sie diese Szene auf eine Idee gebracht hatte.

Während Berdan schlief, konnte sie ihr Vorhaben in die Tat umsetzen. In seinem Rucksack befanden sich Spitzen und Kanülen. Smilla präparierte eine Spritze mit der Nadel, dann schlich sie sich aus dem Raum, ging zurück zum Leichnam von Ben. Sie wollte ihm etwas Blut abnehmen.

Zuerst durchlief sie ein kalter Schauer, als sie eine Hand an den Plastikoverall legte, mit dem sie ihn zugedeckt hatten. Smilla brachte es nicht fertig, den Leichnam komplett aufzudecken. Lediglich den rechten Unterarm zog sie unter dem Plastik hervor. Nach Bens Tod war die Verfärbung nicht weiter fortgeschritten. Seine feingliedrigen Hände waren von einer blassen Farbe.

Nach einem tiefen Atemzug führte sie die Nadel in eine Vene ein, die leicht purpurn durch seine Haut schimmerte. Langsam zog sie sein Blut durch die Nadel in die Spritze.

Für ihre Zwecke reichten die knapp zehn Millimeter, die sich im Kolben befanden. Sie legte die Spritze auf den Boden, trat mit dem Absatz ihrer Dr. Martens auf die Kanüle und zog den Plastikzylinder ab. Schnell ging sie zurück zu Berdan, der immer noch schlummerte.

Kapitel 48 - Links, rechts oder geradeaus

Bevor sie Berdan sanft aus dem Schlaf schüttelte, verpackte sie die blutgefüllte Spritze in einem Plastikbeutel und steckte sie in den Rucksack.

»Wir müssen weiter«, erklärte sie ihm. Bevor sie losgingen, gab sie dem Jungen die versprochenen Süßigkeiten und das Wasser. Auch sie zwang sich einen Schokoriegel in den Magen. Der Zucker verschaffte ihr einen vorübergehenden Energieschub, den sie gut gebrauchen konnte. Zum Schluss wischte sie Berdan Schokoreste aus den Mundwinkeln, dann setzte sie ihm den Rucksack wieder auf.

Mit der Hand aus dem Jutebeutel öffneten sie das Schott, das Berdan entdeckt hatte. Dahinter befand sich ein langer Flur. Ab jetzt gingen sie nebeneinander. Der Gang schien unendlich. Sie trotteten wie zwei Verlorene in der Postapokalypse schweigend immer weiter.

Der leichte, aber stetige Anstieg schmerzte in Smillas Waden, wahrscheinlich auch bei Berdan, aber der Junge murrte nicht. Die Steigung nahm noch zu. Anstrengend, aber ein Indiz dafür, dass sie sich der Oberfläche näherten.

Nach einer gefühlten Ewigkeit, die nicht einmal zwanzig Minuten dauerte, machte der Gang einen Linksknick. Ohne zu zögern, bogen sie ab. Hinter dem Knick endete der Gang nach wenigen Metern an einem Gitter. Der Geruch nach Feuchtigkeit und Fäkalien schlug ihnen entgegen.

Smillas Augen weiteten sich, als sie hinter dem Gitter vertrautes Terrain entdeckte: die Kanalisation, durch die sie auf das Klinikgelände gekommen war. Der Anblick durchströmte sie mit neuer Energie. Mit zwei großen Schritten stand sie direkt vor dem Gitter, klammerte sich an die Eisenstäbe und blickte durch die Lücken wie ein Häftling, der einen Blick in die Freiheit warf.

Sie rüttelte an den Stäben, doch das Gitter war scheinbar in den Beton eingelassen. An der Wand befand sich eines der Touchfelder wie am Fahrstuhl und den anderen Türen in den Katakomben. Die abgetrennte Hand leistete ihnen erneut treue Dienste.

Außer einem leisen Summen passierte nichts, nachdem sie den Zeigefinger auf den Touchscreen gepresst hatte. Doch dann begann sich das Gitter ratternd nach oben zu bewegen und verschwand langsam in der Decke des Ganges.

Der Weg in die Kanalisation war frei. Vorsichtshalber steckte sie die Hand zurück in die Tasche. Vielleicht kam noch eine Tür oder ein Tor, das sie öffnen musste.

Langsam schritten Berdan und Smilla über die Schwelle hinein in die Kanalisation, die an dieser Stelle trockengelegt war. Ihre Schritte hallten von den kahlen Betonwänden zurück. Es dauerte zwei oder drei Minuten, bis sich in Sichtweite eine Wegkreuzung offenbarte. Bereits als sie darauf zugingen, versuchte sich Smilla in Gedanken die Karte der Klinik wieder ins Gedächtnis zu rufen.

Wenn sie ihre Orientierung nicht ganz verloren hatte, dann müssten sie rechts gehen, um das Areal der Klinik zu verlassen. Aber sicher war sie sich nicht. An der Gabelung angekommen blickte sie in alle drei Richtungen. Unschlüssig wägte sie den weiteren Weg ab.

Während Berdan stehen blieb, ging sie ein paar Meter geradeaus, nach rechts und schließlich nach links. Auch hier gab es nirgendwo Wasser, offenbar war dieser Teil der Kanalisation von den Erbauern des Labors ausgebaut worden. Sie war sich sicher, dass durch diese Gänge die Versuchsopfer nach draußen geschafft worden waren.

Nachdem sie alle drei Möglichkeiten sondiert hatte, nahm sie Berdans Hand und bewegte sich in den rechten Gang. Doch der Junge bockte, blieb stehen und ließ sich nicht zum Gehen bewegen.

»Komm, gleich sind wir draußen«, versuchte Smilla ihn anzutreiben, doch er verharrte auf der Stelle. »Was ist denn?«, fragte sie mit einer Prise Schärfe.

»Da!«, sagte er einsilbig und deutete mit ausgestrecktem Arm in den Gang geradeaus. Zunächst begriff Smilla nicht, worauf Berdan hinweisen wollte. Erst als sie der Richtung seines Fingers folgte, der nicht in den Gang, sondern auf den Boden zeigte, verstand sie, worauf er sie aufmerksam machen wollte. Auf dem Beton befanden sich schwarze Streifen, die von Rollen stammen mussten. Dann machte es Klick bei Smilla.

Durch diesen Gang mussten die Verantwortlichen des Labors die fahrbaren Kästen mit den Leichen der Versuchspersonen abtransportiert haben. Geradeaus mussten sie gehen, um nach draußen zu kommen und nicht nach rechts.

Ohne Berdans Aufmerksamkeit wären sie falsch abgebogen. Sie streichelte dem Jungen über den Kopf, dann gingen sie Hand in Hand in den Gang mit den Schleifspuren. Auch dieser wies eine Steigung auf.

Nach etwa fünf Minuten konnte man eine Art Portal

sehen, das beim Näherkommen wie ein Garagenrolltor aussah. Es war aschgrau gestrichen und in großen roten Lettern stand darauf ein kurzer Satz geschrieben, der Smilla das Blut in den Adern gefrieren ließ.

Laborgut auf Exitus prüfen!

Man wollte verhindern, dass das Virus außer Kontrolle geriet, deshalb war es wichtig, dass kein Infizierter lebend das Labor verließ.

Sie konnte es nicht fassen. In diesem Moment verschwamm die Grenze zwischen den purpurfarbenen Mutierten und den Menschen, die das Virus in grausamer Art und Weise untersucht hatten. Ihr war klar, dass man Berdan und sie auf der Stelle umbringen würde, wenn man sie hier erwischte. Nicht nur, weil sie potenzielle Virusträger sein könnten, sondern weil sie wussten, was für eine perfide Barbarei in dieser Klinik an der Tagesordnung war.

Smilla atmete ein paarmal durch, dabei drückte sie Berdans Hand so fest, dass er murrte. Was würde sie hinter diesem Tor erwarten? Die Freiheit? Oder die Männer in den weißen Overalls, die jeden skrupellos abknallten, der ihr fürchterliches Geheimnis in die Welt tragen könnte? Gleich würden sie es sehen, denn es gab nur einen Weg – und der ging vorwärts.

An der Wand neben dem Tor befand sich der obligatorische Touchscreen. Sie holte die Hand raus, die mittlerweile so etwas wie ein Maskottchen geworden war. Trotzdem hoffte sie, dass der abgetrennte Körperteil jetzt zum letzten Mal zum Einsatz kam.

Smilla ließ Berdans Hand los und nahm stattdessen die kalte Pranke aus dem Jutebeutel. Zunächst legte sie sie auf den Boden, weil sie zuerst noch das Sturmgewehr von der Schulter nehmen musste. Vielleicht warteten die Weißen hinter dem Portal oder eine Horde von den Purpurnen.

Es war nicht einmal sicher, ob sie außerhalb des Klinikgeländes herauskommen würden. Doch es gab keine andere Möglichkeit für sie beide. Sie würde Berdan bis zum letzten Atemzug verteidigen, egal, was sie gleich erwartete. In der Rechten hielt sie das Gewehr wie ein Actionheld, in der Linken den Körperteil des Toten.

Zum ersten Mal bemerkte sie den goldenen Ring an einem der Finger. Sie schluckte, dann führte sie die Kuppe des Zeigefingers auf das Touchfeld.

Wieder ertönte ein leises Summen, dann begannen sich die Lamellen des Rolltors nach oben zu bewegen. Wie in Zeitlupe wurde der Spalt unterhalb der letzten Lamellen größer. Doch mehr als Dunkelheit kroch nicht von außen herein. Wenn sie es nach draußen geschafft hätten, müsste sich Tageslicht unter dem Spalt hereindrängeln. Verzweiflung machte sich in Smilla breit.

Als das Tor zur Hälfte geöffnet war, ließ Smilla die Hand fallen, ging in die Hocke und blickte unter dem Rolltor hinaus.

Kapitel 49 - Aufwärts

Hinter dem Tor befand sich eine weitere Tür aus grauem Stahl. Ein schmales Fenster mit Sicherheitsglas war in der Mitte eingelassen. Smilla schaute hindurch, blickte aber in undurchdringliche Schwärze.

Es dauerte eine Weile, bis sich ihre Augen an die veränderten Lichtverhältnisse gewöhnten, dann sah sie dünne Stäbe, die in die Höhe führten. Nein, keine Stäbe, korrigierte sie sich selbst, sondern Stahlseile. Sie stand vor einer Fahrstuhltür.

Fast erwartete sie, dass sie erneut die Hand für das Touchfeld brauchte, doch zu ihrer Überraschung befand sich neben der Tür ein einfacher Knopf, um die Kabine zu ordern. Sie drückte ihn und wartete. Neben ihr spürte sie Berdan, der sich an ihre Seite drückte. Eine Hand legte sie auf seiner Schulter ab, dann hörte sie das Scharren der Fahrstuhlkabine, die auf dem Weg zu ihnen war.

Zusammen mit Berdan machte Smilla einen Schritt zurück. Für den Fall, dass jemand in der Kabine war, wollte sie ein wenig Distanz schaffen. Doch als der Lift bei ihnen eintraf, stürmte niemand heraus, um sie zu töten. Ein Blick durch das Fenster. Die Kabine war leer. Smilla öffnete die Tür. Die Kabine war tief genug, um eine Rollbahre zu transportieren. Dunkle Flecken am Boden fielen ihr ins Auge.

»Komm!«, sagte sie zu Berdan. Nacheinander betraten sie den schmalen Raum, in dem es nach Blut und Exkrementen stank. Der Junge verzog das Gesicht, als hätte er in eine Zitrone gebissen. Er hatte schon Schlimmeres gerochen und vor allen Dingen gesehen … viel mehr als ein

Kind sehen sollte, mehr als jeder Mensch sehen sollte.

Die Tür fiel hinter ihnen zu. Smilla blickte auf das Panel, auf dem es nur zwei Wahlmöglichkeiten gab: Labor – dort befanden sie sich – und Erdgeschoss, da wollten sie hin. Wer bis in diese Kabine kam, war entweder tot oder ein Labormitarbeiter. Vielleicht waren ihre letzten Minuten ebenfalls im Gange. Sie würden es sehen, wenn sie oben aus dem Lift traten.

»Soll ich?«, fragte Smilla und ließ ihren Zeigefinger über dem Erdgeschoßknopf schweben.

»Ja«, erwiderte Berdan mit kraftloser Stimme. Sein Gesicht war blass und ohne Ausdruck. Er musste völlig erschöpft sein.

Der Junge hatte Schreckliches durchgemacht. Sie musste ihn heil aus diesem Grauen herausbringen. Heil? Ein großes Wort. Vielleicht blieb er körperlich unversehrt, aber innerlich musste er implodiert sein. Den Horror, den er erlebt hatte, den Tod seiner Freunde, seiner Betreuerin, von Trips und von Ben musste seine Psyche in Stücke gerissen haben. Und allein die Tatsache, dass er sich überhaupt in einer psychiatrischen Klinik befunden hatte, wies darauf hin, dass er schon vorher durch die Hölle gegangen war. Seine Seele bestand bestimmt aus Treibgut, aus etlichen kleinen Puzzleteilen, für die man Jahre brauchte, um sie wieder zusammenzusetzen, falls das überhaupt möglich war.

Doch jetzt war das alles nur Hintergrundrauschen, denn sie mussten nach oben fahren und dann aus dieser verdammten Klinik fliehen. Danach würde die Zeit der Heilung beginnen, aber heilen konnte man nur, was lebte.

Smilla drückte den Knopf, die Fahrstuhltür verriegelte

sich automatisch und die Kabine setzte sich in Bewegung.

Die Fahrt dauerte nur wenige Sekunden, dann kam der Lift zum Stillstand.

Schnell schob Smilla den Jungen an die hintere Wand der Kabine. Dann postierte sie sich vor ihm, machte sich breit und wartete mit dem Sturmgewehr im Anschlag darauf, dass sich die Tür entriegelte. Sie spitzte die Ohren, versuchte, irgendeinen Laut von draußen einzufangen. Doch da war nichts. Kein Geschrei von Verfärbten oder sonst wem.

Endlich hörte man, wie sich die Verriegelung der Fahrstuhltür löste. Mit angespannten Muskeln fixierte Smilla das Fenster in der Tür, doch sie sah nur Schwärze. Es fiel kein Licht durch das Glas, weder künstliches noch natürliches.

»Bleib stehen, wo du bist«, flüsterte sie Berdan zu, dann bewegte sie sich langsam auf die Tür zu. Sie ging so weit, bis der Lauf ihrer Waffe an die Stahltür stieß. Mit dem Gewehr drückte sie die Tür auf. Sofort sprang sie ein Stück zurück, dabei konnte sie einen Blick nach draußen werfen, bevor die Lifttür wieder zufiel.

Viel hatte sie nicht erkennen können. Ein Streifen grauer Linoleumboden war ihr für eine Sekunde ins Auge gefallen, mehr konnte sie durch den Spalt nicht erkennen. Smilla wartete noch einen Moment. Doch draußen blieb alles ruhig.

»Bleib hinter mir!«, sagte sie zu dem Jungen. Einen Moment später spürte sie, wie er sich mit den Händen an ihrem Gürtel festhielt. »Wir gehen jetzt da raus. Wir schaffen das, gleich sind wir in Sicherheit«, versuchte sie, dem Kind und sich selbst Mut zu machen.

Wenige Sekunden später hatte sie die Fahrstuhltür erneut aufgestoßen. Dieses Mal blockierte sie sie mit dem linken Knie, stieß sie dann ganz auf, um durch den Spalt aus der Kabine zu treten. Sie spürte das Gewicht Berdans in ihrem Rücken, dazu hörte sie seinen rasselnden Atem.

Fast hätte sie den Abzug des Gewehrs gedrückt, als sich ein Licht unvermittelt einschaltete. Smilla betrat einen Raum, nicht größer als eine Gartenlaube. Weiß getünchte Wände, keine Fenster, keine Verfärbten, keine Weißen. Wieder eine Stahltür, von innen mit einem Riegel versperrt.

Ein leises Surren erregte ihre Aufmerksamkeit. Es kam von oben, sie hob den Kopf. Sie blickte in das Auge einer Überwachungskamera. Scheiße!

Es dauerte nur eine Sekunde, dann hob sie die Waffe und zerstörte das Gerät mit einem gezielten Schuss in die Linse. Sie hatten ein Problem. Die Weißen wussten, wo sie sich befanden. Spätestens jetzt machten sie sich auf den Weg, um sie gefangen zu nehmen oder direkt zu erschießen.

Raus hier!, ging es Smilla durch den Kopf. Hier drinnen hatten sie nicht die geringste Chance. Plötzlich hörte sie, wie die Fahrstuhltür sich verriegelte, die Kabine fuhr aber nicht weg. Man wollte verhindern, dass sie zurück in die Katakomben fuhren.

»Wir müssen uns beeilen«, raunte sie Berdan zu.

»Ich hab Angst«, wisperte der Junge.

»Brauchst du nicht«, log Smilla. »Ich werde nicht zulassen, dass man dir wehtut.« Berdan erwiderte nichts. Der Junge war nicht dumm, er ahnte, dass ihr Versprechen nur eine Worthülse war. Doch Smilla würde nicht aufgeben, ihn in Sicherheit zu bringen. Auch wenn die Erfolgsaussichten immer weiter sanken.

»Komm! Wir hauen ab!«, flüsterte sie Berdan zu, der wie zur Bestätigung an ihrem Gürtel zog.

Wie eine Hündin mit ihrem Welpen setzte sich das Gespann in Bewegung. So leise wie möglich schob sie den Riegel an der Tür zur Seite. Nach einem kurzen Moment der Fokussierung richtete Smilla das Gewehr in Laufrichtung, dann hob sie ihr rechtes Bein und presste die Klinke mit dem Fuß runter. Mit einem Stoß drückte sie dagegen, das Türblatt schwang auf und sie blickte verwirrt auf das, was sich ihr offenbarte.

Statt in einen weiteren Gang oder den freien Himmel starrte sie auf einen Lehmboden. Ein Stück weiter fiel ihr ein riesiges Holztor ins Auge. Darüber fand sich in etwa drei Metern Höhe ein weiterer Rahmen ohne Tür in einer Bretterwand, durch den blendend helles Tageslicht strömte. Die Gerüche von altem Öl und Heu drangen in ihre Nase. Die Eindrücke verwirrten sie.

Bevor sie diese verarbeiten konnte, konzentrierte sie sich darauf, die Umgebung nach potenziellen Gegnern abzuchecken. Aber da war nichts, außer einem alten Traktorgeripppe, einigen Strohballen und etlichen Gartenwerkzeugen, die verrostet an einer der Holzwände hingen. Plötzlich machte es Klick bei Smilla. Eine Scheune! Sie befanden sich in einer Scheune auf einem Bauernhof.

In ihrer Erinnerung war sie plötzlich wieder an der Stelle, als sie den Einstieg der Kanalisation beobachtete, kurz bevor sie sich auf das Klinikgelände geschmuggelt hatte. Das Krankenhaus lag auf dem Land, eingebettet in

Felder und Bauernhöfe. Und einer davon diente als Tarnung. Diese Scheune verschleierte den Ausgang des Labors. Ihnen blieb nicht viel Zeit.

»Kannst du rennen?«, fragte sie Berdan.

»Ja«, sagte er knapp. Smillas Augen wanderten durch die Scheune. Ihr Blick blieb an einer Tür im hintersten Winkel des Holzgebäudes hängen. Einige Sekunden fixierte sie diese, dann nickte sie leicht.

»Ich glaube, da hinten kommen wir ungesehen nach draußen. Ist besser, als wenn wir durch das große Tor da abhauen.«

»Ja«, bestätigte Berdan.

Sie mussten über eine marode Egge klettern, deren spitze Zinken wie die Stacheln eines toten Ungeheuers in dem lehmigen Boden steckten.

Berdan musste niesen, mehrmals hintereinander, was an der staubigen Luft lag. Kleine Partikel wirbelten in der sonnendurchfluteten Scheune. Als sie an der Tür angekommen waren, beäugte Smilla das einfache Schließsystem. Es bestand nur aus einem Holzstück, welches in zwei Klammern geschoben war und so die Tür blockierte.

Smilla kam es seltsam vor, dass die Scheune nicht besser gesichert war. Aber wer würde auch auf die Idee kommen, dass sich in diesem klapprigen Holzverschlag der Zugang zu einem geheimen Labor befand? Sie wechselte das Gewehr in die linke Hand, dann legte sie behutsam ihre Finger an das Holzstück und hob es im Zeitlupentempo so weit an, bis die Tür nicht mehr blockierte. Mit einem Knarren sprang sie einen winzigen Spalt weit auf.

Smilla wechselte die Waffe wieder nach rechts, dann

schob sie Berdan mit der linken Hand ein Stück nach hinten. Anschließend schlich sie neben die Tür und lugte durch den Spalt nach draußen. Sie sah einen schmalen Streifen verbrannten Rasen, er war nicht breiter als eineinhalb Meter und endete an einem Zaun, der mindestens drei Meter hoch war. An dem Maschendraht schlängelte sich Unkraut meterhoch bis zur Spitze des Zaunes, auf dem sich Natodraht bedrohlich kringelte.

Die wilden Pflanzen schränkten die Sicht nach draußen erheblich ein, beziehungsweise die Sicht von draußen auf die Scheune. Smilla veränderte ihre Position, um ihren Blickwinkel zu erweitern, doch mehr als den vertrockneten Rasen und den zugewucherten Zaun konnte sie nicht erkennen.

Smilla zog sich ein Stück von der Tür zurück, blickte in Berdans blasses Gesicht, spürte die Frage, die ihm auf dem Herzen lag.

»Niemand zu sehen«, erklärte sie ihm. »Sollen wir rausgehen?« Berdan nickte stumm. »Auf gehts!«, sagte Smilla, drehte sich um und zog die Tür auf.

Langsam verließen sie die Scheune. Und jetzt? Der Zaun war zu hoch, der Stacheldraht zu perfide, um darüber zu klettern. Eine Tür oder ein Tor? Nichts zu sehen. Nach links zur Hinterseite des Hauses oder nach rechts zum Vorderteil? Sie entschied sich spontan für vorn.

Vorsichtig schlichen sie an der Holzwand entlang, spähten am Ende um die Ecke. Eine abgemagerte Katze trottete an ihnen vorbei. Von Menschen oder Verfärbten keine Spur. Man konnte das Haupthaus des Bauernhofs sehen, das mit zugezogenen Rollläden und grünen Dachschindeln knapp fünfzig Meter vom Schober entfernt lag.

Smilla musterte den Maschendrahtzaun, der hier von einer Art Gatter unterbrochen war. Es stand offen. Im Boden konnte sie die Abdrücke von geländegängigen Fahrzeugen erkennen. Hatten die Weißen aufgegeben und ihre Zelte abgebrochen? Kaum vorstellbar, denn es waren nur ein paar Stunden vergangen, da hatte sie die Overalltypen noch auf dem Klinikgelände gesehen.

Vielleicht war die Krankheit längst außer Kontrolle und die umliegenden Ortschaften von Purpurnen überrannt. Auch das war eher unwahrscheinlich, zumindest in der zeitlichen Abfolge. Noch einmal musterte sie die nähere Umgebung. Der Bauernhof war eingerahmt von weitläufigen Feldern, auf denen der Mais in voller Blüte stand. Smilla hatte genug von der Grübelei. Wenn sie hier weg waren, blieb noch genug Zeit, um darüber nachzudenken.

»Wir machen hier schnellstens den Abflug«, sagte sie zu Berdan. Sie nahm seine Hand, dann gingen die beiden in Richtung des offen stehenden Gatters.

Kapitel 50 - Der Tattoomann

In dem Moment, als sie die Schwelle des Tors überschritten, sah sie die Weißen. Dutzende von ihnen liefen aus dem dichten Mais auf die schmale Straße, die den Bauernhof von den Feldern trennte. Wie an einer Perlenkette standen sie nebeneinander, eingehüllt in ihre Overalls, Gasmasken auf dem Gesicht, in den Händen Sturmgewehre, wie das von Smilla.

Die Typen hatten sich versteckt, darauf gewartet, dass Berdan und Smilla auftauchten. Für einen Moment dachte sie daran, wahllos in die Weißen zu ballern, möglichst viele zu töten, bevor sie selbst durchsiebt werden würden.

Doch stattdessen senkte sie die Waffe, nahm Berdan und drückte ihn mit dem Gesicht an sich. Der Junge schluchzte, sie spürte seine heißen Tränen an ihren Unterarmen. Immer mehr von den Weißen traten aus dem Mais hervor. Einer von ihnen machte einen Schritt nach vorn, offenbar der Anführer der Einheit.

»Keine Bewegung, Waffe auf den Boden legen!«, befahl er gedämpft durch die Schutzmaske. Smilla konnte seine Augen hinter dem Glas der ABC-Maske sehen. Einen Moment haderte sie mit ihrem Schicksal, dann ließ sie das Gewehr einfach auf den Boden fallen.

»Rüber kicken!« Smilla gehorchte und beförderte die Waffe mit einem Fußtritt ein paar Meter von sich entfernt. »Lass ihn los, dann umdrehen!«, donnerte der Kerl den nächsten Befehl hervor.

Statt zu gehorchen, drückte Smilla den Jungen noch fester an sich. Sollten sie doch schießen, aber sie würde sich nicht umdrehen, die Kerle mussten ihr schon in die Augen blicken.

»Los jetzt!«, brüllte der Kerl.

»Nein!«, erwiderte sie mit fester Stimme.

»Dann eben nicht!«, sagte er. Smilla wollte die Augen schließen, doch den Gefallen tat sie dem Mann nicht. Jeden Moment würde er schießen, da war sie sich sicher. Mit der Handfläche streichelte sie über Berdans Hinterkopf, bückte sich zu ihm herunter an sein linkes Ohr.

»Du brauchst keine Angst zu haben, ich bin bei dir. Ich werde dich nicht verlassen.« Plötzlich erregte eine Art Sirren ihre Aufmerksamkeit, genau wie die des weißen Anführers.

Das Geräusch kam aus dem Himmel, an dem in den letzten Minuten ein paar Wolken aufgezogen waren. Smilla erkannte das Geräusch, es erinnerte sie an die Drohnen, die auf dem Klinikgelände patrouilliert hatten. Es war nur wesentlich lauter und vielstimmiger, als wäre ein riesiger Schwarm Hornissen im Anflug. Doch es war nichts zu sehen, obwohl das Sirren immer lauter wurde.

»MACON 1, können Sie mich hören?«, fragte der Weiße scheinbar zusammenhanglos. »MACON 1, was ist los bei euch?«, wiederholte er.

Smilla begriff, dass er wahrscheinlich einen In-Ear-Kopfhörer im Ohr hatte und versuchte, Kontakt mit seiner Einsatzbasis herzustellen. Das Geräusch schien ihn zu verwirren, was in Smilla eine unbestimmte Hoffnung erzeugte. Irgendetwas stimmte nicht, das war eindeutig. Aber was?

»Bekommt einer von euch Kontakt zur Basis?«, fragte er jetzt die anderen Weißen, die hinter ihm aufgereiht standen und verstohlen einen Blick in den Himmel riskierten.

»Scheiße!«, fluchte er und spuckte dabei sein Visier von innen voll. »Befehle sind Befehle«, sagte er und nahm Berdan und Smilla erneut ins Visier.

Wieder war es eine Frage von Sekunden, bis der Typ die beiden abknallen würde. Doch dann steigerte sich das Geräusch aus dem Himmel zu einem Chor aus hochfrequentem Sirren. Erneut hoben alle die Köpfe und starrten mit offenen Mündern nach oben.

Ein dunkler Schwarm schwirrte in einer Keilformation auf sie zu, verringerte schlagartig die Höhe und kam zwanzig oder dreißig Meter über den Köpfen der Weißen zum Stillstand. Tatsächlich waren es Drohnen, wie Smilla feststellte, aber nicht die einfarbigen, mit Nummern versehenen Fluggeräte, die sie auf dem Klinikgelände gesehen hatten. Die Dinger waren rot, blau, rosa, gelb. Grinsende Smileys, Haifischzähne, Dämonenfratzen und andere Gesichter waren aufgemalt.

Es mussten Dutzende Drohnen sein, die sich hier an diesem alten Bauernhof versammelt hatten. Smilla konnte sehen, dass an einigen von den Fliegern kleine Kameras installiert waren. In ihr reifte eine Ahnung, die sich hoffentlich als wahr herausstellte. Ihr Herz hüpfte vor Freude in der Brust, als eine bekannte Stimme aus einer in Regenbogenfarben lackierten Drohne scheppernd erklang.

Verwundert stellte Smilla fest, dass es die Stimme von Metalthing war, ihrem Hackerfreund, der ihr auch den Weg durch die Kanalisation herausgesucht hatte.

»Hören Sie mir genau zu!«, sagte er und es war klar,

dass er die Weißen meinte, von denen noch etliche mehr aus den Feldern auf die Straße getreten waren.

Es war ein skurriles Bild, wie sie dastanden, die Köpfe in den Nacken gelegt. Alle blickten hoch zu der Regenbogendrohne, aus der ihnen eine fremde Stimme Anweisungen gab.

»Auf den meisten der Drohnen, die Sie sicherlich über sich erkennen können, befinden sich Kameras, die das Geschehen hier live ins Internet streamen. Hunderttausende, wenn nicht Millionen Menschen sehen diesen Stream. Sie stehen also unter Beobachtung, jedes Handeln wird dokumentiert und übertragen. Überlegen Sie sich Ihre nächsten Schritte …«

Einer der Weißen erhob sein Sturmgewehr und zielte auf Metalthings Drohne. Der Anführer zischte irgendetwas über den Funkkanal. Sofort senkte der Weiße seine Waffe. Ein heiseres Lachen dröhnte durch den Lautsprecher.

»Nun, das war eine weise Entscheidung. In den nächsten Minuten bestimmen Sie selbst darüber, wie die Internetzuschauer Ihr Handeln bewerten werden. Angesichts der Brisanz der Zustände in der Klinik und der Lage hier draußen an den Feldern, sollten Sie sich darüber im Klaren sein, dass jeder Angriff auf die Frau und den Jungen strafrechtliche Folgen nach sich ziehen werden. Also, wenn Sie …«

Motorengeräusche überlagerten das Surren der Drohnen und die Stimme von Metalthing. Der bullige Geländewagen, der auf den Bauernhof zuraste, hatte eine Staubwolke im Gefolge. Alle drehten ihre Köpfe in die Richtung, aus der das weiße Auto mit einem Affenzahn die Straße entlang donnerte. Der Anführer der Weißen sprach hektisch unter seiner Gasmaske. Das Fahrzeug kam immer näher, war etwa noch 150 Meter entfernt und schien immer schneller zu werden.

»Tusgo«, dröhnte es aus dem Drohnenlautsprecher. Smilla schaute bei der Nennung ihres WoW-Namens auf, als säße Metalthing in diesem kleinen Fluggerät. Sie nickte und winkte in die Kamera. »Ich habe die Info, dass eine Horde Menschen aus der Klinik ausgebrochen ist. Mein Kontakt spricht von … Mein Kontakt spricht von … Moment … Monstern?«

Smilla wedelte mit den Armen Richtung Kamera, hob beide Daumen, um zu signalisieren, dass das stimmte. Währenddessen wurde das Motorengeräusch immer lauter. Wie ein wildes Ungetüm donnerte der Wagen ungebremst auf sie zu. Es würde das Beste sein, so schnell wie möglich das Weite zu suchen. Der bullige Wagen gierte danach, sie und jeden, der auf der Straße stand, zu atomisieren. Metalthing zögerte nicht, er schätzte die Situation blitzschnell ein.

»Tusgo, ihr müsst da abhauen. Lauft nach rechts, nach etwa 200 Metern geht ein schmaler Weg zwischen den Maisfeldern hindurch. Am Ende dieses Trampelpfads warte ich auf euch. Los, macht euch sofort auf die Socken.« Metalthings Stimme klang gehetzt, fast panisch. Kaum hatte er ausgesprochen, begann die Drohne zu trudeln und krachte ungebremst ins Maisfeld. Möglicherweise konnte er aus der Höhe etwas sehen, was ihm einen Schrecken einjagte.

Smilla zögerte nicht lange, drehte Berdan um, nahm

seine Hand und schrie ihm zu: »Rennen!« Im Vorbeirennen hob sie ihr Gewehr auf. Zusammen hetzten sie die Straße entlang. Sie waren erst ein paar Meter gelaufen, als ein Knall in ihren Ohren hallte, gefolgt vom Geräusch zerberstenden Glases und dem Kreischen von Metall auf Stein.

Im Laufen drehte sich Smilla um und sah noch, wie der Jeep den Zaun vor der Scheune durchbrach. Wie eine Bombe schlug er in das Holzgebäude ein.

Sie drehte sich wieder um, rannte weiter, so schnell, wie es Berdans kurze Schritte zuließen. Mittlerweile zogen sich die Felder auf beiden Seiten der Straße wie eine Allee aus Maiskolben.

Während Berdan ein Schwall Kotze im hohen Bogen auf die Pflanzen erbrach, schaute Smilla einen Moment zurück in Richtung Scheune. Aus der Staubwolke, die der Wagen aufgewirbelt hatte und die sich nun langsam legte, brach eine riesige Herde aus Verfärbten durch. Ein tiefer Chor des Brüllens dröhnte durch die Felder. Smilla konnte es nicht glauben. Offenbar hatten die Infizierten den Hauptausgang überrannt und waren aus der Klinik ausgebrochen.

Einige der Weißen schossen in die Menge, andere versuchten, durch die Maisfelder zu flüchten. Doch es waren zu viele Verfärbte. Die wenigen Weißen, die sich noch wehrten, wurden wie Schafe auf der Weide gerissen. Durch die Gasmasken hallten die dumpfen Schreie der Frauen und Männer über die pittoreske Landschaft.

Die ersten Verfärbten hatten die Scheune hinter sich gelassen und hetzten geifernd in Smillas Richtung. Sie zog den sabbernden Berdan mit sich. Nur ein paar Schritte, dann entschied sie sich, ihn zu tragen. Als sie ihn aufhob, würgte er Magensäure hoch, die an ihrem Hals bis in ihren Ausschnitt herunterlief. Es war ihr egal.

Es gab nur eine Chance, der kreischenden Meute zu entkommen – rennen! Und das tat sie.

Obwohl sie die letzten Tage fast ihre gesamte Kraft gekostet hatten, hetzte sie wie aufgezogen zwischen den Feldern entlang. Beinahe hätte sie den Pfad zwischen den Äckern übersehen, doch im letzten Moment bemerkte sie den schmalen Streifen, der zwischen den Maiskolben hindurchführte.

Fast wäre sie mit Berdan auf dem Arm in das Getreide gefallen, doch sie schaffte es gerade noch, die Balance zu halten. Der Gang war so eng, dass immer wieder Maisblätter ihr Gesicht wie Peitschenhiebe streiften. Ihre Muskeln brannten, in ihrer Lunge breitete sich ein Flächenbrand aus, trotzdem rannte sie wie vom Teufel gehetzt.

»Lass mich runter!«, brabbelte ihr Berdan ins Ohr, der sich offensichtlich von seinem Übelkeitsanfall erholt hatte. Doch sie dachte nicht daran, ihn loszulassen.

Smilla rannte unermüdlich auf das Ende des Pfades zu. Sie hörte noch ein paar vereinzelte Schüsse, die aber fast vollständig vom Gebrüll der Verfärbten übertönt wurden.

Jetzt erkannte sie das Ende des Durchgangs. Sie konnte einen Minivan mit einer offen stehenden Schiebetür sehen. Jemand stand draußen, blickte in ihre Richtung und wedelte mit den Armen. Das musste Metalthing sein! Es waren vielleicht noch hundert Meter, bis sie dort waren.

Smilla mobilisierte ihre letzten Kräfte, sog die Luft

stoßartig ein. Die Entfernung zur Rettung lag in greifbarer Nähe. Höchstens fünfzig Meter noch … vierzig … Metalthing rief ihr etwas zu, doch in ihren Ohren hörte sie nur das Stakkato ihres Herzschlags.

Nur noch wenige Schritte. Sie würden es schaffen. Vor Freude und Erschöpfung schrie sie wie ein Krieger. Ein Schrei, der sich in ein Ächzen verwandelte, als ein Koloss aus dem Mais sprang und sie wie ein Bulldozer rammte. Die Maiskolben schlugen ihr ins Gesicht.

Aus einem Reflex heraus ließ sie Berdan los, der mit einem Krachen auf den harten Ackerboden aufschlug. Perplex schaute Smilla auf. Zwei Meter von ihr entfernt pflügte ein mindestens 200 Kilo schwerer purpurner Fleischberg auf sie zu. Nur einen Augenblick später setzte der Fettsack zum Sprung auf sie an.

Mit einer Blitzreaktion rollte sie sich zur Seite, wobei ihr ein Maisstängel schmerzhaft über die Seite schrappte. Gleichzeitig hörte sie ein Rumsen, mit dem der Fleischberg auf den Boden krachte.

Es dauerte nur einen Wimpernschlag, bis sich Smilla wieder auf die Beine raffte. Der Verfärbte grunzte wie eine Sau, als er vergeblich versuchte aufzustehen. Berdan? Hektisch schaute sie sich um.

Wenigstens das Gewehr entdeckte sie auf Anhieb. Sie hatte es bei ihrem Sturz verloren. Es lag nur ein paar Meter entfernt. Ruckzuck packte sie es sich und machte dem Dicken mit einer Salve den Garaus.

»Berdan!«, rief sie, als Antwort erhielt sie aber nur ein vielstimmiges Brüllen, das sich erschreckend nah anhörte.

Wieder einmal gab es nur die Flucht, denn sie war sich sicher, dass die ganze Umgebung von den Verfärbten überrannt werden würde. Aber wo war nur der Junge?

»Wo bist du?«, schrie sie erneut. Ein animalisches Brummen ganz in ihrer Nähe ließ sie erstarren. Berdan? Nein! Hatte der Junge sich in eines dieser purpurnen Monster verwandelt?

Ein paar Meter rechts von ihr nahm sie eine Bewegung wahr. Mit der Waffe im Anschlag drehte sie sich in die Richtung. Gerade rechtzeitig, denn eine verfärbte Frau schlug sich durch den Mais. Mit einer Salve aus dem Sturmgewehr erschoss Smilla sie. Es dauerte nicht lange, bis eine weitere lilafarbene Bestie zwischen den Getreidestängeln hindurchraste. Mit einem Schrei mähte sie den Infizierten nieder. Wo war nur Berdan, dachte sie panisch.

»Smilla!«, rief jemand ihren Namen. Verwirrt starrte sie durch die Maiskolben. Wer hatte sie gerufen? Jemand drängelte sich durch die Feldpflanzen. Zuerst zögerte sie, dann entdeckte sie das violette Gesicht einer Frau zwischen dem Mais. Wie Rambo hob sie die Waffe und schoss der Verfärbten den halben Kopf weg. Blut, Gehirnmasse und Knochenfragmente regneten platschend auf die Blätter der Pflanzen. Aus allen Richtungen hörte sie es rascheln. Der Gestank nach verfaultem Obst legte sich über die Frische der Maiskolben.

»Tusgo! Hier!«, hörte sie erneut ihren Namen zwischen dem Rauschen der Blätter. Sie bahnte sich ihren Weg zurück durch das Getreide, dann sah sie plötzlich eine Person, die auf dem Weg zwischen den Feldern stand, auf dem Arm trug sie Berdan.

Zuerst wollte Smilla sofort schießen, denn der Kerl sah auf den ersten Blick aus, als wäre seine Haut lila. Aber der

Typ trug flächendeckende Tattoos im Gesicht, dazu etliche Piercings in Ohren, Nase und Lippen.

»Komm! Schnell, beeil dich!«, rief er ihr zu. Sie hatte keine Zeit für weitere Überlegungen, denn sie hörte hinter sich das Gegröle von etlichen Verfärbten.

Sofort rannte sie los. Plötzlich schnellte etwas aus dem Maisfeld. Fast wäre Smilla zu Fall gekommen. Sie fing sich und hob ihr Gewehr. Den Finger am Abzug starrte sie erstaunt auf die rote Katze, die am Rand des Feldes saß. Sie trug immer noch die kleine Glocke an einem Lederband um den Hals.

»Was soll das denn? Mach schon!«, schrie der Tattoomann.

»Komm her!«, sagte sie zu der Katze aus der Kindertagesstätte. Tatsächlich gehorchte das Tier und kam zu Smilla. Diese schnappte sich die Katze und rannte weiter. Kurz bevor sie den Mann erreicht hatte, zeigte er wie ein Verkehrspolizist nach links und marschierte mit Berdan davon. Die beiden kamen wieder in ihr Blickfeld, als sie den Trampelpfad erreichte und nach rechts rannte. Berdan und der Mann stiegen gerade in den Minivan ein. Der Tattoomann schob den Jungen auf den Rücksitz, dann wandte er sich Smilla zu.

»Renn!« *Was glaubst du, was ich seit Tagen mache*, wollte sie den Kerl anschreien. Endlich erreichte sie das Ende des Feldweges. Gerade als sie in den Van springen wollte, ließ sie ein infernalisches Brüllen erstarren.

Eine Horde von mindestens einhundert Verfärbten stürmte in weniger als zwanzig Metern Entfernung auf den Minibus zu. Fasziniert und entsetzt zugleich starrte sie auf die Infizierten, eine Mischung aus Ärzten in Kitteln, Patienten in Jogginganzügen, Arbeitern in Blaumännern und Weißen in Overalls.

In ungebändigter Wut funkelten ihre schwarzen Augen, pulsierten die purpurnen Adern auf ihren Gesichtern. Sie schrien, brüllten, grölten in ihrer Gier nach Blut.

Smilla spürte, wie an ihr gezogen wurde. Eine dumpfe Stimme schrie sie an, dann wurde sie mit einem kräftigen Ruck ins Innere des Vans transportiert. Die Katze rutschte aus ihren Fingern. Das Tier flog fauchend durch den Innenraum des Wagens. Der Motor des Wagens heulte auf und machte einen Satz nach vorn. Smilla starrte durch die Heckscheibe auf die kreischende Schar an Verfärbten. Blutige Finger streiften über das Sicherheitsglas, eine Frau mit verzogenem Gesicht offenbarte ihre blutigen Zähne, der Heckscheibenwischer wurde von der Scheibe gerissen, dann gewann der Wagen an Fahrt, kickte die Verfärbten wie Spielzeugpuppen zur Seite. Allmählich wuchs der Abstand zu den Kranken.

»Scheiße! Was ist das hier?«, kreischte eine panische Frauenstimme vom Fahrersitz. Smilla verstand alles nur gedämpft. Die Meute war mittlerweile dutzende Meter entfernt. Plötzlich zuckte sie zusammen, drehte ihren Kopf und sah den Jungen. Er saß mit leichenblasser Miene auf dem Rücksitz und streichelte abwesend die Katze, die in seinem Schoß Zuflucht gesucht hatte.

»Berdan!«, rief Smilla. Sie umarmte ihn, küsste ihn auf die Stirn, schmeckte seine salzigen Tränen, die womöglich auch von ihr stammten. Das Kind sagte nichts, schluchzte nicht einmal, doch das war auch nicht nötig, denn sie beide wussten ganz genau, dass sie durch die

Hölle gegangen waren. Und Smilla wusste noch etwas: Der Wahnsinn hatte gerade erst angefangen.

Ohne Berdan loszulassen, schaute sie den Mann an, der mit seinen Tätowierungen wie der Bösewicht aus einem Horrorfilm wirkte.

»Bist du … Metalthing?«, fragte sie. Der Mann nickte, dann grinste er breit und warm. Dabei bewegten sich die Piercings nach oben, die in seinen Mundwinkeln steckten.

»Mein Name ist Smilla.«

»Am Steuer, das ist Libby!«, sagte er lächelnd.

»Kann mir einer sagen, was hier abgeht?«, rief diese, dabei lenkte sie den Wagen in Rennfahrermanier von der schmalen Straße zwischen den Feldern auf die Bundesstraße. Die Reifen quietschten, sie wurden heftig durchgeschüttelt.

»Ja«, hakte Metalthing nach. »Was ist in dieser Klinik passiert?«

»Ich erzähl dir alles, aber erst müssen wir in Sicherheit sein.« Fast hätte sie bei dem Wort Sicherheit gestockt, denn sie ahnte, dass Sicherheit eine Utopie sein würde.

Eine Weile blickte sie in Metalthings Gesicht. Regungslos saß sie da, dann schüttelte sie kaum sichtbar den Kopf. »Später«, wiederholte sie leise.

Zuerst wollte der Hacker nicht lockerlassen, dann begriff er, dass der Junge nichts mitkriegen sollte. Ein letztes Mal drehte Smilla den Kopf. Ihr Blick aus dem Heckfenster zeigte ihr nur noch die Maisfelder. Die Kolben schwankten leicht. Die Landschaft wirkte friedlich und sicher. Ein Trugschluss! Es gab keine Sicherheit! Nie mehr!

Diese Krankheit war nicht mehr zu kontrollieren. Sie war aus einem Höllenloch an die Oberfläche gekrochen und jetzt würde sie die Erde in die Hölle verwandeln.

Epilog - 140717

An dieser Tür benötigte sie keine abgehackte Hand. Hier reichte der Code, den sie sich gemerkt hatte, als Konrads Bodyguard ihn letztens in das Tastenfeld neben der Tür eingetippt hatte. Die Kombination würde sie niemals vergessen, denn sie markierte das Datum, an dem Konrad ihr in Afghanistan das Leben gerettet hatte.

Einen Moment hielt sie inne, überlegte zum letzten Mal, ob sie das Richtige vorhatte. Erneut entschied sie sich für ihr Vorgehen. Sie musste es tun, denn das war sie den Mädchen, Jungen und Babys schuldig, die Konrad auf dem Gewissen hatte.

Smilla betrachtete den Leibwächter, der auf einem Stuhl saß. In seinem Kopf prangte ein Loch, aus dem dickes dunkles Blut sickerte. Ohne zu zögern, hatte sie dem Kerl das Licht ausgeblasen. Ein Schuss aus der schallgedämpften Pistole hatte ihn auf der Stelle getötet. Hatte sie Mitleid mit ihm? Nein! Wer für einen Widerling wie Konrad arbeitete, hatte kein Mitleid verdient.

Fast hätte sie gegrinst, denn eigentlich stand sie selbst auf der Gehaltsliste des Kriminellen. Was sollte sie tun? Sich selbst eine Kugel in den Schädel ballern?

Nicht einmal eine Woche war vergangen, seitdem sie aus der Klinik geflohen waren. Metalthing besaß ein Haus im Rheinland, eher eine Art Bauernhof, den er wie Fort Knox gesichert hatte. Dort hatten sie die letzten Tage verbracht, die Nachrichten verfolgt und die Daten auf Rumbas USB-Stick untersucht. Was sie dort fanden, drehte ihnen allen den Magen um. Hunderte von Kindern hatte er an Pädophile in der ganzen Welt verkauft. Dieser Mann war ein Teufel. Für seine Taten würde er büßen. Heute!

Die News in den Medien waren verheerend, wenn man sie zu deuten wusste. Ein paar Stunden nach ihrer Flucht meldeten sämtliche Nachrichtenportale einen verheerenden Unfall in der Nähe der niederländischen Grenze. Ein Tanklaster, der hochgiftige Chemikalien geladen hatte, war angeblich verunglückt und hatte die Umgebung verseucht.

Das waren natürlich Fake News, denn in Wirklichkeit hatten die Verantwortlichen die Klinik und weite Gebiete drum herum in Schutt und Asche gelegt. Dieser hilflose Akt der Zerstörung sollte alle Infizierten und das Virus eliminieren.

Doch Smilla ahnte bereits, dass diese höllische Krankheit nicht mehr in den Griff zu kriegen war. Ihre Ahnung wurde zur Gewissheit, als am nächsten Tag die Mitteilung über die Bildschirme lief, dass Teile des nördlichen Münsterlands zur Sperrzone erklärt worden waren, um die Ausbreitung einer Mutation des Coronavirus einzudämmen.

Natürlich ging es um den Lila Tod, der sich seinen Weg durch das Land suchte. Unaufhaltsam, wie sie befürchtete.

Doch es gab etwas, das sie aufhalten könnte – und das war Konrad. Die Skrupellosigkeit und Bosheit, mit der dieser Widerling Frauen, Männer, Mädchen, Jungen und sogar Babys verkauft und in den sicheren Tod geschickt hatte, widersprach jeder Form von Menschlichkeit. Heute würde er dafür büßen.

Smilla schob die schwere Tür auf und huschte in den Raum dahinter. Leiser Souljazz drang an ihre Ohren … Norah Jones mit *Sunrise*. Sie kannte den Song, der in dieser Höhle des Bösen unfassbar fehl am Platz wirkte.

Langsam ging sie über den dicken Teppich. Ihre Dr. Martens – immer noch die alten – hinterließen tiefe Abdrücke in den flauschigen Schlingen.

Mit einem Griff unter ihre Jacke holte sie ihre Waffe hervor. Mit der freien Hand zog sie den Riemen des Kinderrucksacks auf ihrer Schulter fest. Noch ein paar Schritte, dann würde sie in seinem Wohnzimmer stehen. Sie war davon überzeugt, dass er da war. Smilla spürte seine Anwesenheit, sie roch seine ekelhafte Präsenz, den Gestank nach innerer Fäulnis, der sie an die Ausdünstungen der Verfärbten erinnerte.

Waren diese armen Gestalten äußerlich verdorben, so war es bei Konrad die verweste Seele, die die Luft verpestete.

Surprise, surprise

Couldn't find it in your eyes

Es würde keine Überraschung sein. Wie sie Konrad kannte, rechnete er mit ihrem Auftauchen. Von Yut hatte er nichts mehr gehört, daraus hatte er sicher seine Schlüsse gezogen. Vielleicht lief sie direkt in eine Falle, aber dieses Risiko musste sie eingehen.

Ob er irgendeine Ahnung hatte, was in dieser Klinik wirklich vor sich gegangen war? Wenn nicht, dann würde er es bald wissen, spüren, erleben.

Die massive Tür mit den okkultistisch angehauchten Fratzen von Teufeln und Monstern stand einen Spalt weit offen. Normalerweise öffnete sie sich erst, wenn Konrad via Kamera an der Decke seinen Besucher inspiziert hatte.

Surprise, surprise

Never something I could hide

Mit dem Fuß schob sie die schwere Tür weiter auf. Gedämpftes Licht strahlte aus dem Raum, die Musik klang jetzt eine Nuance lauter aus der Hightech-Anlage. Auch die nächste Tür war nur angelehnt. Sie zog sie auf und trat angespannt in Konrads Wohnzimmer.

Sofort wandte sie sich Richtung Schreibtisch. Der mächtige Ledersessel stand mit dem Rücken zu ihr. Konrad saß darin, da war sie sich sicher, auch wenn man ihn nicht sah. Plötzlich drehte sich der Sessel und Smilla erblickte ihren Bundeswehrkameraden. Eine leichte Röte überzog sein Gesicht vom Hals bis zu seiner Glatze, auf der dunkle Stoppeln einen Schatten warfen. In der Hand hielt Konrad einen schwarzen Kuchenteller, auf dem drei Sushi-Röllchen auf den Verzehr warteten. Mit einem verschmitzten Grinsen nahm er eines und steckte es sich komplett in den Mund.

»Eine seltsames Gericht, dieses Sushi«, bemerkte er nachdem er gekaut und geschluckt hatte. »Man kocht Reis, um ihn dann mit rohem Fisch in ein Algenblatt zu rollen. Aber lecker!« Er nahm ein weiteres Sushi und steckte es sich komplett in den Mund. Man konnte seine beiden perfekten, unnatürlich weißen Zahnreihen blitzen sehen.

Then I say

Hoo, ooh, ooh, ooh

»Ich hasse Sushi!«, sagte Smilla. Konrad lachte.

»Du hattest immer schon einen seltsamen Geschmack.«

»Zumindest einen anderen als du.«

»Einen besseren?«, fragte er mit einem Lächeln.

»O ja!«, erwiderte sie. Konrad fixierte sie mit seinem eingefrorenen Lachen. Man brauchte kein Hellseher zu sein, um seine Gedanken zu lesen. Ihm war klar, dass Smilla alles wusste.

»Yut ist tot, nicht wahr?« Sie nickte und grinste ihrerseits. »Um ihn ist es nicht schade. Und Rumba?« Smilla schüttelte den Kopf. Sein Grinsen behielt er bei, aber sein linker Mundwinkel zuckte und sein Adamsapfel hüpfte beim Schlucken.

»War es auch Yut?«

»Nein«, erwiderte sie mit eiskalter Miene.

»Du?« Smilla schüttelte den Kopf.

»Was war da überhaupt los in dieser Klinik? Das mit dem Chemielasterunfall hört sich verdammt nach Fake an.« Konrad schnappte sich das letzte Sushi. Es verschwand in seinem Schlund, genau wie die armen Seelen, die er ins Verderben verkauft hatte.

»Du wirst es erfahren, das verspreche ich dir, aber zuerst lass uns …« Smilla griff in ihre Hosentasche und holte Rumbas USB-Stick heraus. »Darüber sprechen.«

Der Verbrecher musterte das winzige Ding in der Hand seiner ehemaligen Kameradin.

»Ich nehme an, den hast du von Rumba bekommen?«

»Stimmt.«

»Und was ist drauf? Urlaubsbilder oder Videos von ihm und mir?« Sein Grinsen wurde noch breiter. Als er sich mit der Zunge über die Lippen leckte, konnte man ein Reiskorn zwischen seinen Zähnen kleben sehen.

»Du weißt genau, was darauf ist. Wegen dieses Sticks hast du Yut und mich in die Klinik geschickt. Rumba konnte es nicht ertragen, für einen Mann zu arbeiten, der

Kinder verkauft. Deshalb wollte er dich erledigen und dein dreckiges Imperium vernichten.« Konrad blickte auf den schwarzen Teller in seiner Hand.

»Hmm, Sushi ist zwar lecker, aber satt wird man davon nicht.« Er stellte den Teller auf seinem Schreibtisch ab, dann machte er Anstalten, sich zu bücken.

»Stopp!«, befahl Smilla und richtete ihre Waffe auf den Kriminellen. Konrad hielt inne, schaute sie an, dabei verdrehte er genervt die Augen.

»Komm schon, Smilla. Sei nicht albern, bevor ich mir eine Waffe greifen kann, hast du mir das Gehirn weggeblasen. Ich will dir nur was zeigen.«

Einen Augenblick überlegte sie, genau das zu tun, aber schließlich nickte sie. Trotzdem blieb sie wachsam, als sich Konrad bückte. Doch statt einer Pistole hob er einen braunen Aktenkoffer auf den Schreibtisch, öffnete die Verschlüsse und den Deckel. Dann drehte er ihn um, damit Smilla den Inhalt sehen konnte. Mit Gleichgültigkeit notierte sie die Geldbündel, die bis zum Rand darin gestapelt lagen.

»Eine Million! Für dich! Du gibst mir den Stick und vernichtest alle eventuellen Kopien und die Kohle gehört dir. Na, was sagst du?« Smilla sagte nichts. Sie warf ihm einfach den USB-Stick zu. Konrad fing ihn auf. Erstaunt blickte er Smilla an.

»Heißt das …« Die Kugel traf ihn in die Schulter. Mitsamt dem Ledersessel wurde Konrad nach hinten geschoben. Er schrie nicht einmal, lediglich ein leises Brummen drang aus seinem Mund. Allerdings war das Lachen aus seinem Gesicht verschwunden, als er seine Hand auf die Wunde presste.

»Was soll der Sch…« Wieder schoss Smilla, dieses Mal in die andere Schulter. Der zweite Einschuss entlockte dem Verbrecher einen unterdrückten Schrei. Entsetzt blickte er auf die zweite Wunde.

»Verdammt!«, ächzte er ihr entgegen, als sie um den Schreibtisch herumkam. Auch dieses Mal sagte sie kein Wort, stattdessen richtete sie die Pistole auf seine Beine und verpasste ihm jeweils eine Kugel in die Knie.

Jetzt konnte auch der knallharte Ex-Soldat nicht mehr anders, als laut zu schreien. Mit vier Kugeln hatte Smilla den Menschenhändler bewegungsunfähig gemacht. Genau in dieser Lage wollte sie ihn sehen: hilflos.

Um sicherzugehen, schoss sie ihm auch noch in beide Hände, was aus seinem Schreien ein tiefes Brüllen machte. Die Schmerzen, die ihr einstiger Kamerad erlitt, ließen sie kalt. Sie ergötzte sich nicht an seinem Leid, ihre Gefühle pendelten sich bei Null ein. Jetzt, da er schreiend und blutend in seinem Ledersessel hockte, war er für sie nicht mehr als ein seelenloses Stück Fleisch.

»Bitte Smi…lla, ich gebe dir alles …«

»Du hast mich gefragt, was in dieser Klinik passiert ist«, würgte sie sein Flehen ab.

»Scheiß auf die Kli…«

»Halts Maul, sonst schieß ich dir die Eier zu Brei.« Sofort verstummte Konrad, abgesehen von einem tiefen Krächzen gepaart mit einem Gesichtsausdruck, als hätte er getrunken. Smilla nahm den bunten Kinderrucksack von der Schulter, legte ihn demonstrativ in den Koffer mit dem Geld. Daneben legte sie die Waffe.

»Was soll das?«, keuchte Konrad. Sein teures weißes Seidenhemd war blutdurchtränkt.

Einen kleinen Moment überlegte Smilla, etwas zu antworten. Doch sie entschied zu schweigen. Ab diesem Moment sprach sie nie wieder ein Wort mit Konrad. Ohne ihren einstigen Kameraden zu beachten, öffnete sie den Reißverschluss des kleinen Backpacks. Noch vor ein paar Tagen war er vollgestopft mit Pistolen, Magazinen, Medikamenten, Verbandsmaterial und einem Gegenstand, der jetzt den einzigen Inhalt darstellte. Bevor sie ihn herausholte, nahm sie ein paar Handschuhe aus der Innentasche ihrer Jeansjacke. Es waren robuste Gärtnerhandschuhe aus dem Baumarkt. Sie waren lila, wie sie jetzt erst wahrnahm.

Einer ihrer Mundwinkel wanderte nach oben, dann verwandelten sich ihre Züge wieder in die kalte Robotermimik. Bedächtig zog sie die Handschuhe über ihre Finger. Sie wollte kein Risiko eingehen. Konrad jammerte leise, beobachtete sie dabei mit Argusaugen.

»Smilla, hör doch …«

Seelenruhig nahm sie die Pistole und verpasste Konrad eine Kugel zwischen die Beine. Jetzt brachen alle Dämme bei dem Verbrecherchef. Er schrie so laut, dass es Smilla in den Ohren dröhnte. Doch sie blieb cool, legte die Waffe zurück in den Koffer und widmete sich wieder dem Rucksack in ihrer linken Hand.

Während Konrads Schreie langsam abebbten, holte sie den Gegenstand aus dem Rucksack. Als Konrad ihn sah, stoppte sein Jaulen so abrupt, als hätte jemand einen Stecker gezogen. Mit offenem Mund fixierte er die Spritze, deren Kolben zu einem Drittel mit ungewöhnlich dunklem Blut gefüllt war.

Sie suchte Blickkontakt mit Konrad, fand ihn, hielt ihn.

Blind zog sie den Plastikschutz von der Kanüle, in der Bens kontaminiertes Blut hin und her schwappte.

»Was … Blut?«, versuchte er sich zu artikulieren, während er atemlos hechelte. Mit der Spritze in der Hand musterte sie Konrad, der versuchte, aus dem Sessel aufzustehen. Doch mehr als sich über das glatte Leder zu winden, brachte er nicht zustande.

Langsam ging Smilla um den Schreibtisch, dabei hielt sie die Spritze vom Körper weg, die Nadel in die Höhe gereckt. Es war, als trüge sie eine giftige Schlange in der Hand. Und sie ließ sie zubeißen. Ihr spitzer Zahn war eine metallene Hohlnadel, die sich mühelos in die Halsschlagader des angeschossenen Verbrechers versenkte. Brutal schob sie den Kolben in den Zylinder.

Zehn Millimeter verseuchtes Blut floss in seine Adern. Die Wirkung war so prompt wie ein Schuss Heroin. Schon nach wenigen Sekunden verstummte Konrad. Er verdrehte seine Augen wie einer der Junkies hinterm Bahnhof. Nur wurden die danach nicht zu wilden Bestien. Konrad war nur noch ein paar Herzschläge von seiner Verwandlung entfernt.

Smilla musste die verbleibende Zeit bis zur Vollendung seiner Mutation nutzen. Aus ihrer Jackentasche holte sie einige Kabelbinder heraus. Damit fixierte sie ihrem Ex-Kameraden die Handgelenke und Unterarme an die Armlehnen des Chefsessels, seine Beine band sie zusammen.

Wenn er ein Verfärbter war, würde er samt Sessel durch die unterirdische Wohnung wüten. Bis dahin hatte sie noch ein paar Momente. Interessiert beobachtete sie, wie sich die ersten lila Linien an seinem Hals bildeten. Wie ein Spinnennetz verzweigten sie sich über seine

Haut, bahnten sich ihren Weg zu seinem Gehirn, wo das Virus aus dem Höllenloch seine Menschlichkeit auffressen würde.

Als Konrad die ersten Brummlaute von sich gab und ein leicht vergammelter Geruch von ihm aufstieg, wurde es Zeit zu gehen. Smilla sah, wie sich das Weiße in Konrads Augen langsam Schwarz verfärbte. Fasziniert beobachtete sie seine Verwandlung.

Doch dann ließ sie ihn zurück, nahm aber den Geldkoffer mit. Als sie die schwere Stahltür zudrückte, hörte sie sein animalisches Brüllen. Einen Moment lang horchte sie seinen Lauten, dann ließ sie die Tür ins Schloss fallen.

Draußen auf dem Bürgersteig blieb sie stehen. Von einem vorbeigehenden Typen schnorrte sie sich eine Kippe und Feuer. Sie genoss den Geschmack des Rauchs in ihrem Mund, sog ihn in ihre Lunge.

Seit mehr als zehn Jahren hatte sie nicht mehr geraucht. Wegen der Gesundheit. Smilla schmunzelte. Jetzt war es egal, denn der Tod stand vor der Tür, er hatte eine Farbe.

Ihr Blick fiel auf den Koffer mit dem Geld. Eine Million! Dazu die 500.000 Euro, die Konrad ihr vor ihrem Aufbruch in die Klinik gegeben hatte. Davon konnte man reichlich Waffen und Vorräte kaufen. Sie musste sich beeilen, bevor alles zusammenbrach.

Smilla war es Berdan schuldig, ihn so lange zu beschützen, wie es möglich war. Sie schnipste den Zigarettenstummel in den Rinnstein. Scheißqualmerei!

VERLAGSPROGRAMM

www.redrum.de

01 Candygirl: *Michael Merhi*
02
03 Höllengeschichten: *Wolfgang Brunner*
04 Roadkill: *Alex Miller, Joe De Beer*
05 Bad Toys: *Anthologie*
06 Gone Mad: *A.C. Hurts*
07 Mindfucker: *Joe De Beer*
08 All Beauty Must Die: *A.C. Hurts*
09 Runaways: *Alexander Kühl*
10 Love Of My Life: *A.C. Hurts*
11 Klipp Klapp … und du bist tot!: *Mari März*
12 Carnivore: *A.C. Hurts*
13 Lyrica: *Jane Breslin*
14 Der Feigling: *Andreas März*
15 Kinderspiele: *Wolfgang Brunner*
16 Victima: *Sam Bennet*
17 Blutbrüder: *Simone Trojahn*
18 Fuck You All: *Inhonorus*
19 Cannibal Holidays: *Ralph D. Chains*
20 Kellerspiele: *Simone Trojahn*
21 Der Leichenficker: *Ethan Kink*
22 Lyrica – Exodus: *Jane Breslin*
23 Gone Mad 2: *A.C. Hurts*
24 Der Leichenkünstler: *Moe Teratos*
25 Wutrauschen: *Simone Trojahn*
26 Dort unten stirbst du: *Moe Teratos*
27 Fida: *Stefanie Maucher*
28 Die Sodom Lotterie: *Ralph D. Chains*
29 Streets Of Love: *Ralph D. Chains*
30 Er ist böse!: *Moe Teratos*
31 Franka: *Moe Teratos*
32 Melvins Blutcamp: *Dagny S. Dombois*
33 Frosttod: *Moe Teratos*
34 Franklin: *Stefanie Maucher*
35 Ratz 1 – Das Mordhaus: *Moe Teratos*
36 Hexentribunal: *Gerwalt Richardson*

37 Ratz 2 – Mordsucht: *Moe Teratos*
38 Voyeur: *Kati Winter*
39 Ratz 3 – Das Mordgesindel: *Moe Teratos*
40 Die Sünde in mir: *A.C. Hurts*
41 Ficktion: *Ralph D. Chains*
42 Das Kinderspiel: *Simone Trojahn*
43 Todesangst im Labyrinth: *A.C. Hurts*
44 Crossend: *Marvin Buchecker*
45 Mörderherz: *Simone Trojahn*
46 Black Diamonds 1: *Amalia Mortem*
47 Doppelpack: *Moe Teratos*
48 Billy – Die Blutlinie: *Gerwalt Richardson*
49 Ratz 4 – Das Mordversprechen: *Moe Teratos*
50 Selina´s Way: *Simone Trojahn*
51 Infam: *André Wegmann*
52 Ratz 5 – Blutige Ketten: *Moe Teratos*
53 Sinnfinsternis: *Reyk Jorden*
54 Carnivore – Sweet Summer: *A.C. Hurts*
55 Der Schlächter: *Jacqueline Pawlowski*
56 Grandma: *Inhonorus*
57 Billy 2 – Les chants from hell: *Gerwalt Richardson*
58 Endstation Hölle: *Jean Rises*
59 Runaways 2: *Alexander Kühl*
60 Totentanz: *Moe Teratos*
61 Leichenexperimente: *Moe Teratos*
62 Folterpalast: *Gerwalt Richardson*
63 Scary Monsters: *Wolfgang Brunner*
64 Schwarze Mambo: *Baukowski*
65 14 Shades of Unicorns: *Anthologie*
66 Ratz 6 – Blutiger Augenblick: *Moe Teratos*
67 Rabenbruder: *Ralph D. Chains*
68 Rednecks: *Faye Hell, M.H. Steinmetz*
69 Bad Family: *Simone Trojahn*
70 Homali Sagina: *Marie Wigand*
71 Todsonne: *Simone Trojahn*
72 Albino Devil: *André Wegmann*
73 Sommertränen: *Simone Trojahn*
74 Über uns die Hölle: *Simon Lokarno*
75 Weil ich dich hasse: *Simone Trojahn*
76 Der Leichenficker 2: *Ethan Kink*

77 Marvin: *Moe Teratos*

78 Projekt Sodom: *Gerwalt Richardson*

79 Totes Land: *M.H. Steinmetz*

80 Der Nobiskrug…: Wolff Arvika

81 Morbid Soldiers: *J. Mertens*

82 Blood Season: *Anthologie*

83 Black Diamonds 2: *Amalia Mortem*

84 Wo ist Emily?: *Andreas Laufhütte*

85 Fuchsstute: *Gerwalt Richardson*

86 Kaltes Lächeln: *Simone Trojahn*

87 Das Leben nach dem Sterben: *Simone Trojahn*

88 Paraphil: *Jacqueline Pawlowski*

89 Schicksalshäppchen 2 – Dark Menu: *Simone Trojahn*

90 Schicksalshäppchen 1: *Simone Trojahn*

91 Pro-Gen: *Wolfgang Brunner*

92 Selina´s Way 2: *Simone Trojahn*

93 Tunguska: *U.L. Brich*

94 Ratz 7 – Blutige Bestien: *Moe Teratos*

95 Ausgeliefert an das Böse: *A.C. Hurts*

96 Hof Gutenberg: *Andreas Laufhütte*

97 Bad Toys 2: *Anthologie*

98 Sam – Band 1 Die Jagd: *Gerwalt Richardson*

99 Sam – Band 2 Die Lust: *Gerwalt Richardson*

100 Geständnis 1: *Moe Teratos*

101 Geständnis 2: *Moe Teratos*

102 Moonshine Games: *Jutta Wölk*

103 Cannibal Holidays 2 - Reborn: *Ralph D. Chains*

104 Martyrium: *Baukowski*

105 Schaffenskrise: *Simone Trojahn*

106 Dschinn: *André Wegmann*

107 DOGS: *Andreas Laufhütte*

108 Vertusa: *Moe Teratos*

109 Der Teufelsmaler: *Gerwalt Richardson*

110 Cannibal Love: *Ralf Kor*

111 Leiser Tod: *Moe Teratos*

112 Der Kehlenschneider: *Moe Teratos*

113 Weltenbruch: *Moe Teratos*

114 Deep Space Dead: *Murray Blanchat*

115 Sam – Band 3 Der Preis: *Gerwalt Richardson*

116 Bull: *M.H. Steinmetz*

117 Giftiges Erbe: *Simone Trojahn*
118 Sinnfinsternis 2 – Diener des Chaos: *Reyk Jorden*
119 Leid und Schmerz: *Michael Merhi*
120 Die Sonne über dem südlichen Wendekreis: *Georg Adamah*
121 Die Anstalt der Toten: *Moe Teratos*
122 Pott-Mortem 1– Oktoberblut: *Andi Maas*
123 Snuff.net: *Jean Rises / Elli Wintersun*
124 Das Vermächtnis des Jeremiah Cross: *Andreas Laufhütte*
125 Insanes: *Gerwalt Richardson*
126 Alvaro: *A.C. Hurts*
127 Macimanito: *Ralf Kor*
128 Jelenas Schmerz: *Moe Teratos*
129 Once upon a Time in … Baukowski and Friends
130 Pott-Mortem 2 – Herbstdesaster: *Andi Maas*
131 Hof Gutenberg 2: *Andreas Laufhütte*
132 Mutterfleisch: *Simone Trojahn*
133 Bärenblut: *U.L. Brich*
134 Spirituosa Sancta: *Baukowski*
135 Der Teufelsmaler 2: *Gerwalt Richardson*
136 House Of Pain: *Marco Maniac*
137 Engel des Todes: *Marc Prescher*
138 Schwarze Sau: *J. Mertens*
139 Drecksmutter: *Anais C. Miller*
140 Der Zwischenraum: *Stefanie Maucher*
141 Master – Teil 1 - Broken Dreams: *A.C. Hurts*
142 Master – Teil 2 Broken Souls: *A.C. Hurts*
143 Master – Teil 3 Broken Wings: *A.C. Hurts*
144 Master – Teil 4 Broken Minds: *A.C. Hurts*
145 Master – Teil 5 Broken *Hearts: A.C. Hurts*
146 Master – Teil 6 Broken Chains: *A.C. Hurts*
147 Necronomicon: *Utz Anhalt*
148 Blutiges Finale: *Moe Teratos*
149 Tage der Vergeltung: *Simone Trojahn*
150 Straße Der Gerechtigkeit: *Simone Trojahn*
151 Am Ende Der Hoffnung: *Simone Trojahn*
152 Hof Gutenberg 3: *Andreas Laufhütte*
153 Snuff Theater: *Pjotr X*
154 Die Hölle von Bossenborn: *Anais C. Miller*
155 Opus Eins: *Simon Lokarno*
156 Abrechnung mit dem Universum: *J.Mertens*

157 Sadistic Forest: Ralph D. Chains
158 Sam – Band 4 Das Ziel: *Gerwalt Richardson*
159 Teufelssommer: *Andi Maas*
160 USA 2084: *Pjotr X*
161 Home Invasion: *J.Mertens*
162 Carnivore 2: *A.C. Hurts*
163 Schwarzer Herbst: *Dagny S. Dombois*
164 Ardennen: *André Wegmann*
165 Cannibal Love 2: *Ralf Kor*
166 Der verschwundene See: *Andreas Laufhütte*
167 Eaten: *Moe Teratos*
168 Eiland: *U.L. Brich*
169 Verspeist: *Mats Hoeppner*
170 Die neue Mauer: Arne Dessaul
171 Til Undeath: *Ralf Kor*
172 Des Teufels Gebet: *Patrick Haischberger*
173 Die Heimsuchung der Ivy Good – Band 1: *M.H. Steinmetz*
174 Der Exorzismus der Ivy Good – Band 2: *M.H. Steinmetz*
175 Rotten – Verdorbene Früchte: *Marcel Hartlage*
176 Tödlicher Trip: *Marc WernerSon*
177 Hof Gutenberg 4: *Andreas Laufhütte*
178 Bunny Man: *Tom Ehrenberger*
179 Dead Romance: *J.Mertens*
180 Sweet Pestilence: *Ralph D. Chains*
181 Das tiefste Schwarz: *Simone Trojahn*
182 Searching Paradize – Die Verdammten: *Jasmin Knappenberger*
183 Searching Paradize – Die Horde: *Jasmin Knappenberger*
184 Die Farm der Toten: *Moe Teratos*
185 Raum 211: *Marcel Riepegerste*
186 Asche: *Marco Theiss*
187 Drecksmutter 2: *Anais C. Miller:*
188 Im Todeskreis der Wölfe: *J.Mertens*
189 Zwischen den Sternen: *Paul Harra*
190 This is Madness: *Michael Merhi*
191 Vollblutbulle: *Alexander Wolf*
192 Disability: *Marcus T. Dread*
193 Brink Of Insanity: *Elena Bork*
194 Hassnacht: *Simone Trojahn*
195 Scavengers – Aasgeier: *Baukowski:*
196 VIC: *Anais C. Miller*

237 Das Vermächtnis des Grauens: *Simone Trojahn*
238 Girls, Guns & Moneten: *Ethan Kink*
239 The Forests have Eyes: *Jean Rises*
240 Michael Mertineit: *Simon sagt*
241 Der fünfte Turm: *Herbert H. T. Osenger*
242 Blutige Ebbe: *Marco Theiss*
243 Purple End: *Andi Maas*

Redrum Cuts

1. Bizarr: *Baukowski*
2. 50 Pieces for Grey: *A.M. Arimont*
3. Koma: *Kati Winter*
4. Rum und Ähre: *Baukowski*
5. Hexensaft: *Simone Trojahn*
6. Still Morbid: *Inhonorus*
7. Fuck You All - Novelle: *Inhonorus*
8. Das Flüstern des Teufels: *A.M. Arimont*
9. Kutná Hora: *André Wegmann*
10. Die Rotte: *U.L. Brich*
11. Blutwahn: *André Wegmann*
12. Helter Skelter Redux: *A.M. Arimont*
13. Badass Fiction: *Anthologie*
14. Bloody Pain: *Elli Wintersun*
15. In Flammen: *Stefanie Maucher*
16. Denn zum Fressen sind sie da: *A.C. Hurts*
17. Die Chronik der Weltenfresser: *Marvin Buchecker*
18.
19. Geisteskrank: *Marc Prescher*
20. Sweet Little Bastard: *Emelie Pain*
21. Süchtig nach Sperma: *Marco Maniac*
22. Badass Fiction 2019: *Anthologie*
23. Human Monster: *Stephanie Bachmann*
24. Wut: *Alexander Wolf*
25. Perfect Match: *A.C. Hurts*
26.
27. Nachts, wenn die Lämmer schreien: *Anais C. Miller*
28. Hexenwerk – Die 13: *Moe Teratos*
29. Badass Fiction 3
30. Nur ein Stich: *Andrea Storm*

31. Leisetot: *Anais C. Miller*
32. Außenseiter: *Baukowski*
33. Nathalie: *Stephanie Bachmann*
34. 7 Kugeln: *Bernd Wicik*
35. Tödliche Rache: Marc WernerSon
36. Ogrish: *Jean Rises*

Limited Edition

01 Toter Schmetterling: *Simone Trojahn*
02 This is Madness: *Michael Merhi*
03 Eine Verhängnisvolle Mutprobe: *Andreas Laufhütte*
04 Hexensaft: *Simone Trojahn*
05 Blowhead & Shreadhead: *Baukowski, Rewelk*
06 Selinas Way 3: *Simone Trojahn*
07 Glasgow Smile: *Michael Merhi*

Hardcover Sammlerausgaben

01 Der Fluch: Stephen King
02 Menschenjagd: Stephen King
03 Evil: Jack Ketchum
04 Wo ist Emily: Andreas Laufhütte
05 Kellerspiele: Simone Trojahn
06 Qual – Blaze: Stephen King

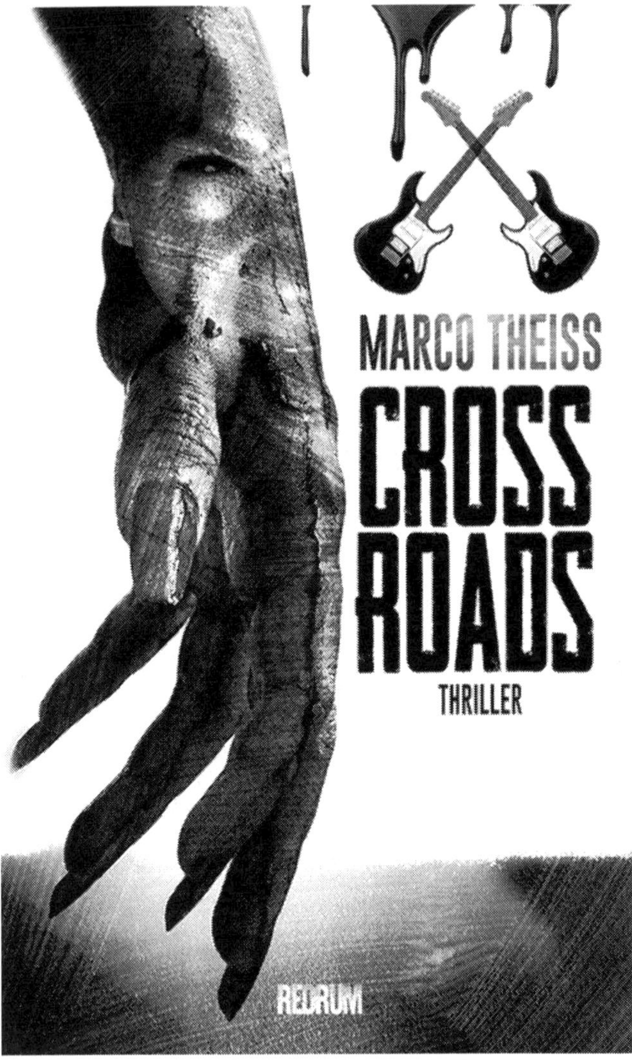
MARCO THEISS
CROSS
ROADS
THRILLER
REDRUM

»UNFASSBAR GENIALES BUCH!«
NICO VON CRACAU
DYSTOPIE
NUKLEARER WINTER
REDRUM

ANDI MAAS
THRILLER
POTT MORTEM
OKTOBER
BLUT
REDRUM

MICHAEL MERTINEIT
SIMON SAGT
HORROR
REDRUM

REDRUM loves you!

REDRUM liebt dich!

Printed in Poland
by Amazon Fulfillment
Poland Sp. z o.o., Wrocław

26964702R00222